夏日乐章

空留 著

上

重庆出版集团　重庆出版社

图书在版编目（CIP）数据

夏日乐章 / 空留著. —重庆：重庆出版社，2024.2
ISBN 978-7-229-18202-1

Ⅰ. ①夏… Ⅱ. ①空… Ⅲ. ①长篇小说—中国—当代
Ⅳ. ① I247.5

中国国家版本馆 CIP 数据核字（2023）第 223565 号

夏日乐章
XIARI YUEZHANG
空　留　著

责任编辑：李　雯　　刘星宇
责任校对：朱彦谚
装帧设计：荆棘设计

重庆出版集团
重庆出版社 出版

重庆市南岸区南滨路 162 号 1 幢　邮政编码：400061　http://www.cqph.com
重庆市国丰印务有限责任公司印刷
重庆出版集团图书发行有限公司发行
E—MAIL:fxchu@cqph.com　邮购电话：023-61520646
全国新华书店经销

开本：890 mm×1240 mm　1/32　印张：18.875　字数：700 千
2024 年 5 月第 1 版　2024 年 5 月第 1 次印刷
ISBN 978-7-229-18202-1
定价：69.80 元

如有印装质量问题，请向本集团图书发行有限公司调换：023—61520678

版权所有　侵权必究

Contents 目录 （上）

- Chapter 1　初相识　　1
- Chapter 2　再相遇　　29
- Chapter 3　帮她忙　　57
- Chapter 4　打一顿，换一个　　83
- Chapter 5　经纪人上任　　112
- Chapter 6　优劣淘汰　　141
- Chapter 7　蜗牛　　172
- Chapter 8　心动不自知　　205
- Chapter 9　游戏黑洞：夏乐　　237
- Chapter 10　父亲的消息　　265

Chapter 1
初相识

"队长，他们咬上来了。"

夏乐脸上抹着油彩，听到这话手分明颤了颤，神情却毫无变化，只是眼睛更加亮得灼人，他们都知道对方咬上来了意味着什么，之前去引开他们的两名队友只怕已经牺牲了。

"陈飞，路遥。"

"到！"

"引开他们。"

"是。"两人毫不犹豫地接受命令，互相给对方检查过后和剩下的五人击掌，持枪上膛，从隐蔽处走了出去。

夏乐从衣领里将挂在脖子上的一个锁紧的小牛皮包取下来放到旁边的队友手中，"林凯，施浩然。"

"到。"

"你们两人一组先行撤离，人在，东西在，人亡，东西毁。"

"队长！"

"服从命令！"夏乐整理了下帽子，"已经付出这么大代价，任务绝对不能失败。"

"……是！"林凯将东西套进脖子塞进衣领内，和施浩然齐齐起身朝着夏乐敬了个军礼。

夏乐站起来回礼，没有多余的话别，也不需要。

血流进了鞋子里，湿哒哒的不舒服，也幸好这一枪是直接打穿了小腿，

1

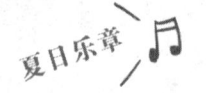

不然情况会更糟。

校对了下方向,夏乐率先走了出去,"走!"

三人走的是刚才陈飞和路遥去的方向,他们都有伤在身,要摆脱追踪很难,还不如打个回马枪来个反包围。如果引走的是一部分,那就干掉这一部分再说,如果引走全部那就是中了大彩,有他们五个人拖住,林凯和施浩然就安全了,任务也就完成了。

枪声在前边响起,夏乐边加快速度,边朝身后两人打出手势,两人立刻一左一右散开去找制高点。夏乐在心里计算着时间,从藏身处现身朝对方开了一枪,成功将注意力吸引过来后再度隐蔽,两个狙击手趁机收割了一波,五人配合默契地找着五个进攻点发起反击。

过了两次招夏乐就知道他们这是中大彩了,分开会被逐个击破,她立刻将人集结起来互相掩护着后撤。

"唔……"夏乐被扑倒在地,后脑勺撞得生疼,她立刻反应过来,抱着身上的人就地滚了几滚躲到了树后。

"邹新,邹新?"

其他几人也都赶了过来,将邹新小心地扶起来,夏乐这才看到邹新背上已经血肉模糊。

"是狙击手。"她用力掐住邹新的人中,将背过气去的人弄醒过来,"先离开这里。"

陈飞将人背起来,另外几人交叉掩护着退离。

"砰!"

随着枪声倒地的是被爆头的吴中,几人本能地找地方藏身,夏乐滚过去捡起狙击枪扔给路遥,"掩护,找制高点。"

"是。"

几人打起了游击战,火力压制不住时就撤退,再找制高点继续压制,可是……

"队长,快没子弹了。"

夏乐看了下时间,以林凯他们的速度应该已经进入国境了,而他们,脱困的机会渺茫。

妈……

用力闭了闭眼,再睁开时夏乐一如既往地冷静,"兵分两路,陈飞,路遥。"

"到。"

"你们往八点钟方向撤离,我和邹新往四点钟方向走。"

两人对望一眼,陈飞提议,"队长,让路遥和邹新一路,我和你一起"。

"服从命令,行动。"

"是。"

两人一走,夏乐就拄着枪坐了下去,伤口绑得太紧,她的腿几乎要没有知觉了。

"队长,你一共中了四枪。"邹新往后一躺,磕着后背上的伤痛得他龇牙咧嘴,"你就是把他们支走,压根没打算再跑。"

夏乐不说话,虽然这是最明智的决定,可她把邹新生的希望断了也是事实,就算怕是真让他跑,以他的伤势也跑不了多远。

"我不恨你,队长。"邹新咧嘴一笑,"相反,我还挺喜欢你的。"

夏乐看向他。

"喜欢你的人可不少,你不知道吧,不过他们没我幸运,能和你同年同月同日死。"邹新笑得甚至有些得意,听着下边有了动静,他坐了起来,最后再深深地看了队长一眼,弓身从隐蔽处爬了出去。他知道自己的结局是什么,也知道队长是想给两位有可能活着的战友争取时间,他服从命令,哪怕这是一道送命的命令。

夏乐抿了抿干裂的嘴唇,跟着匍匐前行。

两人打光了仅剩的十几颗子弹,也因为没有足够的掩护又添了新的伤口,对望一眼,他们同时拿出了最后一枚手雷,夏乐看了祖国的方向一眼,和邹新同时拔掉了保险栓按住压握片,静静地等着敌方靠近。

"砰!"

夏乐从床上弹坐起来,心如鼓擂,晨曦微光从窗口倾泻进来,安静平和的氛围提醒她此时身在何方。静坐了片刻,夏乐穿衣下床。

正值盛夏,一早就热浪翻滚,跑完步一身大汗淋漓的夏乐提着早餐回到家里,入耳的钢琴声让她在门口站了片刻才换鞋进屋。

"回来了。"钢琴声停了,邱凝转过身来看向女儿,笑容温柔,"这一身的汗,快去洗洗。"

夏乐点点头,放下早餐回屋。

钢琴声又起,夏乐面不改色地做完两百个俯卧撑,滴落的汗已经形成了一小块水洼,抽了几张纸巾擦去地上的水渍,她打开衣柜随手拿了件白色长袖衬衣和牛仔裤进了浴室,不一会再出来时已经收拾妥当。

夏日乐章

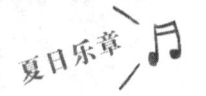

短发吹得半干，衬衣衣袖卷至手肘，下摆扎进牛仔裤里，一米七二的身高再配上她大步流星的步子无端就给人一种在走正步的感觉。往后推了推头发，夏乐从柜子里又扒拉出一顶鸭舌帽，连同手机钱包钥匙这些全放进包里。

陪着妈妈慢慢吃完早餐，夏乐把碗筷收拾干净，边戴手表边问："妈，需要我带什么回来吗？"

"带半个西瓜吧，要无籽的。"邱凝放下琴谱，"我今天不用车，你开车去。"

"打车方便。"说着话夏乐往门口走去。

"等等。"邱凝站起身来，温柔但强硬地拿过她的包，从里找出一份表格，看着上边填得满当也不知是放心多些还是难过多些："真的要这么做吗？妈妈不觉得这是个好办法。"

夏乐拿回表格折好又放回去："总要试过才知道。"

邱凝手抖了抖，心也跟着抖了抖，她勉强笑了笑："你做什么决定妈妈都支持你，但是你也要答应妈妈别委屈自己，这条路走不通咱们就换一条，总能找对方向。"

"是，我答应您。"

邱凝几乎要撑不住笑脸，自己的女儿什么性子她再清楚不过，别人是撞了南墙才知道回头，她却是要将墙撞穿了走过去的，就像当年……

抬头看看比她高了半个头的女儿，邱凝最终只说了句："去吧，注意安全。"

绿苑小区是个老小区了，夏乐家住在三楼，金三银四，当年最好的位置，和现在设计更漂亮规整的小区没得比，但绿苑小区的绿化在这个城市却是出了名的好。

缓下步子走在绿树成荫的青砖小道上，热浪好像都被隔离在外，蝉鸣声中，夏乐抬头眯起眼睛看向从树冠中见缝插针般倾洒进来的阳光，莫名就想起了不知哪里看到的那句"看树影婆娑，听蝉鸣幽幽，梦一场繁华，捕捉一夏天的风"。

夏乐想，她的梦中没有繁华，现在也感觉不到夏天的风。

计程车上冷气开得很足，在大热的天很舒服。司机从后视镜一眼又一眼地看着后座的客人，心想这应该是个当过兵的，看看那坐姿，看看那肩膀那背，这都是当过兵的人留下的烙印，说不定还是个现役，退伍久了的人早没了这些，就比如他。

下意识地坐起来些，司机努力藏了藏自己的大肚子，正要再看后视镜时前边突然传来刺耳的声音，紧接着前边的车子一个急刹，他立刻跟着重重踩下刹车，作为老司机，他很清楚刚才那是轮胎和地面剧烈摩擦的声音。

看了眼后视镜，正好对上客人的视线，他有些无奈地解释道："前边怕是出事故了。"

夏乐看了下手表，出来得早，时间还有富余。

等了片刻，司机按捺不住地放下车窗欲探头看看情况，首先传入耳中的却是一声尖叫，他连忙伸长脖子看去，撞到头也顾不得了，就见前方不远的地方一辆公交车突然原地摆了个尾，正心惊时听到后边的门打开又关上，他下意识地回头，是那长手长脚的客人下了车。

"有没有应急工具？"夏乐以最快的速度推算出可能出现的种种情况，边问边不忘递给对方一百块。

"有有有。"司机接过钱指了指后备箱，夏乐大步过去打开，从里找出一个工具箱，从里边挑出小巧的锤子，又拿了个扳手在手里掂了掂就往那边走去。

"等等，找你钱。"

夏乐头也不回地扬了扬手中两样东西，不说话意思却表达得清楚，多的钱就当是买这两件工具了。

司机回头看到后座的包咬咬牙也下了车朝着前边跑去，不论是退役还是现役，一日是军人终身是军人，这层身份他多数时候忘了，这时候却莫名记得格外牢。

这是一条四车道的路，前边不远就是十字路口，不算主道，平日里只在学生放学时才会有交警前来指挥，但是这边有好几个老小区，这会公交车横摆着阻了路，占据了两个半车道，不过一小会就堵住了。

已经有人报了警，消防电话急救电话也有人打了，车里车外来来往往的人都看向公交车，从没有拉上帘子的窗口隐约能看到里边有人在动，可就算这样车门仍然没有打开，所有人都觉出了不寻常。

正因为都看着那个方向，所以当夏乐走近时很快就有人注意到了，看到她手里的东西本来想阻止的人犹豫了一下都按捺下来，说不定……这是个便衣警察呢？没点本事的人总不会这时候来逞能。

夏乐并没有贸然动作，多年养成的警惕心还不曾卸去，她从侧面找了个地方朝里看去，窗帘虽然隔开了外人的视线，这也方便了夏乐的窥视。

不是普通事故。车里大概十三四个人，最前边一个中年男人手里抓了个孩子，一手拿刀抵在孩子脖子上，在这种情况下司机也没有打开车门，只怕司机已经出事了。里面的人情绪突然激动起来，挥舞着手中的刀面目狰狞地说着什么，没有更多时间给夏乐思考，她当机立断定下行动计划。

正要找借力点，一辆白色轿车停到她身边，车窗放下，戴着墨镜的男人滑下眼镜痞痞地一笑，指了指车顶。

夏乐也顾不得许多，低声道："靠近些。"

男人老到地打方向盘，一进一退就停好了，正是夏乐需要的位置。

夏乐后退几步助跑上了车顶，蹲下身隐藏好自己，深呼吸后屏息凝神，在众人惊讶的视线中毫不犹豫地用双手齐动迅速敲碎玻璃四个角，又以最快的速度踹穿玻璃，在众人的惊呼声中翻身进了公交车内，将手中的扳手朝挟持着小孩的劫匪头部挥去，紧跟着人也飞奔过去，在劫匪本能地躲避迎面而来的扳手时她已经赶到了，一锤子敲在男人挟持孩子的手臂上，在他力气松懈的那一霎将不过四五岁的孩子夺过来，并踢翻人一脚踩住，一番动作流畅，利落，中间没有半秒停顿！

车里好像被按下了暂停键，之前还哭得上气不接下气妆糊了一脸的少妇张大了嘴巴连哭都忘了，直到孩子被送到面前往身上扑她才反应过来，立刻紧紧抱住又哭又笑起来。

夏乐此时才吐出那口气，万幸，她的身手没有退步太多。摸了摸腰间，对了，今天的裤子合身，她没系皮带。

"我有，皮带我有。"离她不远一个穿衬衣西裤的男人福至心灵，立刻将自己的皮带抽出来递给她，自己则一手按住了裤头，虽说现如今皮带多是装饰用，可……咳咳，偶尔还真是有了皮带才能系住裤子。

"谢谢。"不顾那劫匪鬼哭狼嚎的咒骂声，夏乐帽檐压了压，回头去看毫无动静的司机。

"被打晕的。"解皮带的男人按着裤腰跟过来告诉她，"当时路口有车会进来，司机踩了刹车，这人就是那时候突然发难的，然后拔了钥匙，这小孩坐在最前边的位置，就被他抓在手里了。"

夏乐根据他的话推测出当时的情况，点点头道："一会把情况详细和警察说说。"

"一定的一定的。"面对救命恩人男人忍不住打听，"请问你是当兵的吗？"

夏乐没回他话，再次压了压帽檐从地上捡了车钥匙转身走到驾驶位，打着火按下开门键，这下不用她说什么，车里的人争先恐后地下了车，大概因为没有伤者，又营救及时，心理防线没崩溃，倒也没有推搡踩踏。

6

夏乐收回视线伸手探了探司机颈部大脉搏，还算平稳，应该没有大碍。此时警车的鸣笛声由远及近，下了车的人本能地朝着前边走去，这种时候，见到穿着制服的人才能让他们安心。

夏乐从后边下了车，那辆车还停在原地，男人站没站相地挂在车门上，手里拿着包晃呀晃。

认出那是自己的包，夏乐走了过去："谢谢。"

"身手很漂亮，部队的？"

"待过。"夏乐言简意赅地回答他的问题，伸出手去接自己的包，那边警车已经停下，警察在下车乘客的指点下朝这边看过来。

男人也朝那边看了一眼，把包还给了她，"想做无名英雄啊？行，后边的事交给我了"。

夏乐有些意外，但也没多问，对他点点头就从车尾离开，在普通人看来这是天大的事，可在她这里却实在寻常，寻常到不值一提。

目送人走远，男人滑开手机看着里面的照片笑了，这么酷啊，啧啧。

就近找服装店买了件T恤把脏了的衬衣换下来，夏乐重新打了个车去往目的地。

这是一家在全国卫视中排名前几的电视台，财大气粗，自然也是好好宣传了的，来之前夏乐就做好了心理准备，可眼前所见的人流仍是让她吃惊，本能地就想出了孔子怎么疏散人群。

默默地将自己的思维转换过来排到长长的队伍后边，人多，后面的人不可避免地排到了外头，虽然做了遮阳处理，可这种天气仍是热得受不了，有人不满地抱怨，也有人仪态绝佳对谁都一张笑脸，夏乐本能地把所有人的面孔记下来后拿出手机低头刷起了新闻，前边的人上前一步她就跟着上前一步。

她独行惯了，不用刻意就将自己和其他人隔绝开来。

"一百六十五号夏乐。"

"到。"夏乐下意识地绷紧了身体站直了，那模样让看过来的人差点以为她会敬个军礼，夏乐也差点真就行礼了，是手里握着的手机提醒她这里并不是需要她行礼的地方。

拿出表格递给桌子后边年轻靓丽的女生，她在对方低胸装下露出的深沟那多看了一眼，这样，大概挺凉快的。

"三号房间。"

顺着她指的方向看了一眼，夏乐点点头朝那边走去，深吸一口气用力推

7

开门,踩着自己的心跳声站到屋子中间,这个世界曾经是她熟悉的,可在离开多年后她现在并没有什么底气。

但是,总要试一试的。

在座有三个人,名牌上的名字从左至右依次是黑松,郑秋燕,周成行,听到开门的动静也没人抬头,坐在中间的郑秋燕翻了翻手边的资料开口道:"夏乐是吧,你的DEMO我们听了,还不错,现在请你清唱副歌部分。"

夏乐清了清嗓子,先哼唱了前边一段才开始唱,一开口她就知道要糟,嗓子太紧了,第一个音就走了,她立刻又改为哼唱,在第三句时才重新又开始唱,这次总算是正常发挥出来。

三位算是国内有点名气的音乐人,对望一眼,都从对方眼中看到了意外。

等她唱完还是郑秋燕说话:"准备不足,在等待的时候你应该注意开嗓,以免出现这样的情况。"

夏乐压根就忘了这一茬,以前她虽然也学了多年音乐,却是不需要自己唱的,她更感兴趣的是作曲填词,曾经的梦想也是做词曲创作人,而非歌手。

"回去等消息吧。"

夏乐研究过这个比赛,知道表现好的会直接通过,不行的当场毙掉,像这种等消息的就属于待定,没有被毙掉就好,她取下帽子朝几人弯了弯腰,转身离开。

门一关上黑松就笑,"曲子不算出挑,唱功也只是过得去,但那几句哼唱挺有味道"。

"要不是那几句哼唱她已经出局了。"郑秋燕在夏乐的资料旁边写了几句评价,"能留到最后的要么是有真才实学的,要么是有特色的,要么是……她这勉强也算是个特色,外在条件也非常不错,如果没有比她更出色的我觉得可以留一个名额给她。"

"附议。"

"没意见。"

医院是最能体现人多的地方,穿过喧哗的大堂,经过住院部,进入后边的一栋大楼,这边已经要安静些了,夏乐脚步不停继续往前,人流越来越少,从楼道走出时已经见不到其他人了,这里是心理科。

抬头看向眼前这栋三层小楼,就见她的心理医生宁浩正站在三楼朝她举了举手中的咖啡杯。压下心里的隐隐抗拒,夏乐上了楼。

"很准时。"西装笔挺的男人靠着墙微微歪头看着她,注意到她手背上的伤口时不动声色地多看了两眼，朝她做了个请的手势，率先进了屋。

不同于其他心理医生的诊所，这里没有躺椅，没有床，也没有特意把环境做得舒适来放松病人警惕。来这里的都是军人，那些东西对他们没用，这里更多的是部队才会有的东西，橄榄绿为基调，就连椅子都是木制的四脚凳，与部队不同的是多了个靠背。

"来的路上遇上什么事了吗？"

夏乐摘了帽子看向他。

宁浩从抽屉里拿出红药水和棉签，示意她把手伸过来，夏乐这才发现她的手破皮了，她想说小伤不碍事，可想到这是宁医生的地盘她就闭上了嘴，边把手递了过去，顺便三言两语把事情说了说。

宁浩俊俏的眉眼一挑，"又一桩报复社会事件？"

"又？"

看她一眼，宁浩笑："按纪律你的病好之前工作不会落实，时间多得很，可以在网上多逛一逛，该知道的事还是要知道的。"

夏乐点点头表示明白："不过我没要组织安排工作。"

宁浩看她："上面批了？"

夏乐再次点点头，没有多说其他。

把瓶盖拧好，宁浩轻巧地转开话题："最近感觉怎么样？睡眠质量有没有改善？"

面对组织安排给自己的心理医生，夏乐没有任何隐瞒："没有改善，还是睡眠浅，容易惊醒。"

"还在做梦吗？"

"嗯。"夏乐转开视线看向茶几上绿色的茶缸："还是那些事，每天都差不多。"

做好记录，宁浩继续问："有没有做一些让自己开心的事？"

夏乐想了想，点头："陪我妈妈，有时会接送她，看看书，听听歌，做些基础训练，还重新练了钢琴。"

"做这些事让你觉得开心吗？"

"每一件都是我愿意做的，可不代表做了这些就能让我忘记别的事，我也从来没想过要忘，宁医生，如果我的病是要我忘了那些才能好，那我大概这辈子都好不了了。"

"你没有生病，夏乐，你这是创伤后应激障碍，上过战场的老兵多少都有些,只是你的情况比较严重一点。"

宁浩依旧语气和煦,不疾不徐,他甚至还起身给夏乐倒了一杯茶,就用茶几上那个绿色的茶缸,"组织将你送到我这里说的也不是要治好你的病,而是希望我能帮助你从那次事件中走出来回到正常的生活中去,没人要让你忘了那些人,你忘不了,也不应该忘"。

夏乐闭上眼平复那骤然而来的情绪。

"他们应该被更多人铭记,可事情一日不公之于众他们就一日要做无名英雄,所以在那之前你要替所有人记着他们,直到他们被大众知晓,让世人知道他们有多伟大。"

看着强行压抑眼间依旧难掩痛苦的夏乐,宁浩声音更加温和:"他们是你的战友,不是你的病因,你没有生病。"

听了这话夏乐睁开眼睛,心里头一次对他没了抵触:"我能控制自己。"

"我知道。"宁浩是真的知道,她是在能控制自己不对靠近的人动手之后才离开的部队,她怕伤到自己的妈妈,"这方面我们都很相信你,我们担心的只是你,无关于其他任何人任何事。"

夏乐抿了抿嘴,拉直的唇线让她看起来越加倔强。

"这是你第三次来我这里,可你的脸色依然很差,这说明你的睡眠没有改善,你的情绪和身体都很紧绷,而且你今天比之前两次更焦躁。"

宁浩叉着双手看向他的病人:"每次你来就诊过后上面都会专门过问你的情况,显然,领导希望你能再回部队。"

"我的身体情况大家都很清楚,跟不上高强度的训练了。"

宁浩笑:"你又不是只有一线作战部队可以去,有本事的人有的是地方抢着要。"

夏乐本就板正的身体更加挺直,想回去吗?当然是想的,那一片绿已经是她最熟悉的颜色,可是……她再没有一个八年可以耗了。

"宁医生知道原创歌手大赛吗?"

宁浩挑眉,"没关注,怎么?"

"来您这之前我先去了那边。"

宁浩这下是真有些惊讶了,歌手比赛一听就是娱乐圈的事,夏乐这么一个从身心到灵魂都刻印着军队烙印的人去娱乐圈?

"不回部队?"

"不了。"夏乐低下头去,"如果不是我有必须去做的事,我很愿意在部队待一辈子，直到他们不要我了为止，可在这条路上我走了八年都没有达成所愿，我必须另找出路。"

聪明如宁浩当然知道夏乐为什么会选择进入娱乐圈，"可是你应该知道娱乐圈和部队完全不同，你在部队可以发光发亮，在娱乐圈未必就能适应，更不用说还要混出名堂"。

"总要试过才知道。"

宁浩想劝她想清楚，可最终他把话吞了回去，他只是心理医生，哪怕对眼前的病人有好感，可从身份上来说他仍然只是她的医生，不能干涉她太多，事实上只要对病情有帮助，他都应该支持，哪怕他也觉得可惜。

"我会好好配合宁医生的治疗。"夏乐站起身来戴上帽子背起包。

宁浩也跟着站起来："以后还是要按时过来，有事随时给我打电话。"

夏乐点点头，道了声再见。

"再见。"

领导的电话来得很快，夏乐刚从计程车上下来手机就响了，她快步跑到树荫下接通。

"夏乐。"

"是，陆政委，我是夏乐。"

电话那头的人长叹一口气，"决定了？真的不回来了？"

"是。"

"就算从作战部队退下来，但只要在这个体系内就有天然的便利知道一些外人不知道的消息，你未必就不能如愿。"

面对把她当成子侄看待的政委，夏乐很坦诚："我知道组织一直都没有放弃寻找我爸，可事实就是八年来依旧没有半点他的消息，我不敢再赌下一个八年，如果他在吃苦头，八年足够他生不如死，有时候我甚至想着如果他活得太痛苦还不如死了……"

声音微颤，夏乐顿了顿才又道："我想换种方式试试看。"

"娱乐圈和部队不一样，在部队里你身手过硬就有一席之地，娱乐圈却是一个讲手段拼人脉的地方，你哪点都不沾，进去了不见得能出头，而且你性子又硬，眼睛里容不得沙子，非黑即白，怎么适应得了那个圈子。"

"陆叔。"

久违的称呼让那边的陆春阳揉了把脸，八年了，自她入伍的那天起她就再没喊过自己一声叔叔。

"当年我入伍的时候您一百个不赞成,说我娇气吃不下那个苦,我坚持下来了,并且没给我爸丢人。"

"你很出色,所以你的退伍报告才一直压着没批。"

"陆叔,退伍是我深思熟虑后做的决定,在医院躺了多少天我就想了多少天。以前脑子里只有一个念头,找到我爸,生要见人死要见尸,想不到已经没了我爸的我妈会多害怕。我不会放弃找我爸,但我也想陪在她身边,让她摸得着看得见,不再天天担惊受怕。"

陆春阳是做政委的,嘴皮子上的功夫向来利索,可这会他也不知道要怎么劝,这姑娘认死理,那股执拗劲八年前他就见识过了,现在再劝只怕也打消不了她的主意,叹了口气,他只能应下:"我知道了,部队这边有线索了我会告诉你,有事给陆叔打电话,给不了你大的帮助,做个长辈替你出头还是可以的。"

"是。"夏乐低头踢开脚边的石头,"对不起,让您失望了。"

"你从来没让我们失望过,小乐,这一点你一定要记住,孤鹰以你为傲。"

"……是。"

挂了电话,夏乐站了片刻才往不远处的水果店走去,半点不知道在她所不熟悉的网络上,一个视角不算好甚至还有些抖的视频已经让网民炸了锅。

这是一起没有造成任何后果的突发事件,得益于那个突然出现的人不过一个眨眼间就救下了一车的人,那利落的身手,事后拍拍手走人的英雄气度,没有黑点!

当然,对于看热闹的人来说这事最大的热点是这是个女人,哪怕她戴着帽子,帽檐还压得很低也并不影响别人看出这一点,猜她是军人的评论得到一面倒的支持。

邱凝已经不知道重复看多少遍视频了,自己的女儿她哪能认不出,骄傲自然是有的,可心疼得太过,那点骄傲就算不得什么了。

起身走到窗边,正好看到提着西瓜的女儿大步走着,那步子大得如同在走正步,军人的姿态已经浸入她骨子里,就如她嫁的那个男人一样。可她分明还记得她千娇百宠着长大的女儿当年安静得像个小仕女,一头及腰的长发比那些打广告的明星都好看,谁见着不说一声这姑娘长得好,气质也好,像妈妈,现如今……

她无法想象得吃多少苦头女儿才有了那样的身手,原本弹琴的手变得那么有力，柔软的眼神变得那么犀利，就像换了个人一样，她也无法想象女儿得是受了多重的伤才需要一养就是三个月，并且无论如何都不同意她前去照料。

听着开门的声音，邱凝把手机按掉往那边走去，从一头是汗的女儿手里接过西瓜道："热吧，快去洗洗换身衣裳。"

夏乐乖顺地应了，回屋收拾。

将西瓜切好装盘，不出意料地几分钟后就见人一身清爽地出来了，头发还半湿着，显然是连着一块儿洗了，走得近了一吸鼻子，邱凝无奈地叹了口气，念叨道："又用香皂洗头，发质会变差的，都说你多少次了，你还一直留短发啊！"

"好打理。"

邱凝嗔她一眼，拿了块西瓜放她手里，自己也拿了一块慢慢吃着，她近年身子骨弱，不能贪凉，西瓜都吃得少，更不用想着冰镇过了。

"医生怎么说？"

"挺好的。"

每次都是这话，也要她信才行啊，邱凝低头咬了一小口，说起她关心的另一件事："怎么样？比赛通过了吗？"

"让我等消息。"

邱凝并不意外："这个比赛我打听了下，比那些挂羊头卖狗肉的有规矩，评审也都是真正有水平的，有些事情虽然也难免，至少大面上还算公平。"

"这样就可以了。"

邱凝摇摇头，"如果你一直走的是音乐这条路我半点都不担心，可小乐，你已经放下八年了，再要重新捡起来就已经不容易，更何况还要在那个基础上进步，世界上没有一蹴而就的事"。

没有人比邱凝更可惜女儿天赋的浪费，当年她的曲子是连自己的导师都惊艳的，可八年的时间足够改变一个人，她新作的曲子太涩了，完全没有当年的水准，去参加比赛走到最后的希望微乎其微，而且她也不愿意让自己帮忙。

"我有心理准备。"夏乐将吃得就剩白瓤的西瓜皮放到一边，重拿起一块将妈妈手里那块已经吃了一半的换走自己埋头吃着，话也说得不含糊，"我想试试看。"

邱凝咬了一口西瓜，甜进心底，她笑道："好，我们试试，妈妈给你补课。"

夏乐点点头，见妈妈吃得慢，她放慢了速度陪着。

吃得差不多了，邱凝起身："来，给你看个好玩的。"

夏乐连忙几口把西瓜吃了，三两下利落地把桌子收拾干净才跟进了书房。

这会邱凝已经开了电脑，招手示意她过来，点开一个图标道："这是现在很火的一个平台，谁都可以在这上边创建属于自己的房间，有人唱歌，有人讲段子，逗贫耍乐讲故事的都有。"

邱凝点进一个房间，这里正在唱歌，并且是开了视频的，挺漂亮的一个姑娘在那又唱又跳，母女俩听了会，都觉得有点吵。

退出来另进了一个，一个戴着头巾年纪看起来也不小的女人正在唱山路十八弯，调子大概是起高了，唱着唱着就破了音，邱凝面不改色地重新选了个，这房间没有开视频，一个低沉的男音正唱着歌，只有一把吉他在伴奏，母女俩一起听完了整首歌，房间沉默下来。

邱凝这会才指着上面一串数字道："这里显示的是现在在这个房间的人数。"

夏乐凑近看了看，一百九十四，有这么多人听？

邱凝不用回头就知道脱离社会八年的女儿这会在想什么，她重又点开那个蹦蹦跳跳的房间，指着人数给她看，六万八千多。

夏乐用沉默代表了疑问，明明后面那个男声唱得更有水平。

"你现在欠缺的方面有很多，其中之一就是临场经验。"邱凝转过椅子面对女儿，"妈妈建议你在这上面创建一个自己的房间，不用开视频露面，就唱唱歌，谱谱曲，当哪一天有人为你留下来就说明你的音乐能打动人了，这里还可以录音，你也可以把这当成录音笔来用。"

夏乐有点心动。

"我去做饭。"邱凝站起身来按着女儿坐下，拍了拍她的肩膀无声地支持。

走到门边回头看了没有动弹的女儿一眼，邱凝在心里长长地叹了口气转身把门关上，把所有的心疼也都悉数咽下。

时代日新月异，去年和今年就已经大大不同，更何况是八年光阴，小乐要适应的不止是和社会的脱节，还要尽快接受这八年间出现的新生事物，以及新的流行。

邱凝再次打开那个视频看了一遍，眼泪突然就掉了下来。如果可以，她想和小时候教她走路一样一步一步领着她走，在她所经之处铺上地毯，摔着也不用担心她会疼，可现在她连帮她注册个房间号都不能，再心疼也只能放手让她去摸索，去适应，去把这八年间她缺失的都一一补上。

她这辈子都忘不了女儿才回来那会和她去买东西，听到店铺老板说不收现金最好是支付宝付款时脸上露出的茫然，在看向她时的无措，她的女儿明明是个英雄，却要被人说"这是从哪个旮旯里出来的，连支付宝都不知道"，那是她第一次和人吵架，泪流满面，声嘶力竭，却怎么都抵不了心口揪心的疼。

也是那天她给女儿买了最新款的手机，在手机里装上所有最常用的APP，连游戏都按着排名下了几个，忍着要倾囊相授的心思，装作看不到她搜索那些APP的用法，一步步照着步骤攻克它们，至少从表面看来她现在已经和其他年轻人无异了，只有她这个做妈的知道，这不过是表面而已。

如果被淘汰了也挺好的，邱凝擦了眼泪往厨房走去，只要不进那个好的坏的都会被无限放大的娱乐圈，她的女儿就有足够的时间回到正常的轨道上，至于其他的事……

已经八年了不是吗？如果还需要下一个八年，她想让女儿先歇一歇。

屋内，夏乐移动鼠标点了下左上角的头像，按照提示一步步注册账号，不算特别熟练，动作也不快，但是一步都没有错过。有了账号，又慢慢摸索着建了个房间，看着显示的人数一，夏乐张了张嘴又想起来麦没有开，找着地方打开麦，张开嘴却挤不出声音来，她觉得有点尴尬。

从推荐页面上点开几个房间进去看了看，多数开着视频，一个个能唱能跳能说，评论区刷得眼花缭乱，显然是极受欢迎的，夏乐跳着房间听了听，最后还是进了之前妈妈点进去的那个没有视频，只有一把吉他伴奏的房间，和另外那一百多人一起安静地听歌。

男声很温柔，每一句好像都带着缱绻情意，听起来也不是很会表现自己，歌与歌的间隙会停顿片刻，再唱时以吉他音开头，评论区立刻会有人把歌名打出来，然后整首歌的时间里少有人会再评论，等他唱完才会出现满屏的花。

连着听了几首，夏乐找到送花的地方把自己那一朵送出去，退出来重新进了自己空无一人的房间，想了想，她回房拿了吉他过来，仍然没适应，嗓子紧得很，她也就不为难自己，弹着吉他有一句没一句地哼唱。

常年在部队训练，除节假日手机都得上交，多数时候也是断网的，她会唱的流行歌曲不多，这会一首接一首哼唱的也是现在听起来已经显得过时的老歌，可夏乐干净甚至有些清冷的声线让这些歌听起来有了另一种感觉。

连着几天房间都没有人来，渐渐地夏乐也就真把这当成了一个录音笔来用，有感觉的时候随兴哼几句或者用吉他弹上一段，回头去听时竟也觉得很不错，于是每天在电脑前待上两个小时倒成了习惯。

手机响，夏乐看了一眼接起来："我是夏乐。"

夏日乐章

那边有片刻的停顿才道："你好，夏乐，我这里是原创歌曲大赛，经过几位导师商量决定给你晋级资格，请你做好准备，于八月十八号上午九点带上号码牌和身份证前来我台参加后续比赛。"

"我会准时到，谢谢。"

"……再见。"

"再见。"

夏乐一贯是没废话也不懂客套的，但她的礼貌半点不缺，一直等对方挂了电话才挂，当然，她也不知道对方之所以会等了一会才挂电话是没适应她的作风，她一圈电话打下来哪个选手不是诚惶诚恐客客气气的，就这个，平静得像是参赛的不是她。

听到动静，邱凝不动声色地关掉已经不知道看了多少遍的视频，看了眼客厅里的挂钟，今天可出来得早了些。

"我晋级了。"

邱凝坐直了身体，"来电话通知了？"

夏乐点点头，坐到母亲身边。

邱凝心情有些复杂："后面的程序怎么走？要住到那边去吗？"

"只说十八号过去。"

邱凝多少也是懂的，点点头道："这一轮过后留下来的估计就要住到台里去了，还有一个星期，想出去走走吗？"

"没有需要去的地方。"

"现在不出门以后未必就还会有那么方便。"邱凝抱了个抱枕在怀里，"虽然这也只是一份工作，可这份工作有它特殊的地方，首先就是曝光度。一旦你参加了比赛，就算不能走到最后，多少都会多几个认识你的人，再就是媒体，这群无冕之王能把你写得天下第一的好，也能写得天下第一的坏，你不会说漂亮话在那个圈子里很吃亏，好在你背景干净也不多话，就保持这个寡言的人设也不错。"

夏乐点点头，嗯了一声。

邱凝在心里长叹一口气，也只能在心里自我安慰小乐好歹是部队里出来的，那身手等闲没人比得了，就是碰上那些肮脏事她也对付得了，至于头脑……这一点她从来没有担心过。

"妈，明天阿爷生日，我去一趟。"

"该去的。"邱凝愣了一下连忙道，"还是三年前你回来探亲时去过，

16

是该去，正好前阵我给他们买了几件羽绒服，你给带去。"

"好。"

老夏家在一个叫双水的小镇上也算赫赫有名，两口子都是地地道道的农民，老大夏海娶妻生子，老二夏雨就嫁在本镇，都本本分分的和其他人也没什么不同，让他们出名的是他们家老小夏涛。

那孩子可真是十里八乡出了名的会读书，后来还考上了军校，多少人是从夏涛领到录取通知书才知道有那么一所专门培养当兵的学校，这在当地是祖坟冒青烟的大事，当年办升学酒的时候连政府都来了人，给夏家挣足了面子。

老两口虽然一开始有点不高兴小儿子娶了个城里姑娘，可那姑娘长得好，说话轻声细语，后来还成了大学老师，做人也周到，过年的时候老小在部队回不来，她也会带着孙女过来住上几天。孙女那模样出落得不要说双水镇，就是电视里也找不出比她更好看的，老两口那会就觉得啊，这辈子真是没什么遗憾了，可这样的满足终止于八年前。

现在都什么年代了，当兵怎么就……怎么就还会死人呢？而且还连根骨头都没找回来，老两口当场就昏倒了，后来那个谁都比不上的孙女剪了及腰的长发，穿着一身军装来到他们面前，告诉他们她会找到爸爸，让他们养好身体等着。这一等就是八年。

夏家没有夏涛的灵位，只是每次烧纸的时候家里人都会刻意多烧一些，如果，如果真的已经不在了，也不要在下边吃了苦头。

夏奶奶按了按眼角压下眼底涩意，强行把视线从墙上那张全家福上移开，得去厨房帮忙了，虽然不做寿，可亲朋好友加起来就得有五六桌，就算有女儿帮忙，媳妇怕是也忙不过来。

"阿奶阿奶，你快来！快来！"

听惯了小孙女的大呼小叫夏奶奶也没当回事，边应着边跨过门槛："来了来了，都大姑娘了怎么还……乐，乐乐？"

一抬头，看到几年不见的孙女夏奶奶又惊又喜，眼眶瞬间就红了。

夏乐快步走过来放下东西将人扶住，叫了声阿奶。

"哎，哎！"夏奶奶用力抓着她的手臂一连声地应着，思念小儿子的情绪还没下去，这下更是被彻底激了起来，眼泪大颗大颗地往下掉。

夏乐拙于言语，只沉默着拿手背去蹭。

"阿婆您快别哭了，该笑呀，堂姐好久没来了呢，您再哭可要把人吓跑了。"说着话，笑容明媚的姑娘冲着夏乐叫了声姐，不算出众的相貌因为两个酒窝

17

显出几分甜美来。

夏乐点点头，喊了声莹莹，夏莹莹脆生生地应了，笑得更是见牙不见眼，勤快地把堂姐的东西往里搬。

夏奶奶得了提醒忙忍住泪露出笑，这种带着泪的笑让人看着格外心软，夏乐垂下视线扶着人进堂屋，边道："往后我常来看您。"

"你哪能常来，两年能回一趟阿奶就高兴咯。"

"我退伍了，能常来。"

夏奶奶猛地转过身来，嘴巴动了动什么都没说出来，只是眼巴巴地看着她，希望她能多说点。

夏乐扶着人坐下，回头叫了声快步进来的大伯，又朝他搀着的老人叫了声阿爷，将人扶到高位坐下，按着老家的规矩给两老磕头。

这头她是替自己磕的，也是代她父亲磕的，不用说大家都心里明白，所以也没人拦着。

本分了一辈子的夏老爹红了眼眶，夏奶奶已经哭得不能自已。这时其他亲戚也都闻讯赶来，夏乐站起来后喊了一圈的人，她记性好，在部队又专门受过这方面的训练，就算有的亲戚是好多年前才见过的她也一个没喊错，在场的人个个心里受用，好听话不要钱一样往外扔。

夏乐安静地听着，反倒是夏奶奶惦记着之前孙女说的话，心不在焉地听了几句就朝着大儿媳妇孙玲使了个眼色。

孙玲虽然有时候也会小心眼地计较只有老小家的回来了才是宝贝疙瘩，可她也拎得清，自从她嫁到夏家夏老小就当兵去了，这么多年没和做哥嫂的争过什么东西，只有往家里买没有从家里拿过，后来家里建房子虽然出了一部分钱但也明确说了不会要。老小出事头两年她还担心弟媳妇会作妖，没想到人家半句没提过，还是每年会来一趟，该给老两口的半点不含糊，还会带些好东西给他们哥嫂侄子，就好像还是夏家的儿媳妇一样，八年就这么守下来了，也没有听说过要再找，冲着这一点她也愿意和老小留下的妻女好好相处。

这会她就极为机智地打着哈哈把公公婆婆拉起来，又将夏乐拉过去一往旁边屋子里推："你阿爷阿奶想你想得紧，快去陪他们说说话。"

门一关上，屋子里安静得仿佛进入了另一个世界，夏奶奶迫不及待地问，"乐乐，你不当兵了？"

夏老爹连忙看了过去。

"嗯。"

18

"那，那你爸……你，你不找了？"

"我换个方式去找，部队也没有放弃，有什么消息会立刻告诉我。"

"可你都不在部队了……"夏老爹连忙拍了老婆子一下，接过话来道："你奶奶没有别的意思，你别往心里去，退伍好，退伍好，你妈也不用担心了。"

夏奶奶也回过味来，乐乐要是多心，可不就是要觉得在她这里儿子重要，孙女危不危险就不重要了，她赶紧起身坐到孙女身边抓着她的手哽咽着道："乐乐，阿奶就是太想你爸了，就想着你真能把他找着，就算是，就算是能带回他一把骨头也好过现在这样生不见人死不见尸，孤魂野鬼的在外飘着都找不着回家的路啊。"

夏奶奶哭得泣不成声，她家的老小啊，小小年纪就不知道怎么迷上了那一身军装，嚷嚷着长大了要当兵。当兵好啊，有免费的饭吃，有衣服穿，能省下多少钱，后来他读书成绩好，他们就想着家里能出个大学生就是祖坟上冒烟，比起当兵来当然是大学生好。可没想到她家的老小争气，不但成了他们当地第一个大学生，还是考上的军校，那小白杨一样的身板穿着军装的样子不知道多好看，比谁都好看，那是他们老夏家的骄傲，他们的骄傲啊，就这么没了。

夏乐低头给奶奶擦着仿佛永远擦不完的泪："我会继续找，阿奶你放心"。

夏奶奶摇摇头，哑声道："不找了，咱们不找了，乐乐啊，你听阿奶的话，去做一份安稳的工作，再找个好人家嫁了去过自己的日子，为了你爸你已经耗进去八年，够了，咱们好好地去过自己的日子，啊？"

"我知道的。"夏乐顺着话应了，也不解释更多。

夏奶奶倒是先反应过来："这样的话以后真就能多来几趟了？"

"是。"

"不能骗我，一定得常来，阿奶给你做好吃的。"

"不骗您。"她的声音仿佛有抚慰人心的力量，夏奶奶泪迹未干的脸上浮起笑意，一连声地说着好。

夏老爹点了根烟没有说话，他年轻的时候是出过远门的，比老婆子有见识，也没那么好哄骗，自然不会真以为这为了老小进部队一待就是八年的孙女真就放弃了，只是不管她打算怎么做都好过在部队，自从老小没了后他就担心孙女会步他后尘，退伍好，退伍好啊，没了的已经没了，还在的得好好活着。

将近三年没见着孙女，夏奶奶是怎么看怎么欢喜，这也问那也问问，夏乐就捡着部队里能说的说说，很枯燥的话题，一个说得认真，两老听得也高兴,直到夏莹莹探进头来才停了话头。

"阿公,到点了,先吃饭吧。"

老两口这才想起外边还有一屋子亲朋,夏奶奶赶紧起身道:"先吃饭,乐乐和其他人不熟,莹莹你陪着你姐,可不许出去野了。"

"知道知道,还用您说呀。"夏莹莹蹭过来抱住堂姐的手臂,心里那叫一个满足,总算能名正言顺地亲近堂姐了,啊啊啊,她家堂姐真是帅死人啊啊啊啊!

夏乐有些不适应这样的亲近,不过她也感受得到堂妹的热情,忍着不适没有把手挣脱出来,随着她的力道坐到了饭桌上,这一桌都是小辈,打量的目光几乎都落在了她身上。

肩平背直,这是一个军人的样子,神情不用有多严肃,就是视线平平地扫过也能让人下意识地就跟着绷直了背。

对比其他几桌的热闹,这一桌安静得有点诡异。

夏莹莹忍住笑,体贴地给大家解围,"姐,这次可以多住几天吗?"

"明天走。"

"姐你工作定了吗?"

"差不多。"

夏莹莹再接再厉:"婶婶身体好点了吗?"

"好多了。"

"阿公和阿婆准备了些东西给婶婶,本来是准备让我开学了带过去的,姐你明天顺便带走?"

"好。"

夏莹莹垮了脸:"姐你都不问我在哪里读大学啊?"

"乌大,大三了。"

"姐你知道啊!"夏莹莹立刻笑开了花,哎呀,堂姐也是关注她的嘛!

"这两年谢谢你。"

夏莹莹双手连挥:"没有没有,婶婶做的饭菜可好吃了,我就是去蹭吃蹭喝的,对了,还住了姐你的房间。"

"以后还可以来住。"

"哎?姐你不是退伍了吗?不住家里?"

"另一间房收拾好了。"

夏莹莹收起一贯的嬉皮笑脸讷讷地应了声好,因为崇拜堂姐,她头悬梁锥刺股地拼命考上乌大，还想着毕业后就在乌市找工作，以后堂姐回来了可以多见几面，只是没想到两年都没能见到人，却被婶婶的厨艺收服了。她头一次知道一个女人，一个丈夫和女儿都不在身边的女人可以过得那么优雅，就连琴声里都听不出幽怨，她从一个小地方出去的假小子到现在开朗大方朋友无数，没人知道婶婶对她的影响有多大。

"那个夏乐姐，我想问一下，部队考军校难吗？"

夏乐循声看去，是远亲家的一个小子，她记得叫夏小军。

夏小军咧嘴笑了笑，"那个，我响应国家号召入伍了"。

"应届毕业？"

"对，高考没考好。"这并不是夏小军唯一的出路，却是他非常愿意走的一条路。

夏乐不多问，只回答他之前的问题："名额有限，部队会先有选拔，体能和专业合格才有资格，文化考和高考差不多。"

很好，精简得让人一听就懂，但也让夏小军不知道该怎么继续问下去，之前明明有很多想问的……

吃饭时一桌人再一次体会到了什么叫差距，夏乐吃完三碗时其他人一碗都没吃完，他们不知道，这已经是夏乐放慢后的速度了。

夏莹莹怕堂姐不自在，把碗里的饭扒干净后就放下了筷子拉着人起身，"我去给堂姐收拾房间，你们慢慢吃。"

虽然夏涛一家一年也难得回来一趟，可家里常年有一间房是留给他们的，夏莹莹拉开柜子去拿凉席，那东西重，正要叫堂姐来搭把手，却见堂姐一双手来轻轻松松把她抱都抱不起来的凉席搬走了。

夏莹莹咬住下唇，突然就难过得不得了。小的时候她很羡慕堂姐，明明她才是家里最小的，可每次只要堂姐来了所有人就都只说她好，千好万好，好得不得了，没有一个人记得自己。

可她更羡慕堂姐，堂姐那么好看，头发那么长，发夹那么好看，穿的小裙子只在电视里见过，不像她，剪着男仔头，晒得乌龟一样黑，婶婶送她再好看的发夹戴到她头上也像是戴错人了。

后来她那个笑起来露出一口大白牙，会把她举得高高的叔叔不见了，生死不知，她的堂姐剪了她羡慕的长发，收起了所有小裙子，不再弹钢琴，和叔叔一样穿上了军装。所有的羡慕嫉妒在那一刻都化成了崇拜，崇拜到想跟着一起去当兵的地步，可惜她扁平足，只这一关就过不去，更不用说还有爷

21

婆父母那四座大山要翻。

于是她考去了乌大，离婶婶近了知道的事情也就比家里人多一些。她知道叔叔是出任务时消失的，队伍其他人都死了，她知道堂姐经过层层选拔进了叔叔所在的部队，她还知道堂姐也在出危险任务，因为有几次明明说好了要回来探亲，婶婶满心欢喜却没有等到人。

知道得越多她越佩服，也就越想知道堂姐为什么退伍，她以为堂姐会一辈子都穿那身军装。

可她没有问，作为军人亲属，她无师自通地学会了保密原则。

"夏小军为什么入伍？我记得他成绩不错。"

"嗯？"夏莹莹回神一看，床已经被堂姐铺好了，被子也被叠成了豆腐块，哪都透着股整齐劲。

好奇地摸了摸被子角，夏莹莹道："小军他爸妈离婚了，人都见不到，哪里还会管他是不是去当兵。他成绩那么好，我们都以为他能考上重本呢，没想到临到高考了家里闹了场大的，高考就考砸了。阿公和阿婆都劝他复读一年，学费亲戚一起凑，小军不愿意，说去部队磨几年挺好的。"

"可不就是挺好的，进了部队就不用找家里要一分钱了，想到那对夫妻夏莹莹就觉得恶心，夏家就没出过那样不要脸的爹妈，儿子马上要高考了还能玩一出捉奸在床的戏码，成日里不得安宁，要不是小军天生性子好，又一直有亲戚规劝着，早就走上报复社会的路了。

"姐，晚上我把夏小军叫来，你在部队待那么多年，有什么需要注意的你给他提个醒呗。"

"好。"

夏莹莹笑眯了眼，扑到被子上左右滚了滚把那豆腐块压塌了，特别的心满意足，哎呀，她真的太坏了。

心里所有阴霾好似都散开了些，夏乐唇角上扬。

"姐，你工作安置在哪啊？政府部门吗？是回了乌市吧。"

"没让安置。"

夏莹莹腾地坐起来瞪大了眼睛："为什么呀？"

夏乐是真喜欢这个小堂妹，也不瞒她，打开手机翻了个网页给她看。

"原创音乐大赛……"夏莹莹眼睛瞪得更大了，"姐你别告诉我你参加了这个！我会晕过去的！"

"对。"

说要晕过去的夏莹莹坚强地撑住了没晕,低头继续去翻手机新闻。这节目做得挺大,宣传非常跟得上,虽然还只是过了海选,但是这档节目和别的音乐节目区别就在于第一轮的海选是不用见人的,只听DEMO,这一轮就筛下了一大部分,剩下的谁优谁劣谁有价值也已经能看出来一点了,节目现在推送出来的选手就是他们比较看好的人,可是……

看看那些妖艳贱货再看看一身正气的堂姐,看看一身正气的堂姐再看看那些妖艳贱货,夏莹莹觉得自己还是晕过去比较好,她要怎么去想象她亲爱的姐姐以后也穿那种,那种怪里怪气的表演服!

无法想象!

是的,她就没想过她姐姐会被淘汰,她想的就是她姐姐以后上了舞台要穿那些指定的衣服怎么办!现在去换个专业已经来不及了啊!

"婶婶知道吗?"

夏乐点点头。

"婶婶不反对?"

"不反对。"

也对,她温柔贤惠的婶婶怎么会像别人的妈妈那样不讲道理,找不到友军,夏莹莹不死心地又问: "姐,你为什么要去参加这种……这种比赛啊,难道这是你小时候的梦想?"

夏乐摇摇头,她以前的梦想是做一个词曲人,没想过要站到台前去,她这么做只有一个理由: "如果我出名了,我爸就能看到我。"

夏莹莹一愣,突然就什么都明白过来,明白了堂姐为什么要退伍,为什么要参加这种一看就和她不搭的比赛,她看中的是明星的曝光度。如果她成了明星就会经常上电视,网络上一搜就会有她的新闻,只要叔叔能接触到网络,能看到电视,就能看到堂姐,可前提是,叔叔还活着。

"姐,一定要这样吗?"

夏乐擦掉她脸上的泪: "我爸还活着,我知道。"

她靠着这个信念撑过了能让人从皮囊到灵魂重新锻造一遍的操练,靠着这个信念在枪林弹雨里活了下来,她就是知道,她爸一定活着!

"可你的人生并不只有这一件事!如果,如果叔叔真的,真的再也找不回来了呢?"

"总要试试。"

"那也不用耗上你的一辈子啊!"

夏乐很少面对眼泪，部队里没有泪水，回来后她只见到妈妈哭了一次，今天被阿奶的泪水洗礼了一遍，这会再见到堂妹的满脸泪她仍然有些无措，艰难地解释道："我没有耗上一辈子，我只是想找到我爸……"

夏莹莹本来还忍得住，听到这话干脆放开了嚎啕大哭，她也说不清楚为什么要哭，她就是想哭。

"莹莹……"

"怎么哭了？怎么了这是？"听到动静夏家几口人都上来了，夏奶奶怕媳妇误会，忙走近了问。

夏乐不知道怎么解释。

倒也没人觉得是夏乐欺负了夏莹莹，不说莹莹本身就不是个吃亏的性子，就夏乐的人品他们也都信得过。

夏莹莹抬起头来，抽抽噎噎地道："姐给我讲了个她战友的故事，感动死我了。"

孙玲没好气地白她一眼："楼下还那么多客呢，你丢不丢人，也不怕吓着乐乐。"

夏奶奶气笑不得地拍了小孙女一下："多大个人了，动不动哭鼻子，不知丑。"

"我丑不赖我，赖您，您把我爸生成那样，我像我爸还不就长成这样了。"

夏奶奶笑得不行，又拍了她一下，转而对夏乐道："别理她，都二十岁的姑娘了还跟个小孩子一样。"

"挺好的。"夏乐看着止了哭的堂妹一眼，再次道，"莹莹挺好的。"

善良，感性，看似咋咋呼呼实际很有分寸不给人难堪，也知晓什么说得什么做得，真的挺好的。

夏家的人自然乐得见到姐妹俩感情好，嘱咐了几句就又下楼去招呼客人了。

夏莹莹把已经被她折腾散了的薄被团了团抱进怀里，哽声道："姐，你不再想想吗？你知不知道娱乐圈和部队不一样！"

"我要试试。"

夏莹莹想说，每天有多少人削尖了脑袋往那个圈子里挤，最终能出头的也不过那么几个，她想说那个圈子不干净，就算她只是一个普通的大学生也知道这一点，堂姐部队里磨出来的性格不可能受得了，她还想说如果叔叔真的还活着，一定不会想看到堂姐为他吃那么多苦头……

可是，她说出口的却是："姐你需要一个助理，这活是我的。"

夏乐当然不能答应，她不知道要在这条路上磨多少年，怎么可能拖着堂妹一起，但她不能也不愿意拒绝这份珍贵无比的心意："你先念完大学。"

"驳回，大三我会尽快修够学分，大四基本就不用待学校了，我应付得过来。"

"莹莹……"

"任何理由都驳回！你要找爸爸，我也要找叔叔！"眼泪说来就来，夏莹莹把脸往被子里一埋抹了个干净，只是抬起头来时仍有眼泪往下流，"姐，我们一起！明天我就和你一起回乌市！"

夏乐不说话，抬起手摸了摸她扎得高高的马尾，曾经她长发及腰，堂妹剪着男仔头，谁都说她好看，现在反过来了，堂妹留了一头长发，她则常年一头短发，这么看着她才知道长发确实是可以给一个人加分的，她曾经黑黑小小的堂妹如今真好看，比那些做直播的好看多了。

夏乐没有把自己当客，听到楼下说话的人多了就知道饭应该都吃得差不多了，把哭累了昏昏欲睡的堂妹扶着躺好，轻手轻脚地下了楼。

孙玲见到她就笑："怎么下来了？坐了几个小时的车，快去睡会。"

夏乐摇摇头，上前帮着收拾碗筷。

孙玲拦了下没拦住也就随她去了，再加上从厨房过来的夏雨，三人利落地把场面收拾了，夏雨去泡茶待客，孙玲和夏乐各自搬了个小凳子坐到大胶盆前洗碗。

看了眼更加没话了的夏乐，孙玲笑道："这可好，莹莹去你家被你妈当公主一样养着，你难得来一趟还要在这洗碗。"

夏乐摇摇头："莹莹是去陪我妈。"

孙玲笑，自家女儿她当然了解，做妈的也就是希望女儿掏心掏肺对其好的人能记得她的好罢了。女儿上个大学有这么大变化，有多少是邱凝的功劳她也是记在心里了的，有些东西她自己都不会，自然也就没法让女儿会。

而这些，邱凝都教会了莹莹。

絮絮叨叨地说了阵话，洗完一大盆的碗，夏乐又去扫了地，把该收的收起来，该清的清理掉，知道大桌子借了邻居家儿张，她弯腰就要去扛，还是孙玲一把给拉住了，指着大儿子夏亮鼻子笑骂道："这活都要乐乐干，还要你干什么！"

夏亮觉得自己冤得很，在妈妈的瞪视下扛了桌子赶紧跑了。他就是根本没想到乐乐会干这活反应慢了一点，哪家的妹子会去扛桌子，不要说城里，就是乡下他也没见过！

"好了，这下可没活让你干了。"孙玲被逗笑，"怎么就这么能干了，都是在部队学会的？"

"内务都是要会的。"

孙玲敛了笑，在心里叹了口气，哪家的孩子不是心肝宝贝，也就是在部队磨过了才能看到电视里那些被夸得花一样的军人。

"你阿公和阿婆午歇了，你也去躺会，等晚点让莹莹带你去园子里摘橘子吃。"

夏乐不是个会哄人的小辈，但她听话，能干，长辈说话时认真倾听，不会手机不离手，也没有时下年轻人那些浮躁的毛病，在夏家待了一天一晚，到第二天她要走时常年不在一起的生疏感已经没了。

夏奶奶按了按眼角，脸上却笑着："才工作肯定是忙的，要有时间你就给阿奶打电话，不能常来也没关系，阿奶现在还走得动，可以去看你。"

"好，我来接您和阿爷。"

"你好好工作，我们自己去。"夏老爹知道才开始工作都不会轻松，听说如今城里都喜欢乡下的东西，他得多准备一些回头就给乐乐送去，让她拿去送领导。

"夏莹莹你给我站住。"孙玲的河东狮吼让众人都回头看去，就见到夏家那个就算留了一头长发还是一副假小子性格的女儿拖着行李箱朝着这边跑过来，那速度都让人有点担心那几个小轮子是不是会掉了。

孙玲手里抓着扫把边追边骂："离开学还有二十来天，你好意思现在就赖到你婶婶家去？家里装不下你了是不是！"

"我说了我是去打假期工，妈你把扫把放下，我都多大了，给我留点脸行不。"夏莹莹直往她哥身后躲，夏亮也护着妹妹，左挡右遮地挨了好几个。

"我信了你的邪，二十天够你去打个什么工，夏莹莹我告诉你，你马上拖着你的箱子给我回去，别以为我不会揍你！"

"我就是去打工的，妈你怎么不信我！"

"我养不起你还是怎么的，要你去赶着这二十天打工。"

"我不管，反正就要跟姐一起走，我都给婶打过电话了。"眼见着扫把又扫了过来，夏莹莹把箱子往堂姐手里一放就跑了，"姐你快点，我前边等

26

你，阿公，阿婆，我走了啊，回头给你们打电话，爸，赶紧给你老婆撑住眼角，要长皱纹了！"

小镇就这么大，抬头不见低头见的谁不认识，听到这话都笑得不行，夏家一家子都老实，偏就出了这么个皮出名的闺女，别人家都是拿鞋底抽儿子，他们家是抽女儿。

孙玲也没绷住，又气又笑，更不要说家里的其他人。

"大姑娘了，别拘着她，有邱凝看着出不了错。"夏奶奶从兜里拿出一个崭新的红包塞到夏乐手里，"乐乐这个你收好，还是年前准备的，没多少钱，就是图个吉利，里边有个玉佛是开过光的，他们兄妹几个都有，你不喜欢戴也没关系，放钱包里就行，保佑你平平安安。"

夏乐把这份心意珍而重之地用双手接过来，取出玉佛戴上，哄得夏奶奶眉开眼笑，现在的年轻人可没几个喜欢戴这个的。回头看了一眼跑出去老远朝着她猛挥手的堂妹，便是已经被锻造得心如钢铁这会也浸染了温度："伯娘，我会照看好莹莹。"

"在你们跟前我当然放心，就是觉得太麻烦你和邱凝了。"私心里孙玲也是愿意女儿和邱凝多亲近的，她比自己有本事。

夏乐摇摇头，提起两个编织袋另一只手去拖箱子，夏亮这次没让他妈提醒，连忙把分量不轻的袋子接过来。

"阿爷，阿奶，大伯，伯娘，小姑，我走了。"

夏奶奶眼睛又开始红了，哽咽着道："好，注意安全，记得打电话。"

"会的。"

夏莹莹的吆喝声又传了过来："姐，车来了，快点！"

"这鬼崽子……"孙玲磨了磨牙，掏了下口袋发现没带钱，她回头去掏夏海的，就掏出一把零钱来。

夏亮连忙把自己的钱包贡献出来，孙玲从里边数了十张一百的，走近了，对着夏莹莹那张讨好的脸实在说不出什么话来，用钱拍了她的头一下，没好气地叮嘱道："多干活少吃饭，别仗着你婶好说话就不知道进退，让我知道了看我不抽你。"

"哎呀妈你放心吧，不会给你机会揍我的！"

孙玲就势给了她脑袋一下，舍不得地又揉了揉，虽然皮得跟个小猴子一样，可内里却听话乖巧，从没真正淘过气，比起那些阳奉阴违的不知道省了多少心。

夏莹莹把头搁在窗户上冲着她妈撒娇，"我会打电话回来的，手机一定二十四小时开机，保证让您随时能找着我！"

"每天都要打。"

"是是是，遵命。"

孙玲白她一眼，笑着对坐到女儿身边的夏乐道："乐乐，你管着点妹妹，她要有什么做得不好的你收拾她，伯娘绝对不怪你。"

"莹莹很好。"

经过这一天相处夏莹莹已经知道了堂姐是什么个性子，这会便插科打诨道："妈，您是不是我亲妈啊！"

"我也在想是不是生你的时候抱错了。"听到司机按了声喇叭，孙玲把女儿的脑袋按回去，"听话一点。"

"知道知道。"

车子启动，刚才还笑得欢的姑娘眼睛就有点红了，伸出头去朝外边用力挥手，直到看到她妈做势要揍她才把头收了回去。

Chapter 2
再相遇

"婶婶,我来啦!"

门一打开,邱凝连忙后退一步张开双手抱住扑过来的大姑娘,笑容不自觉地就已经挂在了脸上,爱说爱笑嘴巴还甜的孩子长辈总是喜欢的,这两年多亏她给自己的生活增加了许多乐趣。

"要知道乐乐过去一趟能把你带过来,她退伍一回来我就把她赶过去了。"

"就是,怪婶婶。"

这顺杆子往上爬的事还真是这丫头会做的,邱凝拍了她背一下:"也不怕你妈妈吃醋。"

"她才不会呢,巴不得我多跟着婶婶学学怎么做个安静的美人。"夏莹莹装模作样地叹气,"唉,她不知道有些事情是需要天分的吗?"

邱凝笑得不行,点了她额头一下。

夏莹莹不倒翁似的晃了晃,笑着露出一口大白牙。

"婶婶,姐说有我的房间,是不是呀!"

"是是是,知道你姐要回来我就重新给你收拾了一间,知道是哪间吧,需要婶婶带路吗?"

"不要,嘿嘿。"夏莹莹笑眯了眼,"这家里我敢说姐都没有我熟……姐,我箱子你拖进去了?我自己来就好啦!"

两人这才发现她说话的这会工夫,门口大袋小袋的东西都不见了,晃眼一圈客厅里都看不着,对望一眼,以后她们大概都得适应家里有这么个办事雷厉风行的人,不过……真好。

晚饭后，趴门上听了会里边的吉他声，夏莹莹蹑手蹑脚地跑进了婶婶的房间，邱凝把睡觉的时间都推迟了，正靠在床上等着她呢！

"说吧，怎么突然过来了。"

夏莹莹把化妆台前的凳子搬过来坐到床边："婶，你真让姐姐去参加那个歌唱比赛啊？"

"她和你说了？"

"嗯。"夏莹莹托着腮趴在床沿。

"理由你也知道？"

"姐说了。"

"所以我怎么阻拦她呢？"

"可是……婶我不是说难听话，这么多年了，叔说不定就已经……"夏莹莹眉头都皱成了一团，"当明星哪有那么容易，更不用说就算付出很多努力也不一定能成名，而且以姐的性格那些潜规则什么的她能忍？婶你就不怕耽误她一辈子吗？"

邱凝抬手把夏莹莹散落的头发搭到耳后："觉得我心狠，只惦记丈夫不心疼女儿？"

"有点。"夏莹莹实话实说，"不止您，阿公和阿婆都有点。"

邱凝笑，这是替小乐鸣不平呢，所以说这孩子心善："当年她要去当兵我就拦过，想尽一切办法去拦。她说她爸肯定还活着，他只是回不来，因为他是军人，还是个职位不低所属部队也特殊的军人，如果他死了有人能拿他做很多文章，很执拗的想法是不是？可这个理由说服了我。"

邱凝看向墙上穿着军装的男人拥着着婚纱的她，军装和笑脸，铁血与柔情，那是他们后来补拍的结婚照："你叔的军魂不是进入军校那天才开始铸造，是从小就刻进骨子里的，他绝不可能叛国，更不可能出卖国家利益为谁所用。以我对他的了解，如果他落在了谁手里，那他一定会了结自己杜绝一切可能，既然没有人拿他的尸骨出来做文章那就说明他还活着，只是我们谁也不知道他活在哪里，是不是在日复一日地等待救援，所以我拦不住小乐，也……不想拦。"

"婶……"

邱凝抬头看着天花板不让眼泪流下来："做明星就做明星吧，抛除外在的因素那也不过是个职业，以她的身手和性格我不担心她会吃亏，总归在我眼皮子底下待着，想见时能见上一面，总好过枪林弹雨里地闯，八年一共也只回了二十六天。"

夏莹莹眼睛红了,她是这两年才知道堂姐当的不是一般的兵种,所以她才更加佩服婶婶,不知道她是怎么撑下来的,还撑得这么不动声色。

"我去给姐当助理。"

邱凝愣了一愣,当助理?莹莹崇拜小乐她是知道的,可一个学电子商务的去做明星助理?

"莹莹,你不用这样,你堂姐有她的人生,你也有你的路走,不用把你们俩的人生重叠在一起,如果她真能在这条路上走下去,以后签了公司会有安排的。"

夏莹莹摇头,倔强又感性:"婶你不知道多少明星被前助理坑过,我怎么能让别人来坑了我姐,婶你放心,我会安排好时间,不会耽误学业的。"

"傻姑娘,你当那条路好走?小乐能不能走通都得两说。"

"婶,我还年轻呢,经得起耗,姐都可以,我更可以。"夏莹莹粲然一笑,"婶,我是很认真地想过的,你就当我这两年是在勤工俭学了,而且我也相信姐一定会成功,您不知道她这一款现在多吃香。"

"吃香?"

"对呀,个高腿长又酷又帅,很吸粉的。"夏莹莹一脸迷妹样,"而且我姐都不用刻意走中性路线,可美可帅,这不是哪个明星都有的本钱。您等着看吧,我夏莹莹都奉为女神的人一定也会成为别人的女神,您得相信我的眼光!"

邱凝白她一眼,到底还是被她逗笑了,轻拍了她的脸一下没有再劝,就像莹莹说的她还有时间可以蹉跎,如果两年后小乐这边没有起色,那自己帮她找一份稳定的工作就是了。从私心里说她也希望小乐身边有个信得过的人陪着,哪怕不那么能干也没关系,只要能陪在她身边就好。

夏乐没料到莹莹会这么快说服她妈,论嘴上功夫她怎么都不是那两人的对手,分分钟被击退,只好保持沉默。而夏莹莹又怎么会真的愿意只做个端茶递水陪在身边的小助理,她天天泡在各种论坛里分析研究,买回来一堆的书拿出当年备战高考的架势忙活起来,她可是要做女神背后的人,怎么能什么都不懂呢?

"姐,换上这套衣服。"

夏乐回头看向一早就元气十足的堂妹,视线落在她手里的衣服上,如果没记错,她的衣柜里应该是没有这身衣服的。

"我买的。"夏莹莹非常进入角色,把上衣打开给堂姐看,"和你平时

31

穿的衣服也差不多,就是普通的衬衣和牛仔裤,只是款式要新颖一些。"

"花了多少钱,我给你。"

"这是姐你的第一次比赛,我们的起点从这里开始,所以姐,给我一个参与的机会,我是穷学生,没什么钱,只能送得起这样的,你别嫌弃。"

夏乐沉默片刻,收下了这份心意:"谢谢。"

"不谢不谢,姐你快去试试!"

夏乐拿着衣服进了浴室,脱去长衣长裤,没有一丝赘肉的身体上或深或浅、或大或小的疤痕再无遮掩,从上身至小腿,有些地方明显是新伤,所以皮肤的色差还很打眼,唯有露于外的脖子、脸、手和小手臂是完好的,并不是这些地方没有伤着,而是回来之前她去军区医院处理过那些旧疤痕了。

对着镜子摸了摸那些疤痕,夏乐不是不在意,可她活下来了,比起那些永远留在了青稞山脉的战友这些疤痕又算得了什么,她连自怨自艾的资格都没有。

将那些情绪悉数压下,夏乐拿起衣服却愣了愣,衬衣是长袖的,在这八月的天气……

屋外,夏莹莹出了屋,冲等在外边的邱凝指着浴室摇了摇头,无声道:"没看到。"

邱凝勉强笑了笑,扶着沙发绕过去坐下。小乐回来快二十天了,这么热的天从没穿过短裤,哪怕是在家里也是长衣长裤,给她买的现在时兴的那些衣服更是一件都没穿过,一开始她以为是不习惯,可后来她无论何时都这么捂着就让她不得不多想,她也希望真是自己多想了,而不是……

"婶,我会再找机会的。"夏莹莹挨过来低声道。

摸了摸她的头,邱凝叹了口气:"不用刻意,以后你们相处得多总能找到机会的。"

"我知道。"

里边传来开门声,夏莹莹赶紧蹦了过去,这一看就捂着嘴喊开了:"婶,婶,你快来看!"

邱凝心下一咯噔,三步并两步地走过来一看,看着白衬衣配修身牛仔裤的女儿也觉得好看,可她还是忍不住拍了夏莹莹的肩膀一下,还以为小乐暴露什么了呢!

夏乐踢了踢腿,她穿惯了宽松衣服,突然穿这么过于修身的裤子感觉很不习惯。

夏莹莹跑过去给她整理了一下，道："没买紧身的就是放过你了，姐你腿又瘦又直，穿紧身的肯定特好看。"

夏乐立刻闭上嘴，把要换一条裤子的话吞了下去，紧身的她虽然没穿过但是见过啊，那样的她绝对穿不惯。

邱凝转过头去忍笑，别说，莹莹这性子其实还挺治小乐的。

第二天夏乐就是穿着这一身再搭了双小白鞋去了电视台，作为一个合格的助理，夏莹莹自然是紧随在侧，还像模像样地泡了一保温杯润嗓子的茶，唯一和助理不太像的是一大包东西都是夏乐自己背着。

占地利之便，夏乐不用飞机高铁的折腾，自己开车过去不到一个小时就到了。

"姐，姐，车位，那里那里。"绕了两圈好不容易找到一个停车位，夏莹莹几乎要在车里站起来，是安全带勒住了她。

夏乐老练地打着方向盘，比另一辆车更快一步地把车停了进去，一步到位。

"姐你一级棒！"

夏乐唇角弯了弯，这有什么，基本功。

从后车座拿了包下车，夏乐抬头对上落在自己身上的视线，她有点意外地扬眉，是那天在事故现场助了她一臂之力的男人，没想到会在这里碰上。

把墨镜滑到鼻尖的男人露出一双笑眼："真是人生无处不相逢啊，又见面了。"

夏乐点点头："你好。"

"你好你好。"男人笑得神采飞扬，眉眼间没有半点阴霾，夏乐很少见到这一类人，人总是不那么容易满足，也就总是在为难自己，那种无形的压力在眉眼间是藏不住的，可这个人没有，他是真的快活。

男人走过来介绍自己："我叫郑子靖，立青靖。"

"夏乐。"

话真少，郑子靖笑容不变，看向她身边的人："这是……"

"妹妹。"夏乐并不说出名字，对他点点头就招呼着莹莹绕过他往前走去。

郑子靖笑眯眯地让开，哎呀，部队里出来的人就是不一样，真有个性，不过还真是有缘，没想到在这里碰上了。

"子靖哥。"车门打开，一个漂亮的姑娘走出来，带着微微醋意娇声问，"那是谁啊？"

"朋友。"郑子靖并不多做解释，只是用一张笑得让人无法拒绝的脸让对方不好再继续追问，回头看了越走越远的姐妹俩一眼回到了自己车上继续寻找车位。

那边夏莹莹也在偷偷问："姐，那是谁啊，好帅！"

"见过一面。"夏乐偏头看着自家妹妹警告道，"不许起心思。"

夏莹莹吐吐舌，她哪敢啊，那人一看就是个花花公子。

"姐，那边。"看到指示牌，夏莹莹拉着堂姐往那个方向走去，贴着牌的房间里已经到了一些人了，姐妹俩坐到靠里不那么起眼的位置。

"我打听了下，这一场就开始录制了，姐你的号排得挺前面，听说有的人还要等三四天呢。"夏莹莹倒了一盖子茶水递过来，为了不让堂姐吃亏，她使尽浑身解数，如今可是打进了一个神秘的内部群，就算只能得到一些边边角角都是半真半假的消息，好歹也能让没什么门路的堂姐没那么被动。

"糟了，姐，我忘了给你化妆了。"夏莹莹一拍额头，她就说自己有什么事没做，原来是这！作为一个口红都没抹过一张素颜闯天下的人她哪里有这个意识，不过婶婶怎么也没提醒她？

看了看前前后后那些男帅女美的选手，夏莹莹翻了翻自己的小背包，什么乱七八糟的都有就没有化妆品，她又去翻堂姐的，毫不意外同样什么都没有，两人面面相觑，夏莹莹放弃了："没事，堂姐你天生丽质，不用化妆都比她们好看。"

说这种话的时候还知道要压低声音，夏乐只能摸摸她的头以示表扬，然后看向门口，那里走进来两个人，巧了，还是熟人。

郑子靖也看到了她，非常自来熟地朝她扬了扬手，夏乐远远地点了个头，不再理会。

"子靖哥……"

"许秋怡妹妹，送到这我就算完成任务了。"郑子靖双手插兜耸耸肩，"奉命要去谈点事，走了，你好好表现。"

"你会看吗？"

"应该不会。"看那边夏乐没有要理会的意思，郑子靖也就不去自讨没趣了，摆摆手转身走人，那潇洒的姿态不止让许秋怡恋恋不舍，就是屋里其他人都不由得眼神追了出去。

许秋怡回过身来姿态矜持地扫了一圈，向夏乐走过来。

夏莹莹悄悄地掐了掐堂姐，夏乐看她一眼："没事。"

脑子里已经补了一出大戏的夏莹莹目不斜视，用眼角余光瞥着那漂亮的妹子在堂姐身边坐下，就算觉得她来者不善，还是得承认她姿态挺好看的。

"你好。"

夏乐礼貌地回了个你好。

"你和子靖哥……很熟吗？"

"不熟。"

"……"这个答案太过出乎预料，许秋怡完全不知道要怎么继续往下问了，人家都说不熟了，还能怎么问？！

夏莹莹忍笑忍得肚子疼，堂姐威武，一招制敌！

尴尬的气氛在三人之间蔓延，好在也没有多久就有一个背着吉他的男人坐到了许秋怡身边打破了这种氛围，之后陆陆续续地有选手进来，房间渐渐满当起来。

高跟鞋的哒哒声从门口传来，一行人走了进来，走在最前边的女人三十出头的模样，剪着时尚的波波头，一身漂亮的套裙衬得她身材极好，细高跟鞋走得稳稳的，她拍拍手引起所有人注意，笑道："大家好，我是刘灿，这次原创大赛的副导演。"

有会来事的立刻脆声喊："刘导好。"

有人带动，陆续就有人跟着喊，刘灿点点头礼貌地笑笑，只这一会工夫她身后的工作人员就把人点清了："人都到齐了。"

"这次晋级要录制五天，最后进入比赛环节的有一百位选手，第一轮淘汰赛不台播，会剪出上下两期放到网上做预热，规则上这次淘汰赛是清唱，你觉得自己哪一段唱得好就唱哪段，因为时间关系，要求演唱时长在两分钟左右，再加上点评和花絮种种录制时间会很长，所以等待的时间请大家保护好嗓子，轮到你时提前会有人提醒，如果谁身体有不舒服的请及时找工作人员反映，不管是用药还是退赛都请给我们一点时间应对，有没有问题？"

"没有。"

"很好。"刘灿示意三个工作人员上前来，"从左至右分别是姜小莉，唐庆，秦媛媛，今天会由他们三个人带你们，有事随时可以找他们。"

给了大家一点时间，刘灿才又继续道："比赛完的选手淘汰的直接离开，晋级的会有工作人员带到另一个房间休息等候，等录制完成后我再和大家说明后续比赛的规则，所以请大家都记好了，无故离开的视为放弃晋级资格。"

屋里的人连连点头。

"现在要麻烦大家把上一轮的号码牌交给工作人员，然后请出示身份证，

35

以确认没有人冒名顶替,等这些完成后工作人员会带大家进录制厅。"刘灿双手合十于胸前,"另外请大家不要随意乱走,影响了其他部门的工作,有没有问题?"

"没问题。"

"好,那就开始吧。"

等候的时间里并没人喧哗,一个个都拿出了自己最好的仪态,新时代的人谁不混迹网络,就算年轻也绝不妨碍他们清楚其中的利害,所以哪怕是这种不重要的时候一个个也都表现良好,谁知道是不是哪个角落就藏着摄像机呢?是不是哪个评审正在暗暗观察他们呢?以后要是红了把这翻出来是加分还是减分就看今天的表现了。

可夏乐仍然很受瞩目。她个子高,在身边都是女生的情况下就显得很是出众,而且她气质干净,虽然是短发,却也不难看出五官长得出彩,一直在暗中观察的刘灿眼睛亮了一亮,多看了夏乐几眼,在心里把这人记住了,之前提示过要重视的人里可没有她,可现在瞧着形象分明很不错。

在场的都不是傻子,眼光时不时落到这个方向,私心里在她的名字前都标上了星号,需要多留意。

夏乐不将这种注视当一回事,夏莹莹可骄傲得不行,眼里的笑怎么都掩不住,看吧,这是她姐,又美又帅,以后会是你们最大的敌人!

青柠台出了名的工作效率高,三个工作人员一起登记,不到十分钟就把事情办好了,三人对照着iPad上的名单勾画了一下,确定没错后姜小莉拍了拍手高声道:"给大家十分钟拾掇自己,提醒一句,不要喝太多水,耽误了就得不偿失了,十分钟后大厅集合。"

夏莹莹顿时有点着急:"怎么办呀,姐,我们都没有化妆品啊,要不我去和人借?"

"你不是说我天生丽质?"夏乐哪里舍得她去赔笑脸,把人拉住转开话题,"看到洗手间在哪了吗?"

"有有,我之前就留意过了。"夏莹莹果然被引开了注意力,看其他人各自散开了也拉着自家姐姐往洗手间走去,边低声道,"我打听过了,助理可以一起进去,姐,我会陪着你的。"

夏乐心下一暖,摸了摸她的头:"你都从哪打听来的事?"

"哎呀这都是小事,姐你不用管这些,这都是助理的工作,你只要好好写歌唱歌就好了。"

夏乐唇角上扬应了声好，她很习惯把后背交给信任的战友，莹莹现在就是她的战友。

十分钟后，姜小莉踩着点出现了，再次点了遍人数就边把人带进了二号录制厅，边给众人介绍道："大家要熟悉二号厅，之后的所有比赛都会在这里进行，我也在这里祝各位能走到最后。"

"谢谢小姐姐。"

嘴甜的立刻道谢，七嘴八舌的捧场的也多，夏乐听着觉得挺有意思，有人的地方就有江湖，哪怕只是在这一方小天地争斗现在就已经开始了。

姜小莉面不改色地听着各种示好的话，带着一众人去到二号厅的后边，推开其中一间房的门："这里是你们的休息室，今天人多，会有点挤，大家都忍忍。"

房间布置得很大气，地方也是真的不小，可算上选手带来的人加起来得有一百五十人左右，自然就显不出它的宽敞了。

夏乐拉着堂妹坐在靠外边的地方，在这里可以将所有人都收入视线内，一旦出现意外情况救援起来也最方便。大家各自找座，心里有这样那样的思量，找的地方也各有不同，不一会有人坐到了夏乐身边。

"你好，我叫吴之如。"

"你好，夏乐。"

吴之如是个笑容甜美装扮也很甜美的妹子，很是自来熟："你好高哦，羡慕死你的大长腿了，穿什么衣服都好看，不用像我一样想尽办法去显腿长，你有一米七以上吧？"

"一米七二。"

"真好，这人胖了可以减肥，个矮了可没法去增高，我以前还信过那些广告呢，折腾来折腾去的把身体都折腾坏了也没长高半厘米。"

知道堂姐不是会聊天的人，夏莹莹仗着和吴之如年纪相仿又同样比堂姐矮一截很自然地把话接了过去："最痛苦的是在一堆兄弟姐妹里就属自己最矮，每次在外边觉得自己的身高已经够用了，一回家就被打回原形。"

吴之如在两人之间扫了个来回："你们是姐妹啊？"

"对啊，这是我堂姐。"

"不太像……啊，我没有别的意思，就是你们真的长得挺不像的。"

夏莹莹挥挥手笑得一脸无所谓："我们本来就不像，没办法，我像我妈，堂姐像她妈；我婶是美人，我妈是煤人。煤炭的煤，色号都不一样，这样的

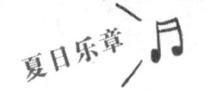

两个人生出来的女儿能长一样吗?"

好……好有道理,吴之如捂着嘴笑倒在身边的女人身上,幸好她妈妈不是煤人,对了:"这是我妈妈,她不放心我,非送我来。"

夏乐和夏莹莹齐声问好。

吴妈妈看起来四十出头,穿着只能说得上干净整齐,笑容腼腆:"你们好。"

都是年轻人,不一会坐得近的就都三三两两地聊开了,当然,没人会把自己的底子掏给对方看。

"夏乐,你都不紧张吗?我紧张得心都快跳出来了。"

看了眼捧着心直跺脚的吴之如,夏乐神情淡淡地点头:"紧张。"

"……"吴之如好想把镜子拿出来给她照照哦,就她这个样子哪里紧张了,倒像是来陪着妹妹参赛的,她妹妹看起来可比她紧张多了,别以为她没发现,那夏莹莹已经喝好几次水了,还往门口看了好多回。

不过身边坐了这么个人真的很能影响人,等到比赛开始时吴之如发现自己不那么紧张了,作为一个没有过上场经验的选手,吴之如知道情绪的稳定对自己有多重要。

录制正式开始,一众选手神情都紧绷起来。

"第一个,吴之如做准备。"

吴之如没想到自己是第一个,深吸一口气,跟着工作人员往外走去。房间的大电视打开了,可以看到实时转播,房间里顿时安静下来。

吴之如长得甜,声音甜,身材也很不错,相比起来她的歌曲就显得平庸了些,显然她很清楚自己的优劣势,唱唱跳跳极力发挥自己甜美的那面,作为第一个出场的选手,表现称得上不错。

评审不知道是想刺激后面的人还是真看好,竟然全票通过晋级,房间里的说话声霎时将电视里的声音都覆盖了。

"这样就给晋级了?"

这是议论声中讲得最多的话,夏乐没有太多想法,反倒是夏莹莹附耳过来有理有据地分析:"吴之如长得好看,好包装,这样的只要水平不是惨不忍睹节目组都会愿意多保一轮的。"

"不是词曲水平论高低吗?"

夏莹莹半点不意外堂姐会这么想:"水平当然也要看的,如果词曲创造水平让人惊艳,就算长得次了点也会让她多留几轮,可吴之如这样的会更好发展一些，写不了歌可以上综艺可以去演戏，等有点名气了会写歌就成加分项了。"

是这样吗？夏乐看向屏幕中蹦蹦跳跳着下台的吴之如，形象确实很好。

"姐你放心，你的形象分只会比她更高。"夏莹莹非常自信，吴之如那样的也就是在这一百个选手里矮个拔高个，可放到外边就寻常了，娱乐圈里随手一捞都能有一打。可堂姐这样的不同啊，那种骨子里透出来的东西形容不好，但是很难让人忽视。

夏乐心情稳定，如果被淘汰这次就当试水了，现在哪个电视台都会举办一些这样的选秀，她还有机会。

一个接一个的选手上台，或淘汰或待定，姜小莉再次进来："夏乐。"

夏乐站起身来："我是。"

姜小莉打量了她一眼，笑道："来跟我去做准备吧。"

出了门，姜小莉看向夏莹莹："你一会躲着点镜头，控制好情绪，现场观众不是工作人员充数，是附近学校的大学生，不要给选手招黑。"

夏莹莹愣了一下连忙应下来，这话她总结出两点：一，这人对自己，确切地说是对堂姐很友善，就不知道她是不是对每个选手都这样；二，观众是大学生，也就是说这些人很可能成为堂姐的第一拨粉丝！

到了录制厅，趁着姜小莉去和其他工作人员接洽，她附耳低声道："姐，你就和平常一样就行了，不要紧张。"

夏乐点了点头，扫了一眼有些乱的现场，下意识地评估安全系数，看没人注意她便不动声色地将绿色通道上的东西往里移了移。姜小莉无意间回头看到一开始没反应过来，和同事交接好后走过后才发现地上绿色的逃生指示灯全部露了出来，再回头一想还有什么不明白的，没想到这还是个把消防知识学得挺好的人。

姜小莉笑了笑，上前交代道："下下个就是你，开好嗓子准备好。"

"多谢。"

在现场，正在表演的选手紧张显而易见，声音都在发抖，毫不意外地被淘汰，紧跟着上台的选手不知道是不是受了她的影响也发挥失常同样被淘汰。

姜小莉脸色有些不好看，一档节目的成功与否不但对电视台影响巨大，对他们而言也是一荣俱荣，他们都盼着能出个一鸣惊人的选手撑起这档节目，可眼下看来有点悬，到目前为止还没有能让人眼前一亮的选手和让人一听就让人难忘的好歌。

另一边，已经听了有一会的郑子靖打了个呵欠，就他听的这些水平可都

夏日乐章

不怎么样,他虽然不会写歌,可旋律是不是好听总还是会听的,二姐真要赞助这样一档节目?他是不是可以坐等二姐翻船了?

正要和身边作陪的制片人说几句场面话,眼角余光瞥到舞台那边有个挺眼熟的人,用手挡住额头,遮了灯光仔细一看,嘿,是熟人,看这架势她是要上台?她不是来送家里姐妹参赛的,是自己参赛?这可就有意思了。

接到指示,姜小莉示意夏乐上台,大概是这一刻心生感慨,她给夏乐打了打气:"好好表现。"

"我会的。"夏乐最后喝了口茶,大步流星上了台,那股子爽利劲不但让姜小莉愣了神,就是下边已经有些不耐的观众都安静下来。

"评审老师好,我是夏乐。"

四位评审老师中唯一的女评审抬起头来,夏乐记得她叫郑秋燕,上一关见过。

郑秋燕显然也是记得她的,对她笑了笑:"准备好了就开始吧。"

这次做好了准备的夏乐自然是比上次要唱得好,可也只是和上次的她自己比要好而已,曲子太平,词没有新意,是真的不出挑,这个水平的选手前面已经淘汰好些了。

笔尖点了点夏乐两个字,郑秋燕赶在另外三位老师开口之前道:"演唱这首歌的副歌部分,哼唱。"

夏乐有些意外,她看得出评审并不满意她,她都已经做好被淘汰的准备了,有这个机会她当然不会放过,清了清嗓子哼唱起来。

三十秒左右的哼唱,低着头掩饰不耐的评审也都抬起头听得认真。

音调停下片刻,郑秋燕打破沉默:"上次你就差点被淘汰,是听你哼唱的那几句让我决定给你一个机会,夏乐,你有听过自己的歌吗?"

"听过。"

"感觉怎么样?"

夏乐回答得极老实:"还在学走路的阶段。"

其他三个评审都面露笑意,反倒是郑秋燕没笑:"你唱歌的时候是没有感情的,就是按着那个曲子把那个调唱出来而已,可你哼唱的时候不一样,非常有感情,那种鼻腔共鸣的感觉非常棒,我建议你录下来多听一听,找找感觉,让唱歌时也拥有那种感情,所以这次我还是愿意给你机会,我这一票投给你。"

另外三人迅速交换了一下意见,两人给了通过,一人弃权,夏乐晋级。

观众席上传来不热烈但总算是有了正面反应的掌声，夏乐朝他们弯了弯腰，走向几乎要按捺不住蹦起来的堂妹。

"姐你真棒，太棒了！"

姜小莉也朝她竖起大拇指，笑容不再是露出标准的八颗牙齿了："哼唱确实很好听，以后可以朝这个方向使使劲。"

"谢谢。"

姜小莉看了下观众席那边，发现仍有人在往这边看后心里更高兴了点，要知道，从第十几个选手开始他们就没有给过掌声了。

带着两人离开录制厅，姜小莉笑道："这一轮晋级赛人多，还要录制几天，十天后才会进入下一轮，从下一场开始就会在电视台播出了，形象上最好是好好打理一下。"

这是很善意的提醒，夏乐再次道谢。

在一个房间前停下，姜小莉转过身来："辛苦了，好好休息。"

到目前为止晋级的选手包括夏乐在内一共只有七个，门一推开就被多双眼睛盯着，她平平扫了一眼走向角落坐下，半点没有晋级的兴奋，平静得让人侧目。

吴之如蹦过来挽住她的手："太好了，我就知道你肯定能晋级的。"

夏乐心想自己都没这个自信，说了声谢谢就拿出手机和妈妈说了下，那独立于世外的样子和屋里的祥和氛围很是不搭。她没觉得怎么样，在大学好几个社团混得风生水起的夏莹莹却懂，她发挥出自己公关达人的水平，笑着上前和吴之如道："我姐就是根木头，经常都是我说一堆话回我一个字，气死人的，可她人好，以后相处久了你就知道，所以请吴之如小姐姐一定不要放弃她，和她做好朋友吧。"

吴之如本来心里是有点不高兴的，谁还不把自己当个小公主啊，自己上赶着过来说话人家还爱理不理，可一听夏莹莹这样一说，再回想了下从见到开始到现在她的做派她又有点明白了，这夏乐估计真是个没什么话的人。可这样的人其实比那些个会说漂亮话的好打交道，心眼也少多了，如果她要结个联盟这样的最好，据她得到的消息，合宿后是两人一屋的。

留了心眼，吴之如故意道："夏乐真好命，有个你这么好的妹妹。"

果然，夏乐抬头了，对她笑了笑，明明只是唇角上扬了些许，那种友好却让人清清楚楚地感受得到，吴之如心下就更有数了。

那边夏莹莹笑嘻嘻地挽住堂姐的胳膊："我也这么认为，姐你怎么看？"

"本来就是。"

夏莹莹哎呀一声瞪大了眼,捂住红了的脸有些受宠若惊,她还以为堂姐最多就点个头呢!吴之如捂着嘴笑,心里那点不高兴消散得干干净净。夏乐看她一眼,低下头去继续拨弄手机,她要补的东西太多了。

之后陆续又进来了几个人,个个神采飞扬,说话间都是压抑的兴奋,吴之如想起自己才晋级时也是那样的,莫名就觉得有点傻……

"才十一个哎。"夏莹莹挨着堂姐小声和吴之如说话。

"是挺少的,那个许秋怡很厉害。"吴之如看了那头谁也不理的许秋怡一眼,压低声音问夏乐,"按其他节目的章程来预测后面可能会要选择导师,你选哪个啊。"

"郑秋燕老师。"

吴之如并不意外,毕竟从之前的比赛就可以看出郑秋燕很偏向她,如果不是郑秋燕提出让她哼唱,她都未必能晋级。

她等了会,看夏乐并没有要反问她选谁的意思,主动透露道:"我打算选余秋生老师,我的曲风在他那里应该比较吃得开。"

夏乐点点头,吴之如虽然看起来年纪不大,可思想其实相当成熟,知道怎样对自己最有利。

录制到将近七点才全部结束,刘灿再次出现,这会她把头发扎了个半丸子头,让她看起来气势没那么强了。夏乐随着众人一起站起来,心里觉得这个比赛没有弄得那么玄乎,反而是有点敞开了给大众看的意思。

如果夏莹莹知道她这么想一定会告诉她堂姐,这是养成的玩法啊,敞开了由观众自己去支持喜欢的选手,看着她一点点进步,最终走向终点,这样吸来的粉丝是最铁的!如果有争议的选手被淘汰了,也可以给节目带来热度,反正节目是怎么都不吃亏的,前提是这手牌是不是真能如预期这么打,得看有没有能作为底牌的选手。

"首先恭喜大家晋级。"刘灿率先鼓掌,其他工作人员带动选手也一并鼓起掌来,气氛有些热起来。

刘灿从左到右扫一眼,让在场所有选手都觉得她看到了自己:"今天晋级的一共有十六位选手,数字吉利,也算开了个好头,十天后请大家带好随身物品和换洗衣物过来,下一轮晋级的选手将留下来,后面将会有专业的老师来指导,如果淘汰了,那么抱歉,你只能打包回家了。"

虽然还有十天,可这话一出来气氛瞬间就沉下来了,刘灿笑了笑:"请大家心里有个清晰的认知,这不是一个唱歌比赛,而是创作比赛,最终的核心竞争力来源于作品的好坏。作为这个节目组的一分子,我衷心地希望大家能在这上面用功,写出经典之作。我相信,这一定是你们沉下心走在原创这条路上的最终目标。"

就算心有浮华,就算向往名利,刘灿最后这句话仍是在场所有选手的心声。原创这条路有多不好走他们再清楚不过,可他们仍然在坚持,首先是因为他们发自内心地喜爱,才能在大环境如此不好的情况下仍然保持初衷。

"我们会努力的。"不知道是谁说出了所有人的心声,其他人纷纷点头,包括夏乐,曾经这是她打算走上一辈子的路。

"下一场晋级赛将由电视台播出,请大家将作品再好好打磨打磨,重新录制DEMO交给台里。当然,如果你觉得之前的作品就已经很完美我们也没意见,小莉,把东西发给大家。"

姜小莉拿着一叠A4纸过来,从左至右发给大家,夏乐拿到手一看,是关于后边的赛制。

刘灿拍拍手,"大家有什么问题可以提出来"。

赛制已经写得很清楚,大家基本都看得懂,就算有那么两个不懂的这会儿也不会跳出来暴露智商。

刘灿等了片刻,并不意外没人说话:"大家都辛苦了,这就回去吧,二十八号台里见。"

"导演,我想问一下二十八号来电视台有具体时间吗?"这个是可以问的,穿着一身牛仔的高个儿男孩举起手,"我不是本地人,问清楚些好做安排。"

"二十八号到就可以,但是最好不要太晚,合宿是两人一间房,提前到了也好熟悉一下舍友,还得了解一下台里的规矩和你能去的不能去的地方,二十九号就正式录制了,太赶了对你们没好处。"

又有人问:"合宿的人可以自己选吗?"

"可以。"刘灿笑眯眯地看着神情各异的选手们,在看到并不如其他人活跃的那个选手时多看了一眼。她记得她叫夏乐,身段在这一拨选手里是最好的,那种挺拔感给人的感觉特别好,让人看着就想跟着抬头挺胸,可惜词曲不出挑,不知道后劲怎么样。

"没其他问题就散了。"

一众选手纷纷和刘灿挥手道别,有心思细腻的还特意去和有过接触的工作人员说再见,吴之如就是那一拨人之一。夏乐仗着身高在外边和姜小莉礼

夏日乐章

貌地挥了挥手,离开得那叫一个大步流星。夏莹莹无奈地追了上去,就她堂姐这种性格的想要在娱乐圈混出头没别的办法了,提高业务水平吧。

在停车场找到自己的车,夏乐远远地就看到车子前盖上坐了个人,人高腿长,依然戴着墨镜。

夏莹莹在两人之间扫了个来回,脑子不受控制地往粉色事件上想:"姐,那人是在等你吗?"

夏乐想不出来对方有什么等自己的必要,避就更加没什么可避的了,她如常走了过去。

郑子靖也看到了两人,摘了墨镜朝着两人扬了扬手。

夏乐手蹭过车盖,烫得很,她也就装没看到他离开车盖后故作潇洒拍灰一样拍了拍屁股。

"没想到你是来参加比赛的。"

"嗯。"把车门打开空调开上,夏乐把包递给夏莹莹让她放到后座去,她看向郑子靖,"有事吗?"

郑子靖还真是很少见到这种看自己和看一根草一棵树一样的眼神,可要说有事……他也实在没事,而且还找不出事!

夏乐点点头:"再见。"

郑子靖笑得不行,退着让开几步,看着车子开出来从眼前驶离,吸了一鼻子的尾气,这种性格进娱乐圈,她是打算一路打过去吗?

"子靖哥。"许秋怡小跑着过来,"你怎么都不等我嘛。"

"不是告诉你在停车场等你吗?"郑子靖重新戴上墨镜,"走吧,送你回去。"

车上,夏莹莹把快歪成一百八十度的脑袋转回来,"这大热的天他坐车盖上,好想问问尊臀可还好,几成熟了。"

夏乐打着方向盘汇入车流中,没什么意义地嗯了一声。夏莹莹本来还想打听两人是怎么认识的,转念一想还是放弃了,她又不是太平洋,不用管那么宽。

女儿初战告捷,邱凝准备了一大桌子好菜,吃了顿过早的晚饭后夏莹莹积极地包揽了收尾工作,将姊姊和堂姐推进了书房。

夏乐拿出自己新改的谱子递给妈妈,不发一言等着妈妈点评。

邱凝打着拍子哼了一遍后稍作停顿又哼了一遍,然后道:"有填好词的版本吗?"

夏乐从包里找出来递过去，邱凝快速地从头到尾看了一遍，歌词也有了小幅度的改动，看着是更顺了些，不过……

"我唱几遍，你仔细听。"看女儿点头的乖顺模样，邱凝忍不住像小时候一样摸了摸她的头，轻声唱了起来，一遍又一遍，连着唱了四遍，然后她停了下来看着若有所思的女儿。

"调有点难找。"

"对，为什么调难找呢？因为太平了。"邱凝单手托腮，姿态优雅，"乐乐，如果我坚决反对你去参加比赛，你会放弃吗？"

"会。"夏乐回得毫不犹豫。

邱凝笑："一开始我确实不赞同，我也在找一个机会来说服你，可在听到你的曲子后我放心了。哪怕你非常着急，可你的曲子里并没有把这种着急带出来，它讲的是一个老人落叶归根的故事，曲子就是这个故事该有的安然闲适，从某方面来说这种自制力非常强大，也说明了你的天赋仍然是有的。"

夏乐眼神中隐隐有了神采，她没有说她其实很吃力，这些东西放下太久了，感觉已经很难找到，她现在脑子里反应最快的仍然是这八年在部队学到的东西，比起吉他、钢琴、谱曲、写词，她更熟悉的是枪。

"可是词曲创作者应该是和情绪有共鸣的，一个优秀的创作者，当他们心里高兴时他们的作品就是高兴的，他们难过，作品就是忧伤的，他们气愤，作品就会带出那种意难平，如果他们失恋，那不得了，他们会让听到的人陪着他流泪，可这些你没有，这就是你的弊端，有情感共鸣的作品才能感动人，说明白点就是你对情绪的掌控太强了，这影响到了你的创作。"

离得近，邱凝伸手拨弄了几下女儿怀里的吉他："可也正是这种对情绪掌控的自制力让我放心，就像当年你执意要去当兵一样，你只是选择了走这样一条路而已，同样的你一定也会在这条路上全力以赴，是不是？"

"是，我会尽我所能。"

这铿锵有力的话让邱凝想笑又想哭，当年剪去一头长发脸上还稚气尚存的女儿说的也是这句话。

"所以我为什么要阻止呢，在你进部队之前音乐本来就是你最擅长的，现在不过是重新捡起来而已，有什么不可以。"

夏乐握住妈妈发抖的手："妈，你不会再找不到我了。"

眼泪霎时倾盆而出。邱凝捂住脸，那些担惊受怕的种种，明明在规定可以通信的时间手机却打不通的日日夜夜，偶尔接到电话时那种故作无事的以为她听不出来的虚弱……她的女儿就像她说的那样在尽她所能,而自己能做的就是把这些统统咽下去不表露分毫,可像她知道女儿的危险,女儿又怎会不知道她的提心吊胆,她现在担心的也就是女儿会太过尽她所能。

缓了缓,邱凝哑声道:"你要敢不爱惜自己,妈妈就去办个病退天天跟着你,听到没有?"

"知道了,妈。"

摸了摸她的脸,邱凝又实在骄傲,这是她的女儿,能文能武样样优秀,世上有几个能比得上:"这曲子是平了些,但是意境是对的,大改的话会伤筋动骨,意境也就坏了,我建议你小改就好,下次比赛还是这首歌?"

"听节目组的意思是的,但是可以做改动,重新录DEMO。"

"之后的晋级赛呢?总不能一首歌唱到底。"

"赛程上有写,后面会有命题写歌,改编导师名作和合作写歌。"

"要有灵感你多作几首以防万一,命题的现在说不好,改编和合作都可以事前做些准备。"

"知道了,妈。"

真听话,邱凝再次摸摸她的脸,起身道:"我带莹莹出门转转,你多多努力。"

"好。"

门开了关,屋子里安静下来,夏乐打开电脑进到自己的房间,抱着吉他却好一会没有弹出一个音来,她突然站起身放下吉他,俯身做起俯卧撑来,一个又一个,中间没有半点停顿,汗从脸上滑落,渐渐在面前滴出一小块水洼。

直到再没有一点力气,夏乐才翻身躺倒在地,胸膛急促起伏,看着已显得有几分陈旧的天花板,脸上神情平静,心头却已纷纷扰扰。

前一个八年,她学会了怎么控制情绪,可现在她要学会的是怎样放开情绪,就好像一个圆,她又回到了起点。

要重新开始了啊!

夏乐闭上眼睛,听着自己的心跳声想起曾经种种,无忧无虑沉浸在音乐中的岁月,训练到晕厥的辛苦,执行任务时面对战友牺牲也必须有的绝对冷静,得知父亲一开始失踪时的天崩地裂……

她的二十五年感觉已经走了很久很久,可在新踏入的这个圈子她是个纯新人,还是个非但没有优势,还比旁人欠缺很多的新人,一如当年入伍,她是新兵里体能最弱的那个,但她并没有一弱到底,而是超越一个一个战友,最终站在队伍的最前边。

现在，她也需要那么努力了。

夏乐坐起来，把头发往后一捋，半湿的头发搭落在光滑的脑门上就像做了发型一样有型，让她看起来帅气极了。她底子白，常年的训练让她的肤色加深了些，可在医院住了那些日子又基本养回来了，再加上运动过后脸颊上自然的红晕，去拍硬照连妆容都可以省了。

可惜，没人看到。

夏乐重新坐到电脑前打开录音抱起吉他，一遍一遍地改她的曲子。夏莹莹和邱凝也没闲着，买来价格不菲的化妆品和护肤品，只等夏乐一出书房就拉着她各种上手试验，看哪种妆容更适合她，要么就是拉着她出门买衣服，还将头发修剪了一番。

试验过后才发现，不论是衣服还是妆容，都是越简单越自然越适合夏乐，这也让夏莹莹放心了，这么简单的妆，培训几天她还是可以上岗的。

而最让夏乐高兴的，是她唱歌的房间来了一位常驻观众。

一开始发现的时候她还以为对方是进错房间了，可在第二天又看到她后她就上心了些，多唱了一些自己平时喜欢的歌，都是老歌，但是耳熟能详，都好听，这人竟然就这么留下来了，因着这个，出发这日夏乐把笔记本电脑和吉他都带上了。

邱凝看了眼时间，"莹莹，还没好吗？"

夏莹莹边大包小包的从房间奔出来，边嚷嚷着："好了好了，可以走了。"

这次是邱凝送她们过去，看着乐乐的简易行李再看看莹莹的，她笑得眼尾纹都出来了："不知道的还以为你才是去参赛的呢，三四个包你都装了些什么。"

"秘密。"夏莹莹胸膛一挺，乖乖地任堂姐把两个大包都提了过去。

夏乐背起吉他提着三个大包走在前边，邱凝又想笑了，这哪里像是乐乐去参赛，分明是她们母女送莹莹去比赛的，正要拉开驾驶室的门，手被按住了："妈，你坐后边，我来开车。"

被女儿体贴到的邱凝坐到后座，看乐乐收回护在头顶的手，眼里笑意更甚。她是军嫂，丈夫常年在部队，哪怕是她随军的那些日子在家的时候也不多，女儿几乎是她独自带大的，在娘家什么都不会的她早就被锻炼得什么都会了。女儿入伍后她一个人生活到现在，更是习惯了什么事都自己上，直到这次女儿回来。

夏日乐章

她适应了好些日子不要再事事自己出头，可几十年养成的习惯太过顽固，经常也会忘记，以后得更加用心地去适应才行。看着窗外倒退的风景邱凝想，她不喜欢看到乐乐眼神里透出的难过，那样的生活虽然是寂寞了些，可她从来没有觉得有什么不好。

到了目的地，夏乐把所有行李卸下来，转头看向妈妈，"有什么事您随时给我打电话，就算我在比赛不能接莹莹也是可以接的"。

"妈知道，你就在乌市待着，妈不会多想。"给女儿整了整衣领，邱凝装作不在意地去给女儿卷衣袖，意料之中地被握住了手。

"妈，那是我这次认识的选手，叫吴之如。"夏乐带着邱凝转了个方向，朝那边扬着手打招呼的吴之如挥了挥手。

邱凝像是什么都没感觉到，朝那边也挥了挥，道："看起来挺活泼的。"

"嗯，莹莹和她很能说得上话。"

"姐，你这是拐着弯地夸我活泼吗？谢谢姐。"夏莹莹笑得像个小太阳，"我去和她打个招呼，婶，你一会回去注意安全啊。"

"是是是，小管事婆。"看着人一蹦一跳地走远，邱凝转过头来叮嘱道，"妈妈不担心你，倒是有点担心莹莹，她善良单纯，在那个圈子里容易吃亏，你要看好点，别让她出点什么事。那孩子聪明，性子外向会来事，正好和你的性子互补，互相帮衬互相成就也是一桩好事，妈妈看得出来她一心向着你，你也要多关心关心她，不论哪一种感情，如果只是一个人单方面的好再热的心都会冷。"

"我记住了，妈。"

"妈知道你心里都有数，就是想念叨念叨。"邱凝笑，"去吧，那姑娘是在等你吧，别让人久等。"

"有事一定记得打电话。"

"放心，妈不会放过任何可以找你的机会的。"

夏乐唇角扬了扬，她不惯表达感情，也被磨砺得全藏了起来，可心里终究是温软的，她握了握妈妈的手，提起东西往大门那边走去。

"夏乐。"吴之如迎上来几步又跟着夏乐的步伐倒退着走，"你妈妈好漂亮，气质也一级棒。"

夏乐认同地点头："谢谢。"

夏莹莹捂嘴偷笑，稳稳接住这个话茬："之如我告诉你，我婶是音乐老师哦，年轻的时候好看得不得了，今天这还是没怎么打扮，真收拾出来能把很多明星都比下去。"

吴之如捧场地哇了一声，然后问出自己最想知道的部分："你婶婶是在哪个学校当音乐老师啊，看起来好厉害。"

"晨曦音乐学院，你外地的可能不知道，在本地还挺有名的。"

"是没听说过。"吴之如把这学校名字记下来，心里就有些放心了，她还以为是很有名的那几所音乐学校呢，幸好不是，不然起点人脉上她就输了一头。

"之如你呢，你的专业就是这个吧。"

"对，浩瀚音乐学院作曲系大三。"吴之如娇俏地吐了吐舌头，"所以我在作词上比较吃亏。"

"好厉害的，那天我听了，很好听。"

说说笑笑着进了电视台上次去过的歇息室，这会已经有不少选手在了，先一步进来的吴妈妈朝几人挥手。

夏莹莹挽着堂姐的胳膊笑："之如，我带我姐去角落里补个妆。"

"行，我去趟洗手间。"

夏乐朝吴妈妈点点头，跟着莹莹去到最尾端。

夏莹莹拿出颜色极淡的口红给堂姐描了描，低声道："姐，她说如果你们都晋级她想和你一屋，你愿意吗？"

"是谁都可以。"

"可我觉得她小心思多了点。"夏莹莹偏头自问自答，"不过也没事，姐你都没几句话，她心思再多你不理会她她也没办法。"

夏乐拍了她额头一下，从包里拿出保温杯倒了一杯水给她："不用想那么多，我应付得来。"

夏莹莹喝着水认真地发愁，在绝对的实力面前阴谋诡计都是纸老虎是没错啦，可这是在电视台啊，谁知道哪里有摄像头，她别的都不怕，就担心堂姐做了别人的垫脚石。哎，真是操碎了心。

门口传来动静，夏莹莹忙抬头看去，连忙暗中推了推堂姐："又是那人！"

郑子靖扫了一圈也看到了两人，直接走了过来。

夏乐微微皱了下眉，她从不相信巧合，尤其是次数多了的巧合。

"夏乐，又见面了。"郑子靖笑弯了一双桃花眼，"恭喜晋级。"

夏乐点点头："谢谢。"

郑子靖对她的冷淡视而不见，仍旧是笑眯眯的样子："好好加油，我看好你。"

"谢谢。"

夏日乐章

眼看着天就要聊死了,夏莹莹眼珠子一转就接了过去:"好巧啊,郑哥,又见面了,你在这里工作吗?"

"和电视台有业务往来,这段时间会往这里多跑几趟。"

和这个大电视台有业务往来啊,夏莹莹把郑子靖的背景往上提了又提,堂姐说得对,这种人一看就是花花公子,还是实力雄厚那一挂的,她们远着点的好,还是让其他人去前赴后继吧,比如说那位。

"子靖哥。"

许秋怡踩着高跟鞋健步如飞地过来,看到郑子靖又是在和夏乐说话,心里就响起了警报,下意识地就往男人身边挨去。

郑子靖却比她更快了那么一小步地适时侧身,朝着夏乐挥挥手道:"走了,加油。"

夏乐点点头,没有其他反应,夏莹莹却看不得许秋怡用那种眼神看着她姐,笑嘻嘻地朝着郑子靖挥了挥手:"郑哥再见。"

许秋怡的眼神立刻转到了夏莹莹身上,她有点糊涂了,子靖哥过来到底是跟夏乐说话的还是和她这个小助理说话的?怎么看起来小助理和子靖哥更熟?

不过这会她也顾不上想太多,多看了夏莹莹几眼快步追了出去。

夏莹莹小人得志般地哼了一声,低声和堂姐面授机宜:"这种人你就不能太把她当回事,让他们互相祸害去吧。"

不要说别人,就是眼前这堂妹的心思夏乐都觉得有点理解不了,看样子她欠缺的不止是看得到的那些,还有很多看不到的地方也需要补补课。

"姐,姐,我看到姜小莉了。"

个子高有着天然的优势,姜小莉一眼就看到了夏乐,笑着冲她点了点头,夏乐礼貌地挥了挥手,拿起东西去到选手中间。

"大家都来得挺早。"刘灿习惯性地击了下掌,笑语晏晏,"从现在开始大家有一个固定的编号,这个编号将陪着你们一直到你们离开这个舞台为止,请大家不要记错了,小莉,你们把东西贴上,后面来的人一看名单就知道该找谁。"

姜小莉和另一个工作人员把一张打印好的大彩纸贴在白板上,一众选手虽然蠢蠢欲动想知道自己排在多少号,但这会也都识趣地没有冲过去。

"咱们女选手有四十四位,男选手五十六位,为了方便管理我们将女选手排在了前面,一号至二十二号由小莉负责,二十三号至四十四号由媛媛负责,四十五号至七十三号归唐庆负责，剩下的归吕小川，比赛期间有任何事都可以找他们，记不住也没关系，表格上都有注明。"

刘灿笑眯眯地提醒众人，"从你们出了这个屋子开始就有摄像机在对准你们，所以请大家好好表现。好了，去确认自己的编号找对应的人吧"。

夏莹莹正要往前冲，夏乐眼疾手快地抓住她："看着东西。"

对哦，她姐高啊，根本都不用挤！夏莹莹看着大步过去瞟了一眼就返回来的堂姐，莫名就有点小骄傲，哎呀，她怎么就有个这么好的哪哪都一百分的姐姐呢？

"姐，多少号？"

"十七。"

夏莹莹一听就高兴了，还是跟姜小莉，太好了，跟生不如跟熟呀："吴之如呢？"

"六号。"

姐妹俩对望一眼，都没有多说什么，夏莹莹虽然才摸进这个圈子，可隔墙有耳的道理在她小时候偷听爸妈墙脚时就懂了。

观望了一圈，夏莹莹拉着堂姐嘀咕："姐，没有看到那个许秋怡哎，她不是也晋级了吗？"

"嗯。"夏乐拎起东西牵着堂妹来到姜小莉身边，"我是十七号夏乐"。

姜小莉当然记得她，从一堆号码牌里挑出号码牌递过去："我那边还有备用，要是坏了找我换，还有，助理不能一直跟着。"

夏莹莹连连点头："我知道的，小莉姐。"

等了一会，姜小莉确定这批人里她的人都到齐了就拍了拍手道："我先带大家去宿舍，两人一间，大家可以自行找合宿的人。"

吴之如立刻蹭过来："夏乐，跟我一屋啊？"

"好。"夏乐顺手将她鼓鼓囊囊的双肩包接了过来挂到自己肩上，加上另一边肩膀上的吉他和手上的四个包，俨然是个行走的行李架。

"谢谢，夏乐你力气好大。"

"有锻炼。"

大楼过后又经过两栋楼，看到眼前的建筑，不用姜小莉说明一众人也都知道这将是她们住的地方了，能留下多久住多久。

相比起周围的高楼，这栋三层楼高城堡一样的建筑显得无比袖珍，姜小莉领着她们边往里走边笑着问："有人认出来吗？"

立刻有人举手,"小莉姐,前年很火的那档《素人学院》是不是在这里录制的?"

"还有《七天一周期》也是。"

"没错。"姜小莉看了眼说话的两人,"这是在这里录制的第三档节目,也希望是火的第三档节目,请各位加油。"

众人纷纷附和,夏乐则习惯性地把消防通道记在心里。

"好了,接下来一段时间这一整个地盘都是我们的,两人一间房,自己去挑吧。"

吴之如举手问:"小莉姐,每间房的格局都是一样的吗?"

"格局一样,细节布置上会略有不同。"

吴之如立刻把自己的东西往她妈手上一放:"我去找房间,你们等着我。"

夏乐是给她一张木板也能当床睡的人,不在意这个,夏莹莹却皱了皱眉,和这么个人合住,姐是不是会吃亏?

"这间这间,快来。"

夏乐抬头看了一眼,重新把东西提起来。虽然是自我了些,可一个会自己背着分量十足的大背包,箱子让妈妈推着的人不会真的有多坏。

"很温馨是不是?"吴之如一脸得意地看着夏乐,夏乐也有点意外,她还以为要进入一个符合吴之如形象的粉色世界,没想到是一个以白色为基调佐以淡紫色装饰的房间。

"挺好。"

得了认同,吴之如笑嘻嘻地接过自己的包转身进屋。屋子面积挺宽裕,一左一右柜子床等都是相同的一式两份,左边的床靠外,右边的床靠里,她挑了就近的床把东西放下去:"我睡外边可以吧?"

夏乐也不争,点点头将东西都提了进去,夏莹莹跟进去围着堂姐转了几个圈想帮忙却发现什么都井井有条,就自己是多余的……

她也不转了,一屁股坐在床上看着堂姐收拾东西。

"莹莹,夏乐,你们先玩,我去送我妈。"

夏乐转过身来:"回去?"

"对,我妈还要工作呢,她是请了假来送我的,要是我能留下来在这里待的时间就久了,总不能让她一直请假。"

夏莹莹嘴快:"那你不是没助理了吗?"

"也不是所有人都有助理的啊。"吴之如语气里有些羡慕,"那些助理化妆师都跟着的肯定是之前就在这个圈子里混，身后都有公司的。"

这种人俗称"回锅肉"，夏莹莹点头表示明白。

吴妈妈心疼女儿，忍不住道："要不我还是再留几天……"

"哎呀不用，我又不是头一回出门，大学都读三年了，放心放心，一定会照顾自己的，而且有夏乐啊，你不还说她一看就是心性好的姑娘嘛。"

被女儿揭了底，吴妈妈有点不好意思，嗔怪地白她一眼，还是忍不住向夏乐拜托："我家小如是任性了点，也要强，但是没有坏心眼，阿姨看得出你是个好姑娘，她要是有什么做得不对的你就直接说出来，她会改的，别和她生气啊！"

"我会的，阿姨放心。"

吴妈妈连声应着好，看起来真的像是非常放心了，吴之如吐了吐舌，拉着妈妈离开。

夏莹莹到处看了看，角角落落都没放过，可是什么都没看出来，一回头看到堂姐又把被子叠成了方块，她蹦过去一屁股坐塌，告饶道："我的个姐姐啊，你这是想让所有人都知道你部队里出来的啊？"

夏乐看着惨不忍睹的被子，忍着把堂妹拉开重叠的冲动看向屋里另一张床，没有那些平平整整的棱角，却是其他人最常见的模样。

是啊，她不在部队了。

这一刻，夏乐突然就有了这种实实在在的感觉，就算她仍旧日日训练，就算她片刻不曾忘记部队学到的那些，可她已经脱下了军装，她已经是个退役军人。

"姐……"

夏乐抬头。

夏莹莹拉住她的手："你别难过……"

说着让她别难过，自己却先流了一脸的泪，夏乐想笑，却觉得脸像是僵住了，只好用手背去擦堂妹的脸，解释道："只是想起了一点事，我没有难过。"

可是你的样子明明就那么难过……夏莹莹抱着堂姐的腰把所有眼泪都蹭在了她衣服上，有时候她是真的很想问问堂姐在部队里经历了些什么，婶婶收藏的那个视频里那样的身手不是每个当兵的都有的，也肯定是发生了什么，婶婶才会让她想办法见见堂姐身上衣服盖住了的地方。

可是每每对上堂姐的眼神她就问不出口，不知道为什么，明明堂姐对她从来都不凶，性格也明明就很温柔，可她就是觉得问这个是不对的，隐隐地她觉得那是堂姐并不愿意示人的一部分。

"姐,我有好好想过的,不管学什么专业其实都是为了毕业后找一份好工作,我做你的助理就不是工作了吗?以后我会去学怎么做一个好经纪人,有我陪着你,我们姐妹合璧,所向无敌!"

看着已经完全不成形的被子,夏乐轻声道:"我不想耽误了你。"

"姐你知道一个才毕业的大学生能拿到多少工资吗?"夏莹莹抬起头来,眼睛红通通地张开手掌,"在乌市也就这个数吧,这还是找工作顺利的,不顺利的连工作都找不到,去做柜员的大把,既然都是拼,我为什么不跟着你拼呢?"

夏乐低头,两姐妹眼神对上。

"姐,相信我,你有所有人都没有的优势,就算需要一点时间,你也一定会让所有人看到的。"

"好。"沉默片刻,夏乐点头,终于把一开学就把堂妹打包送回学校的念头压了下去,看了眼吴之如的床,把被子努力折得不那么四方。

环境决定了夏莹莹并不是喜欢复盘的人,她甚至觉得她这段时间想的事比她活这二十年想得都多,她不得不想。经过这段时间的相处,她已经清楚地知道堂姐的短板在哪里,表面看起来她并没有和社会脱节,就算有回来这些日子也补上了,可实际上那些东西她只是会了懂了却并没有真的入心,而自己并不想去改变堂姐这一点。她觉得堂姐现在这样就很好,特别好,不需要做任何改变,她缺的只是一个机会,让人看到她的机会。

现在的明星出道的方式千奇百怪,小孩追得太疯狂,天天挂热搜都寻常得很,但是别看他们各种营销各种热搜热闹得很,真正有号召力的还是之前那一批有作品有口碑的明星。她的堂姐那么好,比起他们来什么都不输,就算步子迈得小一些也没有关系,只要走稳了总有一天会被人看到,就像现在又翻红了的那些老戏骨一样,最多就是时间长一点而已。

夏莹莹咬着后槽牙攒劲,不就是时间吗?她有!心里充满了力量,夏莹莹斗志十足地背上包离开去助理住的地方,连夏乐要送她都被坚定地拒绝了,她可是要做女神背后的人,怎么能还让女神分心来照顾她呢?

夏乐站到走廊上听着堂妹的脚步声由近及远,看着她风风火火地出现在视线内往外走,鲜活得让她……有些羡慕,哪怕是没进部队之前她都没有过这般鲜活的时候。

"夏乐。"

夏乐看向隔壁房间里走出来的许秋怡，不远不近地对她点点头，她依然寡言，却奇异地并不会给人拒人千里之外的感觉。

许秋怡走到她身边看向下面，她们住在二楼，从她这个位置能看到一楼出出进进的男选手，收回视线，她看向夏乐："你看起来一点也不像是走这条路的人。"

夏乐垂下视线，拇指摸了摸食指指腹，常年训练，握枪的右手有好几个老茧。

许秋怡也没和她深谈的意思，说了这么一句就回屋去了，她不傻，就算夏乐真和子靖哥认识也绝对不会和桃色扯上关系，子靖哥喜欢的是那些妩媚的大美人，夏乐虽然长得不错，可这硬邦邦的样子子靖哥才看不上。

手机响起，夏乐看了下号码是堂妹马上按了接听。

"姐，我忘了和你说了，你平时挂的那个飞飞啊，唱歌的时候避着点人，私事不要给其他人知道，你们现在可是竞争对手。"

声音很轻，一点都不像莹莹平时咋咋呼呼的样子，夏乐想象着她在哪个角落里偷偷打电话的样子眼睛里就有了笑意。像不像走这条路的有什么关系，她现在正在走着，而且还有人自告奋勇陪着，兄弟齐心可以断金，姐妹一样可以。

"姐，姐，你听到没有？"

"听到了，记下了。"

"呼，那我就放心了，不说了，我住的地方就在城堡的后面，离这不远，有什么事姐你打我电话。"

"好。"

挂了电话夏乐分神想，等这边的事情告一段落，不管结果如何她都得去几个战友家走一趟，虽然组织上已经妥善处理好了，可他们毕竟曾是她的兵，现在他们没了，自己活了下来，理当多替他们顾着些。

吴之如过了好一会才回来，眼睛红红的像是哭过，夏乐也不多问，默默地调试吉他音，不过一会吴之如就缓了过来，见夏乐放下吉他就知道她是怕吵到自己，想了想，她主动走过去："夏乐，我们做个好室友吧"。

夏乐看向她。

吴之如笑容灿烂，"每个人的习惯不同，做室友当然是要互相迁就，我从小学舞，到现在也没丢，所以每天至少有一个小时要占据这片空间，你是不是也要练吉他？"

夏乐对这个倒不是太执着,但她也没有说自己不需要,轻轻点了下头。

"那就是了,所以你练吉他的时候练就是了,不用顾忌我,我想听的时候就会听,不想听就戴上耳机,你吵不到我。"

夏乐再次点头。

"还有其他一些小事,我卫生习惯还可以,袜子衣服都不会乱丢,可是……"吴之如指了指夏乐这边干净整齐的样子,再指了指自己那一块,"估计做不到这样。"

"没事。"

吴之如放心地拍了拍胸口:"我从高中开始就住校了,放心,不会是个糟糕的舍友。"

"好。"

话真的好少,吴之如虽然是个自来熟的性子也不知道要说什么了,她还觉得有点尴尬。

这时候夏乐动了,她从包里拿了张湿纸巾递过来。

吴之如下意识地接过来,还未反应过来……

"妆花了。"

"……"好吧,就跟夏莹莹说的一样,虽然话少可人是好人,至少不会看着她丢人不管,她刚才还打算去串门来着,鬼知道是不是哪里就有摄像头。

陆续有选手到来,就算最晚到的也赶在晚饭之前到了。晚饭时算是大家正式见了个面,认了个脸熟,吴之如很快认识了新朋友,去了新朋友的房间玩。夏乐则点开直播软件进了自己的房间,意外的是那个穿着白马甲的人已经在了,说起来她今天确实是上得晚了些,在家的时候都是下午就会挂上来的。

她也不多说什么,先弹了会吉他伴着哼唱开了嗓子才一首首歌地唱起来,中途吴之如回来了,本来要叫人的,看到她在唱歌连忙放轻了脚步,躺到自己床上安静地听起来。看了会时间,夏乐在屏幕上打了谢谢两个字后关了软件,抬头对上吴之如的视线。

"夏乐,你知道你刚才唱歌的时候有多温柔吗?"吴之如换了个姿势趴着看她,"真的,特别温柔。"

"谢谢。"

Chapter 3
帮她忙

　　选秀节目风行一时,这些年活跃的明星多数是从各种选秀节目中走出来的,多年下来已见颓势了。青柠台对这档节目抱有重望,甚至可以说这档节目是一个试水,一个从造偶像派到造实力派的转变,只是他们也没把握能掀起多少浪花,如果成了,名利双收,如果不成……

　　圈子里颇有名气的导演徐成看着二号录制厅忙碌的景象长长地吐出一口浊气,如果不成,他就算是晚节不保了。

　　"老师。"一身干练的刘灿快步过来将一个黑色的保温杯递给他。

　　徐成拧开盖子,一股中药味弥漫开来,他喝水一样把中药喝了:"你师娘送来的?"

　　刘灿应是:"知道您忙,师娘说晚点她给您送饭来,让您不要去吃盒饭。"

　　徐成对这个并不是很在意,随意点了下头又问:"数据出来没有?"

　　"出来了,很寻常。"刘灿还是实习生的时候就是跟着徐成的,绝对的嫡系,讲话也就没那些顾忌,"老师,我觉得我们可能……走错了方向。"

　　徐成看她一眼,示意她跟着自己回办公室,全透明的办公室隔音效果不错,只能看到两人嘴巴在动,就算贴在玻璃上也听不到半个字。

　　"说说。"

　　实际上这个问题刘灿已经考虑有些日子了,私下也做了很多功课,但说出来的时候仍然很郑重,一字一句说得斟酌:"这档节目虽然脱离不了选秀的框架,可底子是不同的,既然是打着原创的招牌最后仍然得是实力说话。但是到目前为止我们的宣传还是之前的老一套,引话题蹭热度,帅的美的一顿夸,只是这些和原创有什么关系?说得难听点这不是挂羊头卖狗肉吗?"

徐成垂目听着,见没了声音他抬起头来:"继续说。"

刘灿把头发往耳后一搭,真就继续道:"这些天我各个渠道的评论都去关注了一下,他们的关注点和那些选秀也没什么不同。哪个长得好看,哪个长得帅,哪个可以C位出道,老师,他们还是在选偶像,而责任在我们,是我们在引导他们选偶像,因为我们自己都将这当成了一档选偶像的节目在办。"

徐成揉了揉额头:"找找宣发那边之前送来的策划案。"

老师这是听进去了,刘灿暗暗松了一口气,熟门熟路地把策划案找出来放到老师面前。

徐成拿在手里却没打开:"不考虑宣发那边的方案,你有什么想法?"

刘灿习惯性地又抿了下嘴唇:"我认为还是要从节目本身考虑,如果能出几首出彩的歌这节目就有爆点了,长得不好可以包装可以微调,可实力这东西是抢不来的。"

"那些歌我也听了,不算出彩。"

"我查了一下,这一百个选手里科班出身的只有三十二个。"看老师也面露异色,刘灿笑道,"这次他们交上来的DEMO老师您听了吗?"

"还没来得及,有惊喜?"

"有几个进步非常大,还有几个换了歌,我对比了一下,确实比之前那首要好,老师,他们在成长,这还只是开始,如果再有专业老师指导……我觉得我们还是可以期待一下他们的蜕变。"

徐成沉吟片刻,站起来将策划案拿在手里:"我去开个会,录制现场你盯好了,不能出篓子。"

"老师放心,我会盯紧了。"

这场对话夏乐自然不知晓,这会她正听着堂妹小声和她嘟囔:"一百个人只留二十四个,相当于四个人里才能留一个,这也太狠了点吧。"

确实狠,所以这会已经没人闲谈了,要么戴着耳机听自己的曲子,要么小声地背着歌词,尽可能地不让自己出纰漏。

夏乐低头看着自己的号码牌,这一场晋级赛会分两场录完,她是单数,明天才开始录制。紧张吗?好像还真没有,有点底气不足倒是真的,丢下太久了,再要捡起来就觉得无比费力。

相比起她来吴之如就是真的紧张得坐立不安了,她是六号,今天就要上场,不用力咬住后槽牙她都觉得能听到上下牙齿相撞的声音。往夏乐身边靠了靠她小声道："我在发抖。"

夏乐拿过对方的保温杯打开递给她："缓缓，会影响发挥。"

也不知道是不是心理作用，吴之如喝了几口热水真就觉得好了些。这时姜小莉健步如飞地进来，拍拍手道："单数留下，由媛媛带你们去一边看台，双数跟我来，其他无关的人可以离开了。"

房间里呼啦啦去掉一半的人顿时空旷许多，秦媛媛飞快点了下人数："右边的看台这两天是选手的位置，我提醒大家一句，录制厅是多机位，还有现场观众不知道什么时候就会看过来，为了自己的将来请时刻注意自己的形象。"

有了这句提醒，进了录制厅大家就有意识地端出了自己最好的仪态，如果这里是他们腾飞的起点，那绝对不能留下任何黑点！

夏乐个子高，她主动坐到了后排，习惯性地环视一圈把场中情况尽收眼底，这一转头就看到了坐在中场后排的郑子靖，两人之间就隔了个过道。郑子靖显然也看到了她，不过这次他倒是没有弄出什么动静来，只朝她点点头，连扬手都没有，夏乐也回了个点头，突然就想到了去后台备战的许秋怡。

郑子靖无聊地按开手机看了下时间，啧，还得坐大半个小时，二姐的钱就是难赚，想想他还不如去给三姐跑腿呢。看了一眼坐得肩平背直的夏乐，郑子靖也让自己的坐姿端正了些，无聊之下他虽然很想和夏乐攀谈一下，可他更清楚一点，这种竞赛的场合任何熟人都是不应该多出来的，不然公平在别人眼里也会成为不公平，更何况他明面上还是冠名商那边的人。

真好奇她为什么要来参加这种比赛，郑子靖又看了夏乐一眼，虽然只打过寥寥几次交道，可他绝不相信这个部队里练出来的人会和那些年纪的小姑娘一样向往娱乐圈。

时间就在郑子靖自娱自乐的猜测中往前。录制正式开始，大浪淘沙过后留下来的自然都有可取之处，坐了许久的评审都觉得悦耳了许多，心情一好，连带地标准也就放低了些，才十个人竟然就已经用去了四个名额，吴之如正是其中一个。

明天才比赛的单数选手们生怕自己吃亏，三三两两地议论起来，情绪上明显有了躁动。节目组发现了这个情况立刻给主持人暗示，主持人老练地压场，插科打诨地把观众视线集中到自己身上，镜头之外，刘灿上台和四位评审沟通了一番。

郑子靖也就看到了这里，走得悄无声息，除了夏乐没人发现他的离开。走到门口回头，郑子靖发现这么长时间过去，夏乐的坐姿没有任何改变，他忍不住想，这人，应该一辈子都不会有腰痛、颈椎痛、肩周炎这样的毛病吧？！

第一天的录制挺顺利，再加上评审手松，一下子就给出去了十四张晋级卡，除去待定的人争夺一个名额外，评审手中只有九张晋级卡了。事情牵涉到自己，录制结束时氛围明显紧张了许多，回到城堡后互相串门的举动更是没有了，就连吴之如都非常识时务地待在自己房间里听夏乐唱歌。

灯光下，抱着吉他唱歌的夏乐让吴之如觉得外面那些躁动有些可笑，当然，满心庆幸的自己更可笑，如果对自己的实力没有自信，过了这一关下一关也过不去。

歌声停下，吴之如看夏乐没有继续唱的意思便走过去坐到夏乐床上，看了一眼电脑上显示的音乐APP随口问："你好像更喜欢老歌。"

夏乐其实这段时间已经学了不少新歌了，但要说喜欢……她确实更喜欢以前的歌一些，于是她点头。

"你看起来一点也不担心明天是不是能晋级。"

"担心解决不了问题。"

谁都知道担心解决不了问题，可遇到事情能控制自己不担心的又有几个，吴之如躺到床上把自己蜷起来，喃喃道："夏乐，这才一天我就感觉到压力了。"

夏乐知道她说的不是比赛的压力，而是来自于人与人之间。

"今天录制完出来她们看我的眼神完全不一样了，就好像我拿了晋级卡冒犯了她们一样。"

"评审比她们专业。"

"她们才不管这些，我还听到被淘汰的人议论说我是不是后面有人捧，她们就是说给我听的。"

夏乐不知道要怎么安慰人，这会便也只能挤出几个字："平常心对待。"

"我要有那个心境就好了，可惜还不知道要修炼多久。"吴之如坐起来看她，"夏乐，我换了歌你听出来了吗？"

夏乐点头。

"那你觉得这首和之前那首比起来哪个好？"

"这个。"

"我也觉得是。"吴之如低落的情绪回升了些，这是她临时做的决定，之前那首是舞曲类型，选手里同样风格的挺多，对比下来她就很一般了。换的这首是她的新作品，虽然有点冒险，但事实证明她的选择是对的，既然是原创，多表现出自己的创作才能肯定能给自己加分。管他那些人怎么说呢，反正她成功晋级了，吴之如站起身来拍拍屁股，她该去练基本功了。

走出去两步，吴之如又转过身来，欲言又止了片刻才道："夏乐，你明天比赛的时候找找刚才对着电脑唱歌的感觉，就用这个感觉去唱歌，一定比之前要唱得好。"

夏乐秒懂了她的欲言又止，于是诚心道谢。

人生而自私，首先想到的永远是自己的利益，可人性里的善良又经常会冒头，就比如说现在，吴之如一定不是现在才发现这一点，也一定曾经想着不要告诉她，多淘汰一个自己就多一点机会，可她现在说了，哪怕这样有可能是给自己增加一个对手。

就像她之前和莹莹说的，一个自己背着分量十足的背包，让母亲推着箱子的女孩子心地坏不到哪去。

第二天的录制评审们神情明显严肃了几分，徐成也亲自坐镇现场，淘汰赛已经过半，可还是没有出现眼前一亮的作品，这不是好现象。

轮到夏乐出场时徐成多看了几眼，这几年强行拗中性风格的很多，通稿也是动不动就男女通杀，"老公"的名头一通乱按，可真正让人买账的少，这位选手……徐成低头翻了下资料，十七号夏乐倒是有那么点天生的底子在，如果好好包装……

徐成无奈地卷起档案拍了拍额头，他又忘了这档节目得靠实力，就算要好好包装她也得她有那个本事走到最后。

夏乐唱了第一句徐成就点头，声音没问题，很入麦，词也过得去，曲子平了点，但是新人有成长空间，这些都不是问题，问题在于这是一首抒情歌曲吧，情呢？

评审说的同样是这个问题："夏乐，你太……克制了。"

停顿了下，郑秋燕还是用克制这个词来形容："歌里的感情可以内敛，可以含而不露，但是不应该克制得完全没有。我打个比方，当你唱一首失恋的歌的时候，你的情绪可以是伤心，可以是解脱，可以是祝福的各自安好，但一定不是好像别人谈了个恋爱，和你没有任何关系一样的事不关己。简而言之，夏乐你的歌曲缺乏打动人的东西，而最能打动人的一定是感情，感情才是一首歌的灵魂。"

夏乐不是没有将吴之如的提醒听进去，她听进去了，因此还回听了自己在直播平台上唱的歌，只是知道归知道，当她真的站到台上时并没能做出任何改变。

夏日乐章

郑秋燕到底还是对她有所期望,虽然指出了她的问题,却仍将关键的一票投给了夏乐,让她坐到了待定席。夏乐朝评审道谢,又朝着郑秋燕弯下腰去,这是第三次了,郑老师第三次保了她。

初赛完,待定选手一共有九人,两天后,九人争夺一个名额。

一楼食堂内,吴之如咬着筷子转着头看了一圈,叹了口气道:"感觉一下子冷清好多。"

"加上待定的选手也只剩三十二人了,还不是所有人都同一个点来吃饭,能不冷清嘛。"夏莹莹咬着筷子抬头,正好看到许秋怡端着饭往这边走来,她连忙拉了拉堂姐的衣袖。

夏乐把自己碗里的肉夹给她:"吃饭。"

许秋怡坐到夏乐身边,随便吃了几口菜就放下了筷子:"昨天我看到了。"

夏乐自然知道她是看到了什么,点点头嗯了一声,低头继续吃饭。

许秋怡觉得胸口堵得有点疼,她还点头是什么意思?听到自己这么说难道不是问她看什么了吗?就算她知道自己是在问什么,那不也应该是解释一下为什么两个人会坐得那么近?

就算是巧合,子靖哥走的时候还回头看了夏乐,她那会正好在候场,都看到了!

"你之前说和子靖哥不熟。"

夏乐礼貌地又嗯了一声。

"……"

吴之如撇开头去,夏莹莹把头垂得更低。

许秋怡深吸一口气平复心里的躁意,保持着平静的语调又道:"你们看起来不像是不熟。"

夏乐把最后一口饭扒干净,转头看她:"所以?"

许秋怡一下子没能绷住,话冲口而出:"你知道我在说什么,别装傻。"

"他现在在哪里?"

许秋怡一愣。

"他在干什么?"

"他在和谁说话?"

"他又认识了谁?"

许秋怡死死地盯着夏乐。

"他或者在车里和女人调情,在饭店和女人吃饭,在商场和女人逛街……

你能怎样?"夏乐端着盘子起身,"把饭菜吃完,别浪费。"

夏莹莹都有点同情许秋怡了,她姐性格是真好,不掺半点水分的好,连新认识的吴之如她都很照顾。可她从来都不是被人欺负了还不知道还手的老好人,就许秋怡这莫名其妙兴师问罪的态度,堂姐怕是没法把她当成自己人。

夏莹莹和吴之如对望一眼,两人大口将饭菜扒完齐齐起身离开,这种时候,还是让许秋怡一个人冷静吧。

吴之如在外面打电话,夏莹莹蹦蹦跳跳地进屋:"姐,你幸好不爱说话。"

"莹莹,你该去学校报到了。"

报到?夏莹莹完全忘了这回事!!!!

她连忙按开手机看了下时间,顿时放心地拍了拍胸膛:"还有四五天呢,吓死我了。"

"妈明天早上会来接你,你记得把东西都收拾好。"

夏莹莹瞪大眼:"姐,真的不用准备什么,还好几天呢!"

"晋级了我会告诉你。"夏乐直接一锤定音,不给半点商量的余地,现在本来就用不上助理,莹莹天天困在这里太无聊了些。

第二天邱凝上午就过来了,看莹莹噘着嘴巴上车不由得笑道:"不知道的还以为你是被淘汰了呢!"

夏莹莹哀怨地看了婶婶一眼,双手抱胸闭着眼睛不理人了。

邱凝笑得眼睛眯成了弯月,说话时声音都带上了笑意:"这小猴子也就你治得住。"

"她很乖。"夏乐看着清瘦的母亲心里有些不是滋味,"您照顾好自己。"

"放心,照顾自己这么多年,妈妈很有经验。"短短两句话却是她几十年的总结,而说的人云淡风轻的就好像不过是说了一句中午吃什么,"不要有太大的压力,尽力了就好,成不成看天意。"

夏乐点头应下。

"进去吧,天热,有事给妈妈打电话。"

"好。"

摸了摸女儿的手臂,邱凝不动声色地摩挲了下很快就放开来,转身上了车,隔着车窗和身体的遮掩,那只手才轻轻抖了起来。

夏天的衣服面料薄,就算是隔着一层她也摸到了那突起的部分,她不是学医的,但她从丈夫的身上摸到过,那是伤好后留下的伤疤。

抬头对上女儿的视线,邱凝如往常般温婉地笑了笑:"走了。"

"路上小心。"

邱凝并没有走多远，离开了电视台的停车场就在辅道上停了下来，伏到方向盘上脸埋了进去。

夏莹莹不知道发生了什么，连忙解了安全带去扶："婶，哪里不舒服吗？我给姐打电话……"

邱凝抬起头来，那满脸是泪的样子吓得夏莹莹手忙脚乱地拿手机解锁。

邱凝按住她的手："我猜对了，小乐她只怕真的满身都是伤。"

"婶……"

"可她活着回来了。"邱凝满是泪痕的脸上绽放出大大的笑容，"她活着，没有残疾没有毁容，这已经比我在菩萨面前求的要好多了，我不敢再奢求其他。"

夏莹莹跟着掉眼泪，抱住了让她心疼得不知如何劝慰的婶婶。

夏乐径直去了琴室。这是一档和音乐有关的节目，常用的乐器城堡内都有备下，并且分门别类，非常专业。时间还早，琴室内空无一人，活动了下手指，琴音在指间倾泻而出，和往日的心无杂念不同，知道问题出在哪里，夏乐便留心上了。

她听不出琴音中是否带着情绪，可她知道自己此时心如止水，那些痴那些怨，所谓的爱所谓的伤她都没有，就算是想起她执行的那桩死伤过半的任务，除了再一次提醒自己记着照顾战友家人的责任也不会过多伤心。每次出任务前他们都会留下遗书，谁也不知道自己会在哪次任务中牺牲，几年磨下来她已经铜皮铁骨金刚心。

她有的，唯有一腔执念。这么多年来她的变化天翻地覆，只有那一点执念没有半分变化。

开心难过这些情绪是个人都有，她当然也有，可是那些情绪都被她禁锢了起来，不会浮于面，更不可能表现给人看，她只学会了收，还没学会放。

琴音突地停下，夏乐站起身来朝出现在门口的姜小莉点点头，道了声早。

"抱歉，打扰你了。"姜小莉走进来，她是被琴音吸引过来的，看到是夏乐她有点意外，夏乐这个人这两天她们内部也有分析，论外在条件她绝对过关，个高腿长是其一，还有一点就是她的塑造性很强。

她虽然看起来中性，可她的整体轮廓并不是那种男性化的硬朗，相反，她的五官很小巧，让人看着很舒服，再配上她干净的气质，只要包装运作好了说不定就能出头。如果她参加的是她们另一档节目就好了，偏偏她参加的是原创词曲大赛，和她的外在条件相比，实力实在是弱项。这会发现她竟然钢琴弹得不错姜小莉眼睛都亮了，上了舞台这可是个大加分项。

"没什么事，我过来看看你们有没有什么需要，不用觉得麻烦我，照顾好你们是我的分内工作。"

"需要的宿舍里都有准备，谢谢。"

"要是基本的生活用品都不准备好，不是让你们都没法安心比赛了吗？"姜小莉笑，"这场比赛要用新歌，准备得怎么样了？"

"有练习。"

"很期待你的新作。"姜小莉看了眼时间，"那就不打扰你了，记得劳逸结合，嗓子要养着点，别到了要上台的时候就不行了。"

"好。"

还真是没什么话，但是这样平平常常的说话真舒服，不用挂着笑脸去应对，不用装作看不出他们讨好下的用心。姜小莉挥挥手离开，她还得继续一个个去送温暖。

比赛前的两天，夏乐一直试图把情绪放开融入到新歌里去，可是直到她再次站到台上也没能有什么进展，好在其他人也不出彩，再加上节目组更看好夏乐，最后一个名额还是落到了夏乐手里。

下一个流程，留下的选手都被请上了台。徐成双手环胸看着一个个上台的选手，将人和名字对上号，在心里评估他们的可能性，看到夏乐时他多看了两眼，圈子里气质这正的不是没有，但是年轻一辈是真没有，老一辈的才讲究这些，不错。

刘灿拍拍手给众人介绍道："这位是徐成导演，你们叫徐导或者徐老师都行。"

青柠台的徐成做过好几档口碑收视双爆的节目，难得的是重情重义，在电视台人才大量流失的情况下高价都没能挖走，这可不是小道消息，是别的电视台自己说出来的。大家都知趣，齐齐喊了声徐老师。

"大家都辛苦了。"徐成笑着点点头，"首先恭喜你们进入二十四强，大浪淘沙，不管之后是晋级还是离开，能走到这一步都说明你们是真正优秀的人，原创不易，我也谢谢你们仍然坚持走在这条路上，将来的华语乐坛将由你们撑起来。"

这帽子戴得有点高，可因为这话是从徐成嘴里说出来的就多了几分分量，有感性的已经觉得鼻子发酸了。只是唱唱歌谁不会，可会写歌的有几个，但是写歌的生活拮据，唱歌的却只要花点买白菜的钱就能将那首歌变成自己的，没有几个人会去关心写歌的是谁。原创这条路是真的走得艰辛，放弃的不知凡几，他们不想放弃，所以他们来到了这档节目找一个出路。

将情绪挑起来了徐成才开始说正事，"四天后录制的两场是选导师，也是导师选你们，这是一个双向的选择，如果你有心仪的老师请务必好好表现，因为每个老师都只有六个名额"。

这是现在很常见的赛制，一听就懂，徐成也不需要解释，又勉励了几句就让大家散了。

多看了走在最后的夏乐一眼，徐成低声嘱咐刘灿："夏乐先捂着点。"

刘灿讶然："可是老师之前开会不是说要把她推出去吗？"

徐成摇摇头："先捂着，如果她有价值，自然是越晚推出去越夺人眼球，就算最后她不能达到节目的预期，我们也能借此看看她的路人缘，对于新人来说路人缘比粉丝重要，咱们台不止这一档节目"。

刘灿若有所思地点头："知道了老师，我去和宣发那边通个气。"

夏乐不知道自己被重点关注了，她先打了个电话回去告诉妈妈晋级的事。夏莹莹这会还没去学校，听到这消息立刻抢过手机对着她千叮咛万嘱咐，防人之心一类的话更是说了又说。邱凝在一边看了笑得不行，不知道的还以为参赛的是个少不更事的小年轻呢！

看有电话进来，夏乐忙和莹莹说了一声挂断接起另一个号码："林姐。"

"小乐，怎么办小乐，医生说小宝的情况恶化了，必须立刻手术，怎么办小乐！"

"别担心，你安心陪着小宝，我立刻过来。"

安慰了几句，夏乐挂了电话拿起包就往外走去，吴之如连忙叫住她："你要出去？马上吃晚饭了。"

"嗯，有事。"

吴之如都不知道说她什么好，节目组虽然没有明说比赛期间不许外出，可谁会在这个时候离开，下功夫都嫌时间不够好不好。

可最终她也只能提醒她一句："你记得和姜小莉打个招呼。"

夏乐确实没想到这一点，朝她点头道谢后快步离开，边下楼边给姜小莉发了个微信。

还不等她走出城堡电话就追过来了："夏乐，有什么事非得现在离开不可吗？"

"是。"

姜小莉一窒，转而她又有点生气："夏乐，你如果只是抱着玩乐的想法来参加这档节目，我会觉得之前淘汰的那些人很冤枉。"

夏乐停下脚步，她是行动胜于言语的人，可这会她知道自己应该解释一下："一个好友的遗腹子患有先天性心脏病，现在情况恶化需要提前手术，我要去看看。"

姜小莉是女人，听说这样的事自然也会心软，心里那点气就消散了，她同情那个遗腹子，可她更关心的是："多久可以回来？"

"我会尽快。"

"好吧，这边是正事，你要上心些。"

"好。"

不顾众人异样的视线，夏乐一路小跑着离开大楼，她抬头看去，没了高楼的遮挡，天边的火烧云将天边烧得通红，衬得人仿佛也染上了红色，她莫名就想，放在古代这是吉兆还是凶兆？现在，她希望是个吉兆。

电视台位置偏，好一会没有打到车。

"夏乐。"

声音耳熟，夏乐回头。

郑子靖边走近她边推了推头发："在楼里就看到你了，走那么快有事？"

"要出去一趟。"

郑子靖也不问她不好好备战出去干什么，扬了扬手中的钥匙道："坐个便车？"

夏乐没有半点犹豫地应了，虽然什么话都没有说，但眼神中明显透出几分催促的意味来。

几次见面对方都是沉稳如山，这突然见到她不那么沉稳了郑子靖也挺意外的，带着人上了车，正要说什么就听到手机提示电量低的声音，从后视镜中看她翻包没能翻出什么来，郑子靖从储物盒中拿出充电宝反手递过去。

夏乐接过来道了声谢，埋头又去翻手机了，她得看看最近去昌市的动车是几点，希望还有票。

还没搜到结果手机就响了，一看屏幕上显示的名字她立刻接起来，不等她说什么那边就哭上了，声音大得郑子靖都听了个七八分："小乐，医生刚才让我签了好多名字，小宝是不是要熬不过去了！"

"不会，去切个阑尾一样要签那些的，你别慌，小宝还需要你照顾，我今晚肯定能到。"

"我对不起吴中,我对不起他……"

夏乐看向窗外飞逝的景象,语调平稳得毫无波澜:"别怕,我很快就到了,你去喝点热水,吃点热乎的东西,然后去陪着小宝。"

郑子靖听了个大概也明白了是怎么回事,心想着怪不得这么着急,连比赛都不顾了。

"郑先生。"夏乐抬起头来,对上后视镜中郑子靖的视线,"我有急事要去昌市,能不能麻烦你送我去趟火车站?"

火车站不算太远,但是从这边过去不好打车,夏乐不知道小宝的情况恶化到了怎样的地步,不想耽误哪怕一分钟时间,难得地开口求人。

郑子靖没有立刻应下,而是问:"买到票了?"

夏乐抿了抿唇,没有票,她是准备动用一点关系先上车的,没座没关系,站过去也没多久。

"从这边上高速去昌市只要一个半小时,比去车站坐动车快。"

夏乐坐直了身体:"郑先生愿意把车借我?"

"……"正常人听到他这么说难道不是认为他送她过去?怎么到了她这就是把车借她了?

偏偏夏乐还在说:"我把身份证押你那,我再留个电话给你。"

郑子靖也不应声,只把自己的手机号码解锁递给她,等她输好号码连着自己的身份证一起递过来时他都接了,看了眼身份证又递回去,慢悠悠地道:"我正好要去趟昌市,顺路。"

夏乐当然不信,没有这么巧的事。

郑子靖把扔在副驾驶的一份文件拿起来扬了扬:"送这个给我二姐。"

文件确实是要送的,却不是必须他去送,更用不着急赶着现在送过去,之前他就已经打了电话给二姐的助理让他明天去家里拿,不过计划赶不上变化嘛,反正他闲得很。

夏乐仍然是不信的,可话都说到这个地步她也不好再拒绝,只是道了声谢,把这当成一份人情记在了心里。

一时间两人都没有说话,夏乐很习惯这种安静,郑子靖却是闹惯了的,看了眼后视镜,从储物盒里拿出一盒子CD往后递:"找找看有没有喜欢的。"

夏乐接过来翻了翻,大半都是国外几个老牌组合的歌,她从中挑出一张递给郑子靖,郑子靖一看就笑了,这也是他最喜欢的一张。

音乐流泻而出，夏乐绷直的背在歌声中慢慢柔软下来，她靠到后座，头抵在车窗上闭上了眼睛。她还记得吴中才知道自己当爸那会笑着哭的模样，记得他一笑就露出一对虎牙，一张骗人的娃娃脸，明明将近三十的人了笑起来还跟个学生一样，可最后他被一枪爆头，面目全非。林姐说怕对不起吴中，她其实也怕，怕那个爱笑的人到她的梦里来不笑了。

红灯时郑子靖调整了下后视镜，眼神不由自主地又飘了过去，他见过许多人，形形色色，三教九流，有比夏乐更沉默更寡言的，也有比她更高更好看的，可夏乐有一种他们都没有的东西，具体是什么他还没想出来。郑子靖发动车子，老司机水平高，把车开得又稳又快。

手机响起，夏乐睁开眼睛坐直身体，郑子靖连忙说了声抱歉戴上耳机接通，来电的是贺子良，他的狐朋狗友之一。

一声老贺余音还在嘴边，那边贺子良就用他妖娆的语调把这两字给盖了个不露分毫："子靖哥哥，你可不要忘了我们的约会，人家还等着你来投喂呢！"

"你打错电话了。"郑子靖面无表情地按了电话，并且以手速两百的速度立刻把手机按了关机，他可不想在夏乐面前丢人。

"还得一个多小时才能到，你可以再休息一会。"

夏乐摇摇头："郑先生如果累了我来替你。"

郑子靖本来要拒绝，转而一想看后视镜也挺累的，他真就找了个地方停车，自觉地去了副驾驶。

夏乐系好安全带，划开手机点开导航定位，扫了一眼车子的功能区就熟练地发动了车子。

把座椅调下去一些，郑子靖舒服地叹了口气，双手叠在脑后看向认真开车的人："你这是退伍了吧？"

夏乐目不斜视地嗯了一声。

"怎么想到来参加这档节目的？我就好奇问问，不方便说可以不说。"
"学过。"

郑子靖顺着她的话问："学过音乐？"
"嗯。"

当过兵，学过音乐，这人生经历还挺丰富，郑子靖想了想自己的人生，唔，挺顺心。

"你……"

手机又响了起来,都是原机铃声,郑子靖下意识地拿起自己的一看,哦,关机了,那就是夏乐的了。

看夏乐的手机没接耳麦,想着这样拍到了会扣分,郑子靖把自己的拔下来装上递过去。

夏乐道了声谢,接过耳机塞进耳朵里把车速放慢了些。

"小宝小宝休克了,小乐,怎么办,你到哪了,小宝他进急救了!"

"我在路上了,两个小时内一定到,你去急救室外面等着,要你签字你就签,没什么可怕的。"

"好,好。"

"林姐,只有你在医院吗?"

"婆婆他们前两天回乡下了。"

"好,我知道了,我会尽快赶到,你守好小宝。"夏乐油门明显踩得重了些,车速偏偏卡在限速的范围内,郑子靖也没了闲聊的兴致,把手机切回到导航的页面卡到夹子里,然后把自己的手机开机,给贺子良发了条微信。

那边回得飞快,两人一来一往斗起嘴来,一路倒也不觉地无聊。

车稳稳地停在医院门前的停车场,夏乐郑重道了谢,拿起包就要往里跑。

"等等。"郑子靖跟着下车,抬头看了眼医院的招牌道,"我听了几耳朵,没听错的话应该是挺严重的病,这边我有熟人,如果要找什么专家之类的你打我电话,我来帮你找人。"

夏乐从小生病就是往军区医院跑,后来进了部队更不存在那些问题,这会也没有多想,匆匆应下就往住院大楼跑去,这家医院她因为小宝已经是第二次来了。

重病监护室门口,林欣看到她就像看到了救星一样,紧紧抓着她的手臂仿佛要将所有的恐惧都借着这股劲发泄出来,眼泪叭哒叭哒地掉。

夏乐扶着她坐下,自己则贴着玻璃窗看过去,病床上小小的一团,身上插着管子,手脚都在动,但是动的力度都不大。小宝是早产儿,吴中的死讯传回去的时候没能瞒住林欣,她当场就动了胎气,保了几天最后还是听从医生的建议生了下来。出生不到四个月小小一团的孩子,在医院待的时间比在家里还多。

知道主治医生谭潇还没下班,夏乐去了办公室。两人这是第二次见面,互相之间还有印象。夏乐是因为经过特殊训练,谭潇则是因为被她揪过领子,在他说孩子只有三成希望活下来的时候。

谭潇拿出小宝的CT片就要说他的病情,夏乐却没打算听,"专业术语我听不懂,林姐说要动手术。"

"对,小宝的这种情况最好是满六个月再做手术,对他的身体负担也相对较小,可现在他的情况等不了了,必须立刻手术。"

夏乐想也不想就点头:"那就手术。"

谭潇摇摇头:"我建议你往上一级医院去。"

这就已经是没有把握的意思了,夏乐抿了抿唇,拳头握紧又松开:"我知道了,请谭医生办手续,我们立刻转院。"

"好,没问题。"谭潇应得爽快,上一次他就知道了这是个当兵的,横得很,他还真怕孩子在这里出点什么事,自己担不起那个责任,而且他们医院也确实能力有限。

"怎么样小乐?医生说什么时候手术?"

对上林欣期待的眼神,夏乐心往下沉了沉:"收拾东西,我们去省医院。"

在医院磨了几个月,林欣听得懂话,她什么都不多问,看了小宝一眼抹了眼泪就去收拾了。为母则刚,哪怕她天生胆小这会也要给自己撑大了,去给小宝争那点活下来的机会。

夏乐从包里拿出手机,连着手机一起的还有充电宝,是了,忘了把这个还给郑先生。

把通讯录从上翻到下,却不知道该打电话给谁才合适,她并非对这个人情社会一无所知,也清楚有熟人好办事的道理,可她构建社会关系最重要的那几年全在部队,她认识的只有部队的战友,就算她愿意求人这会也不知道该求谁,翻来翻去只有一个宁医生还擦点边,也不知道他认不认识这方面的专家……

专家?

夏乐突地想起来一人,虽然和他不熟,可为了小宝她没有多做考虑就从拨号那里找到那个还没来得及存的号码拨了过去,电话响了一声就接通了:"夏乐?"

"郑先生,我是夏乐。"夏乐透过玻璃看着小宝,努力让自己看起来不那么局促,"你之前说在这里有熟人……"

人精一样的郑子靖笑了,方向盘一打在路口左转往来路开去,他不接茬,就像忘了之前自己说过什么一样:"是认识几个人,怎么了?"

"小宝的情况不太好,医生让转院。"玻璃窗上照出自己的模样,夏乐

71

低下头去看着自己的脚尖,声音依旧四平八稳,手心却已经湿了,"我想请郑先生帮忙找专家给小宝看看……"

听着那紧绷的话语和微颤的尾音,郑子靖突然就觉得自己挺混蛋的,他打断了夏乐后面的话:"这边的医院不能做手术?"

"他们建议往上一级医院去。"

这就是不愿意做了,郑子靖又问:"你怎么打算?"

"我准备转去省儿童医院。"

"正确的决定,马上就转吗?"

"对,已经在办手续了。"

"知道了,我来找人。"

夏乐抬起头来,局促感因为郑子靖这大包大揽的态度渐渐褪去,她郑重道谢。

郑子靖目不转睛地看着前方的红灯:"军民鱼水情嘛,应该的。"

夏乐想说自己已经不是军人了,就听得那头的人又道:"前军人也是军人,你们部队的人不都爱说一天是军人一辈子都是。"

夏乐搜索了下大脑,没有找到可以回的话。

"后面的事有我,不用担心,去做准备吧。"

夏乐已经记不起多久没人对她说过这种把她当弱者护在身后的话了,平时这话都是她对别人说的,突然被这么对待了她有点不习惯,一身铜筋铁骨也有一瞬的柔软。

"小乐,我收拾好了。"

夏乐瞬间收拾好自己的情绪转身面对林欣:"办手续要点时间。"

林欣把散乱的头发扎了扎,瘦削的样子一点也不像是个宝宝才三四个月的妈妈:"小乐,去省里的医院小宝的医药费是不是报不了那么多了?"

"小宝是吴中的儿子,对他的特殊政策不会因为换了医院就变,其他的额外支出有我,有吴中的战友,你不用担心钱的事。"

林欣捂住眼睛不让眼泪流得太急,小宝的病耗去了她所有的精力,还要安慰失去儿子的公公婆婆,每天精疲力竭地醒着睡去,最近她已经连吴中都很少想起了。

"你说最后一刻吴中有想到我们母子吗?"

"肯定有。"夏乐撒了个谎,被一枪爆头的人瞬间就失去所有意识了,不会再有任何思维,可林欣不会知道,她收到的只有一盒骨灰。

"我和他是相亲认识的。"林欣抹去泪,红着眼睛笑,"他回家探亲,他爸妈给他安排了四五个相亲的姑娘,我是第一个,他见了我后就说其他人不见了,就我了。后来我问他看中我什么,他说他喜欢我未语先笑的样子,说我笑的时候那股高兴劲眼睛里好像都要装不下了,我当时就想啊,这明明是个傻当兵的,说起话来怎么那么好听。"

眼泪又滑了下来,林欣索性也不擦了,曲起双腿伏在膝盖上继续道:"我其实到现在都不知道他当的什么兵,结婚之前他就告诉我他的工作有一定的危险,只能哪个时间点通电话,如果哪天电话打不通就是出任务了。我哪里想得了那么多,只以为他和电视里那些哪里需要就往哪里去的军人一样,吃苦受累是肯定的,送命是完全没想过。我那么喜欢他,只是想着他穿军装的样子心里就跟吃了蜜糖一样,哪里能想到有朝一日他就这么没了。"

"他是英雄。"

"他是国家的英雄,可我没了丈夫,小宝没了爸爸。"林欣抬头,"我怨的,小乐,受伤也好啊,怎么就命都没了呢?"

夏乐看向从楼梯口走出来的郑子靖,嘴拙得不知如何回话,如何安慰。

郑子靖听到了,也在一瞬间就想明白了夏乐和这个病人的关系,如果是她牺牲了的战友的孩子,以她这种认死理的性格只怕真会管上一辈子。

夏乐此时也想到了如何止住林姐的眼泪,她站起来给她介绍道:"这位是郑先生,他有熟人,可以帮我们联系专家。"

林欣大喜,连忙站起来激动地道谢。

"我和夏乐是朋友,她的事我当然要帮忙。"

他们算朋友吗?夏乐想了想他们的几次见面,觉得离朋友实在还有点距离,可今天过后她一定会把他当成朋友,很值得交的那种。

林欣高兴得都不知道怎么办才好,这时正好护士过来找她过去签字,她朝着郑子靖又是一连声的道谢后跟了过去,脚步都明显轻快了些。

重监这边人少,走廊上安静非常,郑子靖走到夏乐身边和她并肩看着里边那个出生就受罪的小生命。

"有治愈希望吗?"

"有,医生说要动三次手术。小宝是早产儿,原计划第一次手术是在小宝六个月的时候,可他现在的情况等不了了。"

郑子靖看着玻璃窗上反射出来的夏乐,眉眼坚毅,面容沉静,让人看着就愿意给予信任,就如刚才离开的那个把夏乐当支柱的女人一样。他惯来以皮囊论美丑，现在他却想，夏乐这人好像和美丑都没什么关系，看到她根本想不到那些浮于表面的东西。

夏乐突然抬头，在玻璃窗上对上他的视线，平平的，没有任何情绪，也不躲不闪。郑子靖不动声色地笑笑："记得把病例全部带上，让小宝少受些折腾。"

夏乐实在是心疼小宝，一听这话立刻道："我去问问医生还有没有我们能带走的。"

郑子靖转过身来靠着玻璃窗看她离开。她的步子迈得大，两步抵得上别人的三步，腰背挺直，一看就是军人的姿态。郑子靖莫名就想到了她在舞台上的模样，离得远，他不知道她是不是有紧张，可她的不自在很明显，她并不习惯于站在镁光灯下。既然如此，她为什么还要来参加这档节目呢？

想着这些有的没的，夏乐过来了。郑子靖弯腰将两个旅行袋和放了些零散东西的桶都提起来："这些放我车上，还有其他东西吗？"

夏乐摇摇头，伸手要去帮着提东西被绕开了："你跟着孩子。"

一身光鲜的高个男人长相帅气，笑容也好看，提着几样和他打扮不相符的东西步履从容，好像手里拿的是那些奢侈品一样，放进后备箱时也称得上轻拿轻放，足可看出郑少爷虽然爱玩了些，教养却半点不缺。

拿了瓶水上车，一口气喝下半瓶，郑子靖拨了通电话出去："君君……"

"有事说事。"

郑子靖贱贱地笑歪了嘴："我这边要送个小孩去你那边医院，先天性心脏病需要手术，下边的医院不接，你给安排安排呗。"

"我记着你没结婚。"

"不是……"

"私生子？"

"不是……"

"叔叔阿姨知道吗？"

"君君，陈松伶好像快回来了。"好整以暇地听着对方骂了句操挂了电话，郑子靖嘿嘿笑着抛了抛手机，小样儿，和他斗。

翻到二姐的名字，郑子靖哼着歌当没看到，反正他来之前又没和二姐说，就当他没来呗。想着之前被老贺恶心，他拨了通电话过去，直把人挤得贴墙上撕不下来出了那口恶气才心满意足地挂了电话。

看了下时间，八点整，隐约记得来时看到医院对面有个连锁面包店，郑子靖下车伸了个懒腰往那边走去。

转院手续办起来不麻烦，但是楼上楼下也要跑好几个地儿，再加上等安排救护车，大半个小时过去才将小宝从重监推出来。小小的孩子身上接着各种仪器，胸膛几乎看不到起伏。林欣一看到就心疼得哭了，夏乐咬住后槽牙，扶着林欣快步跟上推车。

帮着将推车抬上救护车，林欣也扶上去了，夏乐正要上去就听到后面郑子靖喊她。

男人跑过来往她手里塞了个袋子："吃点东西垫垫。"

夏乐道了声谢，真要说起来他们也就比萍水相逢多见了那么两面而已，可她得到了他最大的善意。

救护车和医院一样有着标志性的消毒水味，在这种环境下林欣实在难以下咽，可看着夏乐吃得面不改色，速度还快后，她也勉强自己把一整块面包吃了下去。

见夏乐又递了牛奶过来，她摇摇头："吃不下了。"

夏乐强行塞到她手里："不管什么情况下都要保证体力充足。"

"你们出任务的时候就是这样吗？"

"是。"

"如果没有吃的呢？"

"那就找吃的。"

对面还有医生和护士坐着，两人的对话已经让他们眼神讶异，林欣把后边的话咽下去默默地低头喝牛奶，她其实还想问问他们能找到什么吃的，就像电视里演的那样吃树根吗？

她以前也问过吴中部队里的事，可他说的从来都是那些乐事，把她逗得哈哈大笑，直到人不在了她才知道那不过是吴中部队生涯中很少的一部分，那些他真正面对的经历的事，他从来不曾说过。

到省儿童医院时已经将近十一点，夏乐一下车看到在外边等着的除了医生护士还有郑子靖。郑子靖朝她笑了笑，让开些让医生好操作，夏乐见状也忙站远了些。

"小乐。"

林欣是小地方出来的，看到外边这阵仗有点怕，下意识地就找自己信任的人。

夏乐扶着她下来："郑先生说过会帮忙。"

对对,是郑先生,不然怎么会有这么多白大褂等在这,这么一想林欣看向郑子靖的眼神又感激又欢喜。

郑少爷平日里只管吃喝玩乐,严格意义上来说这是他头一次接触生活在社会底层的人。他自持自己不曾欺负过人,也不屑特意去表现自己的善心,现在被人用这种眼神看着他莫名就觉得有点羞愧,以前他爸骂他不知人间疾苦他一直当成那是爱的教育,因为没有别的事能让老爷子抓住小辫子,只能借着这一点发作他,这会他突然就理解了那句话的意思。

这还是英雄的儿子,部队护短,肯定不会撒手不管,而且当时批下来的抚恤款应该也不少。可他们母子依旧过得这么煎熬,要是换成那些什么关系都没有的普通百姓大概会更难吧,不过他也想不到怎么难就是了,也怪不得老爷子要骂他不知人间疾苦。

"郑少爷好雅兴呀。"

熟悉的声音一入耳郑子靖就自动切换了损友模式:"君君……"

"你闭嘴吧。"许君没好气地瞥他一眼,朝跟着推车往里跑的夏乐一抬下巴,"郑少爷这是换口味了?这一款你吃得下?"

"少爷我是在做好人好事。"郑子靖撞了他肩膀一下,"陈松伶的威力又见涨啊。"

"换成你被个人缠了二十七年试试。"熬了个大夜今天又忙到这会,时年二十七的许君脸色难看极了,"她不是才出去半年?真要回来了?"

郑子靖笑得一脸贼兮兮的:"我怎么觉着你挺期待她回来的,都说烈女怕缠郎,反过来是不是也一个效果?"

许君和他擦肩而过,连眼神都不乐意再给他一个,他要睡觉,天塌下来就把他压死得了。

"君君~"

许君额角抽了抽,回头看向找死的郑子靖:"郑少爷能不能唤小的全名!"

"许君君就是你的全名呀。"郑子靖一脸无辜,选择性忘了许君君改名许君已经二十年,在许君君小朋友第一次因为名字被当成女孩子之后,便一哭二闹三打滚地折腾着去把名字改了。

怒火使许君五官扭曲,他皮笑肉不笑地道:"报告少爷,明早九点专家会诊,小的九点前一定会准时准点出现在医院,少爷还有其他吩咐吗?"

"没了,跪安吧。"

许君一脚踢了过去,郑子靖早防着他动手,往里一闪避开了去,扬着手挥了挥就跑了。

许君笑骂了一声，语气间却全是亲近。他们这帮人里就这小子年纪最小，在其他人或主动或被动地往前奔时只有他仍保持着现状，天天没心没肺地嬉笑玩乐。他们不是没有过担心，也一致认为他保持这个样子就是对家里的一种表态，他借此来告诉他的哥哥姐姐，比起那些名利权势他更在乎家人，哪怕他付出的代价，是对他们这种家庭出身的人来说极为难堪的一事无成。

他们也不知道郑少爷本身的骄傲能容忍这种一事无成的状态多久，至少目前看来他还挺快活，他们也都希望他一直快活。

快活的郑少爷熟门熟路地找到了胸外科，小宝这时正在接各种仪器，医生围在一边有的在看病例，有的则在做检查，家属被拦在了外边。夏乐和林欣有经验，站在玻璃窗边不错眼地看着里边的动静，直到玻璃窗映衬出郑子靖的脸。

这里不好说话，她和林欣交代了一句，和郑子靖一起往楼梯口走去，边道："医生说今天先稳定一下情况，具体的等明天再说。"

郑子靖点点头："明天九点会有专家过来会诊，你们也别太着急，专业的事就交给专业的人来做，之后要怎么做听他们安排就得了。"

"我明白，非常感谢郑先生帮忙。"

郑子靖对这称呼有点新鲜，多数时候他是郑少爷，郑公子，先生这种正经的称呼还真是少有人会用到他身上……咳，是从来没有过。

"比起人命来那是不值一提的事。"郑子靖靠着楼梯扶手，双手插兜看向贴墙站着仿佛在罚站的夏乐，"你还参加比赛吗？"

"参加的。"就像姜小莉说的，如果她因为私事放弃这次竞赛，那些没拿到晋级名额的人就太冤了。

"有没有考虑过走别的路子？"

"没有。"

"……"自觉替夏乐想到一个好出路的郑子靖一口老血哽在喉咙口上不去下不来，他试图挣扎一把："换条路更好走。"

"我要当明星。"

"大明星是来钱快，可真正来钱快的也就那么一些人，其他人也就是赚个温饱而已，如果你是为了给小宝多赚钱犯不着往那里边挤。"

换在今天之前夏乐根本不会接郑子靖这一茬，可有了今天的事她已经把郑子靖这个人拎进了朋友范畴内，对朋友她向来不敷衍："我要当明星，有

77

了名气公司就会宣传,就会有更多人认识我。"

这是完全意料之外的答案,郑子靖既意外她会告诉自己,也意外这个答案,他想追问一句为什么,可从小受到的教育制止了他,他点点头不再多问。

看了下时间,郑子靖道:"这不是短时间内能解决的事,你们别过早地耗尽了精力,晚上找个地方轮流睡会,明天还要忙,我先走了,有事随时打电话给我。"

"谢谢。"

郑子靖随意挥了挥手,直接从楼道往下走。

已经这个时间,除了基本的检查也做不了别的。夏乐找了个床位让林欣去休息,她则守在了重症监护室外面,没有抱着手机不放的习惯,她只是像以往出任务守夜那般安静地站在那里。不知道过了多久,微信的声音打破沉默。

解锁手机看了一眼,是好友添加提示,申请栏里也规规矩矩自报了家门:"我是郑子靖。"

夏乐点了下将人加成好友,聊天框有消息飞快地弹出来:"没去休息?"

"没有。"干干涩涩地回了两个字,夏乐觉得挺对不起人家今天的热心,于是又发了句过去,"你到家了吗?"

郑子靖笑了,顺着沙发躺了下去,没骨头一样:"到家了,放心,没有违反交通规则。"

看着正在输入却始终没有话发过来,郑子靖几乎能想象出夏乐删删写写不知道怎么回话的样子。她真的很好懂,比那些自诩单纯的人好懂多了,不是什么都写在脸上,甚至眼神中都看不出什么来,可他就是能看出她平静的表象下隐藏的情绪,隔着手机也可以。

有人说当兵年头久的人被洗脑成了个傻子,可没有这些傻子哪里来的安稳,那些总爱把盛世安稳挂在嘴边的人不会知道付出了多少性命才换来这四个字。

翻了个身趴在沙发上,郑子靖按了一行字过去:"有想过为小宝写首歌吗?"

不知道回什么的夏乐看到这几个字松了口气,她想了想:"可以吗?"

"为什么不可以?为他着急,为他心疼,恨不得时间能快点到明天早上,抱着希望期待医生说些让你安心的话……这些不能写进歌里吗?"

可以!夏乐想到了妈妈说过的关于音乐共鸣的话,也想到了郑秋燕老师对她的评价,那些太虚的东西无法引起她的共鸣,写出来就有距离感,可如果是为了小宝呢？

只是这么想着脑子里立刻就有了旋律，夏乐轻轻哼了声，想找纸笔记下来才发现忘带了，她连忙找到手机上的录音点开，哼唱着记载下来，回头需要时再去整理。

好像迷茫的前路突然出现了一盏指引方向的灯，夏乐紧紧抓住了，把一段又一段的旋律记录下来，一时间连回话都忘了。

郑子靖等了一会没等到，瘫在沙发上笑了，夏乐一看就是那种你问她必答的人，这会突然就断消息了可见是想到了什么。哎呀哎呀，他好像帮了个大忙呢！

林欣直到天快亮时才过来，神情间满是愧疚："也不知道怎么就睡得这么死，还有时间，你快去睡会。"

几乎一夜没睡，夏乐看起来却精神不错："不困了，这里我守着，你再去睡会。"

"没有这样的。"林欣在她身边坐下，本来还想劝，可话到了嘴边却变了，"你们出任务的时候也是这样吗？"

夏乐看向她。

林欣低下头去："就像你一样，什么情况下都吃得下东西，一晚上不睡也没有关系。"

"出任务我们只考虑两点。"安静的氛围下，夏乐突然就想让林欣多了解一点吴中的军中生活，或许这样的话能记得他久一些，"一，完成任务，二，活下来，除此之外的其他都不是问题。"

"我曾经和吴中吃醋。"林欣笑着看向夏乐，"因为他一说部队里的事就会说到你，全是赞美之词，我恼火得不行，心想既然人家这么好，你还和我结什么婚。"

"他们都拿我当兄弟。"

林欣笑，是你拿他们当兄弟，所以你们才只是兄弟，她也真的因为这事和吴中吵过，在吴中嘴里队长只应天上有，这是下凡历劫来了，别人半句不好都是说不得的。

因为她说了几句，吴中直接回了部队，后来传了几张照片给她，都是训练中的夏乐，脸上抹着油彩，水里火里地钻，泥水溅了一身一脸，只有眼睛干净明亮得让她觉得羞愧。她懂了吴中的意思，从那以后再没有拿这个说过事。

两人没再说话，静静地等时间过去，看着世界一点点苏醒过来，走廊上

夏日乐章

隐隐有了脚步声，黑暗逐渐褪去，天边的光芒渐渐明亮。

夏乐去洗了把脸，拎着水壶去打回开水，又去买了早餐分着吃了，离九点仍然有一个半小时。不想白白浪费了时间，夏乐去护士站借来纸笔谱曲，有事做时间就过得快了。

不到九点，几个一看就很有资历的医生脚下生风地从走廊那头走来，他们身后跟着的年轻学生需得小跑着才能跟上，夏乐意外地看到了郑子靖，这时她记起来，昨晚她忘记回话了。

医生们鱼贯进了重症监护室，郑子靖走过来介绍道："夏乐，这是许君，这家医院的医生。"

许君瞥了郑子靖一眼，还得把他提溜出来让人安心，说明眼前这姑娘对郑少爷根本没几分信任，不过他心地善良，就不拆穿了。

"我是许君，你好。"

"你好，我是夏乐。"

两人握了下手，郑子靖在旁边看得都要翻白眼了，好在想起来眼下是自己在找人家帮忙，改天再嫌弃去。几人在玻璃窗前站成一排看着里边的情况，林欣捂着胸口，紧张得心好像都快要从嘴里跳出来了。

许君安慰道："不用太担心，这几位都是很有经验的医生，对了郑小四，你不是请了外援吗？什么时候到？"

郑子靖看了下时间："应该差不多……来了。"

从那头快步过来的是两个头发花白的老人，一男一女，面色红润，精气神十足，两人看到郑子靖远远就伸手点了点他，脸上的笑容却又是实打实的亲近。

郑子靖也迎了上去，未语先笑："宋爷爷，宋奶奶，你们来啦。"

"咱们郑少爷难得开一次口，我们能不来嘛。"老太太打趣着，眼睛里全是笑意。

"我不也是看那小孩实在是受罪。"郑子靖引着两人过来给夏乐介绍，"这两位是中医方面的专家，小两口……"

话还没说完郑子靖就先挨了打，宋老爷子一抬手拍在他后脑勺上，笑着瞪他："哪家的小两口头发都白了的！"

"那老两口？"

老太太乐得笑出了声，越过郑子靖拉住了夏乐的手，习惯性就去号脉了，本来笑着的模样一摸脉象就皱起了眉。

夏乐想挣脱，可骨子里的尊老爱幼让她不敢使力，一迟疑，她的身体情况已经让老太太摸了个差不离，她上上下下地打量这个年轻的姑娘："当兵的？"

　　夏乐愣了愣，点点头又摇摇头："退伍了。"

　　老夫人直接托住她的手示意老头子来号脉，夏乐忙要收回手，老太太那手却像钳子一样箍紧了她："老……大夫，我没事。"

　　"有没有事你说了不算。"老太太拍了拍她的手臂安抚她，"放心，就看看。"

　　夏乐看向郑子靖，郑子靖却像瞎了一样转头和许君说话去了。许君鄙视地瞧他一眼，郑少爷已经牛到说话都融入空气中的地步了吗？

　　这么一会的工夫老爷子也号完了脉，他皱着眉看向夏乐："在医院躺了挺久吧，就算出了院你也应该再好好养上一段时间才是，别以为离了医院就万事大吉了。"

　　林欣闻言把对儿子的担心分了一些到夏乐身上："小乐你受伤了？也是那次……"

　　"没事。"夏乐打断她，"我已经好了。"

　　"我还是那句，有没有事你说了不算。"老太太摸了摸没带纸笔，"子靖，回头你带这姑娘去我们那一趟，趁着年轻还补得回来咱们好好补补。"

　　"好嘞，一定给您带去。"郑子靖一口应下，朝许君使了个眼色。

　　作为朋友许君还是挺靠谱的，上前道："那孩子就在这里边，您二位跟我来。"

　　目送三人一起进了里边，夏乐透过玻璃窗看着他们围着小宝检查，心里那些担心突然就褪去了许多，无论如何，他们在尽最大的努力留下小宝的命，其他的只能听天命了。

　　"宋爷爷是业内有名的圣手，宋奶奶对儿科也是多有建树，怎么也要给小宝多增加一点生的希望。"

　　夏乐转过身来，笔直的脊梁朝着他弯下去："谢谢你。"

　　林欣也忙跟着鞠躬。

　　郑子靖避开不受："我曾经有个在部队待了十一年的叔叔，后来牺牲了。"

　　夏乐突然就理解了为什么他会对自己亲近，军人在某些地方是很像的。

　　"十几年了，可我一直都记得他的模样，很高，很挺，嗓门大得被我爷爷扔过鞋子，他还特别爱笑，动不动就哈哈哈的那种。"郑子靖怀念地笑了笑，"谁也没想到他会这么没了，那会宋爷爷和宋奶奶坐直升机赶过去也没把人

81

救回来，他们一直都特别遗憾，所以一看到你就……你别见怪。"

这番话其实有点交浅言深，可郑子靖太清楚当兵的是有几分傻气，可他们也有提防心，与其让夏乐去猜他为什么要这么上心倒不如说得明白点。

事实也确实如此，因为他这番话夏乐已经有点把他当自己人了，只是她不善言辞，这会仍然只会说声谢谢。郑子靖也不再和她纠结这个，和她并肩一起看着里边的人交头接耳，等着他们出来说个好消息，或者坏消息。

检查做得有点久，在林欣都快心肌梗死前一众医生终于出来了，两老走在最前边，其他人成拱卫之势。

"孩子不能等了，需要尽快手术，术后我来协助养护。"宋老爷子没有半句废话，许君接话也不含糊，"手术就定在明天上午十点，您多费心。"

"我的本分。"宋老爷子看了夏乐一眼，朝着郑子靖招手，"来吧，小郑司机。"

"我地位下降了呀宋爷爷，刚刚还是郑少爷呢！"郑子靖蹭过去，非常没脸没皮地硬插进老两口中间一手挽住一个，宋老爷子瞪他一眼却由着他去了，一看就是个受宠的小辈。

许君捂住眼扭开头，十岁的时候看郑子靖撒娇他还有点羡慕，十五岁的时候看到有点眼红，可从十八岁开始每每这种时刻他都想当成不认识这个人，要脸吗？还要脸吗？你当自己还是个三岁的宝宝啊！可这摊事他还是得安排好，和夏乐匆匆打了个招呼，和一众医生一起离开。

事情进展顺利，林欣的心也跟着轻松了些，她低声道："小乐，这个老大夫看着好厉害。"

"嗯，很厉害。"夏乐把手机锁屏，她善用互联网，已经将宋老和中医国手宋昭对上号了。

Chapter 4
打一顿，换一个

  林欣去办住院手续，夏乐趁着现在无事抽空回去了一趟。邱凝见到女儿虽然疑惑但也没有多问，大概是分开的日子太久，她们都习惯了自己做自己的主，不会过分地侵入对方的安全范围内。
  她只是边倒水给她边问："在家里住吗？还是要赶回去？"
  "不了，一会还要去医院。"
  邱凝手一抖："去医院？哪里不舒服吗？"
  "不是我，是小宝。"想起妈妈并不知道这其中的事，再加上认干亲也是要和妈妈说的，夏乐扶着妈妈坐下，一字一句非常郑重地道，"小宝是我一个战友的孩子，他……不在了，小宝有先天性心脏病，明天就要手术，妈，我和他一早就说好了会做他孩子的干妈。"
  邱凝双手握住杯子控制住自己的手不抖，语调也稳稳的，仿佛"不在"那两个字对她没有任何触动一般："你决定的事妈妈都支持你，需要妈妈做什么吗？"
  夏乐想了想："您做点吃的吧，林姐被磨得不成样子了。"
  "这个好办。"邱凝立刻起身去了厨房，拧开水龙头看着水渐渐装满面盆，连着做了几个深呼吸才让心跳得不那么快，拉开冰箱门，从里拿出保鲜袋装着的鸡肉，冰箱门刚关上，这边鸡肉也掉到了地上，手抖得用一只手握住另一只手也稳不下来。
  "妈，怎么了？"
  听着脚步声，邱凝忙边弯腰双手把鸡肉捧起来放进面盆里解冻边语带笑

夏日乐章

意地回话,"没事,冰箱里东西太多滚下来了,乐乐,家里没盐了,你去帮妈妈买几袋回来"。

夏乐站在门口看了一眼,没看到异常才应下离开。

邱凝听着脚步声走远,听着钥匙声响,听着门开了又关,她蹲下来把头埋在膝盖。好一会后她才缓过来,攀着流理台站起来去处理鸡肉,神情也恢复了一贯的淡定,至于心里那些惊涛骇浪的情绪,她自己消化了就好。

邱凝是个把自己的生活打理得很好的人,常年一个人并没有让她对付着过,而是练出了一副好手艺,煲汤更是拿手,离家时夏乐两手都提得满满的。

"妈妈知道你明天肯定还会待在医院,不过后天一定要回去了。医院那边你放心,离家里也不远,我每天会过去帮把手,学校里开学晚,最近我都没什么事。"

夏乐不想妈妈受累,嘴一张就要否决,邱凝已经又笑着道:"是你的干儿子就是我的小孙孙,都是自家人了我还能不上点心?你就放心地去比赛知不知道?"

夏乐没法再反对,只得点点头道:"您别累着自己。"

"放心,妈妈心里有数。"

从家里到医院不堵车的话开车二十分钟左右,确实不算远,边走边想着是不是要请个护工的夏乐不经意间抬头,看到那一身再熟悉不过的军装时她不由自主地停下脚步。

面向这边的林欣看到她立刻招手:"小乐,路遥来了。"

路遥转过身来,站直了啪就是一个军礼。

夏乐定定地看着他,路遥讪讪地放下手,摸了摸鼻子道:"这不是……习惯了嘛。"

这时夏乐才走过来,将吃的都递给林欣:"我妈煲的汤,还做了几个菜,你去吃点"。

"这太麻烦你妈妈了……"

"一家人,应该的。"

一家人……想到第一次见面时小乐说是小宝干妈,林欣红着眼圈点头道:"你们聊,我去看看小宝。"

医院里人来人往,两人沉默着在两栋楼之间的走廊上停下了脚步。

"最近不忙?林姐告诉你在这里的?"

"嫂子没有告诉我们,是凯子托人弄了点据说挺好的奶粉给小宝,给嫂子打电话才知道小宝要提前手术，他们现在都脱不开身，我刚休完探亲假趁着还有点时间就过来了。"

"这里有我，不用挂心。"

路遥笑，笑着笑着眼眶又红了，他转过身去走到走廊边上抬起头来看着万里无云的天空，片刻后才重又转过身来笑道："知道队长在这，我们特别放心。"

夏乐低头笑了笑，没说话。

"队长，我这次探亲假只休了三天。"

"要出任务？"夏乐下意识地说道，说完她又觉得不妥，不等路遥说什么自己又接上了话，"那就不要在这里耽搁了。"

"我们之前商量着等这次任务回来就去邹新还有陶子赵建家里一趟，队长你肯定会去的吧。"

陶子大名叫陶亮，和赵建是最先给他们断后牺牲的战友，夏乐想也不想就点头："当然。"

她自己养伤就养了将近三个月，办好手续后她立刻往几家去了，可真的也就是走了一遭，那会她心神不定，不要说帮忙，连交谈都少，就像个干部一样去露了个脸，可该她承担的她都记着。

路遥抹了把脸，说起了他特别关心的一件事："队长，听政委说你选择的是直接复员，不是转业。"

"对。"

"为什么？进公安局或者司法机关不都可以吗？政委肯定会给你安排个好去处的。"

夏乐摇摇头："我打算做点别的，如果路子走得顺以后你们会知道。"

真要走顺了她就有名气了，当他们从电视上网络上看到她的时候希望不要太吃惊才好。

路遥有点担心，但也不好再问，当兵的出了社会有多不适应他听说过很多，他不希望队长也要承受那些，好在现在看起来队长的精神状态还不错。

夏乐问了些其他人的情况，事关部队的半句不说，眼下她只要知道她那些战友都平安就好。

"队长，你挂心的事我们都会留意，一有消息立刻告诉你。"

"不要违反纪律，好好表现。"

"是。"路遥敬了个礼，一如从前。

路遥赶着回部队，没有多待，他拿了个厚厚的红包给林欣，只说是他们几个兄弟给小宝的营养费，林欣哪里是他的对手，稀里糊涂就拿在了手里，等人一走就看向夏乐，不知道这钱要怎么办。

"收着吧，他们的心意。"

"可是这也太多了。"林欣摸着这厚度怕是得有两万。

"他们都是吴中的兄弟。"夏乐只说了这么一句，拿出振动的手机接通，"郑先生。"

郑子靖带笑的声音从电话那头传来："在医院？"

"对。"

"就猜着你在，等着。"

夏乐挂了电话，心头有点茫然，她和郑子靖怎么好像突然就很熟了一样？

"是那位郑先生？"

夏乐回神："是他。"

"郑先生心地真好。"林欣心里一万个感激，给郑子靖发了张大大的好人卡。

揣着好人卡的郑少爷三梯一跨地上楼来，对上夏乐的视线未语先笑，提了提手中的饭盒道："给你们送点好吃的来。"

夏乐开口就要说她从家里带了吃的来，林欣眼疾嘴快地把话接了过去："郑先生有心了，实在是太麻烦了。"

"顺路。"从东边顺到西边的郑少爷满不在乎地把饭盒递过来，林欣忙接了，悄悄拍了拍夏乐的后背，说了句你们聊就回了屋。夏乐这姑娘什么都好，就是太直了，一根肠子通到底的那种，如果说自己从家里带了吃的来不是让有心来送吃食的人闹个没趣吗？

夏乐不蠢，被林姐那样一打断就明白过来了，她引着人在走廊的椅子上坐了，又去病房里拿出自己的包出来，从里拿出一瓶矿泉水递过去。郑子靖是个有点小讲究的人，医院的东西半点不沾，可看到这水是从夏乐包里拿出来的还是很给面子地拧开喝了半瓶，他正巧有点渴了。

"之前我问了下，君……许君说手术将由蒋副院长主刀，他是这方面的权威，有他主刀就已经成功了一半。"

楼上办公室内，许君狠狠打了个喷嚏。

郑子靖的卖友之路还在继续："别看他总一副要笑不笑不近人情的样子，其实心软得跟块嫩豆腐一样，你们有事就找他，他会尽量帮你们解决的。"

许君又打了个喷嚏。

"对了,我奉命后天要带你去宋爷爷家,你后天什么时候方便?"

"我后天要回去准备比赛。"

"耽误不了你多久,上午八点我来这里接你。"说出八点两个字的时候郑少爷的表情有点痛苦,正是早高峰的点,想在八点前到这里他六点就要起,不由得难受。

夏乐还是觉得太麻烦郑子靖,也太麻烦那两个老大夫:"我确实在医院躺了一段时间,好了才出的院,身体没问题了。"

"这话你和宋爷爷他们说去。"郑子靖看了下时间,起身道,"我还约了人吃饭,先走了。"

少爷潇洒地扬了扬手,走得洒脱极了。

夏乐想说声谢谢,可想了想还是把这两字吞了回去,这份人情光谢谢两个字太轻了。

郑少爷也没有急着离开,优哉游哉地晃去了许君的办公室给他一个晴天霹雳:"陈松伶回来了。"

许君面无表情地呵呵两声,心想,怪不得刚才一直在打喷嚏,原来是有恶人驾到。

"我可是第一时间就来给你报信了,够意思吧。"

"郑少爷百忙之中还亲自跑到医院来给我报信,可见一定是忙得忘了手机是用来做什么用的。"

郑少爷摸出手机,一脸恍然地点头:"还真忘了。"

许君把手边的眼镜盒扔了过去,郑子靖哈哈笑着避开往外跑了。许君算看出来了,这家伙就是来看他笑话的。

这是一台关于小生命的大手术,医生们严阵以待,推车上小小的孩子毫不知情地被推进了手术室,林欣需要夏乐扶着才能不腿软地坐到地上去,她是真的怕,怕她的孩子下不来手术台。

夏乐去打了杯热水来让她握着,热烫的感觉从手心传到心底,那种无论如何都平息不了的颤动才渐渐被安抚下来,耳中也不再嗡嗡作响。

喝了几口还烫嘴的水,林欣朝着夏乐勉强笑了笑:"小宝肯定不会有事的。"

"当然不会。"

夏乐斩钉截铁的回话给了林欣巨大的勇气,是啊,吴中的儿子怎么都不

夏日乐章

会那么懦弱,连这一关都撑不过。

之前就已问过手术时间大概在四个小时,夏乐看林欣情绪稳定了就准备趁着这个时间去趟银行,等小宝下了手术台就离不得人了。

和林欣说了一声,当然,她没有说去哪里,林欣也不多问,只死死盯着手术室外那盏红色的灯,盼着它快点变成绿色。

夏乐转了五万到林欣的账户,小宝的病不用花钱,可总还会有些需要用钱的地方。吴家的情况她也知道一些,眼下时间短还好,等将来时长日久的吴中那点生养之情估计就不太够用了,毕竟死了的已经死了,活着的还要活着,为了自己的将来吴家两老肯定也会偏着小儿子去。林欣不是个狠心的人,对吴中又有感情……

"快报警,报警没有,保安呢?医院的保安来了吗?"

报警两个字一入耳,多年养成的习惯使得夏乐的脚步已经自觉地朝着有动静的方向跑去,看着医院顶楼上那个身影她抓了个人问:"发生了什么事?"

那人有点腼腆:"我也才来,不知道怎么回事。"

旁边有人接话道:"听说是个得了乳腺癌的病人知道老公在外边有人了,还不是她生病后才有的,这不大概就想不通了。之前医院里他们吵得挺厉害,我见着了,这会看不到楼上那人长什么样,可衣服还是那身衣服,我认得。"

夏乐左右看了看,保安来了好几个,也在赶紧充气垫以备万一,可这太高了。

夏乐抬头,这是乌市中心医院,就在省儿童医院斜对面,作为乌市最好的综合性医院自然财大气粗,住院楼都好几栋,眼下这栋十二层楼高的就是去年才投入使用的。

想也不想地她就要往楼上跑去,手腕被人拉住了,控制住动手的冲动她回头看去,是郑子靖,只是这会他没笑了,眉头微微皱着。

"儿童医院在那边。"

夏乐抬头看去:"我上去看看。"

哪怕离了部队,遇到事了首先想的不是报警,而是去解决这个问题,和他小叔一样的毛病,从来都将自己放在保护者的角色。

"我和你一起去。"

时间紧迫,夏乐不想耽误,微微一点头就往里走去,医院格局都差不多,两人爬楼梯上了顶楼，看到了那个坐在边沿的人。

听到脚步声她回头，一张妆容精致的脸，看着不像个病人，倒是眼下最时髦不过的城里女人的样子。

"还以为是警察呢。"女子笑着把风吹起的头发抚回耳后，"电视里不都那么演的吗？警察，谈判专家，感情专家，然后和我谈条件，把我想见的人带到面前来，想尽办法劝我不要死。"

"你可以把我当成警察，谈判专家或者感情专家。"夏乐上前一步就站着不动了，并没有引起女人的警惕。

"这么厉害？"女人笑开了，"我会当真的啊！"

"可以。"

郑子靖想抚额，这样冷硬的谈判专家感情专家是想让人跳快点吗？步子一跨想要说点什么，两个女人齐齐看向他。郑子靖看看那女人又看看夏乐，把那只迈出去的脚又收了回去，站原地不动了。

女人笑得饶有趣味，毫不在意此时是坐在屋顶边缘，就地一转把脚放了上来，打趣地看向两人："一对儿？"

夏乐摇头："不是。"

女人一个哦字说得一波三折："那是谁看不上谁？"

"如果能在一起那就是都看得上，没在一起也不存在谁看不上谁。"

"话不能说得这么绝对，这世上多的是明明看不上还假装挺看得上的人。"女人伏在膝盖上看着她笑，"如果你碰上这种人了怎么办？"

"打一顿，换一个。"

女人愣了下神，随即哈哈大笑，笑着笑着眼泪又下来了，可不就是，最多换个人而已，多大点事，三条腿的癞蛤蟆不好找，两条腿的男人满街走，换他十个八个的就不信一个好的都捞不着。

"我没想死，乳腺癌也是骗他们的，其实就是个良性肿瘤。"女人再次原地转了个方向把脚朝里就欲站起来，她忘了自己在这上边坐很久了，之前垂着的脚早麻了，这一站就往旁边倒去，她脑子里只剩一个念头：自作孽，不可活。

就在她以为要把自己作死了时手臂被拉住了，随着惯性下滑了些许，大半个身体都悬在了半空，抬头看去，满头短发都倒竖着的不正是刚才说打一顿换一个的那位。

夏乐这会正面着地的地方都有点疼，虽然借着说话的时候靠近了些，可

89

刚才太过意外，她是借力生生扑过来才险险将人拖住了。

郑子靖吓得心惊肉跳，也立刻过来帮着把人拖上来，没去理那女人伤没伤着，他看了眼夏乐冒血的手腕脸色就有点难看。

被救的那女人在反应过来后也连忙手脚并用着踉跄过来："你怎么样？受伤了吗？我们去做个检查……"

夏乐抬头看她："想开了吗？"

女人愣愣的，然后捂住眼睛点头。她是想过死，可也只是想想，她不会真去死，她家就她一个女儿，她要死了爸妈怎么办。

"有许多人想活着，想做好丈夫好父亲，可他们没有机会。"夏乐忍痛站起来，郑子靖下意识地就去扶，"能活着就活着吧，真要死也要死得值得。"

一涌而入的人有制服有便装，看着三人眼神都有些微妙，这是……三角关系？讲和了？

夏乐弯腰要去捡自己的包，郑子靖让她站好，自己去捡了包背着："走了？"

"嗯。"

"等等。"女人叫住他们，还没弄清楚情况的警察立刻紧张起来，并且慢慢地散开靠近三人，生怕出什么问题。

女人走到夏乐面前伸出手："手机。"

郑子靖眉头皱起，他不喜欢这人对夏乐的态度。

夏乐以为她要打电话，真就从包里翻了手机递过去，女人输入一串号码拨通，听着响了两声才挂断，递回手机道："我叫周茹，救命之恩没齿难忘。"

夏乐看她确像是想开了的样子，便也搜肠刮肚地找了句安慰的话："好看的人也应该好好地活着。"

女人噗嗤一声笑了，她是真的长得好看，笑起来眉眼上扬，让人看着不自觉地也跟着嘴角上扬："是，我以后一定好看地活着。"

和人相处是夏乐的弱项，和这人完全不熟她更不知道要怎么聊，干脆就不说话了，点点头转身就走。

警察当然不能让他们就这么走了，那个便衣上前要拦，周茹立刻道："他们是救我的人，救我的时候她受了伤，这会要去做检查，事情我来和你们交代。"

救了人那就是英雄，而且医院的天台也是有监控的，这会已经有人去调取了，他们也就让开了让两人离开。

要下一楼才有电梯，夏乐除了走得比平时慢了点看起来并没有什么不同，可郑子靖多少也算了解她，如果不是身体有不适她走路和走正步也差不了多少,进了电梯他先看了下电梯里标注的楼层科室直接按了三楼。

"你在三楼等着,我去挂号。"

夏乐摇摇头,按了一楼:"小事。"

"那一声我听着都疼,怎么会是小事。"

"我自检过了,骨头没断,去药店买瓶红花油揉揉就行。"

郑子靖还想说什么,可想到她的出身到底是忍下来了,对她来说只要命还在这点伤大概真的不算什么。

见到林欣的时候夏乐就已经和没事人一样了,她这才记起郑子靖还帮自己背着包,她连忙拿过来道谢。郑子靖笑了笑,和夏乐打了个招呼转身上楼。

许君嫌弃地看着不请自来的郑少爷:"少爷这是打算玩个什么游戏?"

郑子靖神情恹恹地没有说话。

许君本来只是随口调侃一句,见到他这样顿时来劲了,滑着椅子来到他面前上上下下地看:"发生什么事了?"

郑子靖仍是不理他。

许君贱兮兮地悄悄打开了手机录音:"和哥哥说说,是不是那妹子拒绝你了?"

"你想多了,我们只是朋友。"

许君喊了一声,又不是第一天认识,郑少爷要没什么想法能这么上心?还把宋老都请来了,啧,还朋友呢!

不过郑少爷说是朋友就是朋友吧,许君斜眼看他:"那么郑少爷是被朋友拒绝了?"

郑少爷一言难尽地看着许君:"你是汉堡吃多了脑子短路了吗?"

"……"许君面无表情地滑回到电脑面前,他要再多问一句今天就吃汉堡!

他不说话了郑少爷又想说了,他拖了张椅子坐到许君身边,意味深长道:"君君啊……"

许君看过来,眼里全是无情。

郑少爷双手举高作投降状:"许君,许君。"

难得占一回上风的许君大人大量地原谅了他,继续看着黑屏的电脑上自己俊帅的模样,耳朵竖了起来。

"刚才我亲眼见证了一回生死一瞬间。"

这有什么,生生死死医院里天天能见到,许君理了理自己的衣领。

"也见识了一回什么叫奋不顾身,就那么扑过去,落地那声响听得我都觉得疼,你说她当时都在想什么呢?这是把人拉住了,如果没能拉住她亲眼见着人死在自己面前,或者在拉住人的那一瞬对方用力挣扎把她也拉着一起摔下去了……她就没想过这个后果吗?"

许君在医院出了名地高冷,戴副金丝框眼镜要多斯文败类有多斯文败类,只有常年混一起玩的人才知道他有多八卦。他们胡闹那会他就是他们那一伙人的消息来源,而且从不出错。这会听到郑少爷这么说他哪里还能控制住心里那团八卦之魂:"你这是在哪看了场热闹?有人不顾自己危险去救了人?"

"不是看了个热闹,是参与了一场热闹。"郑少爷趴在桌子上把那事说了,他自己都不知道自己现在是什么表情,什么语气。

许君看得出来,也不再拿这事打趣。他们是混账了些,可对谁该敬着点对谁该客气点他们心里都有数,对那些有真本事的人他们很愿意多给出几分尊重。有的本事是家里人给得了的,有的本事是需要一天天往死里练才能练出来的,他们吃不了那个苦,就更佩服那样的人,夏乐是,郑家的小叔是,也正因为这一点,郑小四才会在这里大发感慨。

"部队里不全是这样的人,但也不缺这样的人。"

确实是,郑子靖想到了他小叔,想到了之前看到的那一幕,那一下,应该挺疼的。

"我说郑少爷,你现下到底是什么个想法?单纯就帮帮忙?"

郑子靖看向正经不了三秒的许君:"不然呢?"

"新时代活雷锋啊!郑少爷。"许君凑近了打量他,"真没别的想法?"

郑子靖趴了半会,神情中少了些平日的快活和漫不经心:"去年枪毙了一个毒贩子,他曾经是我小叔的兵,立过功,因伤退役,转业后给他安排的工作不能说不好,可他适应不了,和人也相处不来。后来他那一身本事被人看上了,诱骗着他走上了那条不归路,他们太好骗了,我以前就想,如果我早些认识他一定会拉着他,让他不那么容易被人骗了去。"

许君还有什么不懂的,郑少爷这是移情了,他也没了打趣的心思,往后靠在椅子里提醒了一句:"既然是这样你就收着点,别让人误会你对她有想法。"

"你当她是那些俗人?"郑子靖哼了一声,"就我这样的人家只怕还看不上。"

"挺有自知之明啊。"许君大笑,心情大好,"说了这么多,郑少爷你究竟想发表点什么感慨?"

郑子靖自己也说不清楚,就是心里有那么点不是滋味,身为男人却让一个女人冲在了前边,他觉得自己有点太没用了,可他也真的做不到夏乐的那一扑,这就是当过兵和没当过兵的区别。

"君君,你说我去当兵怎么样?"

因为他这异想天开的话,许君都容忍了他对自己的称呼:"醒醒,少爷,有你小叔在前你还想进部队?"

确实也不太可能,不,是绝对不可能!

郑子靖趴在桌子上暗暗叹了口气,他其实有点玩腻了,可是又不知道该干什么,能干什么,算了,还是想想眼下吧,郑少爷起身:"红花油有没有?"

许君从柜子里边翻出一瓶,看了下日期后递了过去。

挥了挥手,郑子靖给英雄送药去了。这几天见得太勤,夏乐再见到他半点都不觉得意外了,一而再地被对方帮助了,她总觉得欠了他人情,以至于见到人时不自觉地就有点气短。

"从许君那拿的,别去药店买了。"

夏乐犹豫了下还是收了,这药没多少钱是其一,还因为人家诚心送药来,她不能拒绝。

"怎么就你一个人在这?"

"林姐熬得有点难受,我让她去外边透透气。"两人在外边的椅子坐了,说话间真就有了点朋友的样子。

"这病,还有得熬。"郑子靖看着手术室上边亮着的红灯,一门之隔,生死的距离,"还有两天就要闯关了,有把握吗?"

夏乐摇摇头:"我有自知之明。"

郑子靖很想说既然有自知之明为什么还要去挤那条独木桥,可他也只能笑着给她打气:"各有各的优势,你也有,不要太早泄气。"

"我会努力。"

手机响,郑子靖嗯嗯啊啊地接了个电话,说了声就下来后起身道:"我下去一趟。"

夏乐点点头,心里有点莫名,为什么要和她交代?他没有义务陪在这里啊!

不一会下去的人又上来了,手里提了几个大袋子:"我让人送了饭菜过来,还有个对嗓子好的汤,你多喝点,分量挺足的,应该够晚上还吃一顿。"

93

夏乐看着那几个大袋子，估摸着她和林姐两顿都得吃撑才有可能把东西都吃完，再因为郑先生小叔的原因这好得也有点过了，夏乐从包里拿出钱包："多少钱，我给你。"

"这能有多少钱，军民鱼水情嘛，小钱，小钱。"

"不拿群众一针一线也是铁律。"

"回头你请我吃一顿就得了，我要真拿你的钱不说远了，君君都得笑死我。"看夏乐面露疑惑，郑子靖卖起朋友来毫不手软，"许君，他以前叫许君君。"

夏乐恍然，一字之差，这气势还真的是完全不一样，她想了想，还是把钱包放了回去，受了郑先生这么大的帮助，请他吃顿饭是完全应该的。

手术比预计的时间长，五个多小时后那盏灯才终于变绿了，主刀医生虽然疲惫但还是眼里带笑，不用说就已经从他的神情中看到了好消息。

也确实是好消息，手术非常成功，不过接下来还是要在重症监护室稳定一段日子。忙碌完林欣拿起手机就看到了银行的信息，看着那个数额拉着夏乐到没人的地方道："小乐，我有钱，你那都是卖命的钱，我不能要你的。"

"我明天就得回去，有一段时间顾不上这边，为了长远着想你也不能一个人这么熬着，必须请个护工，什么都不用多想，现在小宝的病是最重要的。"

林欣仍是摇头："小宝在那里边哪里用得着找护工，浪费钱，我照顾得来。"

夏乐根本不给她拒绝的机会，次日就去找好了护工，安排好所有她能想到的事才离开。

见她打了个呵欠，郑子靖趁着红灯回头道："这会上班高峰期，车多人多，到那边估计得一个半小时，你睡会儿，到了我叫你。"

连着两个晚上没睡好，夏乐确实有点犯困，闻言就靠着车窗闭上了眼睛，她的身体是真的比以前差了，以前出任务的时候不要说两晚不睡，五晚不睡也不会让人看出来。

好在说睡就睡，说醒就醒的本事还是在的，就是在熟睡中，车子一停稳她就张开了眼睛，眼神清醒得好像刚才全程都在假睡。

一路睡过来，夏乐也不知道这会是到了哪，只看着眼前的独栋小楼和郁郁葱葱的环境就知道这里应该不是一般的小区，郑子靖熟门熟路地去敲开了宋家的大门。

"呀，郑少爷来了。"慈眉善目的老太太笑眯眯地打趣，见到他身后的夏乐朝她招了招手，"欢迎你来做客。"

夏乐最不会和两类人相处——老人和小孩。她拘束地弯了弯腰说了声您好就全身僵硬地站那不知道要怎么好了。

郑子靖轻推了她一下进屋，自己随后也跟了进去："这可有点偏心了啊老同志，怎么能就欢迎夏乐不欢迎我呢？"

"不欢迎你你都快把我家门槛踩烂了，要欢迎那不得一天换个门槛？"

"那不能，我会跨过去的，保证不踩。"

老太太不轻不重地拍了他一下，眼里全是对这个小辈的喜爱。看出来夏乐的拘束，她牵住了把人带到客厅，茶香扑鼻而来，水雾袅袅，穿着一身褂子的宋老站了起来："来坐，喝茶。"

有香气扑鼻的热茶，有郑子靖的插科打诨，有老太太的轻声软语，还有宋老爽朗的笑声，如此氛围下夏乐也渐渐放松下来。

她依旧不多话，却是最好的听众，眼神随着说话的人移动，是个不爱凑热闹但是不嫌弃热闹的人。这样的人或者不招同龄人喜欢，但是一定能入长辈的眼，这会宋老太太就觉得这孩子实在是好，身姿笔挺仪态好，也不见现在的年轻人身上常见的浮躁，怪不得郑家这个小子这么看得上眼。

"当时伤得挺狠吧。"突然的话让夏乐又紧绷起来，她不习惯倾诉。

老太太笑了笑："不用紧张，我年轻那会在部队做卫生员，还跟着部队上过战场，最惨烈的情况都见过，部队那些纪律我也都知道，绝对没有伤了哪里都不能说这一条。"

被打趣的夏乐也唇角微微上扬："已经好了，当时的伤势我也只能说个大概，具体的说不清楚。"

"你不是医生，确实是这样。"老太太点点头，"如果你同意，我去医院调档看看具体的情况。"

可以这样吗？夏乐目露疑惑。

郑子靖笑得不行："夏乐小同志，眼前这两位可都是老同志了，哪家医院都熟得很，病例也不会是别人看不得的绝密资料，你那一脑子的保密条例一定要网开一面。"

夏乐有点窘迫，她甚至站了起来打算给老同志敬个礼，还是坐她旁边的郑子靖立刻将人拉住了，端了小杯茶放她手里，眉眼间全是忍不住的笑。

夏乐低头喝茶，刚才的窘迫好像随着茶一起喝进了肚子里，经过这一闹她明显比之前要自在多了。

老太太虚虚点了点郑子靖，起身道："我去打个电话，小夏，你过来让

95

夏日乐章

老头子给你诊诊脉。"

夏乐看向郑子靖,郑子靖笑嘻嘻地做了个请的手势。真是个爱笑的人,夏乐心想,但她也没有违逆老人的一片好意,坐到了宋老下首的位置,并将手伸了出去。

宋昭从茶几下边的抽屉里拿出个小枕头,示意夏乐把手放上去,微阖双眼号起脉来,半晌后才放开了微微叹了口气。

郑子靖立刻坐板正了:"宋爷爷您别叹气,您一叹气我就害怕。"

宋昭没好气地瞪他一眼,这当着人的面能不能说句好听的,不知道他现在老头子一个就喜欢听几句好听话吗?

左右扫了扫,宋昭起身从落地花瓶中拿出一枝花,他把花去了,抓住枝干的两头往中间使力,道:"小夏的身体就跟这枝干一样,看起来很有韧劲,可再用力一点……"

枝干啪一声断了,夏乐看着宋老将那断成两截的枝干扔进垃圾桶,想起出院时医生也叮嘱过她许多。

"弦绷紧了还是会断的,别仗着年轻就不在意,将来你想在意也迟了。"宋昭摇摇头,"你们这些小年轻啊,就是不听劝。"

夏乐想说她没有不在意,该吃的药吃了,该见的医生见了,该休养的时候也没有逞强去做什么,可她还在想着没有说出口,那边郑子靖就先告上状了:"就是,宋爷爷你好好说说她,昨天都还救人去了,受了伤也不愿意去见医生,还说骨头没断没事,太逞强了。"

夏乐小声地给自己辩解:"没有逞强,我计算好了的,赶得及。"

"世上哪有那么精准的事,要有个万一呢?"

"对我们来说没有万一。"所有的万一都是排除过了的,任务中任何可能出现的情况他们都会提前想到,并针对这种情况想出解决的办法,就算真遇上了没想到的,因为之前就有了预案也会以最快的速度想到可以解决的办法,如果实在解决不了,那就牺牲。

郑子靖哑口无言,欺负他不是军人不懂这些是不?

宋昭看得呵呵直笑,郑家这小子向来舌灿莲花,真难得他也有被堵得说不出话的时候。再看夏乐,这啊就是个傻当兵的,离了部队也和其他人不一样,一眼就看得出来,她不够圆滑,不会迎合,可能连话都说不出句好听的,可看着就是舒服。

这时老太太去而复返,手里拿着一叠纸,宋老就笑:"速度挺快。"

"玲玲在那边。"老太太戴好眼镜看起来，顺手把另一副眼镜递给了老伴，两人交换着看了片刻，都有点想叹气，这伤得可真够厉害的，能捡回一条命真是这孩子命大，生命力也够强。

郑子靖也走过去拿了一张看，他不是医生，可他识字，只看那诊断就理解了夏乐的那句骨头没断就没事是什么意思，对经历过这些的她来说，没伤着骨头可能真就是没事。

"你明面上的伤已经治好了，不然也出不了院。咱们中医讲究固本培元，在我看来你的底子却是伤了，失掉的气血由着身体自己去养也很难恢复，你要信得过我，我就开个方子给你，先连着吃上半个月再过来让我看看。"

半个月，夏乐计算了下时间，不知道那会自己是被淘汰了还是留下了，如果淘汰了那完全没有问题，她也不想留下什么隐患给身体带来损害，可如果还在参赛……

"没问题，宋爷爷你开方子，我来盯着她喝药。"

"可是……"夏乐看向郑子靖，他知道自己要忙什么。

"多大点事，你以为现在还要你自己去熬药啊，药店里有专门承接这种事的，你们宿舍有冰箱吗？"

"有的，可是……"

"没有可是，半个月就是两个疗程，到时候让药店一次熬上七天的，喝完了再去熬下一个疗程的，一天也不耽误。"

夏乐确实不知道现在中药可以这样了，她看向宋老："这样不会影响药性吗？"

"是有点，但也能接受，新时代了，咱们中医也要跟着与时俱进不是。"宋昭笑，"你就听郑小子的，错不了。"

夏乐点点头，想着等会直接去药店熬了药再去电视台。

又陪着两老说了会话，当然，说的是郑子靖，夏乐只贡献了耳朵和眼睛，惯会逗老人开心的郑少爷把两老逗得开怀大笑，夏乐听着也弯了眉眼。

郑子靖无意间一转头，看到夏乐这模样眼神就没能移得开，倒不是说被迷住了，他郑少爷什么样的美女没见过，只是当一个平日里总是硬邦邦的人笑起来时那种杀伤力真的很大！很大！

现在这世道聪明人太多了，眼睛能看到的东西多，想要的东西也就多，于是眼中就有了欲望，就有了贪念，七情六欲是上脸的，偏偏她们还没有把这些都藏起来的本事，真心见不到多少，野心倒是比本事大多了。

97

夏乐却是相反的,她有部队磨出来的好身手,立过功,受过伤,是真正做过大事的人,这些都是可以拿来大说特说的,换个人说不定都吹到天上去了。可在她这里好像根本没那些事,反而在表现自己特别不在行的那些东西,这样的人是真的不多,他还认识一个,他小叔。

小叔同样身在特殊部队,同样立过大功,可每次回来他从不说那些事,带他玩的时候也不会吹嘘,就好像他不过是做了一份很正常的工作,是真的很像。大概这才是真正的军人才有的样子吧,郑子靖想。

存了心,郑子靖就把话说得更俏皮了些,眼角余光看着夏乐果然又笑出了眼波潋滟的样子,神情柔和得让人看着就不由得心情柔软,这对郑子靖来说也是很新鲜的体验。

在宋家吃了顿便饭,因为两老有午歇的习惯,只稍坐了坐两人就告辞离开了。郑子靖就像没想起来自己的家也在这里一样,上了车就系好安全带往外边开。

"先去药房?"

夏乐看着手里的药方点点头:"这边有吗?"

"我知道一家药材比别家的好,离这也不远,有时候宋老他们散步就过去了。"对上夏乐看过来的视线,郑子靖笑,"那是宋叔开的,宋爷爷当然不会让你去那里买,就好像让你去给他家做生意一样。"

如果是别人确实是会让人有这种误解,可是如果是宋老他们,夏乐摇摇头:"不会那么想,他们不是那样的人。"

"我应该让你当着宋爷爷他们的面说的,肯定能哄得他们立刻打电话让宋叔把药抓好了送来。"偷懒偷出经验的郑子靖美好地想了想,末了还很遗憾地啧啧两声。

夏乐头一次见到这种人,一时不知道要怎么接话。

郑子靖继续说道:"顺便还能让他把药熬了,等药熬好要好久的,对了,之后你的药喝完了不要去别的地方买药,也不要让别人帮忙熬,这里边条条道道多得很,你不懂容易被人坑的。宋叔那你就不用担心,他要敢有歪心思宋爷爷能把他赶出家门。"

"好。"

郑子靖想了想还是觉得不保险:"一会你把药方给我,如果你到时候出不来我就把你药弄好了送去,两头都不耽误。"

"这样太麻烦了,我可以请假出来一趟……"

"这都缺几天了，还不够引人注目啊。"前边红灯，郑子靖拉了手刹无奈地看她，"新歌写得怎么样了？赶得上吗？"

夏乐有点不好意思说昨晚已经写好了，词都填上了，一气呵成。

郑子靖是谁啊，朋友圈子里出了名的好眼力，只一眼就把人看明白了，顿时来了兴趣："来，唱给我听听。"

"……我有录音。"夏乐从包里翻出耳机插上递给郑子靖，打开录音机按了播放，心下有些忐忑，这是她目前写得最快，也最满意的一首歌，只是时间还短，有些地方可以修改得再精细一些。

"再来一遍。"听到这话夏乐低头一看，就她走神的这会工夫已经放一遍了，她忙按了开始键。

这样的再来一遍一共来了四遍，最后他干脆道："你发给我，我挺喜欢的。"

一听说他喜欢夏乐还有什么不乐意的，得了认同她就高兴，也没想着一首新歌如果泄露出去对她有多大影响，一个要得随意，一个给得更是没有半句废话，她痛快地就发了过去。

郑子靖很清楚这其中的利害，本来只是嘴快，可得了这么个结果他除了高兴想不到别的，这世上，最难得的就是信任，而且只能用一次，永不过期。

"我想完善这首歌，后天的比赛就用它了。"

"挺好的，我支持你。"

夏乐抿了抿唇，看着手机上显示的歌词一句句磨起来，她有点想法，但是时间紧迫，大框架是不能动的，一动就得垮，如果，如果能进入下一关，她的时间就多了，到那时候再好好把这首歌再磨一磨。

宋家的药房名称起得极为接地气，就叫小药房，门市在一个三角形地段，紧邻几个小区，就算宋老没有刻意宣扬过，因着他们实实在在的好药材，小药房在这一带名声那是相当好的。

守着这家门市的是宋昭的独子宋清，幼年就跟着父亲学医，医大毕业后也在医院坐诊过，后来因为一些原因回到了老父亲身边，守着这家门市做个坐堂大夫，日子过得逍遥自在。

两家几十年的交情，宋清和郑子靖自然也熟得很，一见到人就笑："算着时间也该来了，这就是小夏吧，药已经熬上了，等着吧。"

郑子靖一双笑眼里盛满笑意："宋爷爷是算准了这生意得落到自家来啊。"

宋清气笑不得："臭小子，让老头子听到了看他敲不敲你脑袋。"

"当然是因为人不在我才说嘛。"郑子靖嘻嘻笑着给夏乐做介绍,"宋医生宋清,你也叫声宋叔。"

"宋叔,麻烦了。"

宋清推了推眼镜,斯文儒雅的模样:"子靖愿意结交的都是好孩子,家里两老也都喜欢你,你有时间就常去坐坐,陪他们说说话。"

善意多得让夏乐都不知道要怎么反应,最后也只是重重地点头应好。

早混成人精的宋清哪会看不出来她的实诚,和郑子靖对了个眼神两人就自顾说话去了,眼角余光瞧着她果然没那么拘束了。

小药房熬药从来都不会为了速度用大火,而是用小火慢慢熬着,尽最大的可能保住药效,再加上真空包装的时间,等两人离开小药房时已经是两个小时后了。

夏乐不想再麻烦郑子靖,本想打车过去电视台。郑子靖坚持着将人送了过去。这几天时间里,两人跨过了从陌生到朋友的这段距离,夏乐在他面前也不再像之前那像客客气气生疏有礼了,她本人没察觉,郑子靖却觉得超级有成就感,不容易啊!

"加油,歌很好听。"

夏乐抱着药点点头,正欲说再见就听得对方又道:"药不能喝冷的,再急也要热了喝。"

"……好。"

趴在车门上,郑子靖挥了挥手:"小宝那里我会看着,放心去比赛。"

"谢谢。"

目送人走远,郑子靖把振得嗡嗡直响的手机拿起来,看着上边显示的"许秋怡妹妹"就有点不想接。终于不振了,他拉上车门就要启动车子,手机又响了,屏幕上显示的是同一个人。

他叹了口气,接通电话:"许秋怡妹妹,有何吩咐?"

"子靖哥,你怎么不接电话。"

"我现在接的假电话?"

"不是,刚才你就没接!"

"嗯。"郑子靖趴在方向盘上看着天空的云,"我要开车了,许秋怡妹妹。"

电话那头沉默片刻:"我看到你了。"

郑子靖一脸恍然:"然后呢?要坐我的顺风车?"

"我还看到了夏乐从你的车上下来。"

"嗯，她坐了程顺风车。"

"……"许秋怡干脆挂了电话跑过来敲郑子靖的窗户，郑子靖放下车窗由下而上地看着她："真要坐顺风车？"

许秋怡做了几个深呼吸努力让自己心平气和："子靖哥，夏乐为什么能坐到你的顺风车？"

郑子靖笑了，他把头发整个往后推了推露出光洁的额头，向后靠在椅背看着咄咄逼人的小姑娘，不对，二十一了，不算小姑娘了："秋怡，我有说过喜欢你吗？"

许秋怡满身的刺瞬间柔软下来，脸蛋微红着摇头。

"那你现在是以什么身份在质问我？"郑子靖偏头看向脸色变了的许秋怡，话似刀子般说出，"还是说我给过你承诺？给过我喜欢你的错觉？"

许秋怡神情狼狈但倔强地看向明明神情温柔，可说的话一点也不温柔的男人："你明知道我喜欢你……"

"我很明确地拒绝了。"郑子靖笑了笑，"除了奉三姐之命接送过你几次我没有和你私底下接触，没有和你约会过，没有和你牵手过，一直叫你许秋怡妹妹，我以为你懂。"

"可你也没有说你不喜欢我！"

"我以为我已经表达得很清楚了。"郑子靖坐正了身子，"那我说得更清楚一点，许秋怡小姐，我不喜欢你。"

眼泪再也忍不住倾泻而出，许秋怡任它流，说出的话有哽咽，却依旧流畅清晰："你以后说不定会喜欢我。"

"不要给任何人伤害你的机会，你再痛他们都感受不到，也不会因此就更珍惜你。"郑子靖抽了纸巾递过去，"你很好，以后也一定会有人看到你的好，他一定不会让你哭。"

看她不接，郑子靖把纸巾放进她手中启动车子："后面的比赛要加油。"

车子已经跑得没了影，许秋怡站在原地半晌没有动弹，她本来是请了假出来准备回去一趟的，怎么就变成这样了呢？那……还回吗？

不回了！

仔细地抹去眼泪，整理了下仪容，许秋怡抬头挺胸地往电视台快步走去，她直接敲开了隔壁的门。

来应门的是吴之如，她看到许秋怡有点意外，要知道，这位可从来不和她们这些凡人接触。

夏日乐章

"夏乐在吗？我找她有点事。"

吴之如回头看了一眼："她洗澡去了。"

"我能进去等她吗？"

这又不是自己家，吴之如耸耸肩把门打开了，还挺客气地去给人倒了杯水。

许秋怡更客气地道了谢，两人沉默下来，吴之如猜测着对方的来意，她怎么觉得对方这是兴师问罪来了？

夏乐洗澡快得很，穿着一身长衣长裤边擦着头发出来就看到坐在小椅子上的许秋怡，她立刻就想到了郑子靖。

吴之如抱着笔记本起身："夏乐，她说找你有事，我去找朋友玩了，一会一起去吃饭。"

应了声，夏乐看向许秋怡："什么事？"

许秋怡过去把门关上了，眼神讨债一般地锁紧夏乐："你说你和子靖哥不熟，为什么今天还会坐他的车过来？"

"顺路。"

许秋怡眼睛都瞪大了，一肚子气仿佛被针戳破了一样，这两人应该没有串通好吧？怎么都说是顺路？难道……真是顺路？

夏乐把半湿的毛巾挂回去，随手揉了揉头发，话说得脆响："许小姐是郑先生的女朋友？"

许秋怡虽然很想点头，可她也是要脸的，撇开头去硬声道："暂时还不是，但将来一定是。"

"将来的事我管不上。"夏乐看着她，"郑先生帮了我个大忙，之后肯定还会有接触，许小姐是打算以后见一次来质问一次吗？"

"子靖哥帮了你的忙？什么忙？他怎么会帮你的忙？"

"和你有关系吗？"

"你……"

"和你没有关系，你也没有任何立场来质问我什么，如果因为你的喜欢郑先生就连自己的正常交往都不可以有，那我会很同情他被你喜欢上。"

许秋怡做梦都没想到这个平时一声不响，平时不爱凑热闹的人竟然能说出这样一番话来，她气急败坏地提高了语调："夏乐，你不觉得你太过分了吗？"

"这是我的房间。"夏乐走过去打开门，然后径直去了浴室，她衣服还没洗呢。

许秋怡后知后觉地发现一个事实，夏乐是没什么话，可她一点都不是胆小怕事的人，比如这种时候，她话很多！而且很戳心窝子！

她跟了过去："夏乐，只要你保证不缠着子靖哥我马上走。"

"我保证。"

"……"许秋怡靠在门上看着满手泡沫的人，鬼神使差地说了句："你不好好想想吗？"

夏乐连话都懒得答了，在她看来许秋怡就是个被宠坏的孩子，坏心思没有，只顾自己的心意行事，这样的人通常会让身边的人很累，她有点理解郑先生为什么会躲着她了。

许秋怡反应过来也觉得自己脑抽了，连忙又道："那我就当你答应了啊，以后再让我看到你和子靖哥在一起……"

"等等。"夏乐转过头，"你的不缠是连面都不能见了？那抱歉，我不能答应。"

"喂，你说话不算话！"

"像你这样才叫缠，人和人见面是正常来往，你是想让郑先生除了你谁也不见吗？"

许秋怡想了想，好像……挺美的，可她也知道不可能，子靖哥朋友那么多，哪里可能谁都不见，就这会不知道和谁吃饭去了呢！

这么想着许秋怡又有些泄气，靠着门框蹲下不说话了，她有点想不通，就是喜欢一个人而已，怎么就那么难呢？

夏乐更不会主动说话，利落地冲洗好衣服放进了烘干机里，她习惯了手洗衣服，但是这里没有晾晒的地方，只能烘干。

之后又把浴室整理得齐齐整整，夏乐看向仍然蹲在那里没动的人："我要去吃饭了。"

赶人的意思表达得很清楚，许秋怡扶着门框站起来，蹲久了脚麻得很，她佝偻着背一步一挪地往外走去，那模样怎么看怎么可怜。

夏乐也没真就一个人去吃饭，等吴之如回来了才一起去了食堂。吃着饭，吴之如扫了一圈没看到许秋怡，她低声问："她找你麻烦了？"

"没有。"

吴之如声音更低了些："听说她来头很大，和这次的冠名商那边有关系，是内定了的人。"

"冠名商？"

"对，就那天送她来的那人听说就是冠名商那边派过来的。"

103

夏日乐章

夏乐恍然,原来郑先生是冠名商那边的,怪不得说和电视台有业务往来。

"夏乐,你……是不是也认识冠名商?"对上夏乐的视线,吴之如也有点尴尬,低头戳着盘中的饭粒道,"就那天那男的和你说话,很多人都看到了,这两天有人在猜你是不是也是他们的人。"

"我不是。"夏乐并不多做解释,有些事情是解释不清的,更何况经过这几天的事她也不能再理直气壮地说和人家郑先生不熟。

吴之如也不知道是信了还是没信,哦了一声就继续吃饭了,夏乐吃得快,早早吃完就上去了,这两天都没有在直播间唱歌,也不知道那人还会不会来。

她那边刚走出食堂,坐在旁边的几人就围到了吴之如身边:"她怎么说?"

"你们应该听到了啊,她说不是。"吴之如扒了半口饭,吃得没滋没味,她一开始就不该答应这些人来套话,夏乐那人其实挺好懂的,但好懂的人不见得就单纯得什么都不懂,她刚才问那话的意思人家肯定听明白了,想想就挺没劲的。

"她说不是你就信啊!"剪着波波头、便是来吃饭也化着精致妆容的女人低声说着她知道的消息,"那天我可都看见了,那男的对她比对许秋怡还热情,怎么可能没交情。"

"我信啊。"吴之如扒完最后一口饭起身,"别在这聊了,快点吃完回去练练歌吧,只有一天了。"

"人家都内定了,还有什么可比的。"虽然这么嘟囔,大家还是加快了吃饭速度,总不能所有名额都内定了,都走到这了当然得拼一把。

隔着门听到里面的吉他声,吴之如莫名就松了口气,她从读书就寄宿,舍友也经历了好些,像夏乐这样好打交道的不多,像她这样说一是一说二是二的更少。她其实并不想被这样的人讨厌,以后这样的事还是不要做了,就算被拜托也要拒绝,吴之如心想。

夏乐对她点点头,继续唱歌,她上线的时候那人竟然就是在的,被这么等待着,她恨不得把自己所有会的歌都唱一遍回报对方,一首接一首,直唱得嗓子都哑了也不想停下,那人像是明白她的想法,又一首唱完后在屏幕上刷了一排花又打了再见两个字,夏乐还来不及说一声谢谢那人就退出了房间。

夏乐仍然把谢谢两个字发了出去。

"唱完了?"吴之如倒了杯水过来,"今天唱的时间长了点哦,后天就要比赛,你别太费嗓子。"

"嗯。"记着莹莹的嘱咐,夏乐将电脑合上,接过水来一饮而尽。

吴之如摩挲着可爱的粉色茶杯别别扭扭地开口："刚才……对不起啊，我不该问那些的。"

　　"没事，我们本来就是竞争对手。"夏乐是真的不在意，这实在是小得不能再小的事，而且在这个环境下，谁不想赢。

　　录制这日，来到录制厅的二十四个选手几乎以为自己跑错了地方，这真是二号厅？变化也太大了！

　　场子突然感觉变大了是怎么回事？！舞台这么高大上了是怎么回事？！灯光漂亮成这样是不是太过分了，他们今天用的遮瑕能把痘印遮住吗？还有下面的观众席，位置会不会太！多！了！

　　"怎么办夏乐，我好紧张。"吴之如抱着夏乐的手臂，说着紧张，人却明显是亢奋的。伸着脖子从帘子后边看着外边的场子，这么大的舞台，她想留下来，留得更久一些，走得更远一些，她要让那人知道没有他在，她并没有变成野孩子坏孩子。

　　向来笑笑跳跳的姑娘抿紧了嘴唇，攥紧了拳头，她会让妈妈过上好日子的，等她能赚到钱了她就把妈妈接到身边，再也不让她上班受累了。

　　夏乐看她一眼并不多话，同住一屋有些事是看得到的。吴之如很爱惜自己的东西，衣服只有一身是新的，其他都有些旧了，她会把旧衣服和新衣服一起挂烫得整整齐齐，她的睡衣是很老很旧的款式，穿至少得有三四年了，她也会在洗干净后认真地折好，鞋子擦拭得干干净净，但那鞋子分明是用胶水粘过的，经过前些天在家里恶补过的化妆品知识，她也认得出来吴之如用的都是很平价的东西，用一个小包装着，只占小小的一块地方……

　　从这些可以看出吴之如家境很一般，可难得的是她的神情中并不见寒酸，也没有自卑，夏乐很看得上她这一点。

　　"都看见了？"徐成背着手过来笑眯眯地看着这一群朝气蓬勃的年轻人，一众人赶紧站直了问好。

　　"喜欢外面那个大舞台吗？"

　　没有人不喜欢，应是的，点头的，就算没说话的也都用神情表达了自己的喜欢。

　　"这只是前面几场用的后台，后面还会有变化，如果节目反响好我们可能会去更大的舞台录制。"徐成笑得如同姜太公，用一根串着饵的直钩诱惑着眼前这帮本就是冲着这个而来的年轻人。

　　想要得到吗？在场的没有人不想！气氛瞬间就由之前的松散变得紧绷起

夏日乐章

来，徐成很满意这番话达成的效果，说一千道一万这仍然是一档比赛节目，气氛这么和谐可不行。

眼神扫到站在角落的夏乐，看到她今天的形象眉头便皱了皱，说了几句场面话离开后就让人找来了刘灿："今天没有造型？"

刘灿笑："对，我们之前讨论了下，决定这一轮互选还由他们自己来，这样会更原汁原味一些，毕竟这档节目还是要看作品的，老师是看到谁的衣着有问题还是怎么？"

"夏乐没有化妆，完全素颜上镜会吃亏。"

刘灿刚才一直在调度，还没能见着人，听老师这么一说就道："一会我去看看，如果实在不行就让人给她拾掇拾掇。"

徐成想了想还是摇了摇头："先这么着试试，刚才我瞧着她虽然没化妆，可精气神是好的，只是镜头吃妆……试试吧，看看效果。"

刘灿正要说话对讲机有了动静："刘姐，导演在不在你那？"

"在，有事？"

"对，赵副台请他去一趟办公室。"

"知道了。"刘灿转达了上边的意思，徐成嘱咐了几句匆匆上楼。

敲门进去，还来不及说什么就听得赵副台长道："老徐来，给你介绍一下，这位是郑家的小公子郑子靖，初蒙那边现在由他全权负责。"

初蒙是一家奶制品企业，也是这次节目的赞助商，徐成一听还有什么不明白的，连忙客气地双手握了上去。

郑子靖同样客气地和他握手，边笑道："什么全权负责，明明是给我家二姐跑腿来了，她就是自己忙得睡觉的时间都没有，嫉妒我天天吃喝玩乐，心里不平衡了给我派事儿干。"

"我也就是动作慢了点，要能把这话录下来就好咯！"赵副台长大笑，话也说得亲近，显然两人的关系也不止是单纯的业务来往这么简单。

徐成看着心里更有底了点，隐约也清楚了初蒙那么大个企业为什么会来冠名他们这档才做的原创节目，和台长的交情恐怕占了相当的分量。

"说吧郑少爷，点名老徐有什么吩咐？"

"您也打趣我。"郑子靖笑了句，"那我就直说了，我想要保个人晋级。"

赵副台长眉头微皱："小郑，我当你自己人也就没什么好隐瞒的，国内现在很排斥买进节目，这档原创节目我们也是摸着石头过河，都没底能走到哪一步，如果真能做好了对所有人都好，大家就也能潜下心去琢磨原创了……"

"等等等等。"郑子靖做了个中断的手势,"您不会以为我是看上了谁来玩捧明星的游戏吧?我要敢这么做不用我大哥出面,我二姐就能打断我的腿您信不信。"

想到郑家的家教赵副台长觉得自己可能真是想岔了,装作什么都没想特别正直地道:"当然知道你不是这样的人,只是郑总那边一开始就已经明确提了要保许秋怡到最后,如果再增加一个名额,对其他人是不是太不公平了些。"

"如果不是夏乐本身出色我不会提。"郑子靖神情郑重,"她是个没有黑点的人,经得起任何人的检验,不论是从长远来看还是为了节目本身,她都比其他人更适合走到最后。"

赵副台长有点头疼,他很不喜欢厂商对节目指手画脚,可这个人他还真是没法拒绝。

"夏乐?"徐成看向两人,"她本来就是我们要重点打造的选手啊!"

"……"所以,他们刚才一个要说服,一个要被说服,究竟是为了什么?

不用讲条件不用许诺就达成了共识,电视台满意,郑子靖也觉得高兴,心里甚至有点淡淡的骄傲,看吧,他想保的人就是有这么出色,就算没后台她也一样被人看重。抱着这莫名其妙的骄傲情绪,郑子靖坐到了前排。

这一轮虽然是要分两场播出,却是要一天就录制出来的,比起电视上看到的有条不紊,现场录制其实要枯燥得多,不要说哪个环节出了问题,就是掌声不够热烈都要重来,很多来过一次现场的观众是不会再想来第二次的,不过想来的人总是要多得多,如果来的是那些流量小花小生更不得了,来的名额要靠抢。

主持人谢浩是青柠台有名的台柱子,控场能力一流,一番说笑就将前前后后的人情绪带了起来,一开始因为观众稀稀拉拉的掌声重来了一次大家也都嘻嘻哈哈,很配合的掌声雷动。

吴之如第三个出场,候场之前她好像想从夏乐那汲取一点冷静一样用力抱了下她,夏乐也拍了拍她的背无声地鼓励,摄像机将这一幕录了进去。

吴之如是那种优势和劣势同样一目了然的选手,不是那种天生靠嗓子吃饭的人,不论才能还是歌喉都不拔尖。可她又长相甜美好包装,有多面发展可能性,前景非常清晰,只看着她就已经知道要从哪里着手打造,所以她选

夏日乐章

了余秋生，余秋生也很愉快地选了她成为自己阵营的第一个选手。

相比吴之如，许秋怡则是天赋型选手，她的曲子整体大气，听着脑子里就能想到某些场景，已经算是一个比较成熟的创作者，四个评审都想要她，最后她选了多次给电影配乐的谭松老师。

这是夏乐比较熟的两个人，她也就多留心了些，还有一个抱着吉他低吟浅唱的男选手也让她记住了名字——谢敬轩，他的声线很暖，清瘦干净的样子唱着情歌，在后台也能隐隐听到观众席热烈的反应，理所当然地，他入了有情歌王子之称的胡charge明的阵营。

夏乐是最后一个出场的。这时候已经录制了超过八个小时，就算有谢浩变着花样地镇着场子观众也明显有些耐不住了，郑少爷更不用说，他觉得自己长这么大还没这么累过，要不是想听夏乐现场唱那首歌他早跑了。

"接下来是我们的最后一位选手。"看起来依旧精神饱满的谢浩挺了挺腰，"说到这位选手……哎等等，我先问问，刘导，夏乐穿的平底鞋还是高跟鞋？"

刘灿用台本挡住脸："她就是穿平底鞋你也有压力。"

"看破不说破啊刘导。"一句话引得大家哈哈大笑，谢浩顺势道，"我得先去垫上我的增高鞋垫才能和她站一块儿，来，我们用热烈的掌声欢迎夏乐为我们演唱她的新歌《小宝》。"

大笑声中，掌声如谢浩所说那般热烈地响起。夏乐踩着掌声走上台，她今日也背上了吉他，衬衣牛仔裤的简单着装让她看起来清爽极了。朝观众弯了弯腰，又向评审行了礼，夏乐站到立麦前屏息片刻，音乐响起，她拨动吉他跟了上去。

"疼痛伴着生命同时到来，没学会笑你已习惯药的味道……"

郑子靖听过的是没有任何伴奏的清唱和哼唱，编了曲的完整版他这也是第一次听，感觉却是一样的，大概因为太心疼，不论有没有伴奏，那种恨不得替他疼的情绪特别感染人，观众席都安静下来。

一个外行人都听得出来的东西评审们自然听得出，几人对望一眼，都颇有些出乎预料，参加这样一档节目选手会进步是肯定的，但大的进步应该是在经过他们调教后。

夏乐之前最大的问题就在于感情不够饱满，唱歌时有种置身事外的感觉，导致歌曲的感染力不够，技巧可以学，不会的东西也可以变成会，只有感情太过虚无缥缈，有的人可能突然就领悟了，有的人可能再怎么教也没办法，他们担心夏乐是后者，却没想到她是前者，竟然突然就开了窍。

"秋燕，你捡到宝了。"

夏乐会是郑秋燕阵营的，这点儿几乎是默认了的，郑秋燕也认下了，所以只有她的阵营还留了一个位置。

就算之前有再多的担心郑秋燕这会都咽下去并笑出了眼角的纹路："我也没想到她会这么快解决这个问题，是个好苗子。"

可不就是好苗子，几人心里感慨，问题一解决，这歌听着就打动人了，虽然还是稍显中规中矩了些，可歌一旦有了感染力，一切问题就已经不再是问题。

最后一个音落下，夏乐心下也有些怔忡，平日里说不出口的那些心疼这会好像都经由这首歌说出去了，这一刻，她明白了妈妈和评审说的那些话的意思，一首歌是需要有情绪的，太克制了歌就平了。

这样的话，她不擅长表达的那些心情那些情绪以后是不是都可以经由歌曲来表达？这么想着，夏乐本就熠熠生辉的眼睛更亮了，她已经定性了，永远都没办法像堂妹那样鲜活，但她可以让她的歌鲜活起来！掌声雷动，夏乐回过神来，她后退一步弯下腰去。

"用掌声来告诉我，夏乐这首新歌好不好听？"边说着谢浩边走到夏乐身边站定，搞怪地踮起了脚。

被调教出惯性的观众哈哈笑着用更热烈的掌声回应他。谢浩笑得更欢了，于公于私他都是希望这档节目能出几首好歌的，现在他看到了希望："那我来问问夏乐，你对自己今天的表现满意吗？"

夏乐毫不犹豫地点头。

谢浩显然对她的寡言也是有几分了解的，见她不说话径自就把话接了上去："这首歌叫小宝，我冒昧打听一下，这是人名吧？"

夏乐再次点头。

谢浩再接再厉，"歌词我也认真听了，小宝是很小的时候就生病了吗？"

夏乐依然点头。

"……"谢浩装模作样地抹了下额头上的汗，"我在想一个问题。"

下边立刻有人凑趣地问什么问题。

"以后如果咱们夏乐成名了会荣升为最难采访的明星吗？问什么都用点头摇头来回答的那种。"

哈哈哈的震天笑把整个场子都炒热了，夏乐略有些不自在地调整了下吉他的背带，虽然不自在，可从容就好像刻进了骨子里，表面上看不出半分。

109

谢浩在圈子里出了名的提携后辈，这么说自然也不是为难夏乐，反而很是给她拉了一波好感。

人是特别有意思的，你越会说人家越不愿听，你越没多话他们反而越盼着你多说几句，往好了说自然是什么都好，可要是有人要往坏里去带那也是吃亏的。有了谢浩这些话在前，无论以后夏乐多没话都不能把甩大牌不理人这样的锅甩她身上去。

夏乐还想不到那么远，比起语言，她更相信自己的感觉，谢浩的善意非常明显，她感觉得到。

"如果以后真有这种时候，你们一定要记得给咱们夏乐说说好话，不是每个人都像我这样靠多说话来吃饭的。"

又是一阵哈哈大笑，场子彻底热了起来，谢浩见好就收，话题重新回到节目本身："现在有请我们专业的评审老师来点评一下夏乐这首歌。"

余秋生、谭松和胡宗明三人相视笑笑，齐齐朝着郑秋燕做了个请的手势，谭松作为代表笑道："夏乐是秋燕老师一路从海选看下来的选手，就请秋燕老师来点评吧。"

郑秋燕今日化着精致的妆容，闻言她也不客气："说实话，很意外，从专业上来说这首歌的完成度还可以提高，可比起她歌曲里充沛的感情，欠缺的这点可以补上的东西完全算不得什么，夏乐，你自己感觉到了吗？"

夏乐点头，经过谢浩之前隐讳的提醒她记得应了声是。

"有感情的歌才能称之为歌，它能带给人情绪上的感染带动才是它存在的意义，这首歌它做到了这一点，所以它很出色。夏乐，不要忘了写这首歌时的感觉。"

"是，老师。"

"得，老师都叫上了。"余秋生打趣，"看样子把你留给秋燕没留错。"

郑秋燕本来还打算多说几句，想着以后时间还长着她就顺着这话把夏乐收进了自己阵营。

原创式微，很多原创音乐人熬不下去换了行业，老一辈的不是不着急，可大环境这样他们没有半点办法，只能眼睁睁看着原本天分不错的年轻音乐人去演戏，去跑综艺，慢慢消磨掉那点天分泯然于众人。人首先得要活着，得要吃饭要生存，有家有室的还得养活一家老小，他们总不能叫人抱着理想去饿死，可见着一个天分好的人就总想好好儿地宝贝着，他们愿意出钱出力出地方，只要他们能坚持走在这条路上。

看着台上跟着谢浩一起谢幕的二十四个选手，郑秋燕心下不无感慨，他们一定不知道有多少人在暗中关注着他们，也期盼着他们，自打她接了这档节目这段时间联系她的老朋友都多了。

　　选了阵营自然就要多亲近，录制一结束四位评审老师就把属于自己的那拨儿土豆给领走了。郑秋燕把六人带上了电视台综合楼的七楼，姜小莉已经在那里等着了，看到他们就笑眯眯地迎上来介绍自己的新差事："接下来一段时间就由我来给各位打下手，大家有什么问题随时可以找我，我保证手机二十四小时开机。"

　　说着话，姜小莉还冲夏乐笑了笑，她眼光真好，这可是她从一开始就看好的人！

　　"接下来一段时间大家在这里的时间会很多。"在小会议室前停下脚步，姜小莉看向郑秋燕，"郑老师，我先带大家去认认地方。"

　　"去吧，认完了过来开会。"

　　"收到。"

Chapter 5
经纪人上任

不知道七楼是一直都这样还是为了这档节目做成了这样,一应东西非常齐全,练功房、录音房、乐器房、器械房等和音乐有关的都有,和音乐无关的健身房也有很大一间,特别财大气粗。

都是玩音乐的人,见到这些设备就没有不见心喜的,比起他们的喜形于色夏乐就显得淡定了许多。妈妈的导师吴恩在当年也是响当当的人物,年轻时留过洋,包容心特别强,国内国外的各种新东西老玩意都有收藏,连架子鼓都有一套,在喜欢的人看来挪不开眼的,这里有的没的吴老家里都有。

在她四岁至十二岁的那几年,妈妈忙的时候都是把她放在吴老那,可以说她的音乐之路就是吴老启的蒙,想到那个老人夏乐就觉得愧疚,她选择去当兵唯一对不起的就是那个对她满怀期望的老人,以至于退伍回来月余仍然不敢前去看望。

一圈看下来,来到会议室时几人仍显得兴奋,不过这种兴奋也是压着的,毕竟这会都还不太熟,个个矜持着不想丢人。

郑秋燕眼神扫过,落在夏乐身上时不由得多看了一眼,这时候仍然能这么冷静吗?如果真是,那她倒是能理解她的歌为什么那么克制了,性格决定了她就不是感情外放的人,希望这首《小宝》不是昙花一现。

"以后就是战友了,大家互相认识一下。"

没有人故作谦让,自然而然地就按着座位轮流站起来报出自己的名字,从左边开始往下依次是陈云、邱治、左友成、龙菲菲、金永、夏乐,三男三女,非常平均。

郑秋燕拿出几份表格让最前边的陈云往后递："把这个认真填好，会的不会，会到什么地步都写清楚，我要对你们有一个相对详细的了解，好针对你们各自的长短处来制定接下来的学习，时间有限，不论你们能走多远，希望你们都能在这段时间里有所收获。"郑秋燕笑了笑，"我知道原创的不易，也清楚原创的珍贵，你们一定要加油，不论最后是离开还是留下都不要局限在眼下，音乐这条路，可以走很远很远。"

打了气，郑秋燕说起下一轮比赛："一个星期后录制下一场，按节目组的要求下一轮全部要用新歌，这一点大家有没有问题？"

六人都摇头，来参加原创比赛，手里自然不会一点存货都没有。

"那好，给你们三天时间好好去打磨，第四天上午全交到我手上来，我需要时间来做最后的调整，还要留出两天时间去和乐队磨合。"郑秋燕敲了敲桌子，"这里乐器齐全，什么都有，你们白天可以过来这里多练练，我多半也会在。"

"是，老师。"

"今天都累了，把这表格填好了就回去休息吧，咱们都是靠嗓子吃饭的，都别费得太厉害了，过犹不及。"

这边在磨合，那边郑子靖在车上欢快地和他二姐扯皮："二姐，你怎么就那么爱把许秋怡和我送作堆，再这样我以后都要不见她了啊！本来人家也没那个心思，许家的人就偏要拿这个来说事，活生生地把她给推这坑里了，二姐你不把她拉上来就算了还帮着填土，太残忍了吧！"

郑少爷懒得拿着手机，按了免提趴方向盘上听他二姐说话："别给我耍贫嘴，你要没那心思今天在那坐一天做什么，人家还以为你眼里终于有她了。"

"二姐你就直说吧，我哪里做的合了许秋怡妹妹的心意，我改还不行吗？"

那头噗嗤一声笑了，骂了声小滑头，终于把真正要说的话说了出来："既然不是冲着秋怡去的，那是看上别的人了？"

"二姐你其实是来问我是不是包养小明星了吧。"

"二姐当然知道你不会，就在我们眼皮子底下长起来的，还能不知道你什么样？"郑家二姐郑子萱出了名的强势，偏偏生了一副柔软的好嗓子迷惑人，"二姐是真好奇，乖，告诉二姐是什么人能让你耐着性子坐了那么久。"

"二姐。"

"嗯？"

"我看到一个和小叔很像的人，一个女人。"

电话那头沉默片刻才又有话传过来:"这个像小叔的女人参加了这档节目?"

"对。"

"小四儿,不一样的,没人能和小叔一样。"

郑子靖翻着手机里的照片,他都不知道什么时候拍下了这么多,有她在台上唱歌的,有在车上闭眼休息的,有她在医院时垂下眉眼安慰林欣的,有她看着重症监护室时的背影,还有那天第一次见面时她手里拿着扳手锤子贴着公交车往里瞧的……

"小四儿?二姐说错了,二姐相信你的眼光,二姐这就回来看看她和小叔有多像,你想要保她咱们就保,想让她走多远咱们就帮她走多远。"

"她和小叔一样死脑筋,不稀罕我们帮。"郑子靖退出相册,转了个方向趴在方向盘上看着已经暗下来的天空,小叔的祭日是他的生日。那天小叔爽约没能回来,打电话给他他也不接,隔得远远地喊今天不回来就以后都不见他了,然后……真的一辈子再也见不到。

从那以后他生日许愿特别认真,什么话好听许什么,无师自通地说会了满嘴哄人的话,想着一百句里灵了一句也是好的,他多说一些,整体基数大了灵的不就多了。

"小四儿……"

"二姐,要是我哪天没把持住收了许秋怡你可别后悔。"

只要不说那些陈年旧事,这会说什么都好,郑子萱松了口气,笑骂道:"说得好像还是别人占着便宜一样,你当秋怡没人喜欢?也就是眼里先有了你,不然人家不知道过得多开心。"

"那总不能因为这个就让我负责,我还什么都没干呢!"

"你要真干了什么还想跑?好了,知道你没那个意思二姐也不勉强你。"顿了顿,郑子萱又道,"这边的并购到了最关键的时候,那边你就先帮二姐接手管了。我当时冠名那档节目也不全是赵方的面子,国家现在开始重视原创这一块,各方面都会有扶持,青柠台向来敏锐,不然也没那个胆子去做第一个吃螃蟹的人,节目就算不大爆冲着原创这一点也会有人关注,这方面我相信青柠台的影响力。"说着郑子萱又笑了,"你不是在现场看了吗?感觉怎么样?有没有让人眼前一亮的选手?"

"有,二姐你就看好吧,这档节目一定会爆的。"

"你倒是比电视台还要有信心,行,那就借咱们郑少爷吉言了。"

挂了电话，郑子靖又扒出照片翻了会，是真的像啊，二姐是没见着人，见到人了她就知道是不是像小叔了。

被念叨了的夏乐重重打了个喷嚏，郑秋燕单独把她留了下来，看着她填的资料挑了挑眉："会钢琴和埙？钢琴学了多久？什么级别？"

"钢琴弹了十二年，没考过级。"

郑秋燕有点意外，学音乐的人多多少少都是有些特质的，至少看起来是那么回事，可夏乐不像，她太……板正了，套上警服就是个最像警察的警察，现在知道她会这么多乐器，倒真有点像之前老余说的，她捡到宝了。

"跟我来。"

郑秋燕把人带到了乐器房，指着一屋子的乐器示意她随意。

夏乐坐到了钢琴前，在吴老身边的那些年，吴老带着她几乎将所有乐器都摸了一遍。她没有什么都学，但是乐器这东西一通百通，会了一样学其他的就容易多了。她真正花心思学了的是钢琴、架子鼓和埙，吉他是在部队的时候用得多娴熟了，还会一些其他的，但也就是会而已，所以她也没有写到资料上去。

活动了一下手指，音乐流畅地倾泻而出，是维拉·罗勃斯的《小丑》。才回来的时候她坐到钢琴前手指僵硬得都快不知道怎么动了，好在底子还在，练了这些日子才有几首能拿得出手的曲子。

郑秋燕走过去靠着钢琴，这样的夏乐看起来和平时不大一样，就好像是给她的锋芒罩上了一个柔软的皮套，这样的夏乐，像个音乐人了。

一曲毕，又拿起埙吹了一首家喻户晓的鸿雁，埙的音色配着这首歌，特别到位，至于架子鼓，虽然有点手痒痒她还是没有坐过去，这就可以了。

就这样的夏乐对郑秋燕来说已经是意外之喜，她拿过夏乐手里的埙翻来覆去地看："我一直就喜欢这个音色，那种古朴苍凉是别的乐器没有的，咱们老祖宗留下来的东西还真是特别。"

夏乐神情多了分柔软，吴老也说过差不多的话，那种为老祖宗骄傲的模样就差叉个腰了。

"这可以当成底牌留着，前边不能露了，有别的选手知道你会这些吗？"

夏乐想了想，摇头。

"那就行，藏着点，别一下就把老底全抖了。"越想郑秋燕越觉得自己这组有戏，围绕夏乐脑子里已经有几个方案成形了，不过她要先确定一点，"新歌有没有把握？"

夏日乐章

"我有点想法,想写首新歌。"

郑秋燕眉头微皱,她自己就是写歌的,知道感觉来了一支烟的时间写首歌出来也不是难事,可夏乐毕竟还是新人,经验阅历都不足以支撑她,几天的时间……

"我会量力而为,如果不行就用之前写的歌。"

郑秋燕只能点头:"你心里有数就好,尽量给自己多留点时间,别仓促上阵,带手机了吗?"

看郑秋燕点开微信,夏乐点头应了声,配合地拿出手机登上微信把自己的二维码点开送到对方面前,这事儿她干过几次了,熟。

加上微信,郑秋燕又道:"不用怕麻烦我,有什么不懂的随时可以找我,于公我们是一条船上的,你好我好大家好,于私我也希望能出几首好歌,我已经很久没有听到让人眼前一亮的新歌了。"

夏乐抿了抿唇:"我会努力。"

"也别有太大的压力,后面的路还很长。"拍了拍她的肩,郑秋燕伸了个懒腰往外走去,"到饭点了,回去吃饭吧。"

"老师再见。"

"再见。"

夏乐直接去了食堂,吴之如看到她远远就朝她招手。

"听说郑秋燕单独留下你了?"她人还没坐下,吴之如就迫不及待地问。

"嗯,都知道了?"

"可不就是都知道了,那个龙菲菲就差没拿个喇叭告诉所有人你被特殊对待了。"

夏乐低头吃饭,事情这么发展她并不意外,谁都想留到最后,就算是同一个团队也一样是有竞争的。

吴之如吃得差不多了,干脆放下筷子和她说八卦:"郑老师干吗单独留下你,她就不怕你们闹内讧啊?"

"没有。"夏乐抬头看她的盘子,"把饭吃完。"

"哦。"吴之如边扒饭边忍不住偷偷看对面那个吃一口饭能抵得上她三口……不,五口的人,其实今天她也有点被吓到,那首《小宝》,很好听。

"夏乐,小宝是你什么人啊,现在长大了吗?"

"我希望他能长大。"夏乐放慢了吃饭的速度,"他四个月都还差几天。"

吴之如愣了愣,才这么小?

"很严重的病吗？能不能治好？"

"先天性心脏病。"

"那不是要住院？"

"嗯。"夏乐没有说得更多，几口把饭扒干净，抬头看吴之如盘里还剩了菜，示意她快点吃了就先起身去放盘子。

打了几天交道，吴之如多少也是了解这个室友的，她要真剩下了夏乐也不会按着她去吃，可她看着那些恨不得替她吃了的样子会让她觉得自己做错事了。没有谁会缺那口吃的，用着七八千块一台手机的人更不可能缺，吴之如猜她家里肯定有个这方面管得特别严的长辈。

两人一起回了屋，吴之如先去洗澡，夏乐则照例去飞飞上唱歌，那个叫四季的人仍然在等着，两人像是有了默契，一人唱一人听，也不用说什么客套话，一首接一首地唱上一个小时左右四季就会先离开，今天依旧是这样。

合上电脑，夏乐有一下没一下地拨着音，把新谱的曲子记下来，这首歌的主题是等待，妻子等待远行的丈夫，女儿等待许久不见的父亲，感情不同，可殊途同归。

她亲身经历，也因此更加知道其中的滋味。

吴之如本来想和她说说话的，看她认真编曲也就没有打扰，她的歌是早就定下来了，这首歌还曾经请学院的老师调整过，凭着它有把握能再过一关，所以压力倒不是很大。和她不一样，夏乐压力就大了，有了今天这一出，再加上之前小宝那首歌的出色，现在只怕有很多人都在等着她的表现，被人记住了呢，吴之如在心底里有点羡慕。

手机屏幕亮起，夏乐拿起来看了一眼，是郑子靖问她休息了没，一看时间，十点了。

脑子里装的东西有点多，夏乐索性把吉他放到床上，拿着手机和吴之如打了个招呼便出了屋，先回了郑子靖的信息，然后她拨通了林欣的电话。

响了一声对面就接了起来："小乐，忙完了？"

"嗯，小宝情况怎么样？"

"医生说很好，让我不用担心，对了，今天你妈妈过来了，吃的喝的送了好些，还说明天会再来。小乐，要不你和你妈说说，心意我收下，就不用每天都这么跑了，多累。"

"我妈学校还没开学，不忙，你多吃点东西，别多想。"

林欣在电话那头笑了："我不想，我现在什么都不想，一关一关地熬，

117

总能熬过去,今天和孩子爷爷奶奶说了下情况,之前也没告诉他们手术的事,他们身体不好,我没让他们过来,来也是干守着,我一个人就够了,何必让大家都在这受折腾……"

林欣东一句西一句地说着,夏乐就做个安静的倾听者,时不时应一声,挂电话时已经是半个小时后的事了,微信堆了好几条,都是郑子靖的。

夏乐回了他一条:和林姐打电话了,小宝恢复得很好。

郑子靖回得飞快:主刀的是最好的医生,还有宋爷爷在,你不用担心,肯定没有问题。

夏乐:谢谢。

放着轻音乐的顶楼天台,微醺的郑子靖伏在栏杆上看着手机上显示的谢谢两个字想,那人的谢谢也一定比其他人的真诚,如果是当面说的话她一定会直视你的眼睛,郑重地带着心意说出这两个字,一字千金。

"子靖哥哥觉悟就是不同,放着美人不看看美景。"

一个留着小辫子的男人端着酒杯走近,听着声音郑子靖就按掉了手机,真就看起美景来:"美景看着心胸开阔,美人看着心累。"

"郑少爷你这么说会失去我们的。"音乐正好停了,后边三三两两喝着酒聊着天的男男女女听到这话,有美人当即就不乐意了,"我们怎么就让郑少爷看着心累了。"

郑子靖转过身来倚着栏杆笑:"上一刻要想你们喜欢什么颜色的包,下一刻又要想你们喜欢什么牌子的衣服,能不累吗?"

"说得好像你真想过这些一样,不要说包了,我连根包链子都没收到过。"

"我替广大男同胞心累啊。"

那美人又气又笑,作势找东西要扔他,旁边的男人很配合地就要脱鞋给她,美人当即先收拾他去了,真让他脱了鞋这地儿还能待吗?

郑子靖笑眼看着他们闹成一团并不参与进去,能被邀请来这种私下小酒会的都是关系亲近平时玩儿得挺好的朋友,没有那些乱七八糟的人和事,说什么都自在,十天半个月的他们就会来这么一场,都是不缺钱的人,谁闲了谁牵个头吆喝一声,从来也不会冷场。

"子靖哥哥最近有点不太一样。"

小辫子男人凑近了打量他:"这是求爱被拒?"

把快要贴到脸上来的大头抵住,郑子靖似笑非笑地看着他:"贺子良同志,头上这几根毛不想要了是不是?"

"要。"贺子良非常干脆地认了怂，异常珍惜地轻轻摸了摸自己的头发，那动作轻得就好像生怕多用了一分力气就要摸下来一根一样。

他是真怕，生在一个代代秃顶的家族他的心理压力实在太大了，他已经很久没见过比他大四岁的堂哥不戴假发的样子了，也不知道还剩下几根头发。所以在知道将来可能无法避免做和尚后，他毅然决然地留起了长发，就算将来真做和尚了也能看看照片回味一下不是。

"说真的，发生什么事了吗？"

郑子靖重又转过身去伏在栏杆上看着外边变来变去的灯光："我能有什么事，天天吃好玩好消遣好，既不碍人的眼，也不会有人来碍我的眼。"

"无聊了吧。"

郑子靖不置可否。

"无聊了就去做点你想做的事，你和我们不一样，郑家也和其他人家不一样，你不用把自己推得那么远。"

"之前老郑找我了。"郑子靖抬头试着从天空中找出一颗星星来，可灯火太亮，连明亮的北斗星都看不到在哪，"他问我要不要为家族发光发亮，我拒绝了。"

"为什么要拒绝？你不会真打算一天天这么耗着吧。"

"我不想进去分权，没什么意思。"郑子靖解锁手机，屏幕上显示的还是夏乐的那条信息，他又按掉了，"我想做点和家里那些生意无关的事，四兄妹有三个走在那条路上足够了，少我一个不少，多我一个就显得拥挤了。"

"有方向了？"

"有了点头绪，不着急。"

贺子良笑："也是，我们要做点事什么时候都不嫌迟。"

出身决定了他们有说出这个话的底气，也决定了他们没有任性的资格，小说里写的电视里演的那些二代三代的肆意潇洒在他们看来就是笑话，他们从懂事开始最先学的不是什么能做，而是什么不能做。

"喂喂喂，你们说完了没，过来喝酒，老贺今天可是你攒的局，怎么还把我们晾这了。"

"来了。"

拍了拍郑少爷的肩膀，贺子良往那边走去。

郑子靖伏在那没动，他在考虑一个非常重大的问题，如果他真往那个方向走，会挨人生第一顿揍吗？

119

夏日乐章

夏乐第二天就感受到了被排挤的感觉，在郑秋燕把她单独拉到一边问话后看过来的眼神明显更加不友好了。

"不遭人恨是庸才，能写出好歌就是最好的反击。"在圈子里摸爬滚打这么多年，郑秋燕哪会看不出这点浮在明面上的东西，"我问过姜小莉，她说你们是两人睡一屋，你同屋的那个也没有被淘汰是不是？"

"是。"

"这样的话你写歌就很不方便了，这样，我去给你申请一间小会议室，你要什么乐器也可以和姜小莉说，她会给你弄来，平时你白天都过这边，这样就不用担心会耽误进度了。"

"好。"顿了顿，夏乐又道，"谢谢您。"

郑秋燕拢了拢披肩，顺手将附近的空调温度调高了些："加油吧，期待你的新作。"

被寄予厚望，心大如夏乐也有了压力，可她从来都不是承受不住压力的人，在她这里压力只会成为动力。

郑秋燕去找人安排，其他几人就围了过来，左友成被推出来问话："夏乐，郑老师是要单独给你上课吗？"

夏乐摇头，只当看不到他们的提防戒备。

"我听到郑老师说去找会议室。"龙菲菲说话声音很娇，走的也是妩媚路线，她这么一说一旁的陈云就有点不高兴了："我们这不就是会议室吗？就我们几个人还用得着两个会议室？"

几人的视线都落在夏乐身上，觉得她说了假话。

夏乐背上吉他，眼神在几人身上扫过，话说得特别耿直："闲了就去写歌唱歌，其他的不要多想。"

龙菲菲被她这话气得声调都不受控制地拔高了："你这是占了便宜还卖乖，都是郑老师的学生，凭什么就你受特殊对待。"

特殊对待吗？夏乐想了想，觉得自己能理直气壮地驳回去："我没有。"

"你还不承认？睁眼说瞎话！"

"如果你们要写新歌，郑老师也会给你们创造条件。"

所以，是找间会议室给她写新歌？脸皮还不够厚的五人对望一眼，都觉得有点尴尬。

"夏乐。"郑秋燕一进来就看到两方隐隐对峙的场面，扫了一眼也不多问，"去隔壁房间，接下来几天那里都归你了，不会有人来打扰你。"

"是，谢谢老师。"

夏乐一走，剩下五人都有点忐忑，他们不知道郑秋燕听到了多少。

郑秋燕拿起几人的资料翻了翻，挥手道："跟我来。"

一晚上的时间，原本满屋子的音乐器械已经均匀地布置成了四间，这会另外两组的已经占据其中两个，郑秋燕带着他们进了第三间。

"龙菲菲。"

被点名的龙菲菲绷紧了神经上前一步。

"擅长什么乐器用什么伴奏，不会的就清唱一遍给我听听。"

学音乐的多少都是会乐器的，只是和夏乐的擅长几种不同，她们一般都只会专心学一种。龙菲菲就是学的小提琴，不过拉小提琴的话不好唱歌，她只好放弃，好在她也做了万全准备，拿出手机打开音乐，把声音放到最大，伴着录好的曲子把歌曲还算稳当地唱了一遍。

郑秋燕听完托着下巴想了想，并不发表意见，示意下一个。

这边五个人被郑秋燕试音中，那边夏乐正和姜小莉说话："我带了吉他，够用了。"

姜小莉颇有点满身力气却毫无用武之地的感觉，她也知进退，知道新歌写好了比什么都重要，扬了扬手机道："有事随时找我，我随叫随到，不用和我客气。"

"好。"

玻璃门又关上，虽然不够私密但是足够安静的空间让夏乐觉得很舒服，她非常习惯一个人待着。抱着吉他，拨几个音，哼几个调，偶尔记上一笔，郑秋燕和姜小莉时不时地在外边看上一眼，看到她并没有焦躁不安，心也跟着踏实下来。

午饭是工作人员送上来的，有菜有汤，还有一盒单独包装的辣椒，如果有喜欢吃辣的人可以自行添加，但唱歌的都挺爱惜自己的嗓子，没人去动那盒辣椒。

郑秋燕也不想自己这一组矛盾闹得太大，便把夏乐叫了过去一起吃饭，边吃边闲聊几句。夏乐有问必答，不点名她就做个特别合格的听众，不刻意和谁亲近，也不会疏远谁，这姿态落在有心人眼里就有些太端着了，本来还打算和她缓和一下关系的那五人最后谁也没动。

"下午我要去开个会，你们可以留在这边练习，也可以回宿舍去，明天上午继续过来。"郑秋燕点了根细长的烟，将近四十的女人抽烟的样子妩

121

媚极了,"你们的缺点我都指出来了,这之后的每一天我都要看到你们的进步。"

"是,老师。"

"散了吧,夏乐留一下。"

几人面上个个乖巧,心里对夏乐的提防又高了一层,龙菲菲故意拖拉了一下走在最后,就听到郑秋燕问:"进展顺利吗?"

"顺利。"

郑秋燕失笑:"你倒不谦虚。"

听到门合上的声音,郑秋燕侧头看了一眼:"被排挤了?"

夏乐抬头看向她。

郑秋燕把玩着打火机:"这个圈子就这样,无风能搅起三尺浪,越优秀的人越要经得起这些事,不要轻易被那些小事打倒了。"

"我不怕。"

"我瞧着你也没有个害怕的样子。"郑秋燕笑,"你自己心里有个底就行,要有点防备心,你们现在是对手。"

"是,谢谢老师。"

随意扬了扬手,郑秋燕掐灭了烟,夏乐是经得起打磨的人,她很乐意在自己眼皮底下护着磨一磨她,娱乐圈容不下天真,太过真诚也要吃亏。

夏乐仍然回了那个会议室,饭后人有些愈懒,她坐着出了会神,不知道小宝怎么样了,她想快点把歌写出来,然后抽空去趟医院,听得再多哪里有亲眼见到来得让她放心。

不过看不到的情况下就只能多听了,摸起手机正要翻通讯录,手机就嗡嗡振动起来,看到是郑先生她连忙接了起来:"郑先生。"

"是我,打扰你了吗?这会应该在吃饭了吧?"清朗的声音带着笑,让人听着就跟着扬起了唇角。

夏乐嗯了一声:"刚吃完。"

"青柠台的伙食听说还不错,吃得惯吗?"

"我是本地人。"

郑子靖在电话那头大笑:"对,忘了,把你当外地人看了,行,那就不会有水土不服的问题了,比赛就担心出那些意外。"

夏乐不知道怎么回这个人的话,只好又嗯了一声回应他。

郑子靖也不在意,继续道:"猜猜我现在在哪?"

夏乐下意识地往门外看了一眼:"电视台?"

"错，再猜。"

不是电视台，却又让她猜，夏乐立刻想到一个地方："医院，郑先生去医院了？"

"猜对了，没奖，来，你听听。"

"咚咚"两声轻响传过来，夏乐一下就听出来了，这是敲在玻璃上的声音。

"听到了吗？我在小宝这，你安心准备比赛，我刚才去问过蒋副院长了，小宝恢复得很好，只要好好养着一点儿问题都不会有。"

夏乐沉默片刻，无情地拆穿他的话："医生不会把话说得这么满。"

郑子靖这会儿满脑子只有一句话，女人太聪明了不好，男人会没有活路的。

"谢谢你。"

郑子靖抹了把脸，好吧，还是有活路的："没有骗你，小宝确实恢复得很好。"

"我知道你没有骗我。"

这么理所当然的认定哄得郑少爷眉开眼笑，和看过来的林欣打了个招呼转身往楼梯走去，笑意从眼角一路蔓延，脸上的每一丝纹路都向上扬了起来："准备得怎么样？听说下一轮要用新歌。"

"在写。"

"没几天时间了，会不会太赶？郑秋燕同意？"

"我有准备一首歌打底。"

这是吃到甜头了，都想在夏乐身上使劲挖几铲子看能不能多挖点好东西出来，郑子靖想得明白，往好了说也是看重她，更何况突然开了窍的夏乐现在只怕也是有很多东西想写想表达，也算是一个愿打一个愿挨了。

就像多数人知道一个故事要有开头过程结局却不是每个人都能写好一样，写歌同样如此，写歌的人知道要旋律优美，知道要情绪饱满，可不是每个人都能写出让人记住让人感动的好歌来。

已经第三天了，夏乐依旧沉静而寡言，却再一次把刚谱出的曲谱撕了扔进垃圾桶。她不是不知道要怎么写，她知道，她看到过妈妈绝望的模样，也亲身体会过再也见不到人的滋味，正因为知道得太多，情绪太满，她反而不知道要怎么安放它们。

起身走到窗户边看着下边来来去去的人，他们脚步匆匆，七层的高度不妨碍她看着他们或说着或笑着，神采飞扬，满身自信，他们知道自己要什么并为之在努力拼搏。

夏日乐章

　　每个人的人生都是一首歌，有高低起伏，有喜怒哀乐，只是有的人喜的多一些，有的人苦的多一些，喜的多了自然就该是一首欢快的歌，苦的多了这首歌则让人感同身受……

　　夏乐把头抵在窗户上，那妈妈呢？是喜多一些还是苦多一些？又或者，是期盼更多？妈妈总说爸爸还活着，只是回不来，所以她心里从来都是抱着希望的……

　　对，应该是希望更多的，她和妈妈从来都没有放弃过寻找，也一直在等待。

　　想通这一点，夏乐一直觉得没对的点对上了，她立刻坐回去抱起吉他拨出一连串的音节，找到感觉后索性也不要吉他了，直接抓了纸笔奋笔疾书，即便仍然是神情未变，这番动作也让外边的郑秋燕松了口气，只剩两天，她本来是打算让她缓缓先用别的歌过这一轮的，现在看来说不定就不用将就了。

　　这一写就到了晚上。比赛在即，已经不止是白天，几个组的晚上也基本会在这里熬到十一点才回去，夏乐留下并不引人注目。

　　最后再弹奏了一遍，夏乐站起来伸了个懒腰，大框架就这样了，细节还得再磨一磨。

　　姜小莉推门进来，手里提了个纸袋："早过了饭点了，不觉得饿吗？"

　　不说还不觉得，这一说夏乐就感受到了前胸贴后背的饥饿感，不过这种程度还不足以让她变脸色，看着姜小莉把饭菜从袋子里拿出来，接过她递来的筷子道谢。

　　"味道怎么样？"

　　夏乐点头说好吃，确实好吃，吃了这几天的盒饭她一入嘴就吃出来了，这和之前的不一样。

　　"我妈做的，当然好吃。"姜小莉靠着桌子坐着，"盒饭冷了就难吃，我和你换着吃了。"

　　这是夏乐没有想到的，低头看着这看相一般但味道非常好的菜不知道是不是要继续下嘴。

　　"你不会打算还给我吧？给我我也吃不下了啊。"姜小莉笑得不行，所以说她喜欢夏乐啊，简单好懂，行事也直接，和她打交道不需要费多少神，她不会想着自己是电视台的人要巴结，自己也不需要因为她是节目组看好的选手去奉承，就是平常的来往就好。哪怕以后她成名了也不用担心她会回头来算一开始对她不够好的账，那种翻身农奴把歌唱的姿态他们电视人见得太多了。

夏乐也没有再和她客气，将饭菜汤一扫而光，没有半点浪费。

姜小莉羡慕道："这么能吃怎么还能这么瘦，我要敢这么吃得有现在的我两个那么圆了。"

从来没有胖过的夏乐不懂这种烦恼，她道了声谢。

"把你们照顾好本来就是我的责任，不用这么客气。"姜小莉看了眼她放到一边的那叠A4纸，"有成果了？"

"嗯。"

听她回得这么肯定姜小莉也替她高兴，看了眼时间道："那就好，郑老师可以放心了，今天也累了，回去休息吧，明天再继续奋斗。"

"好。"

郑秋燕确实放心了，不用她唱给自己听，自己就拿着那曲谱坐到了钢琴前，一连两遍后她笑着回过身来："你是打算用钢琴伴奏？"

"嗯。"

郑秋燕点点头，"确实，很适合，编曲上还有其他想法吗？"

"我想加入长笛。"夏乐走近，指着曲谱的其中一段，"用在这里。"

郑秋燕哼唱了下这段曲子："不错，加入长笛应该会更有感觉。"

有心想掏一掏夏乐的底，郑秋燕继续追问她编曲上的意见，这一问她才发现这简直就是个宝藏："你学过编曲？"

要知道，可不是所有会作曲的人都会编曲！

"没有系统地学过，我妈妈是音乐老师，小的时候跟着看了些。"

"你大学不是学的音乐？"

"不是。"

这可真是，浪费了一个这么好的苗子！

"没有系统学过也有好处，你没有被那些框框架架给框住，想法就更自由一些，这不是坏事，不过有些东西不懂也不行。我那有个工作室，平时经常会几个朋友一起玩玩，等机会合适了我叫你，你来跟着学。"

对才摸到门槛的夏乐而言这是从天上砸下来的馅饼，她也知道这是郑老师对她的提携，把这份人情记在了心里。

"就按着你的想法来编曲，你再好好打磨一下，下午我给你约乐队的人，我们来一遍现场。"

"是。"

如果说曲子是三魂，编曲就是七魄，没有相当深厚的音乐知识积累，或

夏日乐章

者对乐器的演奏方式和特点不够了解，谁也不敢说自己懂编曲，夏乐也不敢，只是钢琴本来就是她们家家传的，连她爸都会弹首生日快乐、小燕子。在写这首歌的时候她想的就是由钢琴作主乐器伴奏，再加个长笛就差不多了，至于其他的就得由其他音乐人去补全。

连续单独行动几天的夏乐午饭没有过去和组里的人一起吃，她习惯了，组里的那五人也习惯了，有心想磨一磨夏乐的郑秋燕放任了这种情况。

放下筷子，算着时间夏乐看向手机，就在下一刻屏幕亮了，信息和前两天一样如约而至。

郑子靖：吃饭了没有？

夏乐也一如前几天一般回话：吃过了。

郑子靖：新歌顺利吗？

夏乐：今天很顺，在准备编曲了，郑老师说下午和乐队试一下。

郑子靖：今天很顺，看样子昨天前天说的顺利都是假的。

夏乐想说那只是习惯，就像在部队这么多年报喜不报忧一样，可她又想到她和郑先生并不是家人……

好在郑子靖也深知她是什么样的人，看对方回信息没有那么快就知道自己这估计是要把天聊死了，赶紧又发了一条过来：顺利就好，编曲你也参与了？

这下夏乐知道要怎么回了：对，郑老师说先按照我的想法来编曲试试。

郑子靖：挺好，对了，我给你看点东西。

郑子靖发过来一段视频，夏乐点开来，虽然只有十秒，但是足够她看清楚那是睁着眼睛手舞足蹈的小宝。

郑子靖：小宝醒了，医生说恢复得挺好，但是他年龄太小，还需要在重症监护室里多住几天。

夏乐不停地点开视频，看着之前连动一下都显得有气无力的小宝这会手脚踢踢打打的充满了生命力，神情不由自主地就柔和下来。小宝的生死关已经过去了，接下来只要好好养着，等年纪到了再做两次手术以后就能和正常人差不多了。

夏乐：郑先生进去了？

郑子靖：跟着进去看了看，你不要挂心，林欣也让我告诉你她什么都好，你妈妈每天都有送吃的过去，还有，你的中药要记得喝。

夏乐：嗯，谢谢。

郑子靖：我们也算是朋友了吧，怎么还这么客气。

夏乐只觉得谢谢两个字都太轻了，她虽然不够圆滑不会说话，但是看人的眼光有，与其说郑先生是把她当成朋友，倒不如说是因为自己和他故去的小叔有几分像而得了照拂，但说到底她是得好处的那个人，记着好是应该的。

夏乐这是第一次排练，因为对她抱有期望，不止刘灿来了，就连徐成都从剪片室里赶了过来。

听着听着徐成就皱起了眉，没去打扰郑秋燕，他低声问刘灿："谁编的曲？是不是太简单了些？"

"是夏乐自己编的，朱逸老师也说太简单了，但是郑老师的意思是随着夏乐的想法来。"

朱逸是这档节目的音乐总监，他有一个非常成熟的音乐团队，编曲多数是由他的团队负责，徐成和他是多年的老交情，干脆走过去直接问："感觉怎么样？"

"曲子挺不错，编曲减分。"朱逸出了名的有话直说，在老友面前更加不拐弯抹角，"你去和那两人说说，让他们把心思放到别的地方去，编曲交给我。"

徐成拍了拍他的肩膀："你不能要求她一个小年轻有和你一样的水平，再等等看，如果真能经由她自己把这首歌折腾出来那也是好事。"

"你们这是在逼一个才学会走路的人撒丫子跑。"朱逸没好气道，虽然这么说着他也没有上前去发表自己的意见，在夏乐要求再来一遍时更是立刻示意乐队配合，郑秋燕的心情他理解，毕竟他们这个圈子真的太久没有出现优秀的年轻人了。

看到郑秋燕过来两人都停了话头。

"朱老师，麻烦了。"

朱逸耸耸肩："分内的事，倒是你，嗓子状态听起来不太好。"

"也是分内的事。"两人相视一笑，拿人钱财替人干活，可不就是分内的事，"夏乐这边您多担待，年轻人想法多，我也想多给她点机会让她去施展，试过之后她就知道什么适合什么不适合了。"

朱逸打趣："这是找着如意门生要倾囊相授了？"

"这样的学生朱老师不想要？"

朱逸当然想要，之前他还特意去调了夏乐从初选到现在的带子来看，从一个唱歌都丢拍子到现在开窍，她花的时间真的不多，有天赋有灵气还不浮躁，

夏日乐章

谁不眼热,可他们没有郑秋燕从初选就维护她的情分。

"知道了知道了,编曲上有什么问题你让她来找我。"丢下这么一句朱逸回了自己的位置,给自己学生找了个得力外援的郑秋燕也心满意足地和徐成打了个招呼,继续带学生去了,看着人一点点进步也是件挺有成就感的事。

夏乐全身心投入到了编曲当中,一遍遍修改,一遍遍完善,节目组给了她最大的善意,让乐队一遍遍陪着她磨,这一磨就是一下午。不要说选手有意见,就是工作人员也觉得这对夏乐未免太过特别了些,不过他们没有决定权,除了暗戳戳地以各式马甲在各种平台上吐个槽也做不了更多。

姜小莉附耳在郑秋燕耳边说了几句,郑秋燕拢了下头发不甚在意道:"经得起多少风雨就承载得了多大的成就,现在不是酒香不怕巷子深的年代,黑起来的知名度也是知名度,不用管那些。"

这在现在的娱乐圈确实是常态,可落在身上却不是那么好受的,姜小莉挺喜欢夏乐,心里不免就替她担了一份心。这还没红呢,就先黑了,郑老师又是这么个态度,她自己也不是会为自己辩解的,要是再有人刻意带下节奏……

"饭来了。"

姜小莉闻声回头,之前上边就有交代晚饭不用定,会有人送来,她们还在猜是谁呢,这会见搬着箱子进来的是穿着云之端统一工作服的就更好奇了,这家店的东西出了名的好吃,也出了名的贵。

郑秋燕也多看了一眼,拍拍手道:"大家辛苦了,先吃饭,夏乐,让脑子先缓缓,我们还有时间。"

夏乐咬着笔抬头,视线越过郑秋燕落在朝她挥手的男人身上,本来就已经被磨得有些木的脑子这会更有点反应不过来了,郑先生怎么来了?

郑子靖走到台下,由下而上笑眯眯地看着她:"来吃饭"。

回头看到乐队的人都已经陆续离开,夏乐便也放下笔下台,不知道该说些什么但又知道应该说点什么,于是干干地问:"郑先生来谈工作?"

"算是。"郑子靖笑容可掬,来看望冠名节目的选手勉强也算得上是工作吧,他变戏法似的从身后拿出一个大袋子,"走,吃饭去。"

吃完饭还要继续完善新歌,两人没有走远,找了个没人的角落就铺开盒子吃起来。

郑子靖把汤递过去,"润润嗓子,后天就要正式比赛了,养着点"。

夏乐点点头,听话地把一碗汤喝完才端起饭盒。

看了那边角落片刻,郑秋燕眉头皱得能夹死蚊子,把姜小莉叫到一边问:"那人是谁?"

姜小莉咬了咬唇:"我不能确定,好像是冠名商那边的人,上次看到他和徐导在一起,徐导对他还挺客气的。"

能让徐成都客气的身份不会低,郑秋燕手指烦躁地敲着手臂,如果是组里别的选手有这么一层关系她求之不得,可这个人不能是夏乐,夏乐可以有黑点,但是这个黑点里不包括有后台。一旦被人认定她有后台,她需要付出双倍甚至更多的努力才能扭转观众对她的印象。

"郑老师,我刚才打听了下,这饭菜好像也是那位定的。"

"确定?"

姜小莉点头:"我去问过了。"

郑秋燕头疼地抚额,夏乐那么个正直人,怎么招惹上这种公子哥儿的?

公子哥儿郑少爷正想方设法地引着夏乐说话:"我瞧着那郑秋燕好像对你挺好的。"

"嗯。"

"她是打算收下你这个弟子还是怎么的?"

夏乐抬头,咀嚼的动作都停下了,用眼神询问:"收弟子?"

"她没说?"

夏乐摇头。

郑子靖把菜往她面前推了推:"真正做音乐的那些人其实都挺老派的,也讲究,真正认下的弟子和因为一档节目成为她的学生这完全不一样,你们现在充其量也就是场露水师生缘分。"

"……我只听过露水情缘。"

"差不多就那么个意思,听听就行了。"郑子靖完全不想承认自己语文学得不够好,强行继续这个话题,"如果能有这么个老师带着入行,不说人脉那些,也是真正能学到东西的。"

夏乐想到了吴爷爷,如果郑老师真要收她当弟子,不知道她介不介意自己上边突然多出来一个师长辈。

"如果不愿意也没关系,到时候我来帮你解决。"

夏乐抬头:"为什么?"

"嗯?"

"就算是因为我和你小叔相像,你帮我的也有点太多了。"

129

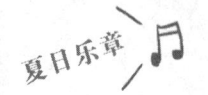

郑子靖失笑，还真是直接，半点都不带拐弯的："先吃饭，吃完我们聊聊。"

两人吃饭都快，夏乐利索地把残局收拾了，看了下时间道："能休息二十分钟。"

"不用那么久。"郑子靖十指交叉，"夏乐，我来做你的经纪人吧。"

被强行塞了一个助理的夏乐面对强行塞过来的经纪人非常镇定："我可能连自己都养活不了，而且我还要养一个助理。"

"一个经纪人如果连自己艺人的温饱问题都解决不了那也太逊了。"郑少爷见招拆招，"你不擅长和人打交道，更不用说谈交易，巧得很，你不擅长的这些都是我擅长的，我能让你完全无后顾之忧，只要打磨自己的作品就好。我保证，我们都不会饿死，还能攒下养小宝的钱。"

夏乐很心动，她很清楚自己的短板，只是现在她还想不了那么远，成名对她来说还很早，就算凭着这档节目能激起一点水花，在这个从不缺新鲜人新鲜事的娱乐圈也不见得能站得住。她已经做好了又一个八年的准备，所以那些对她来说有难度的事她都是打算自己进了这个圈子后慢慢攻克的。现在突然有人告诉她这些难事都有人接手，她当然心动！

只是："我还是不能理解，郑先生为什么这么帮我？"

"才离开部队的时候很难适应吧。"

风马牛不相及的话让夏乐更不解了，但她还是轻轻点了点头。

"曾经有一个人从部队出来后没适应得了，被人引诱走了绝路。"郑子靖想到那个曾经高大威武的男人最后形销骨立的样子心头就发酸，"我无数次想过，如果我早一点知道他，早点拉他一把，他是不是就能熬过那个阶段，适应外边的世界，和其他人一样好好儿地活着。"

"我不是他，我能适应。"

"我知道，可我总忍不住多看着你一点，你就当是帮我去掉我的心魔吧。"郑子靖眼角余光看着她，语气感慨得不得了，都恨不得一字三叹。

夏乐把短发往后顺了顺，好像……不能拒绝？她还什么成绩都没有呢，这就有助理也有经纪人了？还都是自己送上门来的！

郑子靖多聪明的人，一看她这神情就知道成了，立刻二话不说伸出手去，"以后就请多多关照了。"

夏乐没有多做挣扎地接受了这个事实，握住他的手道："互相关照。"

"回头我会找律师起草一份合同，绝不让你吃亏，现在，上台吧，乐团的人已经就位了。"

夏乐适应了一下两人的新关系，觉得这样比模糊的朋友关系好多了，往台上走时脚步都轻快了许多。

"夏乐。"郑秋燕朝她招手，她连忙快步过去。

郑秋燕看了那边笑眯眯的男人一眼，低声问："你和那人是什么关系？"

"他是我的经纪人。"

夏乐说得特别理直气壮，郑秋燕听得腮帮子一疼。通过这几天她早就摸清楚了，夏乐就一菜鸟，背后不要说经纪公司，就是个团队都没有，所谓的助理也是她自己堂妹，哪来的经纪人？

"夏乐，你有实力，不需要那些乱七八糟的关系给你加成，咱们认真把歌写好唱好比什么都强。"

夏乐眨了眨眼，她听明白了，可是："他确实是我的经纪人，刚才定下来的。"

"……"吃个饭就能吃来个经纪人？郑秋燕想到了自己才出道那些年的凄惨，不要说经纪人，那会她连饭都是吃别人挑剩的，人和人真是比不得。

挥手示意她去准备，郑秋燕决定不管了，以夏乐这性子，她说是经纪人那就真是经纪人没跑了，只要不是那些乱七八糟的关系她也不用去做那恶人。

新歌在现场乐队的配合下打磨得成了形，作为新人，能做到这个地步已经让郑秋燕非常满意了，到差不多八点她就叫了停，带着夏乐去找了朱逸。

"我很意外夏乐你会了解那么多乐器，如果不是和老徐确认过你不是学编曲的，我都要以为你是科班出身了。"

"以前有机会了解了一些。"

"有这个底子非常好。"朱逸点点头，也不用郑秋燕多说什么就非常明确地给她指明了编曲上的一些问题，有的是学问，有的是技巧，有的是他从事这行业多年琢磨出来的经验，显而易见的没有把夏乐当外人。

夏乐如海绵一般吸收着这些知识，举一反三地问出更多问题，有的问题简单得可笑，朱逸也耐心地给她讲明白，一口港普说得吃力的时候郑秋燕就在一边帮着说明，要是实在讲不明白的两人就配合着拎上乐器来一段，正好这会台上什么都不缺。夏乐这个学生也是真的聪明，被这般现场补习过后又将新歌重新编曲，竟然就有了更进一层的感觉。

朱逸这下是真有些羡慕郑秋燕了："我觉得夏乐不走台前，走幕后也挺棒的。"

"不棒，朱老师就不要多想了。"郑秋燕干脆利落地打断他的妄想，说

131

是幕后,还不是指的编曲,想得美,编曲的可没有作曲的缺得厉害,没有好曲子他们编曲的就算能玩出花来也没辙,说到底不还是作曲更重要。

"行了,今天就到这吧,回去让脑子好好歇歇,把地方让给其他人。"

"是。"

"老师们辛苦了。"郑子靖非常进入经纪人角色,这会一看完事了便提着几个纸袋笑眯眯地上前来,"叫人送了些糖水过来,给老师们润润嗓子。"

朱逸一脸蒙地接过袋子,这是谁?选手里有这么个人?

郑秋燕嘴角抽了抽,接过袋子顺便给朱逸介绍道:"夏乐的经纪人,叫……"

郑秋燕这才想起来这人叫什么她也不知道,话说到这不上不下的正觉得尴尬,就见那男人非常自然地接了过去:"我叫郑子靖,以后咱们夏乐还请朱老师多多关照。"

"她自己就能做得很好。"朱逸提了提袋子,"多谢,我就不客气了。"

港人喜欢喝糖水,可电视台在郊区,附近也没什么糖水店,朱逸已经好几天没喝着了,这会隔着袋子他都闻到了甜味,挺欢喜地收下了这份小礼物。

夏乐把一叠曲谱收拾好,直起腰对上郑子靖的视线不知道该说什么,经纪人……应该算挺熟的吧,可他们好像也没有那么熟……

"我就住在旁边的酒店,后天就比赛了,这两天你什么都不要管,只管把歌打磨好就行,其他事都可以赛后再议。"

"好。"

郑子靖看她这听话的模样眼神跟着也温软下来,有的人就是这样,看着一身刚强,可顺着毛捋下来就会发现她是真听话。

"许秋怡是我姐夫那边的亲戚,家里宠得厉害,虽然本性不坏但是人也有点骄纵没分寸,她要是找你麻烦你直接怼回去,不用太忍着她。"

看夏乐面露疑惑,郑子靖叹了口气:"你们是同期选手,作为你的经纪人以后难免有和她碰面的时候,就她那性子肯定要闹的,你别在她手里吃了亏。"

"我知道,不会吃亏。"已经被许秋怡找过麻烦的夏乐点头,落花有意流水无情嘛,她懂。

"你有心理准备就好,快十一点了,赶紧回去休息吧。"

"好。"

录制厅的人都走得差不多了,只剩下几个工作人员在那整理东西,眼角余光却一直关注着台上的两人,这会见他们没有一点亲密举动就有点失望,他们可是把手机都调好了呢！

吴之如还没睡，看到夏乐进来忙不迭地从床上爬起来压着嗓子道："刚才许秋怡来过了。"

因为多出来的那个经纪人，夏乐对许秋怡已经没那么理直气壮了，闻言便问："有说什么事吗？"

"瞧着来势汹汹，看似有夺夫之恨。"吴之如抱着被子被自己的形容笑得不行。

夏乐没太在意，洗了个战斗澡回来躺在床上毫无睡意，她竟然有经纪人了！作为一个还没有半点名气的人，她都不知道经纪人该怎么发挥他的作用。对了，明天得和莹莹说一声，她一直担心自己身边没人，急嚷嚷地喊着要过来，这下她可以放心地在学校多待几天了，才开学，她又是学生会的干事，还是在学校多待一段时间比较好。

妈妈的学校也到开学的时候了，估计没空再给林姐送饭，不知道那附近有没有营养好吃的外卖，她天天按时给订了送去。知道是花了钱的，林姐就算吃不下也会尽量多吃一些，还有小宝，等他可以出院了她想把他们母子留在乌市住一段时间，等小宝的身体彻底稳定下来了再回去，也不知道林姐会不会同意……

想着这些有的没的，夏乐睡了过去，梦里依旧是那些人那些事，只是当她潜意识里知道这是梦后她一点都不抵触了，甚至很乐意做这样的梦，因为只有在这个梦里，她才能再见到那些已经再也见不到了的人。

这档节目从这场录制开始才算是真正开始了淘汰赛，而且淘汰率很高，这一场每个导师要淘汰两人。

龙菲菲看向一边正和经纪人耳语的夏乐，关了闪光和声音悄悄拍了两张，看到郑秋燕走过去和她说话，神情间是完全有别于面对他们时的熟稔下意识地也拍了几张，正要退出镜头里就又出现了另一个人，那是这档节目的音乐总监朱逸，不知道他们说了什么，朱逸笑得很开心……

龙菲菲麻木地拍下这些，心下的不忿也积累到了极致，一个组要淘汰两人，她和另外四人谁都有可能被淘汰，只有夏乐是百分百稳的吧！

"菲菲。"

龙菲菲立刻关了手机。

陈云走到她身边和她一起看着那边："他们就那么稀罕夏乐吗？就因为她一首《小宝》？"

"节目组要捧有实力的选手，稀罕她也正常。"

"我看未必是因为她的实力。"陈云示意她看另一边，那里许秋怡气得脸都变形了："看到没？"

龙菲菲皱眉："她又不是我们组的，怎么看起来比我们还气？"

陈云笑："你忘了之前的传言了？"

龙菲菲是聪明人，经过她这一提醒就把事情串起来了："你的意思是夏乐也是冠名商那边要捧的人？你确定？"

"我刚和人确认过了，那男的就是之前送许秋怡来的人，你说呢？"

"冠名商要捧两个人？"

"鬼知道，这种比赛前三内定不也正常吗？"

龙菲菲看向许秋怡，不太对，如果只是因为夏乐在分她的资源她会气，但不会是这种，这种好像男朋友被人撬了的恼恨样，难道……

心里存了疑，她对许秋怡就上了心多关注了几分。

那边夏乐回过头来，对上许秋怡的视线她也不觉得心虚，郑先生只是她的经纪人，这是事业上的事，不要说郑先生和许秋怡不是男女关系，就算真有那么层关系她也行得正坐得端。

郑子靖顺着她的视线回头看了一眼，若无其事地又转了回去，对夏乐道："去准备吧。"

"好。"

正要走，就听男人又提醒道："提防着点，凡是别人送到你手里的东西都要留意，开了封的东西一定不要沾。"

夏乐点头，回到自己这一组的位置占据一角默默背歌词。

因为要弹琴，她今天穿的稍微正式些，白衬衣小马甲，下身配一条西裤，更衬得她个高腿长，头发稍微抓了一下，露出光洁的额头，妆容却几近于无，只浅浅给嘴唇添了点颜色。不用刻意中性，只把衬衣衣袖松松卷了一卷，往那一站就夺人眼球。

她自己肯定是拾掇不出这样来的，是她上任才两天但极为万能的经纪人不知从哪找了个造型师来，好在也没有将她摆弄得自己都认不出自己来。

陈云突然转头朝夏乐看来："哎，夏乐，你是不是签公司了？"

夏乐摇头，她只签了个经纪人，还是个也没有自己公司的经纪人。

"骗人，你不是有人捧吗？和你一起那男的就是冠名商那边的人，又不是没人认识。"陈云的声音很大，其他组的人也都看了过来。

"他是我的经纪人，没签公司。"

"经纪人？"许秋怡从人群中走出来，"你说子靖哥是你经纪人？"

"是。"

"开什么玩笑，子靖哥怎么可能会来做这种事，他们家也绝不会允许！"

这种事没有争辩的必要，夏乐干脆不说话了。

许秋怡却没想着就这么放过她，继续走近，咄咄逼人："你不是说你和子靖哥不熟吗？现在这算怎么回事？"

"许小姐，注意场合。"

"夏乐，你是在耍我吗？"

夏乐这两天有做过换位思考，面对许秋怡的不管不顾她也能理解，于是她耐心地解释："我说和郑先生不熟的时候是真的不熟，他成为我的经纪人是前天的事，这两天才熟起来。"

"所以，你骗了我。"

"人和人的关系不会一成不变，上一刻是陌生人，下一刻就有可能成为朋友，许小姐，你不是在抓奸，首先我不是奸，其次，你也没有抓的资格。"

夏乐的眼神实在太坦荡了，而她的这种坦荡衬得许秋怡更加无理取闹，只让她更觉得难受："你分明就是在一步步接近子靖哥，夏乐，你别有居心。"

完全不讲道理，无法交流，确认了这一点夏乐就不说话了，坐下去戴上耳机听歌，马上就要比赛了，没必要去做这无谓的争吵。

可这息事宁人的态度并没有让许秋怡顺气，她更气了，顺手将手机砸了过去，一片惊呼声中，夏乐一把接住了手机，抬头看着许秋怡眉头皱了起来。

许秋怡梗着脖子，神情倔强："你不要再招惹子靖哥。"

把手机放到一边，夏乐并不接她的话，她有大庭广众之下和人起口角的羞耻。

"夏乐，你别装没听到，以后离子靖哥远点！"

夏乐以前其实觉得许秋怡有点可爱，直来直往，不藏情绪，喜欢一个人喜欢得尽人皆知也没关系，可现在她觉得这不叫可爱了，这叫受不了，说话就耿直起来："被你喜欢上的人真可怜。"

后台瞬间安静下来，恰好这时不知道主持人说了什么引得观众大笑，让这一方小天地也充斥着笑声，就好像……在笑话许秋怡一样，受尽宠爱的许秋怡哪里受得了，眼见着眼眶就红了，眼泪顺着脸颊往下滑。

眼泪不值钱，在这种时候却是博取同情的利器，本来因为许秋怡过于霸道的话而引来的反感因为这眼泪悉数散去，刚刚还觉得夏乐有道理的人这会又认为她逼人太过了。

龙菲菲拿纸巾小心地给她擦去眼泪，温声道："别花了妆，还要比赛呢，如果因为这个事发挥不好了不是更亏吗？"

被堵得完全不知道怎么接话，已经不知道要怎么收场的许秋怡顺势下台，搂着龙菲菲靠在她肩头无声流泪，离她近的人纷纷出声安慰，有的人干脆出声指责夏乐："明知道秋怡喜欢那个人你就不能避个嫌吗？"

"就是啊，换成我肯定也会气死的。"

"对啊，什么经纪人，秋怡不是说了人家不是干这个的吗？"

"……"

夏乐一声不吭，随他们怎么说，落在那些人眼里这态度就好像默认了什么似的，说得更加带劲了，吴之如想站到夏乐身边去，可在这种情况下也迈不出脚步。

"要照你们这说法有这么个人说要做你们经纪人，你们会拒绝？"

说得正欢的人齐齐一滞，拒绝？不可能的，一个有背景的经纪人对艺人来说太重要了，她们这么对夏乐与其说是给许秋怡抱不平，倒不如说是不爽夏乐有了这么一个经纪人，拉开了和她们的距离。

抱着吉他的人重重拨了个音："少来道德绑架那一套，你喜欢的人不喜欢你犯罪了？"

夏乐抬头看向说话的谢敬轩，她对他印象挺深的，情歌唱得很深情，没想到说话这么直接。

气氛安静到尴尬，得到消息赶过来的刘灿已经听了会了。她也不急着进去，这是一档比赛节目，必要的矛盾难以避免，只要在可控范围内节目组都容许，后期剪辑好了说不定还能给节目添彩，这一类的节目通常都会这么做，毕竟现在就算是她也不知道最后表现最好的会是谁。

又等了会，看时间差不多了她才满脸笑意地走过去，像是什么都不知道似的道："大家都准备好了吗？时间快到了。"

凝滞的气氛重又开始流转，有人点头，也有人乖巧地应准备好了。

"歌词要背得再熟练一些，不要上了台就忘。"

安抚好这边刘灿去了休息室，这会导演和制片人都在，正和评审做最后的确认，看到她徐成就问："怎么一回事？调停好了？"

"我没出面。"把事情说了说，刘灿又道，"这矛盾怕是要持续到长长久久了，既然这样，老师，不如干脆把两人放到明面上来对抗怎么样？"

徐成只听了个音就知道自己的得意弟子打的什么主意了，稍一想，他点头："这样确实更有看头，夏乐的进步非常明显，但许秋怡是从小精心培养起来的，接得住夏乐这个对手。这样，谭松老师，你们这一组和胡老师那组换一下，你和郑老师这一组打擂台，挑起他们的竞争意识就可以了，眼下不要让她们两个人对上。"

几人都意会，这两个人都是要保到最后的，就算真有一争也该是最后，不能是现在。

郑秋燕没有反对，积极地和谭松去讨论怎么定打擂台的人，她相信夏乐是遇强则强的人，她甚至希望许秋怡能更强大一些激出夏乐的心气，做出更出色的作品。节目就在大家心思各异的时候正式开始录制。

因为是青柠台的节目，虽然还看不出前景如何，也不知道是不是能爆，可冲着青柠台这块硬招牌，来现场参加录制的名额也是要靠抢的，可能正是因为机会得来不易，参与性也极高，有现场导演在下面提点着，该有掌声的时候掌声热烈，该叫好的时候也是冲天一喊，配合得不得了。

四位评审的开场表演结束后，主持人谢浩老练地镇着场子，带着台里重点培养的年轻女主持人刘沁一唱一和地把场子彻底热了起来，规则也简单明了得让在场的人都听得懂。

这一场每个导师手底下需要淘汰两个人，看似是打擂台却没有评委，要淘汰谁，谁晋级都由导师自己决定，说穿了，这一场其实是内战，也就怪不得夏乐要这么被针对了，有眼睛的都看得出来郑秋燕对她的不同，淘汰谁都不会淘汰她的，也就是说，这一轮她立于不败之地。

不知道是不是经过了导师的调教，这一轮竟然出现了好几首出彩的歌，之前没人唱的蓝调爵士乐都有人尝试了，反响看起来也还不错。

夏乐的比赛在下半场。

上半场完时已经一点，台前幕后包括观众都捧着盒饭填肚子，许秋怡找到躲起来过烟瘾的谭松："谭老师，我想和夏乐对战。"

谭松把烟掐灭，看着自己这一组里他最看好的选手："我会考虑。"

"老师……"

"秋怡，你应该看得更远一些，不局限于某一个人，某一档节目，甚至某一个国家，音乐无国界，若心里的格局小了你的音乐也会受到局限，好好发挥你的天赋,别浪费了。"

许秋怡抿紧了唇,她从来都知道自己有天赋,这种称赞的话她都听腻了,不局限于一个人,说得容易,如果不把这个人打趴下她看不到更宽更广的世界!

礼貌地鞠了一躬,许秋怡转身离开,她也不回队伍里,找到姜小莉拿到寄放在她那里的手机拨了个电话出去,她不会忍,绝对不会!经纪人?想得美!

夏乐的午饭是和郑子靖一起吃的,非常地明目张胆,光明磊落得让郑秋燕牙疼,娱乐圈里的很多是非根本不需要是事实,有点影儿就可以编出一场大戏了,夏乐这样迟早要吃亏,她那个经纪人到底还是经验不够。

郑子靖把汤推到夏乐面前,轻声道:"被针对了吧?"

夏乐从汤碗中露出半张脸。

郑子靖笑:"不难猜到,安心准备比赛,其他事情我来处理。"

"他们伤不到我。"因为不在意,也因为这些事都太小太小,她在意不起来。

郑子靖似是理解了她话中未尽的意思,点点头道:"咱们用实力说话。"

递了张纸巾到她手里,郑子靖回头看了一眼,起身道:"走,去补个妆。"

夏乐也看到了那个很瘦穿得很彩色的造型师阿杰,跟过去打了个招呼。

阿杰第一次见到夏乐时就说喜欢她这张有棱角的脸,这会见着越过郑子靖就要去捧她的脸,还没碰到就被郑子靖拍开了去:"补妆。"

"小气。"嘟囔了句,阿杰打开工具箱拿出口红,郑少早上可是说了,要是控制不住自己的手他就换人,能找着一张骨相皮相都好的脸不容易,他得忍住。

手上动作不停,阿杰嘴巴也没闲着:"打个底抹个口红这么点小事哪里用得着我出面,郑少,你这是在浪费人才知道吗?"

"稍微整理一下就行了。"郑子靖不接他的话,径自提了要求,要不是这都要弯成回形针的阿杰手底下确实有本事,他也不会找这么个话痨来做夏乐的造型师。

乐团的人陆续回来了,评审也都坐回自己的位置,低头看着手机上显示的来电提醒,郑子靖催促了一句边接通边往外走去:"二姐,我三分钟后给你打过去。"

郑子靖回到了自己的车上,边拨通电话边开了瓶水喝。

"小四儿,你在哪里?不方便接电话吗?"

"二姐你就别装了，许秋怡找你告状了吧。"

被揭穿了的郑子萱立刻反应过来："你小子，是不是就等着她打这通电话呢？"

"她告诉你我多省事。"

郑子萱气笑了，"这都被你算计上了，有心，真有心"。

郑子靖立马认怂："我哪敢算计二姐啊，不就是借她之口告诉二姐我找到想做的事了嘛，她要是不告状回头不还得我自己来说。"

那头沉默了一下："想做的事？"

"是，我总要做点事的。"

"你的投资做得很好，我可以资助你开个投行，家里的产业你想去哪里都可以去，爷爷也说过很多次让你回京城去……小四儿，你有很多选择。"

"投行我已经有了，不需要动用家里的关系，也不需要哥哥姐姐们支援，我自己赚的钱支撑得起来。之前爸找我谈过工作的事，我拒绝了，爷爷让我回京城是想说服我接手他那一摊，我没想法。"

"小四儿，我们不会觉得你是来夺权的，更不会因为这事和你生分，我们都要你，什么时候都要你这个弟弟。"

郑子萱语气温柔，说穿这些年来心照不宣但从来没有说破的事。她这辈子都会记得那个晚上，小小的孩子被人使坏听了不该听的话，做噩梦嚎啕大哭着说他只要哥哥姐姐不要钱的话。渐渐长大后更是连家里产业的边都不沾，得哄着才愿意帮忙做点事，然后要奖励，在他那里这真就是帮着哥哥姐姐做事了，既然做了事当然是要给奖励的，和小孩子一样，他们又暖心又觉得心疼得不行。

郑子靖趴在方向盘上点开图册，翻看家人组中的照片：老头子老了，老妈还是美人，大哥一张棺材脸，二十岁看着就像四十岁，现在都四十好几了也还是那个样子，二姐像老妈，同样是被岁月善待的美人，明明凶得要命偏偏面相上一点都看不出，姐夫就是被她那张脸给骗到手的，三姐长得像老头子，性格也像，那火暴脾气发作起来都能感觉到她身边噼里啪啦地响，可她的事业版图是扩展得最快的，和三姐夫已经离婚两次，第三次估计也不远了……

"其实我都知道。"一张张翻着照片，郑子靖唇角上扬，"在有我之前老头子就定下来了要怎么安排你们三个，后来意外有了我打乱了老头子的计划，老头子一开始给我取的名字叫郑子多。"

郑子萱没话说，因为这是事实。

"如果我早生那么一年老头子也能有重新定计划的机会,可惜我来晚了,那会大哥已经开始接手他那一块的工作,你和三姐负责哪一块也都告诉你们了,以你们的性格,又是在那个容易冲动的年纪,如果突然要从中挖出一部分给我肯定会造反。不给是一回事,给了又收回去那就是另一回事了,老头子怕发生家庭惨剧没敢动,二姐你不知道,我五岁的时候老头子就拿着一艘我最想要的军舰模型和我打商量,说他重新给我赚一份家业,让我不要和你们去争,我当时为了那个模型同意了,他还拿了个东西让我签名来着。"

　　郑子萱扶住额头,虽然这东西签了也没法律效应,可和一个五岁的娃娃做交易,这事做得……

　　"老头子这些年替我挣了挺多的,可人活一辈子也不能什么都不做啊,那不是废物吗?我现在就觉得这个事挺有挑战性的,想做,二姐你就支持我吧。"

　　刚刚才听了那么一番话郑子萱哪里说得出半个不字,只得道:"玩玩也可以,但要是让我知道有什么乱七八糟的事……"

　　"二姐你绝对要相信你的小四儿,小四儿可是你们带大的!"

　　"是是是,二姐相信你。"郑子萱被哄得眉开眼笑,"许秋怡让我以冠名商的身份干涉赛事,我拒绝了,你提防着些。"

　　"我都猜到了。"

　　"所以是做那个夏乐的经纪人?"

　　"二姐聪明。"

　　"行,知道了,回头我也关注关注,看看是怎样一个人让咱们家小四儿这么上心。"

　　"二姐你见过就知道了。"郑子靖对着后视镜比了个耶,二姐搞定!说那么多没有白费口舌!

Chapter 6
优劣淘汰

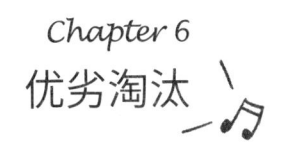

  夏乐回到后台时只看到了女选手,原本围着许秋怡说话的几人见到她纷纷收了声,互相之间打着眼色。

  吴之如悄悄指了指许秋怡,无声地说了小心两个字。夏乐轻轻点了下头,重新走回之前的位置,正要坐下,她敏锐地发现落在自己身上的视线变了,本能地提高警惕,手比臀部先落到沙发上,甚至都不用往下按就感觉到了湿意,也不知道倒了多少水在这上头,如果坐实了就算立刻站起来裤子也会湿,湿在这个位置上可真就尴尬得很。

  转了个方向坐到沙发扶手上,夏乐不看她们也不说话,话不投机半句多,不是一条道上的人那就岔开了走。

  许秋怡收回视线,失望在心里,没有写在脸上,这事儿不是她干的,但是她并不介意看夏乐丢个大脸,为了这个,背个锅她都乐意。

  没人说话,气氛奇怪地僵持着,直到男选手说笑着一起进来气氛才活络起来。

  和女选手之间针锋相对的氛围不同,男选手之间也竞争,可关系却要好许多,忙里偷闲还会约了去打打篮球,或者一起来几盘王者,一直关注着他们的节目组已经没话可说了,宣发那边据说已经决定把舆论往兄弟情深的方向去带,因为没有其他选择……

  "哎呀呀呀,加油呀兄弟们。"

  突然闯进来的人和话让众人心一沉又一松,夏乐看向和男选手们一一击掌的两人,又看了一眼站在那里不知该走近还是退出去的两个女选手,这是

上午淘汰的四个人,很平均,两男两女。

"还以为你们包袱款款回家了,怎么过来了?"

"刘导说我们可以坐在观众席那边看你们比赛,以后的每一场都可以来看,不用票,刷脸。"

男选手那边有多热闹女选手这边就有多冷清,好在大家都是成年人,不一会她们同组的人就主动走过去和她们攀谈了,缓解了所有人的尴尬,夏乐把脚步收回来重新戴上了耳机。

好在没多久下半场的录制就开始了,比完了的在工作人员的引导下去镜头前待着,努力去争露面的机会。

随着时间推移,后台的人越来越少,大家也都越来越紧张,不知不觉就往前移,从帘子后紧紧盯着上场之人的表现。

姜小莉快步进来,眼神一扫落在许秋怡身上:"秋怡,陈云,下一组到你们了,跟我来。"

许秋怡不可置信地看着她:"和我打擂台的不是夏乐?"

姜小莉在电视台工作了几年,当然知道说什么话对方会喜欢听,凑近她低声道:"优秀的选手当然要留到最后,强者的对抗才更吸引人。"

骄傲如许秋怡自然不能承认自己只愿和弱者对抗,咬牙认下了这个结果,但心里仍然憋气,她没想到事情会没成:"夏乐,我们走着瞧,我绝对不会输给你的。"

"嗯。"夏乐取下耳机认真应下这个挑战,她习惯了部队一个指令一个动作,言行举止就没有虚的,也就不知道这种时候其实不应声是最好的,应什么都是挑衅,把许秋怡气得胸膛起伏得都更明显了,眼看着就要爆,姜小莉连忙又催促了一句,提醒她这里是什么场合,她该准备上台了。

狠狠瞪了夏乐一眼,许秋怡几乎是用跑的离开这个地方,心里边发着狠,她会告状的,她一定会告状的!

虽然心眼小脾气大,可许秋怡的业务水平在这个年龄段来说是拔尖的,这一次她也展示了自己的大提琴水平,非常上得了台面,评价时余秋生说这首歌放到古装剧中不用改就能用,评价之高可以想见,观众热烈的掌声也说明了这首歌绝对不曲高和寡,毫不意外,许秋怡留下来了。

此时后台没几个人了,原本该在前台待着的吴之如跑了回来,她有点担心:"许秋怡太厉害了。"

"想要走得更远就不要怕别人比你强大,总有比你更强大的人,追上去就是了。"说着这话的夏乐眼神坦然,如果每个比自己厉害的人都怕,一天四十八小时都不够用。

吴之如不知道想到哪里去了,低头看着自己的脚尖突然说了声对不起。

夏乐却懂她这声对不起:"没什么。"

吴之如抬头,想知道是真的没什么还是客气的没什么,没想到一抬头就对上夏乐特别认真的眼神。是了,这就是个耿直人,她大概都不知道客气的没什么是什么样,同宿舍也有这么多天了,就没见夏乐身上有那些虚头巴脑的东西,倒是自己是真的挺虚的,她太习惯自保了,虽然这也不是错,就是……不够义气。

"夏乐。"姜小莉人未至声先到,"还有许真真,该准备了。"

许真真没想到自己会是压轴的那一个,而且对手还是夏乐,压力大得都快把她压垮了,这会站起来就觉得腿跟泡久了的面条似的发软想跪。

姜小莉一看她模样就知道要糟,连忙上前亲自给她整理衣服,借着这些小动作再加上温和的话来安抚她,好在新人虽然容易怯场,但也容易安抚,不一会情况就好转了许多。

看了下手表,姜小莉招呼两人,"没时间了,赶紧,真真,一会上了台你什么都不要想,排练的时候你表现得很好,不然也不会放到最后,表现出那个水准就不会有任何问题"。

许真真深吸一口气重重点头,她也就是一开始没绷住,这会已经重新做好心理建设了,来参加这档节目不就是为了出头吗?机会就在眼前,拼了!

许真真的演唱中规中矩,她的特色就是稳,这样的选手放在一档竞赛节目中或许不够出彩,但是也不会出错,如果没有足够出挑的选手能走到最后也不一定。

录制到现在,不论是评审还是观众都露出疲态,这对选手也是不利的,节目组往往会把好的选手放到最后来留住人气,不论是调整前还是调整后,夏乐都是一早就定下要压台的。

刘沁笑容可掬地抛着梗:"我都上来这么半天了,大家想不想知道谢老师哪去了。"

有猜上厕所的,有猜睡着了的,还有猜去垫增高鞋垫和踩高跷的,刘沁笑眯眯地听着,转头看向一侧。

候场处,谢浩喝了口水打起精神来,他朝着夏乐做了个加油的手势,吐出一口气笑着边说话边往台前走去:"都在瞎猜什么,身为青柠台的台柱子必须守护自己的尊严"。

下边的观众哈哈大笑,有人已经喊了出来:"怎么守护?脱鞋证明没有垫上你的增高鞋垫?"

"谁,谁说我垫了。"谢浩天生一张笑脸,这会瞪眼看起来也像在笑,反倒引得笑声更大,"我告诉你们,总是说实话要找不到对象的。"

"我有对象了,不怕。"

"那你会挨打的我告诉你!"谢浩装模作样地开始挽袖子往观众席走去,走到半路又一捋头发再自然地回转,"我怕打不过你,你等着,我去找帮手,来,让我们欢迎夏乐。"

有了谢浩的热场,笑声夹着掌声非常热烈。

"现在节目还没有播出,你们没有耳福,不知道夏乐上一轮唱的《小宝》有多好听。"

刘沁接过话:"真的是特别好听,我在家里哼了几句就被我家那个追星追得走火入魔的妹妹追着问是什么歌。喏,仗着是电视台的职工家属,死赖着来现场了。"

随着镜头一转,观众看到了台下捂着脸要躲的一个十六七岁的学生妹,善意的哄笑声让她更是把脸捂得严严实实。

卖妹卖得毫无心理负担的刘沁继续道:"我有预感,我妹这次大概要追个国内的明星了。"

"我要有个这么可爱的妹妹她要什么给什么,不就是追个星嘛,我把夏乐的宿舍钥匙给她。"

全场哄堂大笑,气氛完全被挑了起来,而台上的夏乐并没有与民同乐,她就那么身姿笔挺地站在那里,手里拿着麦克风,没有新人的怯场,也没有被打趣的局促,就那么从容地站着,随便你们说也随便你们看。

郑子靖站在舞台一侧看着这样的人低头笑了,一开始他以为像他们这种在黑暗中待惯了的人应该会不适应镁光灯,可现实告诉他夏乐就是那个例外,她看起来像是天生就该站在镁光灯下的人,甚至因为心中有自信看起来比其他人更有底气。

谢浩经验老到,看气氛起来了立刻把话题转了回来:"这次夏乐要表演的歌曲是这几天备战时写出来的,对,没错,还是热乎乎的,大家期不期待?"

主持人这么吹捧的选手观众当然有所期待,可这期待也有限,在听到是这几天做的新歌就更多打了个折扣,只是客气的掌声依旧算得上热烈,或许他们想的是熬完这一首就解放了。

"下面,有请夏乐为我们带来她的新歌《晨光》。"

夏乐走到钢琴前坐下,先是一段钢琴独奏,然后其他乐器逐渐加入,压着嗓子,夏乐清冷的声音却唱出了迷幻的效果:"灯坏了,水管坏了,门掉下来了,米没了,菜没了,要去接孩子了……"

前边的词听着像是一首家庭琐碎的歌,可听着听着,感觉就不是那么回事了。

"你的衣服是特定的颜色,你的肩章被汗血浸染,你说你要去忙了,然后,多年不见了。"

大提琴的加入让这首歌沉淀下来,字里行间没有一个和军人有关的字,可所有人都听懂了这是一首关于军人的歌,确切地说,是一首关于军嫂的歌。

歌手全程压着嗓子,唱得很收敛,可这种收敛并没有让这首歌失去感情,反而她的收敛让这首歌有了厚重感。现场不知道什么时候就安静下来,观众脸上没有了隐藏的不耐,他们仿佛看到了歌词里的一幕幕,看到了军嫂的隐忍无奈和坚强。

落下最后一个音,夏乐静坐了片刻才站起身来走到台前朝着大家鞠躬,掌声如雷鸣般响起,有人叫着夏乐,有人站了起来朝她用力挥手。这种热情是对歌手最好的反馈,徐成从开始接手这档节目就绷紧了的神经终于松了一松,夏乐没有让他失望,比排练时表现得更好。

"我有个问题想问一下夏乐。"谢浩扶着穿高跟鞋的刘沁走过来。

夏乐面向两人:"您问。"

发现自己忘了拿话筒说话,她又拿起来重新回了一遍:"您问。"

"那句多年不见了……是多年不见终于见到了,还是说多年没有见到了?"

夏乐没有正面回答,只是道:"这是歌词,怎么理解都可以。"

谢浩想了想,点头:"确实是怎么理解都可以,我希望是前者。"

夏乐握着话筒的手紧了紧:"我也希望是前者。"

"写出歌词的你是这么想的,那一定是前者了。"谢浩笑着说了一句,然后引着她看向评委席,"作为从海选开始就看着一步步成长起来的学生,郑老师此刻有何感想?"

郑秋燕并没有说那些谦虚的话,而是道:"她还可以更好。"

郑秋燕突然站起身来走向夏乐,这一幕是没有排练过的,被抱住时夏乐

夏日乐章

需要控制住自己才没有将人推开,并且慢了一拍回抱了下。

拍了拍她的背,郑秋燕什么都没说便又走回去坐下。打拼多年,她有足够的阅历,这一刻突然就明白了夏乐的举止为什么这么像个军人,要么她曾经是个军人,要么家里有人是军人她耳濡目染,因为身在其中,所以才能写出这首歌来。

"这个学生我收了。"

掌声响起,在观众看来,这哪怕是做秀也秀得挺有感情,可懂的人才懂,这个学生不是他们以为的那个学生,而是音乐人收弟子的那个学生。

余秋生在旁边长长地叹气:"这个学生我也想收,郑老师,分我一半呗。"

"我的学生你们还能不管?"郑秋燕杏眼一瞪,"回头就让她叫你们师叔,以后都是自己人,就不用和你们客气了。"

"这过分了啊郑秋燕同志,我不问你了,我问夏乐。"余秋生真就转向夏乐:"我那有个特别大的录音棚,陈军左治他们经常会过来玩,你要是成了我学生就等于多了好多个老师,要不要考虑一下?"

陈军和左治都是圈子里有名的音乐人,早期出过很多脍炙人口的歌曲,和才华一样有名的是他们的脾气,一有他们的新闻那十有八九是又抨击谁了。而他们抨击的通常也是老牌音乐人,不是所有人都能和他们一样坚持自我,很多曾经才华横溢的人早就落入俗流,跑场捞钱是常态,而前不久被他们抨击了的就是余秋生,说他晚节不保。

夏乐不知道这些新闻,很多观众却是知道的,被问的人还没说什么呢,台下就先哈哈大笑了。

也用不着夏乐回话,郑秋燕直接截和了:"说得好像成了我的学生他们就能不管一样,回头我直接领着人上他们家去,不给抖搂点真功夫住他们家不走了。"

笑闹了一阵,余秋生转回正题:"先不说夏乐的原创能力,这个大家都看得到,我说说她声音上的优势,用我们的行话说,夏乐的声音非常入麦,而且并不是高音部分入麦,中低音都非常不错,这一点尤为难得,我要说,夏乐天生就是吃这碗饭的人,希望你能保持初心,走得更远。"

为了节目效果,评委的话难免有夸张的成分,可打个折扣来听这评价也是很高的,所以当郑秋燕直接宣布夏乐晋级时没人觉得意外。而名为打擂台,实则为同台表演的许真也没有立刻被淘汰,节目组安排了十分钟给导师去考虑淘汰的人选。

"新歌很棒。"夏乐回到后台就见谢敬轩站起来抬起手,她有些意外,但还是反应飞快地上前和他击掌。其余男选手见状也都一一和她击掌,不管真的佩服还是随大流表现得都非常大气,倒是让另一边的女选手不知道是不是要伸手了。好在夏乐也没有要和她们击掌的意思,还是坐回原来的沙发扶手上。

吴之如咬了咬牙走过去,甜甜笑道:"超级好听的。"

夏乐朝她笑了笑。这是一个带着温度的笑,莫名地就让吴之如有点鼻子发酸,她也曾被人这么排挤过,深切地知道是什么滋味,不管了,她想,不就是被排挤吗?她又不是没体会过,两个人在一起互相取暖总好过一个人,那种从心底冷遍全身的感觉,真的太难受了。

靠到夏乐肩头,吴之如低声道:"你肯定能留下来的,如果我也留下来我们就好好庆祝一下。"

"嗯。"

十分钟很快过去,刘灿和四位导师一起过来了:"首先我要说明一点,这一轮不论谁留下来都不存在内幕交易,这是我作为一档原创性节目的导演能给大家的承诺。"

"确实是这样,把实力强的淘汰了那就是自砸招牌了。"胡宗明推了推眼镜,"留下谁淘汰谁都是我们讨论过后慎重做下的决定,不过就算被淘汰也不用有太多心理负担,能从那么多人里脱颖而出足以证明你们是有真本事的,有本事的人都值得培养,你们还这么年轻,我们都相信你们还有足够多的潜力可挖掘,之后会有人找你们谈签约的事。"

看着众人不可置信的神情,余秋生笑着接话:"我拼着被陈军左治怼也要接下这档节目可不全是因为青柠台钱给得多,还因为他们有一条很打动我,隶属于青柠台的橙红娱乐会把二十四强都签下来,之后会请适合你们的老师来教导,我就是其中之一。所以这并不是一锤头买卖,还有后续的。"

这是一家电视台对原创能释放的最大善意,隐隐觉得自己会被淘汰的选手有了种绝境逢生的感觉,心理素质不够硬的已经捂着嘴转身哭去了。

"在这个圈子里摸爬滚打这么多年也算看明白了,要想保住你们的原创激情,首先要解决你们的温饱问题,没有物质上的大压力你们才能扛得住诱惑,就算最后仍然要成为俗人,至少在那之前说不定能做出点好作品。"谭松笑得无奈,"音乐人的断层都快成为我们这些人的心病了。"

郑秋燕把几张纸甩得噼啪作响:"说这些做什么,懂的进了这个圈子自

147

然就懂了，不想懂的说多了也是白说，走吧，时间到了。"

看了几次表却被抢了话的刘灿顺势接话："四位老师请。"

候场时余秋生笑道："这都多少年了，这躁性子怎么不但没被磨去还见风涨了。"

"以前要看别人脸色，现在可用不上。"郑秋燕把助理叫过来拿着小镜子照了照，确定妆容没有问题后继续道，"你那录音棚向来要排队，我先和你预约一下，回头这边赛事结束了我要用几天。"

"给夏乐用？"

"对，一场比赛下来能有好几首歌，到时候再看看她的其他作品，趁热度出个EP。"

同行的三人都笑了："你这偏心得可够明目张胆的啊，就这么确定她的歌首首都值得录？"

"她是我的学生。"

录制继续，谢浩和刘沁一番套话后将四位导师请上台，三言两语将话题带到正事上。为了强调这档原创节目和其他竞技节目的不同，谢浩将橙红娱乐会重金培养二十四位选手的事特别感性地说出来，气氛顿时转了温暖向，有了这个氛围打底，宣布名额时都没了其他节目那种撕裂感，被淘汰的人难掩失望，但因为知道了自己将来可期，也就没人失态。

郑秋燕是最后一个宣布的："我这一组淘汰的人是陈云，金永。"

陈云还没怎么样呢，一旁的龙菲菲流着眼泪拥抱她，用附近的人都能听到的声音道："我觉得你表现得特别好，真的。"

"哦？哦，哦，谢谢。"还没来得及学会伪装的陈云慢一拍反应过来，连着眨了几次眼睛回抱住龙菲菲。

"虽然这一程结束了，但我相信他们绝不会止步于此，他们一定会在充实自己后再次扬帆起航。"谢浩上前一步非常自然地站在了摄像机前，一番感性的话将众人的注意力拉到自己身上，"在这里也祝贺晋级的十六位选手，原创不易，你们用实力证明了自己，让我们将最热烈的掌声送给他们，也期望他们下一次的表现会更好。"

掌声如雷。

结束录制后导师分别把自己的队员各自领走，因为之前已经明确地站了队，吴之如非常不遮掩地跑过来小声提醒一会庆祝的事，夏乐一声知道了还在嘴里没来得及说出来，她就又跑回队伍里去了。

郑秋燕把自己这组的四人带到后台的一个角落，先从助理手里接过几片药吃了才道："下一轮的主题是改编，我建议你们改编的是自己真正喜欢的且有把握的作品，不用个个拿我的作品动刀，如果选我的作品我只会要求更高，更不容易得高分。"

这个预防针打得猝不及防，一般节目出现这种环节不都是改编导师的作品才更显得亲近，更容易得高分吗？

"明天上午休息，下午两点我们七楼见，希望到时候你们已经决定好了要改编哪首歌，并且有了改编方向。"

所以其实并没有什么时间给他们去休息，现在四个队员都有点习惯郑秋燕这风风火火的行事作风了，当然，也是因为除了应下来他们并没有别的选择。

"行了，散了吧。"累得够呛的郑秋燕并不想多废话，由助理扶着就离开了。

龙菲菲看向夏乐，好像之前什么矛盾都没有一样笑问："回宿舍吗，还是一起去吃点东西庆祝一下？"

"不了，有事。"夏乐和三人点点头，看着手机上显示的来电，人边走边接通电话，"来了。"

龙菲菲咬了咬唇，转头去问另外两人："你们呢？也有事吗？"

左友成看她这委屈的样子连忙道："我们没事，去哪庆祝？"

龙菲菲这才笑了，"电视台旁边有几家店，我去买点吃的回去，你们先回宿舍等我？"

"哪里能让你一个人去，我们陪你。"说话的仍然是左友成，被代表了的邱治耸耸肩也没反对，他又不瞎，左友成这公孔雀开屏都快开成圆形了。

出去的夏乐一抬眼就看到了等在那里的郑子靖，她加快脚步走过去。

"累不累？还有没有精力谈点事？"郑子靖上前几步迎向她，他个子高，站在夏乐面前也不吃亏。

夏乐点点头，对她来说今天这一天虽然时间过得慢了点，但是累的感觉是完全没有的，她都觉得没费什么力气。

郑子靖把人带去了一间办公室，夏乐也不多问，乖乖在对方拉开的椅子上坐下等他开口。

"电视台要谈签约的事了。"

"这方面我不懂，我不是签给你了吗？"

还真是实诚，郑子靖歪头笑了笑，去到饮水机前找纸杯倒水："签约也分几种方式，可以是全约，也可以分开签，歌手就有经纪约，唱片约，你做

149

原创音乐的还有个词作约,以后如果你拍戏就还有影视约。"

把水递给她,郑子靖拖了张椅子坐到她对面:"我要和你谈的就是这件事。"

"郑先生怎么想?"

"在商言商,我当然是希望签全约,你处理人际关系是弱项,这方面我有足够的能力全力为你护航,而你有才华,能为我带来收益,也算是互惠互利,不过这合作的事就和谈恋爱是一样的,强扭的瓜不甜,当然是双方都心甘情愿才最好。"

夏乐并没有多作考虑:"全约"。

郑子靖身体前倾:"这么相信我?"

"我不懂这些,你大可以不告诉我这些直接就签全约,可你没有,你知道我当过兵,出任务遇到一些特殊情况我会选择相信自己的直觉,现在也是。"

夏乐说得若无其事,就好像只是说了句今天天气很好一样,可郑子靖知道这样的信任有多不容易,对军人来说信任就是把后背交给你守护,把命交到你手里,可一旦你失去她的信任,你再靠近不了她。

一是一,二是二,没有中间数值,他小叔是,夏乐也是,大概真正的军人都是这样。

"我会对得起你的信任。"

"我知道。"

"……"这么相信他是好事,可这把天聊死的本事也是太强了点,郑子靖觉得真是又苦又甜,扛着这糖衣炮弹他把之前的话题捡了起来:"我注册了个经纪公司,合同律师在拟了,这个可以回头再说,现在我们要说的是和电视台这边要怎么办,如果你表现没这么好还好说,现在他们不会轻易放手。"

"我不是签给你了吗?他们也知道这事。"

"实际上之前电视台已经有人找我了,他们愿意花代价把你签过去。"看着她讶异的样子郑子靖笑,"青柠台对大局的把握是真的厉害,他们很清楚之后原创将是大方向,他们很看好你。"

"郑先生是担心后面的比赛对我不利吗?"

"暂时还说不好,评审现在对你观感很好,郑秋燕也明确表示了对你的维护,电视台也要考虑到这些。"

夏乐对这个圈子里的事是真的不懂,当下她也积极发扬不懂就问的精神:"我要怎么做?"

"你只要写好歌唱好歌就好,其他的事我会处理,告诉你这些是因为这些事你是当事人,是所有这些事的核心,不用你拿什么主意,也不用你费心,但是得让你知道这些,这是经纪人和艺人该有的坦诚。"

"好。"夏乐觉得自己也应该给出承诺,"以后我也不会隐瞒你事情。"

这算是彩蛋了,郑子靖笑,"我也保证,绝不会打着为你好的旗号越过你做决定"。

两人四目相对,一人笑得清浅,一人笑得眉眼上扬。

郑子靖说得云淡风轻,夏乐也就真的以为事情很简单,其实涉及利益的事情哪会那么容易,什么交情都是虚的。

她前脚离开,后脚蒋方就带着一个衣着时尚的女人进来了:"介绍一下,橙红娱乐的肖志红肖总,肖总,这位就是郑总家里最小的弟弟郑子靖。"

青柠台和初蒙企业合作不是一次两次了,再加上蒋方和郑子萱还有点私人方面的交情,面对郑子靖说话也相对要随意,肖志红人精一个自然看得出来,态度上也就放得更加客气了些,主动伸出手道:"郑少,久仰了。"

"久仰的大概也不是什么好名。"郑子靖礼貌地握了握她指尖,三人分三方而坐,一如他们现在的立场。

肖志红是个极有手腕又有眼色的人,尤其清楚面对什么人该说什么话,这会她便未语三分笑,打趣道:"不知道郑少和夏乐谈得怎么样?"

"肖总是想知道夏乐怎么想的吧。"郑子靖同样笑眯眯地接下她这声郑少,这是他平日里听得最多的称呼,事实上他就是当了二十多年的少爷,被人这么喊也心安理得得很。

"郑少爽快,那我就敞开来说了,郑少说要先问过夏乐的意见,不知道她是怎么说的?"

"她托我全权做主。"

肖志红身体坐正了些:"全权做主?她和郑少签的全约?"

"没错。"

"那就不好办了。"肖志红往后靠去,气势不落:"郑少也该知道我们先期投入不少,咱们也不是做慈善的,投入了自然是希望能有所收获,可眼看着最大的收获却被别人捷足先登了……说起来这可有点不地道。"

"据我所知现在留下的十六个选手里背后有公司的就有两三个,肖总不能因为夏乐表现最好就只惦记着她了,现在来参加选秀节目的选手幕后有团队有推手是再正常不过的事,我这也不算是坏了规矩。"

"郑少不算坏规矩,却是让我们这边难做,我们推出来的选手最后却没我们什么事……这有点说不过去。"

郑子靖稳稳地接住了所有话，也客气，也大气，却寸步不让："肖总这话说的，夏乐是从青柠台的原创大赛走出来的这一点没人能改变，万一她以后真有了点成就，追根溯源之下还能把青柠台择出去？橙红和青柠关系密切，将来自己人谈合作自然好谈。"

"当然还是签在自己手里最稳妥。"肖志红笑容敛了敛，她也有她的后台，并不怕一个不掌权的少爷："郑少是爽快人，我也说句明白话，毕竟夏乐还在起步阶段，过早地得罪了本来可以捧她的平台对她没有好处。"

郑子靖同样敛了笑："肖总这是威胁我？"

"郑少怎么理解都好，一个蛋糕要分着吃的道理这个圈子的人都懂，现在夏乐就是这个蛋糕，如果郑少要吃独食，这个市场怕是也容不下。"肖志红取出一张自己的名片放到桌子上，站起来道，"郑少好好考虑，有什么想法了随时打给我。"

蒋方全程没有插话，目送肖志红开门离开才很是为难地开口："橙红和台里的关系你也知道，肖志红有这个谁的面子都不给的底气，我作为电视台的人也不好站到你那边。郑少，夏乐的表现已经很多人看到了，只要不瞎就知道她绝对捧得起来，你如果只是想在这个圈子里随便玩一玩，那不如让大家一起来运作，对大家都好。"

"道理我都懂，可我不能同意。蒋哥，你和我姐是老同学，有些话我也愿意和你说，你们谁签夏乐都会对她有一定的约束，我不会。"郑子靖起身走到窗边敲了敲玻璃："你们所有对她的那些约束在我这里都不会有，我会给她绝对独立的创作空间，不勉强她去任何她不想去的场合，那些捞钱的通告不会安排给她，不会让她为了保持人气去跑综艺。"

郑子靖转过身来看着蒋方："橙红娱乐能做到吗？"

蒋方觉得自己的舌头好像被自己吞下去了半截，不然怎么会连话都不会说了呢？嘴巴张合几次，能发出声音后他就想问："你姐知道吗？"

郑子靖耸耸肩："你觉得我姐会不支持我？"

"不是，这么做你能得到什么？来娱乐圈玩新鲜你倒是去玩点和别人一样的，来做什么慈善。"

"我高兴啊，千金难买我高兴。"

"……"蒋方觉得自己真要成方的了。

"知道蒋哥你为难，放心，我不和我姐告状，电视台做了任何决定也不会怪到你身上。"

郑子靖又恢复了他笑眯眯的样子，到最后也没有说出另一个更重要的原因。夏乐是特殊兵种退役，虽然还不知道具体是哪个，但按部队的规定她最少两年不能出国。可一旦签给其他公司行程哪里能由她自己控制，能争取一回两回也争取不了一年两年，到时候一个不听话的由头安到她身上一样要吃亏，还不如一开始就吃了亏，后边再去慢慢理顺，这点自信他还是有的。

上了车，点开微信正要和夏乐说一下自己的去向就先有信息进来了，是二姐发过来的一张照片和一句话，照片是台上演唱时的夏乐，话问的是：是她吗？

先全方位地欣赏了一下夏乐他才回话：对，夏乐。

二姐：没看到本人，没有感觉到你说的那么像小叔，但是有军人的姿态，站在那里看着就和别人不一样。

郑子靖：是吧，我眼光好吧。

二姐：又不是找媳妇的眼光，嘚瑟什么。

郑子靖心咚咚咚地连着跳了几下：至少这证明了你弟弟有眼光。

二姐：这点还需要再确认，你那经纪公司弄好了？

郑子靖：差不多了，二姐，支援几个人给你的小四儿呗。

二姐：这时候就成我的小四儿了。

郑子靖：我什么时候都是二姐的小四儿。

二姐：看在你最近还算听话的分上允了，回头把需要的职位给我，我给你挑。

郑子靖：二姐最好，二姐最棒，二姐么么哒。

二姐：么么哒。

收到经纪人报告行程的微信时，夏乐正和吴之如一起在逛超市。

"这个味道的薯片我超喜欢吃的，不过太干了不能多吃，怕咳嗽，我们买包小的一起吃好不好？"

夏乐快速回了个好字过去，将吴之如看上的薯片接过来放进篮子里，她们这是逛的第二圈了，第一圈两人真就是逛，什么都没买，现在买的也不多，都是吴之如比较又比较之后决定买的，夏乐只意思意思地拿了两罐啤酒。

买单时是夏乐结的账，吴之如微信转了一半的钱给她她也收下了。

"我家穷得就剩人了。"吴之如酒量一般般，半罐啤酒下去就有些晕了，说话也肆意了许多，"夏乐你这人真的挺好的。"

153

夏日乐章

在部队训练得白酒都能喝下两斤的夏乐嗯了一声,把剥好的一包鹌鹑蛋放到吴之如面前。

吴之如捏起一个放进嘴里:"真的,其实你早就看出来我家条件不好了吧,可你从来不会高高在上地施舍我什么,就把我当成一个平常的室友对待,我特别喜欢你这个态度,谁愿意被人可怜啊,是吧。"

"嗯。"

吴之如把一颗蛋往夏乐嘴里塞,看她张口吃下就笑了,拿起啤酒和她碰了一下,仰头喝下一大口。

"学音乐真的太花钱了,这些年我都把我妈掏空了,也想过放弃的,可是又实在不甘心,都已经学了这么多年了,放弃了不是前功尽弃了吗?说不定我就出头了呢?不用像那些有名的创作人一样有名有利,只要能让我赚得比普通人多就好了,我就能把我妈接到身边来让她体体面面地过日子,要是能碰到个好男人再来段黄昏恋也挺好。"

吴之如笑着,声音却哽咽:"学这个真的太花钱了啊。"

"你妈妈很好。"

"当然,特别好,长这么大我就见她发过两次脾气,一次是那个男人打我,她拿着菜刀把人追了两条街,打她的时候她从来没反抗过。第二次就是我说我不学音乐了她把我赶出了门,她说她也没盼着我有多大成就,她那一辈的人根本不知道自己想要什么想做什么,现在我有个明确的方向多好,和这个比起来其他能解决的事都不算什么。"

吴之如捂住脸,"因为这个她吃了多少苦头啊,真是蠢得要命"。

夏乐搜索着自己的词库,干干地憋出来几个字:"会好的。"

吴之如噗嗤一声笑了,放下手,脸上的泪还没干又想笑,五官都有些扭曲了。一抹脸,她拿起啤酒和夏乐碰了碰:"已经进了十六强了,橙红也说了会签我们,最差劲也不会饿死了,以后我再努力一点,总会越来越好的。"

"嗯。"

有了这番交心的话两人之间的关系明显亲厚了许多,吴之如不再去串门,夏乐在飞飞上唱歌也没有避开,只是吴之如也不会去打扰她,一直到后来分开她都不知道夏乐的这个小秘密。

大概是导师也有通过气,去七楼的时间都差不多。吴之如挽着夏乐的手说说笑笑着一起过去,也没去理会之前关系还不错的选手看她的眼神带上了刺。她想明白了,与其交那些流于表面的朋友还不如好好和夏乐这样实诚的人做朋友,这样的朋友才是可以长久的。

"你会乐器吗?"电梯里,夏乐突然问。

"会吹笛子,乐器里就这个成本最便宜了。"说这话的时候吴之如没有半分局促,反倒带了点自我调侃的意味。

夏乐若有所思地点点头:"有什么事要找我。"

"放心吧,这点事我应付得了。"吴之如豪迈地一叉腰,头仰着,骄傲得不行。

夏乐笑了笑,不再多说。

姜小莉一直在等她,看吴之如走了才走过来,道:"夏乐,有人要见你,你跟我来。"

夏乐只一听就知道大概是为着什么事,想了想,她还是过去了。

姜小莉把她带去了一间办公室,郑秋燕也在。

"郑老师。"走近了夏乐不由得多看了一眼,比起她对面那个妆容精致的女人,郑老师气色看起来不太好。

郑秋燕点点头,给她介绍道:"橙红的肖总,问个好。"

"肖总好。"

肖志红好像并没有听出郑秋燕的冷淡和把她当外人的意味,笑道:"之前还在担心这档节目会扑,没想到挖掘了夏乐你这样的选手,我已经预感到青柠台又要捧出一位大明星了。"

郑秋燕不冷不热地接话:"肖总把夏乐捧得太高了,她还是新人,捧得太高了摔下来也疼。"

"郑老师这护得也太厉害了,不过作为老师,也是希望学生能有更好的发展吧。"肖志红笑容不变:"夏乐,叫你来是想和你谈谈签约的事,不知道你在这方面有什么要求?你只管放心,你提出来的我们都会认真对待,只要能满足的都会尽量满足,对有才华的人我们有无限大的包容心。"

"我已经签了公司。"抢在郑秋燕开口前夏乐立刻接话,这位肖总对郑老师的态度明显是带着警告的,虽然不知道在她进来之前发生了什么,可显然和她有关,既然如此,她当然不能把这矛盾拉到郑老师身上去,谁有点成就都不容易。

"据我所知还没有正式签约吧,我可以负责任地说,橙红能给你的一定会比毫无经验的小公司多,以橙红的平台和人脉关系,只要你有足够的才华一定能让你大火。"

"人不能言而无信。"

肖志红倾身上前，言语中带着诱惑："我不是让你违约，你现在还是自由人，这不算言而无信，而且，你不想有更高的成就吗？"

"河道一旦决了堤，冲破的那个口子只会越来越大，就算最后堵住了痕迹也会在，造成的后果也会在，最好的做法就是让河道没有决堤的机会。"

夏乐标枪一样地站着，语调平平，却让肖志红找不到可以反驳的话。

"谢谢肖总厚爱，这方面的事以后您直接找郑先生就可以了，他的决定就是我的决定。"夏乐上前去扶起郑秋燕："老师看起来精神不太好，我们先走了。"

郑秋燕没有拒绝，虽然有得罪橙红的担忧，可心里更多的是痛快。肖志红是在资本市场玩得太久，整个人都变得资本化，忘了这世界上不是所有人都愿意被资本控制，也有那么几个人会活成自己。

"你不签给他们，后面的比赛只怕会吃亏。"

"嗯。"

郑秋燕看她平平淡淡没事人一样摇头失笑，也不知道是该说她不知者无畏还是初生牛犊不怕虎，不过在这圈子里，正是这份无畏才更应该保护。

"别想太多，有好作品比什么都重要，大家都有眼睛有耳朵，分得出好劣，而且我们评审也不是摆设。"

"是。"进了她前几天用的那间会议室郑秋燕就不让她扶了，拖了张椅子出来坐下，夏乐倒了水过来。

郑秋燕看她一眼："找点茶叶，泡杯热的来。"

夏乐二话不说照做了重新捧过来，郑秋燕接过来喝了一口，抬头时就笑了："这就算是喝过拜师茶了。"

夏乐眨了眨眼，反应过来其中的意义后立刻唤了一声："老师。"

郑秋燕拍拍她的手臂，示意她坐："你这些天被针对我都知道，甚至可以说是我放任的，知道为什么吗？"

夏乐半懂不懂，也不知道该点头还是该摇头。

郑秋燕继续道："这个圈子的门槛太低了，谁都可以进来，可市场只有这么大，人多了就挤，那怎么办呢？就得把一些人挤出这个圈子才行，于是你踩我我踩你，恶性竞争成了风气，会算计的反倒比有本事的更占据上风，然后呢，心理失衡了，主动或被动的也成了那一类人。这是大环境，你既然要进这个圈子首先就得适应这些无处不在的竞争打压。"

想着夏乐刚才那番河道决堤论，郑秋燕神情柔软下来："可是我要告诉你，夏乐，我们的敌人从来不是别人，是自己，你要能抵御得了来自市场资本的诱惑，要忍得住寂寞，要耐得住性子去打磨自己，在面对一千万出场费的综艺节目，和连车马费都要自己出的音乐节之间要有选择后者的勇气……简而言之你要抵御得了内心的欲望，所以我不希望你签橙红，他们太功利了，不会给你那么多的成长空间，而这却是你最需要的，你不能过早地把自己的天赋消耗掉了，这几年不是没有出现过有天赋的歌手，可是坚持到今天的寥寥无几。"

长叹一口气，郑秋燕低头看着杯中自己的倒影："和你说这些并不是说我就做到了，并没有，不然也不会来参加这档节目了，陈军左治他们勉强算是做到了，我希望你能做他们那样的音乐人。"

"我会努力。"

"你这性格真是好，也不好，不过应该是所有老师都想要的学生。"郑秋燕想想又有点得意，他们现在争着抢着要签的可是她的学生，"那位郑先生怎么说？你和他真签的全约？"

"嗯。"夏乐看向自己的老师，帮着郑子靖说了句话："郑先生会是个好同伴。"

"你认识他很久了？"

"报名那天见过，后来也见过几面。"

"所以你们那天才认识，中间见过几面，你就把自己的全约签给了他？"郑秋燕不可置信地瞪大了眼，看到她点头更是头疼地抚额，这可真是，典型的被人卖了还在帮人数钱。

"他帮过我的大忙。"

"所以你把自己卖给了他？"

夏乐艰难地替自己说话："老师，我看人的眼光还可以。"

"行行行，回头我让朋友帮忙去打听打听他。"郑秋燕一想到那可能是哪家出来玩的少爷就觉得自己看好的学生前途堪忧，早知道他们不是老交情还不如签给橙红呢。

"对了，记得把今天的事和他说一下。"

"好。"

忍下心里的各种担忧，郑秋燕问："想好改编哪首歌了吗？"

"《在那边》。"

"秦海林的那首民谣?"看她点头,郑秋燕眉头就皱了起来,"他的歌不好改,而且他的歌受众不高,你确定要用这首?"

"我很喜欢。"

"那就这首,你先改,改好了让我看看。"

"是。"

看了下时间,郑秋燕起身:"走吧,都该到了。"

龙菲菲几人到了有一会了,看到两人一起进来眼神就先沉了沉,转而又没事人似的扬起笑打招呼:"郑老师好。"

郑秋燕点点头:"来很久了?歌都选好了吗?"

"选好了,我选的是……"

"不着急。"郑秋燕示意龙菲菲先停下:"我们先来说说下一轮的赛制。人越来越少后给你们在台上的时间就会越来越长,下一轮比赛你们有一整首歌的完整表演时间,也就是说你们有了更多时间来展示自己,相对的你们需要用心的地方就更多了,一首歌哪里有一点点问题都会被内行人听出来,所以希望大家不要抱有侥幸或者敷衍这样的心理。"

"是,郑老师。"

"加上今天我们有四天时间准备,如果你们有把握的先试着自行改编,找不到方向的可以来找我谈谈。"郑秋燕眼神似有似无地扫过龙菲菲:"你们都是我的学生,这事上我不可能只帮夏乐一个人不帮你们,我对夏乐的要求也是一样的,先自己改编,改完了之后拿给我看,有问题再谈,这里我也提醒你们一下。"

看着几张年轻的还不是太会隐藏情绪的脸庞,郑秋燕语气淡淡:"从今天开始电视台会开始跟拍你们,你们要时刻注意好自己的形象。节目也定档了,周日晚上八点半,下周开始播第一期,海选和一百进二十四包括复活赛明天开始网络上播出,从导师学生互选开始是在电视上。现在青柠台已经在宣传造势,你们也可以关注一下,看看自己在电视上的表现是怎样的,想想是不是有改进的空间,是不是能做得更好。总之,希望大家能走得更远。"

很快选手们就见识到了什么叫跟拍,长枪短炮往那里一架,隔着玻璃门都能感觉到跟拍的人挑剔的眼神,没有过这种经历的一群小萌新连手脚怎么放都不知道了。

夏乐也不例外,她倒不是紧张,而是不习惯,她有一百种办法把自己藏起来,现在就有点控制不住地想藏了,可她不能,职业不一样了。

看着《在那边》原来的曲谱，夏乐坐在钢琴前有些走神，她在想要怎么和这个职业特性和平相处。

　　"夏乐。"龙菲菲走到她身边，笑容有些僵硬："你改编……《在那边》？有点眼生，谁的？"

　　视线落在她放在钢琴上屈起又放平，放平再屈起的手指上，夏乐回了她话："秦海林。"

　　"我知道他，只是不知道他有这首歌。"夏乐的理会让她松了口气，她倾身看向曲谱低低哼唱了一段，知道乐器房是隔音的，不用担心说的话被外边的人听了去，于是她问："很好听啊，为什么传唱度那么低？"

　　这个夏乐也不知道，所以没法回答，她才听到这首歌的时候单曲循环了几天。

　　"我有时候会想，为什么有实力的人会混得没有投机取巧的人好。"反应过来说了不该说的话，不等夏乐回话龙菲菲顺了下头发转开话题："改编有方向了吗？"

　　"有一点，没想完整。"夏乐弹了个音，这么一会她已经没太把外边那些围观的人当一回事，她想明白了，如果避免不了那就接受，把他们纳入生活，当成平常人平常事。

　　"我还没想好，对了，我打算改编《温柔的毒药》，加点电音进去你觉得怎么样？"

　　《温柔的毒药》是一首很有名的情歌，夏乐点点头，提醒了一句："太过有名改起来难度反而更大，受众太广了。"

　　"所以你选秦海林的歌。"

　　夏乐听她这肯定的语气就没说会选这首歌是因为她非常喜欢这首歌的歌词，别人都认定的事她否认也没用。

　　龙菲菲一脸若有所思，受到了启发。

　　不知过了多久，吴之如找了过来，推开门从外探进来个脑袋："夏乐，吃饭去吗？"

　　夏乐看了下时间，收拾了稿纸卷了卷站起来，提着包走向她。

　　在镜头下吴之如有些不自在，挽着夏乐的手往她身后藏了半边脸："吃完饭还过来吗？"

　　"不了。"

　　"那我也不过来了。"按下电梯，吴之如回头看了下后边对着她们的摄像机,小声问,"我们宿舍不会也装了摄像头了吧。"

"应该不会。"

吴之如想了想点头:"对,应该不会,这又不是真人秀"。

进了电梯,随着电梯门关上,将那些长枪短炮都隔离了吴之如才显见地松了口气,靠着夏乐的手臂低声抱怨,"我连路都快要不会走了"。

"被淘汰就不用面对这些。"

吴之如愣住了,仿佛被人当头淋下一桶冰水,混沌了一下午的脑子总算能正常运转了。现在才是开始,她就开始慌了乱了以后要怎么面对更复杂的局面,就像夏乐说的,淘汰了就可以不用面对这些,她愿意被淘汰吗?

当然不愿意!

吴之如深吸一口气,随着电梯叮的一声响,再看到外边那些跟拍的人她仍然紧张,但是已经有了迎面对上的勇气,怕个什么,她可是要赚钱让妈妈过上好日子的女人!

走路被拍,吃饭被拍,回到宿舍也在赶来的姜小莉提醒下把门敞开了随便拍,不要说吴之如,就是夏乐都有点寒毛倒竖,得控制住自己才不会一脚过去把那些东西都踹飞了,这跟拍得实在是太紧了。

去吴之如的柜子找了她的睡衣,连衣服带人都推进洗手间去喘口气,夏乐沉默着抱起吉他在书桌前背对着跟拍的人坐下,拿出稿纸继续改编曲子,时不时弹几个音,虽然没什么效率,但是总算不用面对着了,神情也不再那么紧绷得厉害。

看了眼时间,微信就像定好的闹钟一样准时响起。

郑先生:吃过饭了吗?

夏乐:吃过了。

郑先生:在七楼还是回宿舍了?

夏乐:回宿舍了,有人跟拍。

郑先生:是了,以青柠台的行事风格应该是要准备起来了,没事,你没什么可被人挑刺的,做自己就好。

夏乐摸了摸手机边沿,敲下一个字:好。

郑先生:我去医院看了小宝,医生说恢复得很好,明天我过来,有什么需要我带的东西吗?

夏乐:没有。

想了想,夏乐又按下一行字:橙红的人找我了,我让她找你。

郑先生：肖志红？

夏乐：是姓肖。

这一次，对面的消息来得慢了些。

郑先生：橙红娱乐是由青柠台控股的公司，拒绝她后可能会遇到的难关你有考虑过吗？

夏乐：郑先生认可我的创作能力吗？

郑先生：当然，如果能给你时间好好打磨，你一定会成为近些年最优秀的音乐人。

夏乐：既然如此，再出发就是。

郑先生：好，如果真到了那个地步我陪你一起再战，放心，你的经纪人不会那么没用。还有，记得按时喝药。

郑子靖起身走到阳台上，和下边遛狗的三姐郑子莲挥了挥手，微风拂过，心里比这会的天气还要舒坦。

"一个人在那笑什么，赶紧下来，老头儿找你。"

"叫谁老头呢，没大没小。"中气十足的声音从底下传来，不一会一个头发半白身体板正的老人走出来，抬头看到郑子靖瞪了一眼："给我下来。"

郑子莲幸灾乐祸地哈哈大笑，老爷子转身面对她，一脸怒其不争："赶紧给我回家去，一个星期之内不许回来。"

"您一会让我回家一会回来的，我家到底在哪啊！"

"少在这给我扯。"老爷子看看左边又看看右边只觉得头疼，背着手走回去，真是，一个个都不省心。

郑子莲走近了抬头调侃："少爷，你做什么对不起那小妹子的事了，以前她还只给二姐告状，这会都打电话告到家里来了。"

"大概就是因为我什么都没做？"

郑子莲毫无同情心地乐了："同情你。"

郑子靖在小客厅里找到了低头喝茶当没看到他的老父亲，他先过去抱了抱笑眯眯的母亲，亲了亲她染了霜的鬓角张口就是好听话："看来看去还是我家的章惠女士最好看。"

穿一身旗袍的章惠女士偏头看向家里最小但也最懂事的孩子："比夏乐还好看？"

"那是当然，她还差您一点点。"

老父亲郑国兵同志轻哼一声："都被人告状到家里来了，有本事你怎么

161

不把人带回来。"

"我倒觉得小四儿做得很对,不喜欢就不招惹,你告状也好,纠缠也罢,不接受就是不接受,干干净净的让人无可指摘,他许家总不能说我们小四儿欺负了她。"

老妻温温软软的话让郑国兵都忘了去指责儿子了,先给自己辩解起来:"我也没说他做得不对,他不喜欢还能勉强他不成。"

章惠看他一眼,把看好戏的儿子拉到身边坐了,握着他的手道:"回头我给许家去个电话,那姑娘纠缠得有点过了,知道你是给你二姐夫面子,可也不能让自己受了委屈。"

"我哪里有受着委屈,家里就我最快活了。"郑子靖笑得见牙不见眼,划开手机打开专门为夏乐建的那个图册:"老郑,章惠女士,你们看。"

两人凑过来看着那些照片一张张翻过,在公交车那张时章惠叫了停,她直接从儿子手里接过手机定定地看着那张照片,末了还放大了看,老两口头挨着头,都没有说话。

郑子靖也不打扰,老话说长嫂如母,在郑家还真就是这样。奶奶去世得早,老爷子忙得脚不沾地,小叔几乎是跟着哥哥嫂嫂长大的,和长嫂向来亲厚,拿出照片他就料到了会是这个结果。

"她应该是个军人,为什么会去唱歌?"

"我们没有谈过这个问题,我猜她是需要钱,或者还有其他原因,前些天我把宋爷爷宋奶奶接出去了一趟您知道的吧。"

章惠抬头轻飘飘地看向他:"我某个不孝子做了回过家门不入的事。"

郑子靖摸了摸鼻子,果断接回之前的话:"接宋爷爷去是为了救治一个四个月的婴儿,据我了解到的他应该是夏乐战友的孩子,她的战友牺牲了。"

郑国兵也抬起头来,想说什么最后却只是轻轻拍了拍老妻的手,微不可见地叹了口气。

"我给您二位看夏乐的照片不是要让你们伤怀的,只是既然有人提到了她,与其让你们听那些风风雨雨的话不如让你们从我这里知道她。"

"我知道了。"章惠最后再看了一眼像极了阿俊的夏乐,把手机还了回去:"终于有了想做的事,妈妈替你高兴。"

"做出点样子来,没有不好的职业,只有做不好的人。"

"是。"郑子靖亲手端了茶送到父母手里,他了解父母一如父母了解他,他们会着急他什么都不做,却绝不会拦着他去做他想做的事。

郑国兵喝着茶，免不了又多说了几句："任何事情都要自己立得住，不要想着家里能帮衬多少，郑家可以允许你犯错，甚至可以帮你交学费，但是你要能从中学到东西，你哥哥姐姐都是这么成长起来的，我希望你也一样。"

"我知道。"郑子靖笑得和妈妈像极了，他一直就是四兄妹里长得最像妈妈的。

郑国兵想说什么，章惠看他一眼，他立刻端起茶杯，喝茶喝茶，今天这茶不错。

又陪着说了一会话，郑子靖才在老父亲的一再眼波攻势下站起来："我约了人送点东西过来，我去接一下。"

"赶紧走，你妈妈要去散步了。"说着话，郑国兵已经拿了老妻的披肩和帽子过来。

走到门口郑子靖回头，看着老郑熟练地给母亲戴上帽子，还细心地转了转矫正了下位置，露出帽子上那朵暗红色的花来。

什么叫白头偕老，大概就是他们家这一对这样的吧。

郑家有一个大草坪，当年选这个房子老郑看中的就是这一点，只要天气好老两口都会远远近近地走一走，说说话，或者什么都不用说，相携走着就心中安宁。

"你和老大他们几个交代一下，不要插手小四儿的事，现阶段不要给他任何帮助。"

握住挽在臂弯的手，老郑看着老妻笑："我还以为你要让他们好好帮衬那小子。"

"虽然小四儿越长大想法越是藏得深，可我知道当年朱令的事一直在他心里，所以我能够明白他为什么要帮那个夏乐，就让他们俩扶持着一起打拼吧，走得快了无论哪个没绷住我都心疼。"

朱令就是那个明明是功臣退役，最后却因为贩毒被判了死刑的人。他们都可惜，都后悔没能及时拉他一把："就我们家小四儿那性子，哪里会是许秋怡说的那样是夏乐存了想法攀上去的，在瞧着人后恐怕就是他巴着人家跑了，还把宋老都给请了去献殷勤。"

老郑停下脚步："我怎么听着这话有点不对啊。"

"老郑家的不都是这一招吗？看上了就跟着缠着，别人都看穿他的心思了，偏只有他自己还什么都不知道。"给了丈夫一个眼神，章惠往前走去。虽然没什么新鲜花样，看在他们看人的眼光都还不错的分上她也就不说什么了。

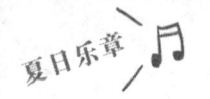

没有晨跑的条件，夏乐一早起来就无声地在宿舍有限的空间里运动。

吴之如抱着被子默默地在心里给俯卧撑的夏乐数着数，一开始她还跟得上，后来看她做了两百个还跟没事人一样她就放弃不再数了，等人站起来了就道："夏乐，你其实以前是干运动员那行的吧？"

夏乐呼吸比平时快了些，只是摇了摇头当回答她。

"那你这也太厉害了。"

"多练练都可以。"歇了歇，夏乐又开始做蛙跳，地方小她也不在意，一圈圈地跳，轻而易举的样子让吴之如拿被子捂住了脸，有对比才有伤害，她以前没觉得自己弱，现在真觉得自己是弱鸡了。

和运动量相等的是饭量，夏乐向来吃得多，一起吃早餐时吴之如又被打击到了，吃那么多还不长肉，果然是运动量大的女人，和她同样被打击到的还有摄像的工作人员，他们的反应也直接，立刻给那两大盘的东西来了个特写，然后又拍下了对面吴之如的，对比非常之明显。

上午郑秋燕没有过来，四人在同一间会议室里各自忙碌，直到门突然被推开，进来的是郑子靖。夏乐下意识地看了下时间，中午了。

把几个袋子放到桌子上，郑子靖笑道："给大家带了饭，先吃了再继续忙吧。"

三人对望一眼，龙非非顺了卜头发带着点羞怯道："怎么好意思……"

"都是郑老师的学生，不用客气。"郑子靖保持着不远不近的态度回了句就看向夏乐，"先吃饭？"

夏乐点点头，收拾好自己的东西往包里一塞就要去提袋子，郑子靖快她一步提在手里，然后分了一个给她："去给你室友，带了她的份。"

等她从那边会议室出来就有跟拍的人问她："夏乐，这是你男朋友吗？还来给你送饭，好甜蜜哟。"

夏乐莫名其妙地看她一眼："我的经纪人。"

"……"怎么可能！当她瞎吗？

"可以打个商量吗？"夏乐突然转过身来面对镜头，摄影师连忙推进镜头，这脸真上镜，素颜也很能打了。

"可以不拍我经纪人吗？他并不是明星，入镜多了会对他的生活带来困扰。"

"你要不要劝你的经纪人转行做明星，他的条件非常好。"

夏乐一脸"你认真的？"表情把工作人员都逗笑了："如果你的经纪人

也这么想的,后期可以打码。"

郑子靖带着笑意的声音从旁边传出:"能不拍我就不要拍了,我没有转行的打算,谢谢。夏夏,过来吃饭,冷了不好吃。"

夏夏……是什么称呼,夏乐脚步都顿了顿,坐下后想问又觉得自己大惊小怪了,索性埋头大吃,不去想那些。

郑子靖把汤推到她面前,没事人一样说起琐事:"下一个疗程的药我带过来了,记得坚持吃。"

"嗯。"

"公司的手续都走全了,合同我也让人起草好了,就在那个文件袋里,你不用急着签,回头去找个律师先看一下,没有异议我们再签。"

看了那袋子一眼,夏乐鼓着腮帮子快速吞下去:"有电子版的吗?发我一份。"

"也对,你现在不方便出去,我晚点微信传你一份,记得要找信得过的人。"

"我传给我妈。"

郑子靖也就不再多问:"改编怎么样了?"

"还差一点,到晚上差不多。"

"不着急,还有时间。"

外边,吴之如捧着饭盒来了,又捧着饭盒悄悄地走了,这种氛围,她好像有点多余。

郑秋燕一直到下午四点多才来,戴着墨镜,精神看起来不大好。

龙菲菲非常小意温柔地上前询问:"郑老师这是生病了吗?有没有去看医生?"

"小状态,没事。"郑秋燕看向她,"改编得怎么样了?有没有遇到什么难题?"

"有的,就是……您都生病了不如回去休息吧,我这都是小事。"

"这关系到你们是不是能晋级怎么能是小事,拿过来吧。"

龙菲菲这才将手里的稿纸递过去,指着其中一段道:"这里我试过几种方法了,怎么都过不去。"

"《藤蔓的爱情》,怎么会想到改编这首?"

龙菲菲似是不好意思似的:"我就是挺喜欢的,虽然它传唱度没那么高,但我觉得它就是蒙了灰的珍珠,只要擦拭干净了肯定会绽放出它的光彩。"

夏乐抬头看她一眼,没有说话。

165

夏日乐章

郑秋燕一一提点过几人,也都给出了自己的意见,最后才到夏乐。

"这改动得可有点大。"看过她的改编后郑秋燕眉头扬了扬:"你的嗓子唱摇滚……有没有试过?"

"没问题。"

郑秋燕看向她,这么自信?

夏乐肯定地点头,部队里也不全是训练,碰到一些特定的节日也会有活动,作为喊过号子压轴镇过场子的嗓子,唱个摇滚她自认还是有把握的。

郑秋燕若有所思地点头:"行,那就来一首摇滚版的《在那边》,咱们干脆玩大一点,吓到他们就算赢了。"

看着自顾哼唱的老师,夏乐唇角微微上扬,她的运气真的很好,以为必死最后却万幸地活了下来,换条路走又遇上了一档还不错的节目,无意中认识一人帮了小宝莫名又成了她的经纪人,然后节目里的导师也是真心待自己……就好像本来走得坑坑洼洼的路突然被细心地填平了,一步步走下去皆是坦途。

"这里不行,太平了,前面攒的劲在这里就给泄了,原曲这里平你不一定就要跟着平,不然怎么叫改编。"郑秋燕没有像对待其他几个那样动手帮他们改,而是指出问题让夏乐自行解决,越是看好她就越是想多磨一磨夏乐,恨不得倾囊相授却又担心拔苗助长。

夏乐探头看了看,点头应下。

"还有这里……"

龙菲菲回头看着头几乎都要挨到一起的两人撇了撇嘴,轻轻在桌子上点了点,见左友成和邱治看过来就朝那边抬了抬下巴。邱治耸耸肩,低头继续磨自己的曲子,左友成则同仇敌忾般朝着龙菲菲做了个加油的手势。

龙菲菲对他笑笑,低下头去状似忙碌,心里却有些不耐,加油有个屁用,郑秋燕对夏乐明显与众不同,他们再努力也比不上,她要想走得更远,夏乐必须淘汰。

那边郑秋燕也没发现这边的互动,见他们都离得挺远也没注意这边就低声问:"和你的经纪人说了吗?"

夏乐点头:"我有从头开始的勇气,他也有。"

这是将最坏的结局都想过了啊!郑秋燕对那个长得完全可以和娱乐圈许多小生抢饭碗的经纪人多了点好感,她最担心的就是夏乐的经纪人得失心过重,眼界浅,不能给夏乐成长的空间,眼下看来倒是让她有点另眼相待了。

"好好准备比赛，其他的不要多想，我也会尽力周旋的。"

"谢谢老师。"

晚上回了宿舍，跟拍的人也都撤了后夏乐把郑先生传过来的电子版合同发给了妈妈，然后打了视频电话过去，那边先露出大脸的是夏莹莹。

"姐，姐，你还好吗？"

元气十足的声音让夏乐唇角也微微上扬："挺好的，你今天没课？"

"嘿嘿，学校那边我都安排好了，明天我就过来找你，本来还打算给你个惊喜呢！"

"没课？"

"明天只有一节不重要的课，后天就周末了，哎呀姐你就放心吧，我绝对不会挂科，我还打算尽快修够学分呢！"夏莹莹不想和堂姐说这种堂姐绝对会有意见的事，把手机往婶婶手里一塞就说去忙了。

邱凝失笑，边说话边往书房走："莹莹也是成年人了，有自己的判断和主意，你别太管着她，平时不都不爱发视频吗？今天怎么这么乖？"

夏乐确实不喜欢，一开视频她就觉得不自在："郑先生把合同给我了，我问他要了电子版发给您，您帮我找律师看看。"

母女俩天天都有联系，邱凝自然也是知道郑先生其人的，甚至还在医院里见过一面，也因为知道他帮过小宝，所以对他印象不错："明天我去找律师朋友，晚点给你回消息。"

"好。"

关上门，邱凝敛了笑："下午我接到一通电话，对方说是橙红娱乐的人，想和我谈谈你签约的事，我先给模糊过去了，小乐，是不是有麻烦了？"

夏乐只一想就知道对方怎么会知道妈妈的电话，在填资料的时候应急栏里她填的妈妈的联系方式，可是："妈，他们这样不对。"

"牵扯上利益就没有什么对不对了，你先告诉妈妈发生了什么事。"

"橙红想签我，我说了已经签给郑先生了。"

邱凝托腮看向视频里的女儿若有所思地问："最近是不是进步很大？"

夏乐有点愕然，又有点被至亲知道了得意事的小骄傲，头轻轻点了点："大家都这么说。"

"那就怪不得了。"邱凝点点头，"行，妈妈知道了，如果他们再打电话过来我会应对。小乐你做得对，先应了别人就不要三心二意，橙红是财大气粗没错，可也未必适合你，至于郑先生这边如何我还要看过合同才知道，

167

如果他开的条件太苛刻我们再做其他选择也不亏心。"

"合约我看过了,义务很少。"

"这方面妈妈要比你懂得多,好了,早点休息,别给自己太大压力。"

"我知道,妈晚安。"

"晚安。"

一直忍着没有说话的吴之如这时才道:"夏乐,你真的不签橙红吗?"

"嗯。"翻着刚才进来的几条微信,都是郑先生发过来的,她回了一条过去,抬头认真回吴之如的话:"我有经纪人了。"

"那位郑先生会比橙红更好吗?"吴之如有点担忧,"夏乐你好好想一想哦,不说橙红有多财大气粗,他们和青柠台就是一体的,你不签他们的话我担心会对你有不好的影响。"

"我有心理准备。"顿了顿,夏乐又嘱咐了一句,"如果真发生了什么你不要说话,任何后果我都承担得起。"

"可是夏乐你不可惜吗?"

"条条大道通罗马,同理,我要做音乐也不止有青柠台这一条路,放心。"

夏乐不动声色惯了,第二天邱凝送莹莹过来时见到她也没看出什么来,她也就不问,把两个大袋子递过去道:"给你买了几身衣服,你别总穿那两身,另一个袋子里是我做的一些菜,有微波炉吗?"

"有的。"抱住扑过来的莹莹,夏乐将她的包拿过来自己背着。

邱凝看着两人笑:"做了不少,就算带上莹莹再加上一两个朋友也能吃上几顿。"

"嗯。"夏乐回头看了一眼,虽然她打了招呼,可那些人也只是离远了些,并没有放弃跟拍,她不能阻止,只好尽可能地挡在妈妈面前,东西一收就把人往车里塞:"有好几组跟拍的人,妈你回去吧。"

邱凝对这个圈子有一定的了解,顺着力道坐回驾驶座,放下车窗道:"我一会就去朋友的律师行,昨晚我大概看了下,现在我倒不担心你吃亏了,我担心那位郑先生是不是被律师坑了。"

"……"

夏莹莹在一边捂着嘴笑,昨天婶婶就这么说过,今天又这么说,恐怕心里真有这个担心。

"还说义务很少,什么叫少,你那根本都算不上义务,还有抽佣,我就没听说过有只抽一成的,在新人期五五开都是正常,更多的也听说过,这个合约不像是经纪公司开出来的,倒像是我给你写了这么份东西来漫天要价,让经纪公司来坐地还钱。"

"……"夏乐觉得她已经不会说话了,夏莹莹笑得干脆蹲下身去。

邱凝看女儿这呆笨的样子也觉得好笑,就这样哪里还能看出视频里那样利落的样子来,叹了口气正要说话,就听到有人喊"夏夏"。夏乐看向隔着几个车朝她挥手的郑子靖。

"是你的朋友吗?"邱凝坐在车里看不到人,于是问。

"是郑先生,他在停车。"

一听说是女儿的经纪人,邱凝就要下车来,看女儿不让,从窗户伸出手轻拍了她手臂一下:"这是礼貌。"

夏乐只好让开,但还是尽量让妈妈避着镜头。

这时夏莹莹撞了堂姐一下,挤眉弄眼地打趣:"姐,你之前不是说这种人不要招惹吗?怎么你自己招惹上啦?"

"你就当是世事无常吧。"

夏莹莹眼珠子都瞪圆了,妈呀,堂姐这是说了个笑话吧,哈哈,哈哈哈,哈哈哈哈!

郑子靖本来只看到了夏莹莹,走近了才看到了夏乐的妈妈也在,连忙快走几步过来弯腰问好:"才看到您也在。"

"送这个小淘气包过来。"邱凝不着痕迹地打量这个喊女儿夏夏的男人,小乐已经到了谈对象的年纪了,对于出现在她身边的男人,母亲的本能就让她多想了想。

"这些天郑先生帮了小乐不少的忙,真是麻烦了。"

"还真没能帮上什么忙,她会的那些我都不会,外边的事恐怕还因为我害她多了些麻烦。"

郑子靖说得坦坦荡荡,半点都没有要隐瞒的意思,邱凝看着反倒更多了几分好感。有些事真是年纪到了才懂,年轻的时候听着甜言蜜语就能饱腹,至于品性怎么样能力如何那都不是脑子里会想的东西。父母则不同,他们会更关注这个男人是不是有赚钱养家的能力,是不是足够脚踏实地,是不是值得托付。也是为人母之后她才能理解当年父母为什么会反对她嫁给一个当兵的,贫穷富贵都放一边,她的父母不想她去承受当一个军嫂的苦。

苦吗?苦的。邱凝看着自己看起来保养得宜的手,只有她自己知道她的掌心并不柔软,丈夫常年缺席的苦她已经承受了几十年,而这些是父母当年就看到了的。正如她现在也看到这个男人虽然看起来像个浪荡子,可眼神清正自信,这是受过良好教育并且心中有底气的人才能拥有的,这位郑先生出身应该不会太差。

此时的邱凝就像一分为二了,一个进退得宜的和女儿的经纪人客套,一个七想八想的看着另一个自己客套,直到再一次被女儿送进了车内。

"小心开车。"

和郑先生说了再见,邱凝踩下油门边想:等去了律师行就回家一趟吧,她有些日子没回了。

目送车子走远,郑子靖呼出一口气,转向好奇地打量他的夏莹莹就自如多了,他伸出手去:"认识一下,我是郑子靖,以后会是你姐姐的经纪人。"

"夏莹莹,以后会是我姐的助理。"夏莹莹笑得狡黠,"以后就是同事啦。"

对这种真可爱而不是装可爱的小姑娘郑子靖还是很有好感的,更何况她还是夏夏的妹妹,态度就更亲近了几分:"当然,以后我会监督你姐姐给助理发工资的。"

"助理的工资会按着月份涨吗?"

"如果你做得好的话。"

"这个你绝对放心,我的人我的心都是我姐的,我全心全意为我姐。"

"那必须按着月份涨工资。"

两人达成革命友情,惺惺相惜地握住对方的手犹如找到了组织。夏乐摸了摸手臂上的鸡皮疙瘩,提起大包小包越过两人往电视台走去。

夏莹莹玩高兴了,哈哈大笑着跟了上去,郑子靖看着她小孩一样围着夏乐转了一圈,倒退着和夏夏说着话,他就也忍不住笑了,经纪人和助理以后打交道的时间不会少,互相不讨厌总是好事。

大步追上去,长手一伸拿走夏夏背着的包,又极为顺手地提走了她一只手上的一个袋子:"在镜头前要时刻注意形象。"

"如果连提点东西都影响形象,这形象我就不要了。"夏乐想起什么,一抬手把堂妹卫衣上的帽子给她戴上,虽然热,夏莹莹也乖乖的没有反对。

郑子靖也觉得夏夏这样就挺好,没什么异议,这会看她护着夏莹莹的样子就笑:"她经常要跟着你,入镜是难免的。"

"对啊,姐,我不怕,拍就拍呗。"

"你还要上学。"

"……"她家姐姐在这事上就是个老古板,非常地在意她是不是有好好读书，不过没关系，她总不可能时时挡住镜头，嘿嘿，让大家知道她是夏乐的助理是很有必要的。

下午夏乐就接到了妈妈的电话。

"合同研究过了，你李阿姨让我问问这人是不是对你有什么想法，不然怎么合同全是偏着你来的。"

"……妈，是经纪人。"

"好吧好吧，经纪人。"邱凝笑，"合同没有问题，至少对你来说是很有利的，如果对方没有意见就签吧。"

说着好的人当下就从包里拿出合同大笔一挥签上了名字，半点不含糊。

Chapter 7
蜗牛

有了经纪人和助理的夏乐身边明显热闹了,她不需要再去食堂吃饭,每次万能的经纪人总会送来不同味道的饭菜,连着她组里的几人和吴之如都跟着沾光,郑秋燕在吃过一次后很干脆地给自己报了餐。

夏乐的排练又排在了最后,郑秋燕还特别不讲道理地不许三个评审围观,当然,徐成是在的。看着台上的夏乐不断调整状态,徐成长长叹了口气。

郑秋燕看他一眼却也没有说什么,为什么叹气他们心知肚明,有时候毁了一个歌手并不需要多复杂的原因,不和资本家站在同一阵线就够了。而现在夏乐就身陷这个问题当中,她的不妥协在这件事上是原罪,作为知情人免不了会替她可惜。

可夏乐真的会垮吗?郑秋燕双手抱臂,看着面容始终平静歌曲却爆炸的夏乐,未必。那位郑先生的背景她并没有多难就打听到了,郑家的老幺,就算是来这娱乐圈玩一遭也不会被打了不还手的,橙红本身背景再强硬,肖志红再不好惹,在这件事上也不会像对付其他人那么容易,所以才会有现在的僵持。而这僵持维持到了录制这日。

夏乐今天头发全部梳到脑后,妆容浓而不艳得恰到好处,穿的是一身皮衣,没有挂什么骷髅头那些奇怪的东西,甚至连条装饰的链子都没有,但是依然很酷。

任何比赛都是越到后边越激烈,因为留下来的相对来说都有了一定的实力。在网络上连续播出两天后,这一场十六进十二的现场热闹了不少,他们虽然是早就定下的观众,暂时还称不上是谁的粉丝,可对台上的选手已经有了点印象，坐在附近的人也有了可聊的话题。

而对选手来说，晋级是他们此时所有的念头。曾经拥挤的后台如今宽裕不少，十六位选手三三两两地和关系亲厚的站在一起，眼神不经意间从其他人身上滑过，暗忖谁有可能留下，谁有可能离开。

夏乐也不是一个人，左边挽了个吴之如，右边靠了个龙菲菲，俨然一副左拥右抱的架势，再加上她今天装扮有型，只看背影还以为是哪个男选手了。

谢浩特意绕到她面前，背着手一脸控诉："也就是你，换成其他人这么潇洒你看看是不是会挨揍。"

三人都叫了声谢老师，龙菲菲笑得甜甜的："那不行，谁揍夏乐我肯定要帮忙的。"

"这么乖。"谢浩笑眯眯地看向夏乐，"今天这范儿起得可有点不一样，等着看你的精彩表现。"

夏乐道了谢，谢浩并没有多说什么，转而又和其他人一一说了几句，并不表现出对谁的不同，非常面面俱到。

吴之如不停地跺脚来缓解紧张，今天她将第一个上场："夏乐你说我运气是不是有点背啊，怎么又是我第一个，要说不怯场那怎么也得是你先上吧。"

这也是要关系好的人才能说这种话，龙菲菲多看了吴之如一眼，等着看夏乐怎么回。

"那时候你能晋级，这次也能，就算是为了不给后边的人造成压力也不会用高标准来要求你。"

龙菲菲凑过来："那岂不是说第一个上场的反而有优势？"

"那我和你换呗。"吴之如气乐了，照龙菲菲这话里的意思她第一个上场还占着便宜了？

龙菲菲笑着往夏乐身后躲去："我这不是顺着夏乐的话嘛。"

前边主持人已经上台，姜小莉快步过来："之如，来做准备了。"

"好。"吴之如用力抱了夏乐一下，深吸一口气像是吸取到了足够的勇气似的大步往候场区走去，那样子就像是去慷慨赴义一样，把姜小莉都逗笑了。

吴之如是那种扛得起压力的人，台上比台下表现好，正式演出比排练时好，一首电子舞曲把整个场子都热起来了，观众反应很好，夏乐有点明白为什么安排她第一个上场了。

仍然是两组PK的形式，分为晋级和待定，淘汰的人将从待定的选手中决出，晋级的直接进入下一轮。

173

第一组,吴之如晋级,另一人上待定席。

夏乐并不意外,节目需要一个好的开始,选手也需要激励,可这种激励持续不了几个小时,越到后边压力越大,不止观众会疲,选手紧绷的时间久了会很影响状态,所以节目组也会适当地把台风好一点的往后放,可就算这样仍然避免不了有破音的有唱错的有忘词的这样那样的情况发生。

夏乐是最后一个。

候场区内,郑子靖避开镜头把插着吸管的杯子递给她:"润下嗓子。"

夏乐吸了一口,湿润了整个口腔后才吞咽下去,原地走了几步,她朝郑子靖点点头,背上吉他在掌声中上台。

她的造型没有任何出格的地方,但也真的是极打眼的,不论是梳到脑后的油头还是衬得她腿长一米八的皮裤,又或者是她抓着电吉他的那股子举重若轻,从她上台开始观众的视线就没有从她的身上移开。

谢浩又开始抛梗了:"这位帅得我都不想站她旁边的选手呢,我只知道她改编的是《在那边》,是不是对这歌有点陌生?反正我是在听说了后去查才知道自己错过了这么一首好歌,至于改编成了什么样子……谭老师,你知道吗?"

谭松双手一摊:"不要说我,我们三个都没听过,排练的时候郑老师都不许我们靠近。"

"那我就更期待了。"谢浩踮起脚尖,"接下来有请夏乐带来她的表演。"

灯光亮起,乐队已悄悄就位,夏乐朝鼓手点点头。

鼓手打着节奏,音乐响起,夏乐站到立麦前以一段哼唱开始她的演唱,并不激烈的节奏很好地衬托出她哼唱的特色,作为一个凭着哼唱得到海选晋级名额的选手,她的哼唱自然很抓人耳朵。

从夏乐的穿着,从她的装扮,从她身后的乐队,不用多想这首歌的改编是朝着摇滚方向走的,可没人想到后边会这么炸裂,没人想到夏乐的嗓子可以唱摇滚,不是抒情摇滚那一类的轻摇滚,而是重金属摇滚乐。她的指导老师还非常聪明地引导她做的流行摇滚乐,在竞技场,当然还是流行音乐才更能让人引起共鸣,离着观众远了得到赞誉曲高和寡就失了分。

随着最后一个音落下,早就已经随着音乐站起来扭动的观众大声欢呼,他们喊着夏乐,甚至无意义地尖叫着,他们躁动着,满身荷尔蒙不知道该怎么安放。

谢浩上台来站到夏乐身边:"我说什么都多余了,让我们听听评委老师有什么想说的。"

三位男评审不约而同地朝着郑老师做了个请的手势。

郑秋燕朝着夏乐竖起大拇指："歌很棒，态度也很棒。"

谢浩瞪大眼："就这样？这可是您的学生，就不多夸几句？"

"如果不是她够好，我会收下她这个学生吗？"

"好……好有道理。"谢浩一抹额头，一脸受到惊吓的样子。

郑秋燕笑了笑："夏乐天生属于祖师爷赏饭吃，她的声音可塑性非常强，并不局限于抒情还是摇滚，而且她还一点就通，领悟能力非常强，如果她能一直走好自己的路，不被市场同化，未来可期。"

还有一句话郑秋燕没有说，夏乐不是一个会向市场低头的歌手，她只会做自己认可的音乐，不是流行什么就去追那个流行，这样的歌手前期恐怕会要吃点苦，但真要是熬过去了成就不会低，当然，如果她在半途朝市场低了头那就另说了。

"这可就不是一般的夸奖了，夏乐，开心吗？"

夏乐点点头，看着郑秋燕的眼神亮亮的，不用任何言语，谢浩就看明白了学生被老师表扬的那种欢喜。

谢浩看着她笑了笑，转而看向其他三位老师："你们三位要不要也帮着郑老师夸一夸？"

余秋生朝左右两边伸出手去和谭松、胡宗明两人击掌："我们只有一句话，两个字：晋级！"

观众也跟着起哄："晋级，晋级……"

郑秋燕满脸笑意地凑近话筒："夏乐，晋级。"

欢呼声中夏乐拿起话筒："谢谢四位老师。"

"好，接下来请将所有的选手请上台来，我们进入最后的淘汰环节，相信要淘汰谁各位导师心里都有了数，在名单揭晓之前有几句我要说一下。"

谢浩让开地方给十六位选手，自己站到了边上："原创不易，这句话我们经常挂在嘴边，不说剧本小说电视漫画那些，就说一个小小的段子都是花了许多精力才想出来博君一笑的，我们哈哈一笑过了，却很少有人想过写出这个的人抽了几包烟，就着辣条喝了几瓶酒才让我们乐了那么一乐。写歌更难，它需要好听的旋律，需要有含义有深度的好词，要避开那些所有可能会引来抄袭嫌疑引来攻击的地方，是真的不容易。所以也请大家对我们的选手们多一点爱护，让我们成为他们的助力，让他们在原创这条路上坚持得久一点，再久一点,我真心地希望以后的华语乐坛有他们浓墨重彩的一笔。"

这番话很走心,有的选手激动,有的选手抹眼泪,有的选手红了眼眶,夏乐的认真听讲反倒显得……太不正常了,让人侧目。

"好,废话不多说,我们有请四位老师揭晓最后的答案。"

这次没有女士优先,余秋生率先公布,之后是另外两组,夏乐知道名字的几个都进入了下一轮,而夏乐这一组淘汰的是邱治,今天这一组四人确实是他表现最弱,他并不意外地接受了这个结果。

就在大家都以为这次录制到这里就结束了时,留下的十二位选手被请到了台下,谢浩笑眯眯地边往台中间走,边扬起他标志性的笑脸道:"先别急着走,大家都辛苦了,所以呢节目组排了一出节目犒劳大家,台下的十二位同学要仔细看哟,来,掌声欢迎。"

大家习惯性地鼓掌,并且非常有经验看向候场区的方向,大厅的灯光暗下来,光束打在舞台上。

吴之如挽着夏乐的手低声问:"这是唱的哪一出啊。"

"主持人特意提醒我们,应该是和我们有关,看仔细一点。"

吴之如连连点头,只恨不得去哪里找个望远镜出来一个表情都不要放过。龙菲菲竖起耳朵听了两人的对话,悄悄地也更加上心了。

这是一出默剧,没有音乐,没有对话,演员用肢体表情来完成一场表演,出场的一共是三个人,两位做古人装扮的侠士和一位侠女,要说是两男爱一女的戏码却又兄弟情十足,两位侠士的对手戏反倒比侠女要多……

五分钟的表演很快结束,大厅重新亮了起来,演员随着掌声谢幕,从头至尾没有一句话。

谢浩介绍了一下几人的背景,之后很快将话导回正题:"我要告诉十二位选手的是,下一轮比赛将是一场命题作文,需要你们在五天时间内根据刚才的表演创作出一首歌来,我是觉得难度非常之高,毕竟时间很紧张,但是能走到这一步足以证明你们都是非常优秀的创作人才,我相信你们一定可以做到,加油。"

选手对自己远没有谢浩这么有信心,就算被摄像机对着那笑容也是僵硬的泛着苦的,五天,他们只有五天时间!向来自信的许秋怡都在心里打起了鼓。

跟着主持人的话最后谢了幕,被刺激得都有些恍惚的选手们跟着工作人员离开现场,突然一声非常大声的"夏乐"从看台上传来。

夏乐本就走在最后,闻声站定回头。

姜小莉不知道什么时候来到了她身边，低声提醒道："向那边挥挥手。"

夏乐真就是挥挥手，两下，看那边没有要说什么的意思又转回身去快步跟上前边的队伍，听到看台那边隐隐传来笑声她有点莫名地回头看了一眼，是在笑她吗？

见着经纪人她就问出了自己的疑惑："我是不是哪里做得不对？"

郑子靖讶然："怎么这么说？"

"她们在笑，之前也笑了一次。"夏乐把掉下来的头发往后推，"现在的流行我是有点跟不上，如果我有什么做得不对的你提醒我，我改。"

郑子靖几乎立刻就想象出和社会脱节的夏乐经历了些什么，因为有过这种经历所以她现在才会这么想，这个自信得都有些过于淡定的人大概只在这方面没那么有底气。

"你没有做得不好的地方，实际上你做得非常好。"郑子靖一双笑眼都弯了起来，"她们笑，是因为你有点呆，有点萌，但是你人又酷酷的，这种反差让她们很喜欢，就因为太喜欢了所以才会想看到你更多的反应，了解了吗？"

夏乐大概懂了："那下次你提醒我"。

"不用改，夏夏，这不是缺点，这是你的优点你的特色，呆也好萌也好酷也好，都是你，你只要做自己就好，这样的你如果她们喜欢那就跟着来，如果不喜欢那也互不打扰。"

"我听你的。"能不改变自己当然最好，夏乐悄悄松了口气，接连被夸也有点不好意思，绷着脸道，"那我先去七楼了，郑老师说要开会。"

"去吧。"

郑子靖也有事情要忙，看到夏夏今天的表现后橙红娱乐坐不住了，录制还没有结束就约了他商谈，和他谈的不再是强势的肖志红，换成了橙红的音乐总监张涛，一个留着小辫子穿着打扮非常佛系的中年男人。

"夏乐真是让我惊艳。"张涛把玩着串珠，态度就像对自己人一样地自在，"她海选到现在的带子我都让人找来看了，进步之大让人吃惊，堪称老天爷追着喂饭吃了，假以时日一定会大放异彩。"

郑子靖点点头，笑得矜持。

见他这样张涛就知道今天恐怕不好谈。二世祖分两种，要么就是真正有本事的，他们没有浪费自己的家世、资源、好头脑，就算不能开疆拓土也能做到守成不败家；要么就是成事不足败事有余的，除了花钱坑爹妈没别的本

177

事。显然，眼前这位郑家的小少爷是属于前者，哪怕曾经他们以为他是后者，毕竟郑家的东西他半点没沾。

这么想着张涛干脆就摆了牌面："明人面前不说暗话，橙红就想知道郑少爷有什么打算，有没有可能让橙红来一起打造她。"

"我喜欢张总监这个态度。"郑子靖双手交叉，"和肖总谈的时候我就说过，夏乐在我这是签的全约，这点不可能改变，但是不一定非得把契约签在橙红才能合作。你们想签夏乐是看到她的价值，想让她趁着热度到处唱唱歌跑跑通告给你们带来收益，而我却想的是让她先沉淀一段时间，好好吸收这段时间她学到的领悟到的东西，光这一点矛盾就不可调和。"

"郑少的意思是不让她上通告？"

"尽量不上。"

张涛笑了："郑少你是才进这行不懂，观众忘性大，新人如果不趁着热度还在赶紧推一推增加她的人气，不用多久就会被下一浪冲垮在沙滩上，唱歌上通告并不是害她，是为了让她更有名气。"

"创作的时间呢？一天只有二十四个小时而已，夏乐也变不成两个，在满身疲惫后她还写得出歌吗？把她的天赋灵气透支在那些通告上，张总监觉得值？"

"……"

"在我看来，她一个月跑三十个通告也不如一年写出一首好歌，你说是为了她的人气，只要能持续不断地写出好歌还用担心她会被人遗忘吗？观众会善忘一个面孔模糊的明星，但一定会记得好听的旋律。"

郑子靖打开包，将之前夏乐给他的合同推了过去："张总若觉得我只是说说而已，不妨看看这个。"

张涛看着合同那两个字抬头："给我看？"

"没什么商业机密，你们橙红的合同早就被外边研究烂了。"

"……"

一份能让专业律师都怀疑对方是不是被自己的律师坑了的合同，张涛自然也受到了惊吓，他捏着一页反过来又反过去看，再看向郑子靖的眼神犹如在看一个散财童子："冒昧说一句，我以为郑少和那些来圈里玩小明星的二世祖不一样。"

郑子靖扬眉："张总监莫非以为一样？"

自然是不一样的，张涛将合同关键的地方重又看了一遍，满脸不解："那郑少爷是来找情怀了吗？还是说你曾经有个明星梦，因为家庭的关系不能走这条路，所以以这种方式圆梦来了。"

"张总监只做个音乐总监可惜了，有时间了可以往编剧那个圈子去发展发展。"

"总不能是善心大发，来给音乐圈培养好苗子来了。"

郑子靖上前将合同拿回来翻了翻："不管是因为什么，这就是我开给夏乐的条件，橙红想挖她怎么都要比这个更优越吧。"

张涛摇头："橙红娱乐不是慈善组织，我们愿意培养她，但是做不到你这种地步。"

郑子靖突然有点好奇橙红怎么会让张涛来和他谈，在知道和橙红会对上后他就将对方的重要人物都扒拉了一遍，对张涛自然也有几分了解。和野心都写在了脸上的肖志红不同，这人大概是因为有点背景，从小生活优越又有点理想主义，他对权利地位那些没有多大追求，对什么事都不拿不抢的。但橙红的所有歌手都怕他，录专辑的时候被他骂哭是常有的事，不过经过他调教的歌手多多少少都能在娱乐圈里激起一点水花来，夏夏不签给橙红他唯一遗憾的就是不能被张涛调教。

这么想着，郑子靖就问："不知道张总监愿不愿意接受我的聘请来给夏乐上几堂课？"

张涛一言难尽地看着他："郑少还记得我们是在谈什么吗？"

"……"好吧，现在谈这个确实是不太合适，郑子靖把合同放回去，正经了神情道："我无意，夏乐更无意和橙红结仇，我也可以答应你们，以后有什么合作会优先考虑你们橙红，这是我能给出的最大诚意。张总监是聪明人，应该知道等夏乐羽翼丰满时这个承诺有多大的好处。"

"郑少就这么自信能将夏乐捧起来？就不担心她会在半道儿上折了？"

"半道上折了的有多少是外因，张总监比我更清楚，我相信夏乐，想必你们也都是看好她才会一再来争取。"

这话张涛还真是没法反驳，而且从心底里来说他也赞成，橙红是有一套成熟的制星模式没错，可那不一定适合所有人。只是在那个环境下她们只能按那个方向去走，如果真能像郑子靖所说的夏乐除了做音乐什么都不用管，这份天赋说不定真就保住了，这个是他身后的公司给不了的。

"你的意思我会转达。"张涛站起身来朝郑子靖伸出手去，"这趟是我自己要求来的，虽然事情没什么进展但也觉得没白来，郑少和那些人还是不一样的。"

"我需要说声多谢称赞吗?"

"那倒不用,我只是说了句实话。"

两人相视一笑,看起来倒有了些朋友的意味,可两人都知道只是看起来像而已,站在不同的立场,除非橙红愿意放手,不然真正的博弈还在后边。

这些事郑子靖半句都没有透给夏乐,无事人一样去到七楼等夏乐散会,夏莹莹已经在那等了有一会了。

"还要多久?"

"应该快了,毕竟录了这么久节目,大家都累。"夏莹莹靠近经纪人低声道,"郑哥,之前我们是和许秋怡一起坐电梯上来的,她那眼神哟,如果能吃人肯定能把我姐吃了,你还没把她搞定吗?要是她对我姐使坏怎么办?"

"她是我姐夫那边的一个妹妹,仅此而已,如果她对夏夏做什么不用客气,直接反击回去。"

对夏夏这个称呼还在适应当中,夏莹莹搓了搓手臂:"不会有麻烦?"

"我妈已经和许家那边表明了意思,他们再不懂就是装不懂了,那我也不用再顾忌什么。"

"懂了。"夏莹莹笑得如同得了尚方宝剑,不就是后台嘛,大家都有,现在看起来已方好像还强了那么一点点。

看里边的人起身了,郑子靖看了下时间低声嘱咐:"多留意夏夏身边的人,在外边的时候凡是开了封的东西都不可以沾,这一点一定要记好。"

瓶子里装硫酸汽油的事情夏莹莹也是听过的,她用力点头,这种事情真是想想都怕,一个歌手毁了嗓子还剩什么。

玻璃门打开,夏乐看到等在那的两人快步过去。慢了一步没能攀住她手臂的龙菲菲有点后悔自己动作慢,不然一起过去多自然。橙红这边合约已经在谈了,但是还没签,如果可以她想签到夏乐经纪人手下,毕竟他和冠名商那边有关系是坐实了的,背景绝对不会差,不然以夏乐的条件怎么会签给他。

看着三人一起走远,她正想追上去就听到最近挺烦的声音喊她:"菲菲,今天要不要庆祝一下我们晋级?"

"不了,我还有点事要办,回头再约。"

左友成有点失望,但是体贴地没有多问,点头说好。

等龙菲菲应付完这边再回头时电梯门已经合上了,暗恼左友成坏自己的事,龙菲菲笑着和他道别。

电梯中，夏莹莹笑倒在堂姐肩头，刚才那一幕堂姐背对着那边没看到，她和郑哥可是看得清清楚楚，石头砸到自己脚了吧哈哈哈。

夏乐不确定她是在笑还是哭，抬起她的头看她笑得眼睛都不见了就放心了，重又将她的头放回肩上，抬头和经纪人说话："我本来想去趟医院的，现在看来不能出去了，时间不够用。"

"是单纯想去看小宝还是有什么事？"

"看看小宝和林姐，小宝应该快出重症监护室了。"

"还要两天，他年纪太小了，久住两天情况会更稳定些。"郑子靖先走出电梯，伸手挡住门等两人出来。

在重症监护室是见不到的，夏乐也就没有坚持。

太过独立的人是没有求助他人这个概念的，夏乐尤其没有，哪怕在音乐这个事上她的妈妈是专业的，新歌找不到方向的时候她甚至都不记得妈妈这一层身份，通电话时也不会提起这件事。而身为母亲的邱凝怕自己胡乱提意见会影响到女儿创作，就算抓心挠肺地想知道她新歌的情况也不会主动说起。

经纪人却没那些顾忌，郑子靖并不会常过来打扰她，只是按时按点地和她发微信，或者过来送饭给她，有时会是夏莹莹送，就比如现在。

已经很胜任小助理这份工作的夏莹莹先探头看了看里边的情形，对上堂姐的视线就嘿嘿笑着推门进来，非常自然地又反手将门关上："郑哥过不来，安排了人送饭过来，之如姐快来。"

吴之如已经取下耳麦过来了，边帮着摆边笑："我已经吃得非常习惯了，要是哪天没有我的份了你一定要提前告诉我一声，不然我肯定会把夏乐那份吃了去。"

"哈哈哈，为了我姐的口粮必须天天给你带吃的。"

吴之如只是笑，一开始的时候她也觉得难为情，甚至都提前自己去食堂吃了，可回来看着给她留的那份饭菜她就觉得自己矫情得有点莫名其妙。如果真心做朋友，吃对方几顿饭并不会打击到她的自尊心，食堂的饭虽然不要钱，可郑先生买来的饭菜明显是考量过多方面的，营养丰富还好吃，那汤简直极品，这是以她的条件吃不到的。夏乐这是真的把她当朋友，而不是一个竞争对手。

"对了姐，给你看点东西。"

说着话夏莹莹划开手机，点开页面放到她眼前，夏乐接了手机自己翻："这是什么？"

"最近青柠台宣传得挺厉害的，而且网络上不是播出几期了嘛，已经有点水花了。"说有点水花那是客气话,事实上这档节目现在炒得已经很有热度了,夏莹莹猜着肯定有水军带节奏,不过堂姐这么正直的人就不用了解这些了。

"对,被新歌折磨得我都忘了这事了,之前还有同学给我发微信说这事来着。"吴之如伸长手把正在充电的手机钩过来,熟练地点开一个 APP。

"是有点热度了。"吴之如先搜了自己的名字,跳出十来条相关,悉数和节目有关,她有点欣喜,这才开始呢,等多播出几期关于她的新闻会更多的,现在她可是进了前十二的选手。

把那股沾沾自喜的情绪强行压下去,她又搜了夏乐,奇怪的是,一条关于她的新闻都没有,就好像这档节目根本没有一个叫夏乐的选手一样,可是怎么可能?她都有相关新闻了,观众又不是傻子,尤其占据网络的又多数是年轻人,夏乐这款不可能这么没热度。

看了对面两人一眼,吴之如低头继续刷新闻。

吴之如都发现的事夏莹莹自然知道,她太了解堂姐,知道她压根不了解那些,而且现在给她看的又是郑哥公司的人剪辑出来的有关于堂姐的画面,咳,奉命行事。

视频只有两分多钟,夏乐忍着羞耻面无表情地看完,什么反应都没有地只管低头吃饭。

"姐,我把这个视频发你,郑哥说让你多看几遍,觉得有哪里不好的下次上台的时候就调整一下。"

"……知道了。"

"我觉得已经很好了。"夏莹莹又点开视频,咬着筷子一脸花痴地捧脸,夏乐听到自己的声音从手机里传出来不自在得很,拿过手机按掉放远一些:"吃饭。"

夏莹莹嘿嘿笑了两声,乖乖吃饭去了,她敢发誓,她姐肯定害羞了!

饭后,微信准时进来。

郑先生:吃好了?味道怎么样?

夏乐:好吃。

郑子靖扯开领带靠在阳台上吐出一口长气,闻着那股酒味嫌弃地挥了挥,以前喝酒看心情,现在喝酒得看别人心情,国情就这样,踏入生意场就算他是郑家的人该喝照样得喝。

郑子靖:那汤要喝完,保护嗓子的,明天我还让人送。

夏夏：麻烦吗？

郑子靖当然不会告诉她那是自己让家里的厨师做的。

郑子靖：不麻烦，莹莹会去拿，你不用管这些，新歌准备得怎么样了？

夏夏：还好。

郑子靖：还好的意思就是不太好吧。

夏夏：|呆|

郑子靖笑眯了眼：如果顺利你就会说已经写出来多少了，说还好就是还没想好。

夏夏：|呆|

不得了，会发表情了，郑子靖笑倒在阳台栏杆上：问题出在哪里？

夏夏：我不知道那个故事想表达的核心是什么。

郑子靖回想了下那个默剧，想了想：你是怎么理解的？

夏夏：一开始我以为那是两男争一女的故事，可后来怎么是两个侠士一起走了，把侠女给留下了呢？

郑子靖是活在当下的人，对于有些小圈子也是有一定了解的，听到夏夏这么一说思绪就如脱缰的野马拉都拉不住了，再加上喝了酒，他冲动地敲了几个字过去。

郑子靖：两位侠士双宿双飞了？

夏夏：|呆||呆||呆|！！！

看着那三个感叹号郑子靖笑得差点手机都掉了，正要把话给圆回来，对方的信息就发过来了。

夏夏：我懂，我知道要怎么写了。

"啪！"这下手机真掉了，郑子靖捡起来看着那碎裂的黑屏哭笑不得，按开关机也没反应，这可好，怎么能真让她往这个方向写，这是比赛，不是向世俗宣战的舞台。就那个耿直的脾气，郑子靖打了下自己的手往外走去，叫你手贱！

接到经纪人电话的时候夏乐刚抱着吉他坐到电脑前，她还是会每天晚上去飞飞上唱一个小时歌，听众也是固定的四季。

吴之如和莹莹去超市买东西了，宿舍里就她一个人，看到是陌生号码，她等响了三声才接起来："我是夏乐。"

"夏夏，有打扰你吗？"

"没有。"顿了顿，夏乐又道，"你那边有点吵。"

"有个饭局。"郑子靖走远一些,"刚才手机摔了,这是司机的电话,你存一下,打不通我电话的时候可以打这个号码。"

"好。"

"还有刚才说的事。"郑子靖又有点想笑了,"我开玩笑的,你不能真朝那个方向写,一个不好就要引来口诛笔伐,现在的你还是新人,承受不起那些,等你以后有作品了,有底气了,咱们再想怎么写就怎么写。"

"我知道。"夏乐无意识地拨动琴弦,她并非什么都不懂。

郑子靖没什么烟瘾,偶尔才会抽一根,这会突然就想抽了:"你心里有数就好,明天我过去,有什么要带的东西吗?"

"带点零食吧,莹莹说这里的零食选择太少了。"

"你呢?没有想要的?"

夏乐左右看了看,没什么需要的:"东西很齐全。"

郑子靖笑着叹气:"知道了,我看着带,好好休息,还有时间,别太着急。"

"好。"

"我挂了,饭局还没散。"

"好。"

挂了电话,夏乐想了想,又发了条微信过去:如果以后需要喝酒可以带上我,我酒量好。

等了会没等到回复,夏乐才后知后觉地想起来郑先生手机摔了,正要放下手机,无意间滑了下屏幕,聊天记录刷的往下跑去,她有些怔忡地看着这长长的记录,他们……有聊这么多吗?

再翻了下妈妈的、战友的,对比明显,郑先生太能说了,夏乐想。看了下时间,夏乐放下手机活动了一下手指,点进直播上自己的频道,毫不意外,白色小马甲的四季已经在了。

夏乐和以往一样唱了些老歌,她的歌曲储备量很足,但基本都是八年前的,比她妈妈年纪还大的一些老歌她都会,唱的时候她并不会去改变歌曲原来的唱法,可能在现在看来那唱法已经很过时,可有些歌只有那样唱才有味道,那是那个年代独有的时代感。从内心来说,她并不喜欢改编。

郑先生千方百计给她养着嗓子,夏乐自然也是记好的,挑歌上就不会选那些高难度的,时间也适当地缩减了些,打算和四季说声再见时她下意识地看了下房间,九,九人?

她往下拉了下，凑近了数了下那些小马甲，真是九个人！

怎么会……

这时有人在屏幕上打字，小叶儿：很好听，很有感觉。

夏乐唇角微微向上扬起，看吧，也有人和她想的一样，她打了个谢谢。

小叶儿：每天这个点都在吗？

小乐：多数时候是。

小叶儿：行，关注你了，好好唱呀。

小乐：好。

小叶儿：真乖，继续加油。

小乐：谢谢。

又数了下房间人数，还是九个，夏乐有点小高兴，想着要和陪她最久的四季打个招呼她就看到房间人数变了，八个，四季离开了。

隐隐听到了莹莹的笑声，夏乐退出房间站起身来抻了下身体，身上一阵噼里啪啦响后舒服多了，她拉开房门，镜头正对着她也只是淡淡地看了一眼，等两人走过才道："怎么去了这么久？"

"在周围走了走，差点走丢回不来了。"说着回不来的吴之如笑得不要太大声，引得旁边的门都打开了，许秋怡穿着一身真丝睡衣站在那，微卷的长发垂在胸前，没有了白天的妆容，整个人看起来清丽许多。

镜头悄无声息地后退，将几人都收进了镜头里。

"大晚上的，可以安静一点吗？"

吴之如理亏，也怕在镜头前留下什么污点，连忙道歉。

许秋怡看都不看她一眼，眼神就盯着夏乐，像在等着夏乐道歉一样。

夏乐接过两人手里提的东西率先进了屋，夏莹莹低头忍着笑追了进去，吴之如又说了声对不起也跟了进去，并且非常利索地把门关上了，和夏莹莹一样蹲下捂嘴大笑。

"怎么了？肚子不舒服吗？"洗了手出来的夏乐看两人这样连忙走过去，一手一个把人拉起来，看她们笑得五官都变形了就知道自己想多了，从两人之间穿过去坐回书桌前。

两人笑得更厉害了，吴之如揉着笑酸了的腮帮子说得还没笑得多："许秋怡估计要气死了，你说她怎么想的，做错事的是我，又不是夏乐。"

"她想让我姐向她臣服呗！"夏莹莹也揉了揉腮帮子，之前她还担心堂姐会在许秋怡手里吃亏，现在看来根本是她太小看人了。

"莹莹，该回去休息了。"

"知道知道，就走。"夏莹莹站起身来偷偷拍了张堂姐的背影图发到一个叫蜗牛的群里，人数一共七人的微信群包括总经理经纪人郑，小助理莹，造型师杰，以及运营部程江，宣发部汪正军，公关部齐兰，技术部左右，这是郑子靖注册的名为蜗牛的经纪公司的全部人马，别看个个都是部长，实际全是光杆司令，后面四位还是从郑家二姐那要来的。

阿杰：我家小夏乐连背影都这么美，存下来存下来。

汪正军：多拍一点，随时备用。

齐兰：真不把我们的主角拉进来吗？

程江：老板说这个工作群她不用进来，这些事都不用她管。

齐兰：这也是宠得没边了。

一不小心说出心里话的齐兰立刻把这话撤回了，几人一律回复哈哈哈。

夏莹莹看着群里的对话又看看堂姐，仰天长叹一口气，老板好过头了她这心里怎么这么没底呢？可别把她姐姐给卖了。

完全没觉得自己被宠着的夏乐拿出五线谱纸写新歌，她有了点想法。

而那边完全没觉得自己正宠着人的郑子靖总算从饭局中脱身，让司机找了家手机店停靠，花了没几分钟买了个新手机返回车上装卡开机。

懒得理其他那些软件，先把微信装上点开，从一堆消息中点开夏夏的，看着那条信息笑得简直停不下来，得有多好的酒量才能让那个没把握不开口的人说可以来帮他喝酒。

删删写写好一会，最后他还是退了出去，之前她说知道新歌要怎么写了，这会发信息会影响她。

点开其他人的消息瞧了瞧，该回的回几个字，不重要的一眼扫过，最后点开工作群，聊的消息不多，一眼就看到了那张照片，点开先长按保存下来才放大细看，这坐姿，肩平背直得真的太军人了。

半会后他退出微信，打开几个平台搜夏乐，什么都没有，橙红已经出手了，连已经淘汰的选手都有了热度，被看好的夏乐却一条相关新闻都没有。在电视台播出之前他们应该还会找自己一次，如果能谈成，他们会将最大的热度给夏夏，如果谈不成，夏夏估计不会有多少镜头，后边的宣传也会压着来。在这个互联网爆炸的年代，要想完全封杀一个人很难，可要是有心，让她的发展不利却很容易，之后怕是要沉寂一段时间了。

郑子靖唇角微扬，正好，夏夏参加了这场赛事学到了太多东西，正需要好好消化一下，橙红惯来的做法就有点杀鸡取卵，签到他们公司的选手恐怕根本不会有这个消化期，只有密密麻麻的通告在等着他们去完成。夏夏可以走稳一点，厚积薄发更好。

次日带着大包小包过来慰问的经纪人抓了个韩式发型，神采奕奕的仿佛没有经历昨天的宿醉，夏乐和郑秋燕有约，匆匆打了个招呼就走了，为着避嫌郑子靖也不准备在宿舍多待，放下东西就要走，吴之如叫住了他。

"我不知道发生了什么，可是从昨天到今天我一直在搜关于夏乐的新闻，一条都没有，我昨天十几条，今天已经有四十多条了，这是不是有点不对？"

郑子靖笑，吴之如就是那种逆境中成长起来的有上进心的普通人，有自己的打算，也会有自私的时候，但对自己好的人他们也会记着。夏夏没有他看人的眼光，但她有经过磨砺的直觉，不知不觉就得了个真心待她的朋友。

"谢谢提醒，我去想想应对之策。"

"其实你早就知道了吧。"吴之如看向对面整齐地放成一条线的鞋子，"太过复杂的事我不懂，可夏乐的才华我们都看得到，她签给你，橙红肯定是不干的，你们好好解决吧，别影响了夏乐，以她的进步速度来看她说不定可以拿冠军的。"

"我会的，我替夏乐谢谢你。"

"用不上，我得她照顾比较多。"

郑子靖笑着点点头，对吴之如多了两分认可。从宿舍出来，看到外边的人笑容渐渐淡去："许秋怡妹妹。"

许秋怡今天是一头直发，一袭白裙衬着她清淡的妆容让她看起来像换了个人，但是显然很适合她，将七分的容貌提到了九成。

"能谈谈吗？"

郑子靖看了下手表："我有点事……"

"你要在这里说我也没意见。"

两人视线对上，郑子靖往楼下走去，两人一前一后去了电视台前边的停车场上了车。打开空调，郑子靖看向后视镜，仿佛一点也不觉得自己上车落锁的动作快过头了点，让试图坐到副驾驶座的许秋怡只能上后座。

"子靖哥哥，听说你办了个经纪公司。"

"嗯。"

"能把我签了吗？老师说我很有天分，你签我不会吃亏的。"

郑子靖抬头，对上后视镜中许秋怡的视线，对方应该也是从来没有干过这种推销自己的事,她有点窘迫,甚至有点强忍羞耻。

郑子靖突然就有点心软了,把手里拧开的水递了过去,许秋怡慢了半拍,受宠若惊地接了。

"我还记得第一次见你的样子,掉了两颗大门牙,也不敢笑,说话时就捂着嘴,我还逗你来着。"

郑子靖语气温和,就像个大哥哥一样,许秋怡听着眼泪莫名其妙就掉了下来。

"你不想签我是不是?为什么签夏乐就可以,签我就不行?"

"你不签橙红一开始就说好的,如果我没记错你已经定了去向。"

"我想签到你的公司!"

郑子靖摇头:"公司才起步,目前没打算再签别人。"

"假话,是你不想签我!"许秋怡抬起头来,又伤心又愤怒,"你如果愿意签怎么都可以签,你不愿意,所以你不签我。"

郑子靖不再说话,该说的早就说过了,她听不进去说得再多都没用。

看着窗外片刻,冷静下来的许秋怡哑声问:"你就那么看好夏乐吗?"

"她的综合实力比不上你。"

"可你还是选了她。"打开车门,许秋怡低声道,"这是我给自己最后的机会,以后我不会再这么纠缠你了,而且,我绝不会输给夏乐。"

门啪一声关上,看着走得抬头挺胸的许秋怡,郑子靖有点愧疚,一而再地拒绝一个小姑娘是有点伤人家,但是这次见她好像确实是长进许多,处事也成熟了,挺好。

今日的郑少爷已经不是那个逍遥得只管玩乐的郑少爷了,公司才成立,一堆事在等着他,眼下这点小事过了后就没能在他心里留下什么痕迹,微信上和夏夏说了声就匆匆离开。

夏乐一时还没能看到,比起以往对她的认可,这次郑秋燕并不那么支持她:"曲子还不错,歌词问题很大。"

夏乐看了遍歌词,她不知道问题在哪。

看着乖巧的夏乐,郑秋燕问:"你知道其他选手都在各找门路求助吗?"

夏乐是真的不知道,但她更疑惑的是:"可以这样吗?"

"五天时间要写出一首不太糟糕的歌,有几个新人能做到,青柠台巴不得大家都能找到厉害的外援写出几首好歌,把这档节目推得更高。"郑秋燕走到钢琴那按了几个键,"我今天叫你过来其实是打算给你上上课,顺一顺思路，没想到你已经写出来了，夏乐，你真的很有天分。"

被老师认可，夏乐有点高兴。

"你按自己的思路再好好琢磨，还有时间，不用着急。"

"是，老师。"

回宿舍的路上夏乐看到了经纪人的信息，回了个知道了后她又提醒了一句：我酒量很好，如果要喝酒带上我，我给你挡酒。

信息回得很快。

郑子靖：不可能的事！你可以和朋友喝，和家人喝，和我喝，应酬的场合不需要你出现，你的嗓子不能毁在烟和酒这两样东西手里。

夏乐脚步一顿往外走去，边走边回话：我的嗓子是在部队喊出来的，没那么容易毁。

郑子靖：不一样，你要是愿意喊我带你去山上喊去海边喊，想怎么喊就怎么喊，还不扰民，但是凡是有关于应酬的事都和你无关。

夏乐：很难吧？我在网上查过，娱乐圈很复杂，有些事情不是我喜欢不喜欢，愿意不愿意就能躲开。

郑先生：如果要让你来面对这些，只能说明我这个经纪人没本事，夏夏，除了和唱歌有关的事，其他的你都不要管，我会处理好。

夏乐的目光在夏夏两个字上流连片刻，回了个好字，郑先生说的这些她其实都知道，之前就已经不止一次地说过了，可刚才她就是想听他再说一遍，好像这样心里就更安稳了一样。

郑先生：发生什么事了吗？

夏乐走到了电视台前的广场，从包里拿出随身带着的帽子戴上，她继续往外走去。

夏乐：没有。

郑先生：那就是真的有了，新歌郑秋燕不认可？

夏乐不知道郑先生是从哪里看出来的这些讯息。天气已经不那么热了，今天又是阴天，她在马路边找了个地方坐下，看着路上或一人或成群的行人。这附近有两所大学，再加上这里又是电视台，来来往往的多是年轻人，笑闹的，追打的，挽手的等等，无一不足。

夏乐：这一次的新歌并不一定要独立完成，郑老师说其他选手都在找外援，她本来是打算做我外援的。

已经把车靠边停下的郑子靖坐起来一些，他对娱乐圈其实也没有那么了解，这一点他还真的不知道，可他更清楚。现在夏夏说起一定不是想让他去帮忙找外援。

郑子靖：有疑惑？

夏夏：有一种在老师眼皮子底下理直气壮作弊的感觉。

郑子靖：而你是那个不需要作弊的三好学生，没法理解他们为什么要这么做，如果做不到可以把时间延长是不是？

夏夏：……

郑子靖笑：首先夏夏你要知道一点，不是所有人都能像你这样短时间内就能写出一首质量上乘的好歌来，其次，电视台也不希望把时间拉得太长，那会增加投入资金，如果选手能找来强力外援写出一首爆款好歌，歌手获利的同时节目组也大赚，这是一件双赢的事，所以大家默认了这种形式。

夏夏：懂了。

当天晚上，夏乐把重新写过的歌词发给老师。

郑秋燕很快回了电话过来，态度出乎预料地松快，只让她在这个基础上再精进一番。如果是在之前，她会对夏乐的要求更高些，再高些，可现在她不这么想了，眼下夏乐越出色橙红越眼馋，还不如将她的势头降下来一些，让橙红对她的兴趣没那么强了说不定就能破了这个僵局。

因为这个，在朱逸主动询问夏乐需不需要乐队配合编曲时她拒绝了，并且自己也只稍作提点，其他一切都让夏乐自己完成。一个是完全的新人作品，其他人则各展神通请了外援，结果可想而知，夏乐并没有拿到这一轮的直接晋级卡，坐上了待定席，虽然最后淘汰的是左友成，可各路关注她的人马对她的失望也都溢于言表。

一拨人觉得她只是昙花一现，热情的态度趋于保守，看好她才华的也怕她真的只有那两首能拿得出来的作品，这样的事并不罕见，有的原创词作者一辈子都只写出了一首脍炙人心的作品。

相比于夏乐的中规中矩，其他选手拿出手的作品质量明显有了质的飞跃，最出色的是许秋怡的新歌《你我的江湖》，词曲都算得是上乘之作，比赛一结束网上立刻就出现了小视频，话题也上升得非常快。

夏莹莹埋着头刷热度榜，看到她排名又往上升了嘴巴嘟得能挂油瓶。

"她已经签公司了，现在对她情况这么有利，她后边的团队肯定会运作起来。"郑子靖撇开头轻咳了两声，入秋了，再加上昨晚喝得有点多，嗓子不舒服。

夏莹莹去倒了杯水给他："那我姐这边要怎么办？就让橙红一直压着吗？现在可是一点话题度都没有，连相关的新闻都找不到。"

"不着急。"

"都八进四了。"夏莹莹急声道，要不是经纪人强调她不许轻举妄动，她早想着法儿地给她姐拉支持去了。

"不急，我有准备。"郑子靖没有说太多，"莹莹你什么都不要做，等着。"

夏莹莹气得不想理他，到了下一轮就该有支持者进场了，如果到那时候她姐一个支持的人都没有，那不是太凄凉了吗？

"听话，你要是私底下做小动作说不定你姐前四强都进不去。"

夏莹莹一愣，这是……什么意思？

会议室的门开了，夏乐大步过来，神情一贯地平静："走吧。"

郑子靖笑着起身："后边的比赛会越来越紧张，到时候只怕也没时间出去了，今天不如出去庆祝一下？也带你去公司认认门，和员工照个面。"

夏乐没有意见："我想回家一趟，还要去趟医院。"

"那今天就不回了，明天再去趟宋爷爷那。"

"好。"和姜小莉发了消息，三人也不回宿舍了，直接往停车场走去，在他们身后，龙菲菲静静地看着他们走远。

车上，夏莹莹独自坐在后座，她攀到前边来眼珠子转了一转，神秘兮兮道："郑哥，我怎么闻着这车里有股香水味呢？你平时身上也不香啊。"

郑子靖眼里透出笑意："这叫空气清新剂。"

"是吗？我还以为你车里有香水呢。"夏莹莹耸耸肩，一脸无辜。

夏乐回头看她："莹莹你还是学生，不要用香水。"

"……姐，你对学生一定有误解，学生也可以用香水的，我宿舍就有人用。"

是这样吗？夏乐看向郑子靖。

郑子靖看她一眼，笑："女孩子都爱美。"

夏乐点点头，是她落伍了："一会找家店，我给你买。"

哎？给她买？夏莹莹连着眨了几下眼睛，她本意只是想点个火啊！

还不等她拒绝，郑子靖就点了头："前边有个商场。"

三人真就买香水去了……

从来没有过这种经验的姐妹两人看着那大大小小的瓶子，闻了不知道多少种香味后鼻子已经只剩呼吸的作用了，最后还是郑子靖忍着给两人一人选了一瓶。夏乐当然是不要的，不过郑子靖说："这个味道很淡，可以送你

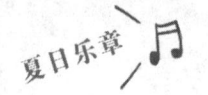

妈妈。"

夏莹莹在一边连连点头："对对对，姐你送什么婶婶都会喜欢。"

想到妈妈，夏乐到底还是收了下来。

蜗牛传媒位于乌市市中心一座写字楼的十二楼，公司LOGO是一只背着大大的壳的蜗牛。夏乐站在那看了会，郑子靖也不催她，等她看完了才领她往里走。

虽然公司加上夏乐满打满算也不过八个人，在寥寥几人的映衬下偌大的办公区显得格外空旷。

得了消息的员工一个不缺，连平时不坐班的阿杰都紧赶慢赶地比他们先一步到了，见到夏乐就扭了过来："小夏乐你终于越狱啦。"

郑子靖把人从左边带到右边避开阿杰摸上来的手，瞥他一眼，给夏乐介绍公司的元老。

都是社会上的老油条了，几人自有一套看人的眼光。运营首先看的是这位以后要服务的对象是不是好运作，宣发想的是这样一个形象怎么宣传更有利，公关则是松了口气，至少从表面看来这不是个事儿精，以后擦屁股的事能少点，虽然她干的就是这么个脏活累活，可麻烦能少一点总是好的不是。至于技术……左右推了推眼镜，他早就知道了，这人修图很省事。

互相打量了一番，初次见面印象都还不错，也算皆大欢喜。

接着郑子靖又领着夏乐去了靠里的一间办公室，夏莹莹想都不想就要跟，阿杰一把将她拽住了："小助理，你也是第一次过来吧。"

夏莹莹没多想，点点头道："对呀，第一次来。"

"身为公司的一分子，你就不去看看你的办公桌？"

夏莹莹一愣，又一喜，背都挺起来了："我也有份？"

齐兰笑，拉着她往另一边走去："那当然，还是我布置的哟，看看喜不喜欢。"

夏莹莹连忙喜不自禁地跟上，齐兰回头和阿杰挤了挤眼，两人鬼鬼祟祟地笑了。

那边两人半点没有察觉。夏乐跟着进入一间会客室一样的房间，几把椅子，一张摆着茶具的茶几，靠墙的地方有个博古架，上面摆着些小玩意，其他地方也都摆着些这样那样的小东西，典型的轻家装重装饰。

郑子靖往里走打开相连的门，示意她过来，夏乐看着里边的布置不解地回头："给我的？"

"做休息用。"

成套的家具，清清爽爽的白色加绿色让夏乐看着很顺眼，显然照顾到了她的喜好，夏乐把这份好记到心底。

郑子靖走到夏乐面前："夏夏，你别有压力，这一轮不是你不出色，是因为你的对手并不是和你同一个等级的新人选手，他们都超等了。"

夏乐以为自己是没有压力的，毕竟和她曾经承担过的责任来说这点事都不叫事，可现在经纪人一道破她才发现高看自己了，她并没有看起来的那么轻松。

"你连编曲都是自己上的，凭这一点就能碾压一大片。"

"没有，这次编曲很糟糕。"

"再糟糕那也是你自己编的，从词到曲，再到编曲全是出自你手，夏夏，只有你在凭自己比赛，其他人都不是。"

夏乐抬头："所有人？"

"对，除你之外的所有人。"郑子靖笑，"许秋怡那首歌只有词是她的，曲子编曲都是她的幕后团队找人替她完成的。"

夏乐突然明白为什么郑先生说要出来庆祝，并且带她过来这里，他以这种方式在开解她。

"我不会泄气的。"夏乐看着这房间的装饰，"谢谢。"

"和经纪人不用客气，走吧，先去吃饭。"

都是年轻人，又是利益共同体，一顿饭下来关系就亲近了许多，大家互相加了微信，并且谨记老板吩咐，谁也没有把夏乐拉进他们的工作群。

车子在小区门口停下，邱凝正笑眯眯地等在那里。

夏莹莹率先跳下车往邱凝身上扑去，郑子靖也连忙下车，理了理衣服从那头绕过来问好。

"麻烦郑先生了。"邱凝揉了揉莹莹的头把她拉到一边站好，看向郑子靖的神情非常柔和，甚至带着一点对自己人的亲切。

"没什么，这是我应该做的。"

邱凝笑笑，不再多说。

郑子靖悄悄松了口气："那我先走了，夏夏，明天上午我来接你去医院。"

"医院我自己过去就可以了。"

郑子靖稍一沉吟："你没有很多时间，早一点去，大概十点的样子我去接你，咱们要去一趟宋爷爷那里，之后就得回去为比赛做准备了。"

"知道了。"

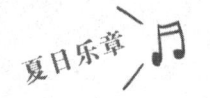

"那行,再联系。"

"好。"

郑子靖又和邱凝说了再见,连夏莹莹都没落下,非常面面俱到。

黏了一路,真到了家夏莹莹又非常懂事地回了自己房间,不打扰婶婶和堂姐交流。

邱凝拍拍女儿的手臂:"给你房间里添了几样东西,来看看喜不喜欢。"

之前才在公司看了自己的休息室,回来又发现自己的卧室也变了样,夏乐因为这种巧合而心情愉快,唇角都明显上扬了。

房间新增添了一组高低柜和梳妆台,窗台上书桌上多出来好几盆生机勃勃的盆栽,给这个房间增添了许多生气。

邱凝走过去拿起旁边的小喷壶轻轻喷了喷,语气里带着笑:"这些绿萝是你简阿姨送来的,她折腾了几年,现在家里都快被她弄成森林了。"

夏乐不知道要说什么,轻声嗯了一声。

邱凝笑:"万事开头难,但是只要走过去了你再回过头去看,就会发现那连个小坎都算不上,后边遇到的难关只会更多,也会更难。小乐,妈妈并不担心你熬不住,妈妈呀,只是不想你在我看不到的地方拼命为难自己。"

"我没有,您别担心。"

"你大概连什么是为难自己都分不清。"邱凝轻轻叹了口气,在女儿移过来的椅子坐下,示意她也坐,"是不是不太顺利?"

夏乐想摇头,对上妈妈的眼神却迟疑了。

"越到后边赛事越紧张,如果顺利你这会应该在电视台准备下一轮竞赛才对,是那位郑先生的意思?"

"嗯,他说出来庆祝一下,我也想回来看看您和小宝。"

说是庆祝,其实还是开解吧,邱凝看着半点情爱不沾的女儿也不知道是放心多些还是担心多些,"回来之前去了哪里?"

"公司,郑先生让我和同事见一见,一起吃了饭。"

"公司在哪里?"

"益民大厦的十二楼。"

作为一个本地人邱凝自然是知道益民大厦的,知道了这些她也就不再多打听,转而问起她眼下最关心的事情来:"哪里不顺利,可以和妈妈说说吗?"

夏乐看着那几盆绿萝,沉默片刻后道:"虽然晋级了,可我觉得词曲都没写好,编曲也是,郑先生说并不是我技不如人,是我面对的对手超等了,他们都请了外援。"

邱凝到现在都没有听过女儿上台表演的几首歌,女儿不说,她也就不问,所以好坏她也就没法评论,只能就事论事:"郑先生说的没错,这种节目到了后边拼的已经不止是选手自己的实力了。这个圈子的规则就是这样,电视台需要成绩,选手需要名气,双赢的事情。"

"一开始觉得他们在作弊,后来就理解了。"

邱凝笑得鱼尾纹都出来了,比起女儿是不是能冲出个好名次,她更关心她是不是在适应这个快节奏的社会时吃了亏。

"你休息一下,妈妈去给你做宵夜。"

夏乐连忙跟着起身:"我帮您……"

"东西该准备的都准备好了,只等着下锅,没有你打下手的机会。"

夏乐还是跟了过去,可除了帮着剥蒜还真是什么事都没有了,就这样她也不走,就在那里陪着妈妈说话,家长里短的话题别的年轻人可能会嫌烦,她却听得津津有味。

小黄鱼炸得金黄,夏莹莹循着香味就来了,一边偷吃一边说着俏皮话,把邱凝逗得不行,夏乐就在一边听着,脸上带着笑。

手机突然响了,夏莹莹探头一瞧,看着郑先生三个字笑了:"呀,是郑哥,姐你快接。"

电话接通,那头带笑的声音就传了过来:"夏夏你下楼一趟。"

"郑先生你过来了?"夏乐连忙起身往门口走去,边穿鞋边道,"我就下来,妈,我出去一下。"

邱凝从厨房里走出来:"把人郑先生请上来说话,都到家门口了。"

"好。"

夏乐一走,夏莹莹就攀到了姊姊肩头:"姊姊,你有没有一种女儿快嫁人的感觉?"

邱凝拍她的手一下:"把你嫁掉。"

"安啦,我没人要的!"

夏莹莹洒脱地一扬手,好像还挺自豪,邱凝掐了掐她的脸:"睁着眼睛说瞎话,是你眼光太高吧。"

"一个个都没有我姐帅,我当然看不上啦,哎呀姊,和你说认真的呢!"

"我也很认真。"邱凝夹了条小黄鱼送到夏莹莹嘴边,"郑先生什么时候叫小乐夏夏的?"

"还以为婶你没发现呢，哈哈哈！"夏莹莹飞快把香脆的小黄鱼嚼吧嚼吧吞下去，神秘兮兮低声道，"第一次听到的时候我鸡皮疙瘩掉了一地，婶，你才听到的时候什么感觉？"

　　什么感觉？邱凝眼神凉凉地看着一锅热油，感觉就是看到了路边一头发现了漂亮白菜蠢蠢欲动的野猪。

　　楼下郑子靖打了个喷嚏，继续道："中药要按疗程吃，出来的时候忘了这事，我去小药房让宋叔找出方子重新煎的，刚让人送来，回去你记得吃。"

　　夏乐有点愣，她完全忘了的事有人给她记着了。

　　"上去吧，既然回来了就放开那些事好好休息，明天的事明天再去想。"

　　"一起上去吧，我妈说让你上去坐坐。"

　　"……不用了吧，你难得回来，多陪夏妈妈说说话。"

　　夏乐走到他后边要退走的地方，用行动告诉他：听话，上去。

　　摸摸鼻子，郑子靖理了理衣服上楼。

　　夏莹莹在门口伸着脖子等着，看到郑子靖就咧了嘴笑，非常热情地把拖鞋摆到门边。

　　郑子靖莫名有点想跑，这时里边温温柔柔的声音传来："来了吗？"

　　郑子靖立刻站直了，不等那姐妹俩应话就扬声道："伯母，打扰了。"

　　说着话，他赶紧换了鞋子面对邱凝，明明对方哪哪都表现得很和善，他却半点不敢疏忽，他看得明白，邱女士温柔的是表，内里的坚强等闲人及不上，反倒是看起来刚强得不行的夏夏内里其实很柔软，只是一般人也见不到就是。

　　邱凝笑问："开车过来的吗？"

　　"是。"

　　"那就不给你拿酒了，随便吃点垫垫。"

　　郑子靖连忙点头："我平日里也喝得少。"

　　"是要少喝些，身体第一。"

　　"对，家里人也是这么要求的。"

　　长辈对听话的孩子都天生好感，邱凝笑着点点头，招手示意女儿跟她进厨房端东西。

　　夏乐跟了进去，把袋子放到流理台上就要去端那一盘炸得金黄的小黄鱼。

　　"那是什么？"

　　顺着妈妈的视线看过去，夏乐也不瞒着："中药，上次出来郑先生带我去拜访了一位老中医，开了中药在喝着，今天出来忘带了，他让药房重新煎了送过来。"

想到什么，夏乐忙又补充道："妈你别担心，我没事，老中医说是给我调理身体，固本培元的。"

邱凝缓过神来勉力笑了笑："郑先生有心了，要好好谢谢他。"

"嗯，我记着的。"夏乐把手里的碗又放回去，走到妈妈身边不是很熟练地握住妈妈的手。她们母女也曾经亲密无间，可是八年的分离感情没淡，相处起来却明显不如以前亲近，不是不想亲近，而是好像总有一种什么东西挡在两人之间，想亲近而不得。

夏乐知道这是自己的问题，她怕伤着妈妈，也怕妈妈发现她身上的伤，以至于除了她才到家时那个僵硬的拥抱，母女俩再没有离得那么近过。

"妈，我的身体只是跟不上部队高强度的训练了，不影响我平时的生活。"

"妈知道。"邱凝反手将女儿原本修长圆润如今却指关节明显的手包在掌心，看着上边细碎的疤痕想哭却露出了笑脸，"咱们小乐现在已经慢慢适应了，做的也是自己喜欢的事，身边还有了朋友，妈妈特别高兴。"

"嗯。"

摸了摸女儿的手臂，邱凝拍了拍她："去吧，别冷落了客人，妈妈再拍个黄瓜。"

外边夏莹莹正鬼鬼祟祟地和郑子靖说话："郑哥，紧张吗？"

郑子靖心里打着鼓，面上笑嘻嘻："紧张什么，也就是空手上门有点不好意思。"

夏莹莹太嫩了，见他这成竹在胸的样子真就信了他，没趣地撇了撇嘴，乖乖地去泡茶。

夏乐一手小黄鱼一手炒年糕出来了，转身又端出来凉拌西红柿和一碟水果，郑子靖非常自觉地帮着摆碗筷。

"郑先生不用客气，先吃吧。"

"不着急，等伯母出来。"

"我妈不吃的，是我饭量大，晚上不吃会饿。"

郑子靖这才举筷，吃着脆香脆香的小黄鱼大大点赞。

"那是当然，婶婶做的饭菜最好吃了。"夏莹莹强势插入两人之间，笑得没心没肺，"婶婶会做的可多了。"

郑子靖对付屋里的另外两名女士不行，拿捏住这个小的还是没问题的，轻飘飘看她一眼道："吃那么多，学会多少了？"

"吃了就要会做吗？"

"吃了不会做那不是白吃了吗？"

"说得好像你吃了就会做一样。"

"那是当然。"

夏莹莹翻了个白眼，被正好出来的邱凝看到，一巴掌轻拍在她额头上："难看。"

"婶，这人说大话，说只要吃过就会做。"

郑子靖正襟危坐着给自己辩白："不是大话，我是会做。"

"就是不好吃是不是。"邱凝一语拆穿他的文字游戏，食指点在夏莹莹额头，"笨。"

夏莹莹一想，可不就是，只说会做没说做出来要能吃啊，郑哥这是挖了个坑给她跳呢！她还笨得真就乖乖往下跳了！

夏乐夹了一条鱼到堂妹碗里："明天莹莹你回学校去，电视台那边就不要去了，回头让郑先生把你的东西带回来。"

"姐，学校那边我都安排好了，干吗不让我去啊？"

"我这几天有注意，你在那边能做的事不多，时间太浪费了，去学校多学点东西。"

"姐……"

"听话，等以后我这边用得上助理的时候一定叫你过来，你可以趁着这段时间把该做的事都做了，以后才不会耽误。"

夏莹莹看看郑子靖，又看看姐姐，试图从两人那里寻求支援，可惜她今天注定孤立无援了，邱凝说："小乐说得对，听话。"

郑子靖点头："听夏夏的。"

叛徒啊！夏莹莹欲哭无泪，嘴里的鱼都不觉得香了。

邱凝宠溺地摸摸她的头，眼神落到对面看起来好说话得不得了的郑子靖身上，一个能让橙红那种大公司都不得不另辟蹊径来她这里寻突破的人，怎么可能真的好说话，不过这样挺好，有个男人样子。

郑子靖没有多待，吃了东西就告辞了。夏乐奉命将人送下楼，看着人上车后说了声再见。

"明天不要耽误太久，我们尽量早点回去。"

"好。"

"不要在意今天的比赛，过去了就不值得在意了。"

"嗯。"

郑子靖挥了挥手，"上去吧，早点休息"。

"好，再见。"

悄悄打开窗户看戏的夏莹莹撇嘴，真是两个单纯的小朋友，两人起码隔了三丈远。

"看着什么了，小心蚊子进来。"

夏莹莹连忙关了窗户去找婶婶答疑解惑："我觉得这位郑先生对我姐好过头了点，婶婶你觉得呢？"

"还行。"

"您那是要求高，反正我觉得不对，可看着他在姐姐面前又正直得不行不行的，不要说轻举妄动了，他就没有动。"

邱凝是过来人，多少能看出点其中的门道，一个都还不知道自己有什么想法的人，你能指望他有什么动作？

慢慢磨着吧，要比耐心，两个郑先生拧一起都比不过小乐，要比迟钝……邱凝笑了。

有些日子没有好好锻炼，四点半夏乐就起了，跑步到六点，趁着现在还没人占据了小区平日里被大爷大妈占据的锻炼区域，七点回家时一身大汗淋漓。虽然还是不够尽兴，可比起在电视台时宿舍的逼仄，今天这样已经让夏乐觉得很舒坦了，骨头都好好响了一遍。

她顺便带了早餐回来，又把出去时泡好的黄豆倒进豆浆机，趁着这个时间把家里擦了一遍，尤其是高的地方。

夏莹莹睡眼惺忪地起来看着家里这情况顿时愧疚不已，她这也太放松了，都……七点半？看着墙上的钟夏莹莹想哭，她好想打个电话回宿舍叫舍友们起床尿尿，没课的日子，没有十点宿舍里能有一点动静她输。

"妈，一会你送莹莹回学校，我去医院，然后直接从那边走了。"

"姐，我也去看看呗。"知道自己没得选择夏莹莹也就不挣扎了，"我还没见过小宝呢，婶你知道姐写了一首小宝的歌吗？据说现场反应特好，我听了，超级好听。"

邱凝有些意动："小乐，手机里有吗？给妈妈听听？"

夏乐哪里会拒绝妈妈，等大家都吃完了后就划开手机点了播放，声音按到最大，她自个儿收拾碗筷去了厨房。

完整版的《小宝》时长四分七秒，邱凝反复地听，她知道小乐一定是进

199

步了的，不然橙红那么大个公司不会还找到了她这里，可她没想到有这么大的进步，这已是质的飞跃了。

虽然编曲稍显生涩，可感情饱满，低吟时那种感觉就好像孩子承受了些什么都感同身受一般，不知不觉就能让人心疼不已。这就是歌曲的魅力，这才应该是歌曲的魅力，不只是旋律上的朗朗上口，更重要的是内核，小乐做得很好。

夏莹莹倚着婶婶低声道："我姐真的超棒，是不是，婶。"

"当然。"邱凝揉了揉她的头，是真的棒，出乎她预料的棒。她早知道女儿在这方面有天赋，也可惜她浪费了这份天赋，可她没想到当她重新捡起来时这么快就能找到当年的感觉，老师知道了不知道会多高兴。

把歌传到自己手机上，邱凝看向收拾好默默站在一边的女儿："我们一起去看看小宝。"

"对对，姐，我也要去。"夏莹莹连忙举手，"我今天没课。"

夏乐没有拒绝，小宝以后就是自家人，和自家人见见面是很有必要的。

林欣见到她们又高兴又有些手足无措，她学历不高，后来又一直在老家待着，见到真正的大学生就有些相形见绌，更不用说还有一个是大学老师，她一会抿抿头发一会搓搓手的，但高兴也是真高兴。

"邱老师您又给我带吃的了，实在是太麻烦您了。"

"不碍事，我自己的事也没耽误。"邱凝对她有种天然的亲近感，同是军属，有些感觉太感同身受了，免不了就想对她更好些，这些天只要没课她就过来了，如果有课也会提前准备好足量的饭菜，好让她吃得好些，不用去吃食堂。

"这是小乐的堂妹莹莹，说要来看看小宝，就带她过来了。"

"林姐好，我是夏莹莹。"夏莹莹笑得见牙不见眼，"咱们家还没有小辈呢，以后小宝就是咱们家的老大啦。"

林欣愣了一愣，她看向夏乐，她以为只是口头上的亲戚关系……

"以后他会有很多人疼，我阿爷阿奶都是很好的人。"

林欣眼眶一红，好悬眼泪没有落下来，一个人的时候多，免不了会多想一些，老话说人走茶凉，从这次婆家到现在都只有小叔子来走了一趟她就知道关系要淡了。这种事再难受再不甘也没办法，她甚至想过以后干脆租个房子在这城里住下来，等小宝能撒手了就接点活到家里来干。

抚恤金虽然分了一半给吴中的爸妈，可到她手里的基本没动，手里的钱还够，只要熬过这几年，小宝开始上学了她就去上班，人要活着，总不会被尿憋死。可想得再多，当知道后边会有人撑着时她仍是鼻子发酸，如果不是被逼着，谁愿意活得那么刀枪不入。

　　夏乐不会安慰人，好在她有个小棉袄堂妹，像是没看到她红了的眼眶一脸朝气地笑着上前问："小宝现在醒着吗？我们会不会吵到他？"

　　"醒着醒着。"林欣缓了缓，也露出个笑模样引着三人往里走，"前天转了普通病房，医生说恢复得很好！"

　　因为小宝的病属于重症，说是普通病房却也不吵闹拥挤，两人间的病房此时只有小宝一个人："这里暂时就我们一个病人，晚上我就睡在那边床上，省事又省钱。"

　　夏乐不知道这里边是不是有郑先生的关系，但是看林姐精神确实好了许多她也就什么都不说，走近了去看手脚踢动的小宝。相比起之前蔫蔫的模样，现在的小宝简直算得上活力十足了。夏乐不敢接触这种小宝宝，离着床沿一尺远就不敢靠近了，小宝却像是认识她似的，眼神只跟着她走。

　　林欣推着她上前一些："不知道是不是我给他看吴中的照片看多了，一看到你们这一类人他就直盯着看。前几天林凯过来他隔着重症监护室的玻璃窗一直挥手，就跟知道他爹是干吗的一样，后来我去找了许医生，让林凯换了防菌服进去陪了会，小宝开心得不得了。"

　　夏乐迟疑着伸出食指送到小宝面前，小宝立刻就抓住了，笑得咯咯的，她往上提了提，那小手就跟着往上，力气比越来越大，怎么都不放开。

　　夏乐眉眼间浸染了一层柔软笑意。你的父亲是英雄哦。小宝，以后你不止有和爸爸像的干妈，还会有很多和爸爸像的叔叔，你不会成为没有爸爸的野孩子，我们都会保护你，带着你爸爸的份一起。他那么期待你的到来，还说要用子弹壳给你做玩具，没有见到你一定是他一辈子最大的遗憾。

　　有夏莹莹在，就算夏乐再没话气氛也不会尴尬，说说笑笑着时间晃眼而过。

　　郑子靖过来的时候还不到十点，来得多了他知道林欣需要的是什么，那些虚的东西一应没买，而是给小宝带来了一大包衣服，小孩长得快，上次来他就注意到孩子的衣服没什么余地了。

　　"都是家里小孩穿过的，不过看着挺新，孩子长得快，买的人又多，有的连吊牌都没拆，我让人洗过烘干了，可以直接穿。"

　　林欣心里欢喜，但她也知晓好赖，没有急着收，而是看向夏乐。

　　夏乐接过来："谢谢。"

"客气什么，昨天我妈去找的时候还说总算不用放家里占地方了。"郑子靖笑得纯良极了，好像去翻三姐的柜子被追着打的不是他一样。

邱凝在一边看着也低头笑了，挺好。

"我去找许君说几句话，一会楼下见。"

"好。"

郑子靖乖巧地和夏妈妈道别，出了门才觉得松了口气，也就是他家里的女人个个都不好对付，不然对上夏妈妈这种心思深的还真是应付不过来。说是去找许君他却没往楼上去，而是直接下了楼，今天许君在医院。

病房内，林欣摸着衣服的好料子感慨："郑先生真有心，他要是买这么多衣服来我哪里好意思收，这别人穿过的拿着心里总要踏实点。"

邱凝走过去拿起来几件瞧了瞧，看着都有七八成新，有的估计还真就是新的，知道洗了再拿过来，细心是足够了。

"小乐，这里不用你了，妈妈有时间就会过来，你去忙你的吧。"

夏乐点点头，拿起包想起什么又问："小宝什么时候可以出院？"

"还得十天左右，医生说看小宝的恢复情况。"

夏乐看向熟睡的小宝："林姐，你有没有考虑过在乌市住上一段时间？"

林欣咬了咬唇："也不是没想过，就是有点拿不定主意，城里开支太大了……小乐你别误会，我不是向你哭穷，就是大钱我是真的不敢动，小宝还这么小，又是这么个情况，得留着钱以防万一，不能瞎用了。"

"我明白。"

邱凝接过话来："我们那边是老小区，虽然我们区因为绿化做得好房价高，后边有两个小区却很便宜，可以租到那里去，如果你愿意的话我托人去打听打听。"

林欣心里本来就有这个想法，听到邱凝这样一说就更意动了，不过她到底不是冲动的人，而是先打听了一下："大概多少钱一个月？"

"租个小一点的一千二左右。"

在乌市这个价钱确实不算贵，可是："我之前和人打听了下，听他们说有那种单间租，只要五六百就可以租到。"

"不行。"夏乐一口回绝，"小宝太小了，又是动了大手术，环境太差了对他不好，就去我们那边。妈，您帮着打听打听，最好是租那种光线好一点的房子。"

邱凝失笑："这些我不比你懂？行了，快走吧，不用你操这个心。"

夏莹莹在一边捂着嘴笑："放心啦姐，我会帮忙的。"

"你好好学习，不能翘课。"

"遵命，长官。"

夏乐瞥她一眼，眼里浮起些笑意，这两年，莹莹一定让妈妈开怀了许多。

一楼大厅，隔着玻璃门就看到了那个熟悉的身影，夏乐三步并两步地过去，正要打声招呼那人就恰好回过头来，看到她立刻笑着迎了过来："挺快的。"

夏乐把那声郑先生吞下去，点头嗯了一声。

"走吧，我报餐了，我们去宋爷爷家吃个早中饭，然后尽快赶回电视台那边，郑秋燕有催你吗？"

"没有，老师让我不要着急。"

拉开副驾驶的车门，郑子靖笑："她大概比你着急多了。"

上了车，夏乐看着那人从车头前绕回驾驶座，她好像……被照顾了？感觉……有点怪怪的。

从这边过去宋老家路程不近，好在这个时间点不堵，半小时差不多就能到。

郑子靖找到之前夏乐听的那张CD放进去，看了一眼低头看着手机却又什么都没做的人。

夏乐之前从病房出来就发了条信息给林凯，预料之中的没有回应，十有八九是出任务了，而且时间不会短，不然不会突然来这一趟。这是他们的习惯，只要不是突发任务他们都会提前把事情安排一下，之前就约好了要去一趟故去的几个战友家，林凯估计是去不了了。

任务啊，夏乐看向外边避着阳光走的行人，孤鹰应该补了人手进去吧，往常如果是她接到任务，这会她应该在干什么呢？

在写遗书。

每次出任务前都会写，安全归来后烧掉，如此反复。她希望他们每次都有烧掉的机会，而她的最后一封已经烧掉了。手机铃声响起，是《小宝》的前奏，夏乐看向郑子靖。

郑子靖戴上耳机按了接通。

"老板，有人出来搅浑水了。"

"嗯？"

电话那头是齐兰，她非常敏锐地发现了问题："咱们的宝贝疙瘩在你身边？"

"对。"

"那我一会再打？"

郑子靖眼角余光注意着夏夏，看她并没有留意就道："你说。"

齐兰耸耸肩，看着电脑里的新闻笑得幸灾乐祸："咱们的宝贝疙瘩有新闻了。"

"一次说完。"

"之前橙红不是压着夏乐的新闻嘛，一条都没给报道，今天有了，捎带着上新闻的还有老板你。一个自称知情人的被淘汰选手爆料，夏乐乱搞男女关系，为了上位不择手段，当然，老板你的脸打码了，没露脸的姿势非常暧昧，只看图片很有说服力。"

"谁也不是傻子。"

齐兰笑，现在来黑夏乐的肯定是和她有利益冲突的人，一旦夏乐被淘汰了，被淘汰的人可得不着好处。

"老板，咱们顺水推舟还是按兵不动？"

"计划提前，不要做得太明显，让那边压不住就行。"

"明白。"

挂了电话，郑子靖若无其事地看向夏乐："还记得今晚节目要播了吗？"

夏乐回神，算了下时间还真是今晚，老师说过电视上的第一场是从选导师开始，那一场她唱的好像是《小宝》？

"做好准备了吗？"

"嗯？"

郑子靖放下手刹跟上前边的车："做好成名的准备了吗？"

"小的时候我好奇过。"夏乐答非所问，"那些家喻户晓的明星生活是怎样的，和我们一样吃馒头吃米饭吗？是不是喝很贵的水，衣服是不是穿一次就扔了，遇到过上厕所没纸的情况吗？他们那么有名，还那么有钱，要什么有什么，是不是天天都很开心？"

夏乐额头抵着窗户："长大后我知道了，他们一样要吃喝拉撒，一样遇到过难事，他们并没有天天开心，甚至他们有着比普通人更多的无奈，哪怕名气一年不如一年，他们一样要继续唱歌拍戏扮小丑，看着自己在镜头里一点点变老，因为那是他们的工作。只是工作而已，平常心对待就行了。"

郑子靖突然伸手撸了她脑袋一把，夏乐控制住自己没有在他碰上来之前就将人制服。他的手很暖，隔着头发也能感受得到那股暖意。夏乐突然就肯定了，她真的是被这个男人在照顾着，连艺人的心情都要照顾，经纪人这份工作也不容易。

Chapter 8
心动不自知

一路顺畅，到宋家时还不到十一点，跟着宋家的小保姆进屋，郑子靖的笑脸僵在脸上，声音都大了："章女士？您怎么在这？"

"我在这里很奇怪吗？"章惠似笑非笑地看过来，眼神越过自家这个眼看着又要过家门而不入的不孝子，落在旁边那个个高腿长的姑娘身上，真人比照片感觉更强烈许多。

郑子靖莫名就有些臊得慌，不过郑家教出来的人就算心里再慌面上也是镇定的，带着夏乐走过去给自家太后大人做介绍："夏夏，这是我妈章惠女士，妈，这就是夏乐。"

夏乐站直了郑重问好。

哦，夏夏！章惠女士笑得如沐春风："你好你好，早听我家小四儿说起你，见着比他说得可还要好。"

夏乐不知道要怎么回话，就拘束地笑了笑。

"都别站着，坐下说话。"看了会戏的宋奶奶适时开口，并让夏乐坐到自己边上，从抽屉里把药枕拿出来垫到她手腕处，手就摸了上去。

夏乐板正地坐着，垂着视线不知道在想什么。章惠的眼神若有似无地落在她身上，不引人注意，却也将人细细地看了个分明。之前看照片她就隐隐明白了夏乐什么地方吸引了自家那个向来最有分寸的小儿子，见着了真人她就完全确定了，那种从骨子里透出来的气质是真的像。

军人并不全是一样，见过血和没见过血的区别，显然，夏乐和阿俊一样都是真正见过血的兵。

205

"瞧着是有好转了,老宋,你来瞧瞧。"

宋奶奶欲起身和老头子换个位置,就见到那姑娘自个儿拿着药枕站起身来去了老宋那边空置的位子。宋奶奶看向章惠,两人都笑了,有的人说得天花乱坠也让人欢喜不起来,有的人什么都不用说却让人看着就喜欢。

"药方要换两味药,趁着还年轻好好养一养,把亏了的养回来。"

夏乐还没什么,郑子靖就连忙问:"能养好?"

"这个说不好。"

宋昭这模棱两可的话让郑子靖急了:"宋爷爷,您上次不是这么说的。"

"我上次怎么说的?"宋昭一拍额头,"这人老了记性不好。"

"您说能养回来!"

"哦,对,在部队打磨出来的身体底子好,是能养得八九不离十。"说着话宋昭就笑开了,旁边另两位女士也都笑得不行。

"……"郑子靖还有什么不明白的,被打趣了呗!

夏乐看了几人一眼:"郑先生,我该回电视台那边了。"

郑子靖有点奇怪,来的时候不是说好了吗? 在这里吃了午饭再过去啊!

章惠看了眼自家那个智商被狗吃了看不出夏乐在维护他的儿子,缓了笑温声道:"不着急,饭菜快好了,吃了再走。"

夏乐看向郑子靖,郑子靖这会已经明白过来了,当即笑道:"对,吃了饭再走,我在这里就跟在家里一样,是吧宋奶奶。"

章惠凉凉地接话:"你家离这里四百五十米。"

"章女士饶命。"

见儿子认了乖,章惠也就在夏乐面前给他留几分面子,转而和夏乐说起了话:"做歌手还适应吗?"

"适应,郑先生帮了我许多。"

"他啊,也就那点稀松平常的本事。"

"他很厉害。"夏乐强调,"郑先生很厉害,我有查过橙红这家公司,在正式播出之前我没有被换掉是郑先生的功劳。"

"如果不是他要签你,你不会有这些麻烦。"

"橙红的合同我听室友说过,签八年,一切行程要听从安排。我不行,就算没有郑先生我也不能签。"如果以前知道这一条,她可能都不会往这条路上走,因为不通,五年内她出国都要申请审批,而且有次数限制。

章惠当然知道儿子的本事,可谁也不愿意自家人对别人好了别人却不知道,这拐着弯的一套话她放心了,虽然心思不见得是那个心思,可好歹是知道的,这就够了,至于将来,谁说得好。

上边三个子女的终身大事都是由他们自己深思熟虑后决定的,她没有做过任何干涉。长子的相敬如宾是一种相处方式,二女儿的在外女强人在家小女人是一种,老三的瞎折腾也是一种,小四儿要怎样那是他自己要去想明白的事,不过眼下他大概是没想清的,有没有往那个方向想都是个问题。

章惠是真正的聪明人,深知过犹不及的道理,见过人又打过交道后就站起身来:"家里还有事,我就不在这蹭饭了。小四儿,你姐给你留了点东西,你跟我回去拿。"

郑子靖不敢反抗,乖乖儿地跟着起身。

宋老太太笑得意味深长:"小郑少爷放心,夏乐留我这保准一根头发都不会少。"

"多留几天说不准还能让她多长几根头发呢,等回头她没有比赛绊着了就放您这来养上一阵。"郑子靖嬉皮笑脸却并不油滑,那亲昵劲逗得宋家两老笑眯了眼。

夏乐看着羡慕得不行,她要是这么会说话就好了。

"夏夏,你在这等我会,我拿了东西就过来。"郑子靖怕她不自在,又道,"这里就跟自家一样的,别客气。"

章惠简直没眼看,率先往外走去,听着后边的脚步声跟上来了心里才舒坦了点。这还没怎么着呢就这么上心了,以后真要弄明白了自己的心意还得了,家里还能见着人吗?所以啊,自个儿扑腾去吧,她是不会多嘴的。

"章女士,车在那边。"

"嫌我走得慢?"

"不敢。"郑子靖还有什么不明白的,收了车钥匙陪着往家走去。

"前儿你大哥问起你那个公司的事,说要不要帮你一把,我给拦着了。"挽上儿子的手臂,章惠深深呼出一口气,"比起那烂尾的高楼,我希望你先一砖一瓦地砌个小平房,把地基打牢实了,以后再一层一层往上建,有本事建多少层就建多少层。只要地基打牢实了,以后他们的帮衬就是给你添砖加瓦,自己知道承重的底限在哪里,你的房子就垮不了。"

"我知道。"郑子靖覆住母亲的手,看着前边隐隐露出的自家屋顶,"我会好好地去享受这个过程。"

"如果是以前我会说声你乖,可见着夏乐后我要把这声乖留给她,你得把人看好点，别让人吃了亏。"

"我不会让她吃亏的。"

章惠笑，突然改了话题："你三姐打算离婚了。"

"没两天就复婚了，您不用担心。"

"这次恐怕没那么容易了。"章惠叹气，"你三姐发现你三姐夫和学生有暧昧。"

郑子靖脸色顿时不太好看："三姐夫怎么说？是不是误会？"

"他当然不承认。我让人去查了查，要说有什么还早，心里有了想法也是真，不必要的话他说了，不必要的眼神他也给了。人哪，总觉得自己是受委屈的那个，然后要从别的地方找回来，可婚姻里又哪能算得那么清，你三姐又是那么一个眼睛里容不得沙子的人，轻易原谅不了。"

"我昨天还见着三姐了，半点异样都没有。"

"你想她有什么异样？抱着你哭？大吵大闹？"章惠摇头，"她要真那样才好，全装心里了反倒要把人憋病了。"

郑子靖一想也是，发生这种事却像个没事人一样，以三姐的性子才是最不正常的："三姐夫现在什么态度？"

"他怪你三姐不信他，大概以为这次和以前一样是你三姐瞎折腾，这会估计离婚证都拿到手了。"

"……"

"随他们去，虽然说宁拆一座庙不毁一桩婚，可如果两个人真的不能走上一辈子，我倒希望他们能散得早一点。"拍拍儿子的手臂，章惠笑了笑，"他们的事让他们自己去理，你不用管，和你说这些是让你心里有个底，一天天地往外跑，别家里发生了什么事都不知道。"

"哪有。"郑子靖摸了摸鼻子，"那旭旭呢？跟三姐？"

"当然，你三姐夫在这事上并没有意见。"

他都不知道三姐这次离婚是真的，当然不会有意见，元家三代单传的独苗苗啊，以三姐的性格不用多久估计就要元旭变郑旭。

郑子靖当然希望三姐能幸福，可在郑家一直都是这样的，决定自己做，后果自己承担，所以他们每次做决定之前会再三斟酌，都是为自己的冲动买过单的人，知道有些代价自己付不起。

"不是什么事都能挽回，小四儿，你不要在这上头吃了亏了。"

"章女士，就算你要敲打也应该去敲打二姐夫啊，和我说这个有什么用，不要说老婆了，我现在连对象都没有。"

章惠轻轻哼了一声，嫌弃得都不愿意挽着他了，自顾自地进了家门。

"你三姐给收拾了几袋子旭旭穿过的衣服，就在那桌上，自己拿去。"

"得要小的，可别把旭旭七八岁的都找来了。"

说着话郑子靖就要去解开袋子查看，被跟过来的章惠一巴掌拍开："你三姐好歹养孩子养八年了，能连这个都不知道？被她知道了看她不追着你揍。"

"又不是没揍过。"郑子靖嘟囔了一句，但也没有再去解袋子了，提着就要走人。章惠把人叫住了，从保姆手里接过一个保温桶递过去，看他两手不空地又递回给了保姆："小齐你帮着送一下。"

"不用带这个……"

"又不是给你的，给夏乐带去，秋燥，给她去去火，别影响了唱歌。"

"章女士，我怎么觉着我在家里的地位又下降了？"

"放心，会越来越低的。"拍了儿子的后背一下，章惠开始赶人，"赶紧走，没地位的人。"

郑子靖嘿嘿笑着，腿脚很诚实地走得大步流星，将东西放回车上，他也不急着回屋，先打开了工作群，看着那儿百条聊天记录实在没耐心翻，坐上车打了通电话给齐兰。

"怎么样了？"

"老板，我们才刚引导了一下，水军还没下场就有人加码了，现在我让水军先不要动，看看这波自来水能水成什么样。"

"是自来水？"

"对，我确定过了，现在跟这波热度的基本都是自来水，我看很多都是去过现场录制的，真真假假的消息挺多，还有人匿名爆料，现在咱们夏乐的热度起来了。"

"不要把夏夏捧得太高，但是也不要被橙红压下去，保持一定的热度让青柠台不能在这一轮淘汰夏夏就可以了。"

"这一轮？下一轮就不管了？"

"冠军不会是夏夏。"

"对，忘了下一轮录制就是冠军争夺了，老板放心，我会看好的。"

蓝湾别墅区是乌市的富人区，住在这里的多数家底殷实，当然，家底不够厚也买不起。

周茹面前摆着三个手机，眼睛死死盯着电脑屏幕，手指飞快地敲着键盘，满屋子只听见机械键盘的声音。

手机铃声响起,她抽空看了一眼,划开按了免提:"周小姐,有另一拨人下场了。"

"看出来是哪一方的了吗?"

"对方动静不大,看着是帮夏乐的。"

帮夏乐的?周茹随手顺了下头发:"那就不用管了,你只管把热度刷上去,数据降下来多少你就刷上去多少,我还就不信了。"

"没问题,您瞧好了。"

电话那头的人咧开了嘴,他们就喜欢这种出手大方还好说话的雇主。电话这头的周茹也笑了,不管另一方的人是谁,知道还有人在帮夏乐就是件高兴的事。

想到那个神情淡淡却暴力地说着"揍一顿换一个"的女人,周茹卷起袖子继续和人撕去了。让她相信夏乐会为了出名不择手段乱搞男女关系,她宁愿相信前夫其实是爱她的,只是博爱了点而已。

公司那边,几人围在左右身后看着电脑上不停变化的数据,汪正军奇了:"到底是何方神圣,看着这是和橙红那边杠上了啊。"

"是友军没错了,左右,你看着点,如果他泄劲了我们要补上去。"

左右比了个OK的手势,推了推眼镜刷新了下界面,数据又飙上去了。

齐兰笑:"为了把夏乐按住橙红花了不少钱啊,老板说他们不会把冠军给夏乐,我怎么觉着只要他这边松一松口这冠军就非夏乐莫属了。"

"笨,老板这什么意思你还没懂啊,他压根就没打算让小夏乐乘着这一股风往天上吹。"阿杰靠到程江肩头,被程江抖落下去,他也不在意,又往右边靠,汪正军直接走开了,他耸耸肩,伏到了左右肩上靠着。哼,稀罕,这里有个走不了的。

齐兰有点不以为然:"进这个圈子当然还是得出名,不然进来做什么,老板太束手束脚了,就算他们把夏乐吹上了天了线头不还在老板手里吗?"

阿杰白了她一眼,简直不可教化,小媳妇不得精心养着?半道儿被别人拐了怎么办。

"放照片的人查到了吗?"

左右费劲地挪了挪自己,感觉肩膀上的东西纹丝不动后他就懒得管了,拿了个平板点开给他看:"查到了。"

阿杰凑近看了看:"有点眼熟。"

"上一轮被淘汰的选手左友成，夏乐同一组的。"

阿杰喊了一声："都被淘汰了，来黑小夏乐还有什么意义，被谁当枪使了吧。"

"淘汰了夏乐谁是既得利益者就最可疑咯。"齐兰点开青柠台的官网，现在正是重点宣传这档节目的时候，前十二强挂在最显眼的位置，C位是许秋怡，夏乐在边角，龙菲菲则在前边中间，位置还算不错。

齐兰点着她的图片道："不像许秋怡一早就说明白了不会签给橙红，龙菲菲肯定是签死了的，估摸着橙红要大力捧她，不过今天这么一闹就说不好了，有点脑子的都猜得到在这搞事的是谁，她太着急了，出昏招坏了橙红的事，啧，自作孽不可活。"

"你们看。"左右突然说话，"热度直线下降，比之前都撤得狠。"

程江看了下时间："没几个小时电视台就要首播，降低影响力后边才好操作，齐兰，你去联系那边，准备下场了，给那一方打个下手。"

"知道了。"

夏乐压根不知道网上的这波热闹，在宋家吃了一顿极有养生特色的饭菜，约好半个月再来后拿着新的药方告辞离开。

"药方给我，回头我给你送去。"上了车郑子靖就道。

夏乐没有异议地点头，把药方放进了车子的储物盒里，看到后边几袋子的东西不由得多看了两眼。

"我有个外甥今年八岁，我姐把他小时候的衣服找出来了，等送你回电视台后我给送到医院里去。"

"这么多？"

"还好。"郑子靖没好说和整体基数比起来这真的不算多，他侄子那衣帽间都堆满了。

"太多了，搬家的时候林姐怕是带不下。"

"搬家？"

夏乐点点头："小宝这情况最好还是在乌市待着。"

"住到你家去吗？"

"不会，我让我妈帮着在家附近找找房子，那边老城区，听说不贵。"

夏乐又回头看了一眼占满后座的几个大袋子，真的好多啊，小宝是不是两年都不用买衣服了。

郑子靖沉吟片刻，又问："这钱是你出还是……"

夏日乐章

"我要养小宝的。"

"这不一样,夏夏,养小宝怎么养都可以,可帮人不能没底限地帮,毕竟这件事里不止有小宝,还有小宝的妈妈。你可以把小宝养起来,可不能连着他妈妈一起养,升米恩斗米仇的故事你应该知道。"

夏乐看了眼红灯,打开手机将屏幕对着郑子靖,郑子靖定睛一瞧,顿时哭笑不得,不说分毫不差,不久前夏夏的妈妈发过来的微信也差不多是这个意思。

绿灯亮,夏乐收了手机低下头去敲了几个字:郑先生也是这么说的,我听你们的。

很快又是一个红绿灯,夏乐又将手机拿到郑子靖面前把这话亮给他看,连开口都省了。

郑子靖失笑,看着她头发道:"头发是不是长长一点了?"

"长了。"夏光把额前的头发拉到眼睛前,都盖住眼睛了,习惯性想剪。

"下次造型前我让阿杰过来给你修剪一下,你应该更习惯短发一些,不用刻意改变。"

"嗯。"

电视台里人来人往,尤其是青柠台这样的大台,能见到明星的概率不要太高,也因此时不时蹲守在这附近的学生不少。

夏乐看了眼那边还聚在一起的粉丝,从侧门进了大堂,听到郑先生电话响,她道:"我回宿舍。"

郑子靖看了眼号码道:"忙完了我来找你。"

熟门熟路地来到蒋方的办公室,蒋方也是个妙人,你们要用我办公室?随便用,不过不好意思,我有事,就不奉陪了,两边不靠,也两边不得罪。所以,办公室成两个外人的了。

郑子靖也不摘墨镜,扬起一边唇角笑得很有浪荡子的意味:"肖总有何指教?"

"郑少知道我为什么而来。"肖志红依旧妆容精致,"橙红是真的看中夏乐,不然不会一再找郑少,我们也很想培养出一位真正有实力的原创歌手来,郑少应该能看到我们的诚意才对。"

"我一开始就说过并不拒绝和你们合作,是你们想直接从我手里抢人,肖总,干什么都得有个先来后到吧,你们这么办事是不是也有点太不讲究了?"

"让郑少不高兴了是我的错,没有注意好方式。"肖志红笑了笑,"我们愿意更有诚意一点,夏乐的违约金我们公司愿意一分不少地给郑少,不知道郑少可愿意松一松手？"

"如果是肖总先签下了夏乐，我来横插一杠子，肖总愿意？"

肖志红当然不会说不愿意："没有这个如果不是吗？"

郑子靖把墨镜扒拉到鼻尖，露出眼睛看了肖志红，也不知道他看了什么，不一会他又把眼镜推了上去，站起身来道："惹不起惹不起，肖总再见。"

"郑少这么看重夏乐，就不能往长远想一想吗？"

郑子靖回头，意味不明地笑了笑，走人。

两人都知道这是最后一次商谈，而且显然是谈崩了，至于后果……郑子靖自认承受得起。

郑子靖回拨了电话，还没说话，那头齐兰就说开了："老板，有大量水军进来给其他几位选手造势，咱们夏乐的热度一下跌到底了，许秋怡，龙菲菲，谢敬轩都上了热度榜，大量水军下场了。"

"继续做夏夏的热度，还和之前一样，不要太靠前。"

"明白。"

回头看了一眼电视台墙上的台标，郑子靖笑："给他们加把火，让龙菲菲的热度爆了。"

齐兰很快反应过来，今晚电视就要首播，实力的强弱是刷不出来的，大家都不瞎，如果龙菲菲是个有群众基础的可能还有点抵抗力，可同为新人，实力强的不温不火，实力弱的爆了……呵呵。

"老板英明，我这就去联系好朋友。"

水军是一种明目张胆作弊的存在，大多数人都不喜欢他们，可身为公众人物需要他们，当其他人都买了水军你不买，那你就是死吃亏的那个，不得不跟着一起买，到现在买水军已经成了常态。

郑子靖知道夏乐是个什么性子，那是一个活得笔直的人，宁折不弯，她宁愿被捶死也不会喜欢这样弄虚作假，所以他压根没打算告诉她，这种脏活累活有他就够了。

想到什么，郑子靖发了条微信给夏莹莹，很快，吴之如收到了来自夏莹莹的提醒：之如姐，不要告诉我姐网络上的事。

吴之如本来还在纠结，一看到这话立刻问回去：现在什么个情况啊？我要不要站出来说话啊？

夏莹莹：不用，郑哥已经在处理了，你的合约还在橙红，别冲动。

看了眼背对着她的夏乐，吴之如噼里啪啦地按字：莹莹，黑夏乐的是我

213

们八个选手里的其中一个是不是？

夏莹莹：之如姐，谢谢你把我姐当朋友，所以才这么替她着想，真哒，好谢谢你哒。

吴之如：知道我把她当朋友你还谢我做什么，行了行了，知道了，我什么都不做。

夏莹莹：么么哒，再替我姐么么哒一个。

吴之如：你姐么么哒过你吗？你就替她么么哒我。

夏莹莹：此么么哒收回，并且拒绝再理你。

吴之如：小样儿，哈哈哈。

这些事夏乐完全不知道，她要写一首新歌，而且已经有了方向。新一轮比赛允许他们选择原来唱过的歌来参赛，夏乐拿《小宝》打底，但更希望能用新歌比赛，用已经唱过的歌去再次比赛她觉得挺不好的，而打磨一首歌是需要时间的，她完全没时间去想别的，她也想不到。

青柠台重娱乐，每周五晚八点半雷打不动是一档娱乐节目，而新接档的这档节目名字取得非常不花哨，就叫原创歌手大赛，因为是初蒙冠名，因此前边还多了"初蒙"两个字。

许多人习惯性地按到青柠台就停了下来，对新节目有期待，冲着原创两个字更多给两分，现在缺的就是原创。

周茹也不懂这个收视率怎么算，不但把自家所有电脑电视全开了，还呼朋引伴地号召大家都打开青柠台，为这档还不知道好不好的节目添一个数据，当然，她自己还奋斗在第一线，使劲想把又掉了热度的夏乐给刷回去。

可热情是会被消耗的，尤其是当节目并没有让人眼前一亮的选手后，周茹忍着看到最后也没能等到夏乐，再一看，下周五播出下半场，她顿时就有点泄气，甚至有点担心上了，她担心这档节目收视率会不好。

这也是很多人的担心，比如邱凝。

首播的收视低迷和差口碑与网络上的热火朝天形成鲜明对比，一时间，什么嘲讽难听话都出来了，与这档节目有关的人承受了更多的恶意。这个结果是所有人都没想到的。

没多久，许秋怡的热度降了下去，之后是谢敬轩，龙菲菲却依旧高高在上地挂着，不是橙红不管她死活，是降不下来，齐兰这边的人手还在继续给她刷热度。

"老板，是不是要撤了，龙菲菲现在和这档节目画上了等号，她臭了这档节目也就差不多臭了。"

"挂着,别让她掉下去。"郑子靖坐在车子后座闭着眼睛说话,应酬到现在他还没来得及看首播,"稳着点,节目低开高走比高开低走强。"

齐兰示意伙伴们继续,边打趣老板:"老板的把握是咱们的宝贝疙瘩给的吗?"

"当然,我在现场看了几期,后边能起来,等着吧,青柠台不会不管,他们会控制舆论导向的。"郑子靖捂着嘴巴打了个嗝,一股子酒臭味难闻得很,他把窗户放了下来,真是怪事,以前天天和朋友喝怎么没觉得酒臭,这喝的不都是酒吗?

挂了电话,他发了条微信给夏乐。

郑子靖:看首播了吗?

夏夏:看了。

郑子靖:感觉如何?

夏夏:我一开始比他们都差。

真冷静啊,郑子靖撑着头翻看聊天记录,大概是他没回话引起了夏乐的注意,那边主动发微信过来了。

夏夏:许秋怡哭了。

郑子靖:所以?

夏夏:没什么。

郑子靖:女人哭的时候不能哄,越哄越哭,让她自己哭完吧,你不用理。

夏夏:她就住我隔壁,能听到。

郑子靖:⋯⋯想搬吗?

夏夏:不,洗漱了。

郑子靖:好,早点休息。

首播的遇冷让整个节目组都背负上了巨大的压力,网络上的抨击也直接影响到了选手,城堡气氛低迷,刘灿亲自过来安抚也没能让大家找回信心。

可这个大家好像并不包括夏乐,刘灿站在门口看着抱着吉他戴着耳机认真谱曲的夏乐心情复杂。

橙红和夏乐背后经纪人的较量她不可能不知道,对夏乐的压制也已经开始了,之前老师想把夏乐放到后面一点宣传好达到一鸣惊人的效果,却阴差阳错地让橙红那边利用了这一点。向来好脾气的老师气得都拍桌子了,可作为利益共同体他们不能和橙红背道而驰,只希望老师能说服台长,只要台里撑节目组一把,让橙红那边放弃对夏乐的打压,这档节目说不定还有救。

谁都得承认,这档节目目前最出彩的是两个人,一个许秋怡,一个夏乐。

许秋怡是初恋女神型,夏乐则是酷酷的风格,以前是前者受欢迎,现在却是夏乐这一款更受标榜自我的年轻人喜欢。明明可以双赢的事却非得东风压倒西风,橙红也是这些年太顺了才会越来越霸道。

正在这时,背对着门的夏乐转过头来,看到她摘了耳机放下吉他站起身来叫了声刘副导。刘灿笑了笑,进了房间左右打量了下,很干净整齐。夏乐把吴之如那边的椅子搬过来,又去倒了杯白开水,依旧话不多,却不失礼。大家都挺喜欢夏乐是有道理的,她不会嘴甜地哄人,平时甚至都少有接触,可她不作妖,本分,轻易不会麻烦人,工作人员喜欢这样的人。

"在写歌?"

"嗯。"夏乐搬着椅子在她对面坐下,双腿并拢,手放在腿上,乖乖的,像等着听训。

刘灿是个优秀的电视人,自然看人的眼光不差,志气也有,友台花重金挖她去做导演她都没去,不是不想更上一层,而是她很清楚别的台没有青柠台的氛围。她没法再学到东西,在这个行业,原地不动都等于退步。

她不怕跌倒,反正她还年轻,还有机会,可老师没有,做完这档节目老师就准备退了,想到老师自虐一般翻着网上的言论她就忍不住鼻子发酸,如果这档节目真的扑到底……

"你为什么不愿意签给橙红呢?"冲动之下,刘灿问。

"我先签给了郑先生。"

"据我所知,橙红愿意替你付违约金。"刘灿一顿,又给自己解释道,"我不是来做说客的,我就是好奇想知道,毕竟对于新人来说橙红是个不错的去处。"

"个人原因,橙红的有些要求做不到。"

刘灿将手里的手机翻过来覆过去,试探着道:"哪些做不到,你可以和我说说看。"

夏乐看着妆容也难掩憔悴的刘灿,想着初见时她神采飞扬的样子便也多说了几句:"我是退伍军人,有些方面有限制。"

刘灿千想万想都没想到这个答案,这会看着她的坐姿,看着地上摆成一线的拖鞋,哪怕随意折起仍然显得比旁边那床有棱角的被子,再想想她平时的做派,心底豁然开朗,是了,那是军人才会有的自律。

"如果橙红那边愿意满足你这方面的要求……"

"刘副导,我已经签约了。"

刘灿一窒,可不就是,人家已经签约了,行得正站得端,反倒是她们这些人在不遗余力地想说服她违约。

"无论如何歌还是得好好写。"刘灿站起身来,"好好准备下一场比赛,不论结果如何你都要尽力。"

"我会。"

这么斩钉截铁啊,刘灿笑,扬了扬手离开这个城堡里情绪最平稳的地方。

夏乐没把这突然的造访当一回事,客人一走把地方收拾好继续打磨新歌。可对于这档节目来说打击是巨大的,多数选手选择了之前的歌,节目组为了稳妥推迟了录制时间,并请了几个大咖来帮忙在歌曲的基础上改进,前后相比自然不可同日而语。

选择新歌的只有夏乐,许秋怡知道后也放弃了老歌决定用新歌,不说别的,吴之如就挺佩服她的勇气,毕竟之前在网上被喷得那么惨。

而网络上关于夏乐的新闻多起来了。办公室内,郑子靖坐在左右的位置上看着电脑上显示的数据微微皱眉。

"老板,我做了几个应对方案,你看看可不可行。"齐兰把笔记本递过来,郑子靖接过大致看了看,合上电脑递回去,"有没有可能是之前帮夏夏的人?"

"不是,我联系过了,对方虽然说得隐讳,但我确定他们没有下场。"

"跟好,夏夏可以有一点新闻了,但是不能给对方把夏夏架到火上烤的机会,查一查对方是谁。"

几人同时点头,他们已经在查了。

郑子靖起身:"宣发部做好准备,下期夏夏就要上场了,硬广暂时不需要,软文要跟上,还有运营那边,程江,你不要着急去洽谈任何广告,前期我们只投入,不求产出。"

程江摸了摸鼻子,看样子老板是知道他打初蒙主意了,他是从初蒙出来的,现任老板和前任老板又是亲姐弟,这不是想着肥水不落外人田……

"夏夏现在还没有站稳脚跟,对观众来说她太眼生了,代言任何产品都不会给人留下深刻印象。我希望她将来不管代言什么都不是因为产品记住她,而是因为她记住了那个产品。你们要牢牢记住这一点,做的任何策划都要基于这一点。"

这个人不是玩玩的,是真想好好打造一个人,几位公司元老确认了这一点,心里疑虑尽去,他们愿意过来肯定是因为薪酬打动他们,可如果还能好好做

217

一番事那就太好了，在他们这个平均年龄不超过三十五岁的团队，谁不想真正做出一番事业。

去往电视台的路上郑子靖一直在关注着事态的发展，等到各种视角的短视频出现后郑子靖就知道对方是谁了，带这波节奏的是青柠台，或者说是节目组，他有些惊讶，橙红能同意？

橙红当然不想同意，一个新人他们还签不下来，不说这个人实力怎么样，就是面子也丢尽了。

可青柠台也有脑子清醒的人，在刘灿告诉徐成夏乐退役军人的身份后就知道机会来了，直接去找了台长郭长弓，因为他知道，台长也是个老兵。

果然，郭长弓立刻放下所有事去剪辑室调出夏乐的部分来看，这是个军人，并且是个老兵，一个年轻的老兵。确认了这一点，郭长弓立刻叫来橙红，并且亲自问了关于夏乐的后期推广情况，自然，除了压制什么都没有。郭长弓恼橙红过界，只是身为一个大台的台长他脑子绝对够用，也不去和橙红掰扯，只让徐成倾斜资源，把之前欠的都补上。

部队是个特别奇妙的地方，就算不是同期入伍，只要你是当兵的就是自己人，要是再喝上一场酒，不得了，亲兄弟！

郭长弓是个典型的北方男人，天生性子豪爽，在名利场滚打多年也没有磨去那份血性，和多年前的战友仍旧保持着不错的关系，聚会时但凡是有可能都会到，酒醉时吼上一首《咱当兵的人》也能眼泪横流。

对夏乐他当然不至于因为对方是当兵的就怎么另眼相待，但骨子里的亲近那是没办法的，不说要怎么帮她，怎么也不能在他的地盘上让她吃了亏。

徐成人老成精，扯起虎皮就行动起来，他做的第一件事就是让后期重新剪辑，之前剪的那个他看了，群像的时候一到夏乐就拉镜头，到她表演的时候没有其他人了吧，可依旧看不到几个正脸，这么明显，真当别人都是瞎子看不出来。

如果她自己不争气也就算了，可问题就在于她的实力确实是同期选手里最强的，不论是《小宝》《晨光》还是后来改编的《在那边》都让人印象深刻，之后的那首《携手》稍弱，明显也是郑秋燕有意压制的后果。这样一个前景可期的原创歌手，就算不在这档节目上闯出名声也会在其他节目上发光发亮，要是可以，他当然是愿意由自己捧出来。

一番动作之下，就成了郑子靖他们看到的模样。他虽然不知道这其中的原委，但是眼下的情况明显是橙红失去了话语权，节目组开始正常运作了，喜闻乐见。

喜闻乐见的人还有很多，郑秋燕悬着的心就落了下来，青柠台是大台，就算是为了夏乐将来的发展能友好相处还是友好相处的好。

这些暗地里的角力夏乐半点不知，她的歌基本成形了。

她给新歌起名《秋千》，一如之前三首原创一样，词、曲、编曲：夏乐。歌曲依旧有着新人特色的着相，在内行人看来甚至还有点用力过猛。郑秋燕却并没有去修正，她只是点出几处不合适的地方让她自行琢磨修改，她已经不想去管比赛结果了，干脆借着这个机会来教导弟子。

录制定在周四，比起之前几轮，这一次尤其显得郑重其事。

录制之前，徐成特意到后台来和大家说了几句，笑眯眯的样子看着比平时要平易近人多了："不要被这点阵仗吓到了，你们后边的路还有那么长，被人质疑，被人轻视的时候还会有。这态度是别人的，不该成为你们的，我一直都觉得做原创的人有一股轴劲，所以他们能做出普通人做不出的新东西来，人云亦云的人太多了，不缺你们几个，希望你们能走得更远一些。"

"可我觉得他们并不愿意给原创留生路，那态度简直是恨不得一脚踩死。"谢敬轩依旧背着吉他，语调很轻，显然这事对他也不是毫无影响。

"因为他们不会，他们以为把音符随便一放就能成曲，你不能要求他们达到和你一样的水平，而你，也不能把自己放到他们一样的水平。"看了下时间，徐成道，"要开始了，大家都要好好表现。"

八个人的后台很沉默，谢浩的声音清晰地传来，和以往一样情绪饱满，包袱满地丢，好像不知道这是一档如今并不受欢迎的节目。

吴之如深吸一口气，站起来跳了几跳："有什么大不了的，反正签了公司饿不死了，以后再努力呗。"

几人互相看看，也都开始调节自己的情绪。

总算不是死水一样了，吴之如悄悄松了口气，挨着夏乐不再说话，她只有一半的希望晋级，但是能走到这一步已经很满足了，后边就看命吧，她尽了所有的努力。

第一个出场的是龙菲菲，上台前她和几人一一击掌，外压之下，八人此时反倒莫名其妙地团结起来了。这一轮，节目组将许秋怡和夏乐放到了最后，两人紧挨着，许秋怡第七个压轴出场，夏乐最后压台。许秋怡不甘，还让公司出面争取过，最后仍然没能改变这个结果。

后台只剩她们两人时，她走到夏乐面前定定地看着她："我以后一定会超过你的。"

219

夏乐点点头,她不惧怕任何挑战。

许秋怡看着她神情轻松好像并不把她看在眼里的样子表情都扭曲了一瞬,她不是不知道夏乐是什么性格,可仍然生气,深吸一口气,她转身大踏步离开。

她会把夏乐当成对手,一直!

"夏乐,准备了。"姜小莉把人带到候场区,一边轻声给她打气,"别紧张,正常发挥就可以了,你的新歌很棒。"

"谢谢。"

八位选手能从那么多人中脱颖而出一路走到现在,实力自然不差,现场气氛一直都挺热烈。在这个信息爆炸的时代,网络上那些风风雨雨他们自然是知道的,大概是预期低了,反倒是真正听了后觉得很惊喜。

提心吊胆的工作人员到这时候才悄悄松了一口气,他们一直担心会有人中途离席,都已经准备了人手,只等一有人离开立刻补位,不让现场太难堪。幸好,这样的情况没有发生。

"接下来这位选手呢,我要好好说一说。小沁,你认知中的温柔是什么样子的?"

"我这样的啊。"

谢浩斜眼看着她,观众一阵大笑。

"咳咳,好吧,我知道我不温柔。"刘沁想了想,"温柔就是我妈妈那样的吧,说话轻声细语,笑容温婉,像古代那种大家闺秀。"

"刘妈妈有仕女的气质。"谢浩道,"我认识许多温柔的人,可真正让我第一眼就觉得这个人很温柔的是夏乐。"

"夏乐?她都不说话,沉默不等于温柔吧。"

"沉默当然不等于温柔,那种感觉……是说不上来的,就觉得这个人的温柔是从骨子里透出来的,至于是不是真的,以后我们拭目以待吧,我自认看人还没有看错过。"谢浩侧身朝向上场门,"来,让我们用热烈的掌声欢迎最后一位选手上场。"

夏乐提着吉他走上台,她今天穿得很简单,白衬衣牛仔裤,和第一天上场时差不多的装扮。

"夏乐,你是最棒的!"

夏乐刚站定,谢浩正准备说话就被下边那一嗓子给憋了回去,顺着声音一看,嚯,这一排的灯牌什么时候出现的!夏乐也顺着声音看了过去,一眼就将人认了出来,是那次在楼顶救下来的人。周茹用力朝她挥手,夏乐也朝她挥了挥。

"咱们夏乐这是有粉丝了呀!"

周茹扯着嗓子喊:"对,狂热粉!死忠粉!脑残粉!"

谢浩眼神瞟向刘灿,这不会是安排好的吧?会不会有点过了?刘灿朝他摇头,她其实也挺蒙,但总归不是坏事不是?

谢浩反应快,立刻把话接了起来:"我要和这位观众说,你真有眼光,夏乐值得你的狂热,接下来让我们欢迎夏乐带来她的新歌,《秋千》。"

灯光暗了下去,一束光打在舞台另一边,那里站了四个五六岁左右的小孩,两男两女。

音乐响起,小孩清脆的声音随之响起:"一根柱,两条绳,三摇四晃荡呀荡,荡得高,荡得远,荡得吓哭小娃娃……"

童谣的背景音中,另一束光亮起,打在舞台中间的夏乐身上,她坐在高凳上拨弄着吉他,头微微垂着,头发掉落下来遮住了她的眼睛。

"你哭着打来电话,说找不到老家的秋千了,学校要拆了,刻着你心事的大树挪走了,认识的人没几个了。我在心中撑起一个支架,搭上两条绳子一块木板,幻想着把伤心的你置于其上,让风吹干你的眼泪,看到小时候看不到的风景……"

编曲很简单,主要的乐器不过是夏乐手里的那把吉他,整首歌听起来就和她的人一样,干净。可是这首歌并不简单,虽然起名是秋千,可说的却是这二十年来的变化,而这个变化我们每个人都在经历。

随着最后一个音落下,夏乐站起来朝着台下鞠躬,如雷般的掌声响起,不止是观众,工作人员也在鼓掌,郑子靖觉得自己的手都有点痛,可他停不下来。之前排练他错过了,这还是他第一次听到这首歌,真的很棒!

"夏乐,你是最棒的!"周茹喊得都破了音,陆续又有人附和着喊。

"夏乐总是给我们惊喜。"谢浩眼眶有点红,"之前排练的时候我有听过,可再次听依旧很感慨。我们的人生每过一秒都在往前推进,而且这是一条只能前进不能回头的路,所以我们要珍惜眼下,每做一个决定都要慎之又慎,不要让自己后悔,说到这个我就想问一问夏乐,你有后悔过吗?"

夏乐一瞬间想了很多,爸妈、部队,还有那一场因为她的命令而永远留在了青稞山脉的战友,她做的每一个决定都是在当前做的最合适的,所以:"我不后悔。"

她只是希望自己能更强大一些,能守护住她想守护的。

221

夏日乐章

"没有后悔的人生就是最幸福的。"感性过后,谢浩转过身去面对观众立刻又恢复成了他平时的调调,"好了好了,大家擦擦眼泪,听听评委们怎么说。"

观众又哭又笑,情绪却在这调笑中褪去了。

谭宗明率先道:"夏乐是我见过的进步最快的歌手,她一直在调整自己,而且调整得非常好,如果她能一直保持住,将是我们华语乐坛冉冉升起的一颗星。"

另外两名评委也都是满满的好话,郑秋燕留在了最后:"我要先说明一点,这首歌从曲到词,再到编曲我只提了一点小小的意见,全是由夏乐在这几天独立完成。谭老师说她是进步最快的歌手,这一点大家都看得到,但是我更喜欢的是她那种任你外边狂风暴雨,我自岿然不动的态度,一个能完全不为外物所影响的人,我对她很有信心。"

夏乐向老师弯下腰去,掌声四起中,她突然定定地看向台下左侧,和看过来的那人直直对上,这个人和在场的其他人看她的眼神不一样,不过徐成导演在他身边,应该不是有问题的人。

她收回了视线,郭长弓的眼神却没有寸移,面对面和隔着一层屏幕看完全不一样,这个老兵警惕性很高,恐怕还是执行过任务或者参与过演习的。

"郭台,您觉得如何?"

"如果真像郑秋燕讲的那样全是她自己做出来的,也就怪不得橙红脸都不要也要抢人了。"

徐成笑,可不就是脸都不要了。

"好好运作,只要她是从我们台起步的,就算没有那纸合约以后也是半个自己人,现在卖个好还来得及。"

"明白。"

这边说话的工夫,八位选手都被请上台了,这一场本来是设置了专业评审团来投票,可在收视口碑都跌至新低后就有好几个人以档期冲突为由婉拒。徐成一气之下干脆弃用了这个设置,仍然让导师自己决定选手的去留,走到这一步,谁留下谁离开大家心里都有数了,就算是为了自己的羽毛,导师在做选择时也都是慎之又慎。

毫不意外,郑秋燕组留下的是夏乐,谭松组留下的是许秋怡,胡宗明组留下的是谢敬轩,余秋生这一组吴之如被淘汰,留下的是舞跳得非常好的沈立,四人特色鲜明,这个结果也算是意料之中,就是被淘汰的选手也都不意外。

吴之如抱着夏乐,眼眶红着却没有哭,能走到现在已经比预料中要好太

222

多了。

夏乐拍了拍她的背,无声地安慰。

"我想吃火锅。"

"好。"

吴之如被她这毫不犹豫的回话取悦了,她也就说说而已,哪会那么不懂事地让即将争夺冠军的夏乐去吃火锅,上火了怎么办。

正想着呢,就听到夏乐又补了一句:"吃鸳鸯锅。"

吴之如噗哧一声笑了,点头:"好,我们去吃鸳鸯锅,鸳归我,鸯归你,我们拆散它们。"

夏乐点点头,这时候谢浩那边也说完了谢幕的话,一众人鞠躬后正式结束了录制,让吴之如先走,夏乐下台直奔周茹。郑子靖立刻跟了过去,这会观众还有许多没离场。周茹自然也懂,上前迎了几步离着观众远了些。

"怎么来了?"

"来给你加油啊。"周茹笑眯眯的,半点不见当初站到顶楼的颓丧。

"谢谢。"夏乐并没有把她真当成粉丝,虽然她没把那天的事情当回事,可在当事人那里这就是大事,她理解,并且也接受她的这种回馈,如果这样能让她安心的话。

回头看了眼,见导师的席位已经空了,夏乐道:"谢谢你来,我去忙了。"

"去吧去吧,我会一直支持你的。"

"不要耽误了自己的事。"夏乐点点头,快步走向后台。

会议室内,郑秋燕笑容明媚,虽然眼尾已经有了纹路,可姿态依旧是好看的:"看样子扳手腕橙红输了?"

"我没管这些事,郑先生说不用我管,他会处理好。"

郑秋燕笑意更深,要说之前她对于夏乐有这么一位经纪人还心里打鼓,现在是完全放下心来。就算对方真是打的将夏乐养肥了再卖的主意,至少也会先好好将夏乐给养肥了,之后要卖给谁那是另一场博弈,只要伤不着夏乐就行。再说了,将来变数大得很,说不定夏乐自己就翅膀硬了飞走了呢?

"最后一场录制时间还没定,如果是一档收视火爆的节目最后一期会现场直播,估摸着电视台想再观望观望,看有没有翻盘的可能。"郑秋燕看着自己的得意弟子,"最后一期你是打算将之前的歌重新整理去用还是写新歌?"

"想试试新歌。"

郑秋燕点点头,她并不意外,夏乐就是有那么一股往前冲的劲在,她不屑于止步不前:"看这形势台里会重点推你,不出意外的话不久后节目组会有人找你。"

夏乐立刻道:"我说过几次了,不会违约。"

郑秋燕气笑不得:"我还能来给他们做说客?他们要挽救这档节目,当然得从几个热门选手身上做文章,不止你,四强他们都会好好用起来,我的意思是能配合的你就配合,不要记着之前那点恩怨。"

夏乐有点窘,连忙点头应好。

郑秋燕舒坦地笑了笑,橙红扯不了大旗了,真是……解气啊!

"新歌有方向了吗?"

"我还得想想。"

"不着急,还有时间。"看了下时间,郑秋燕道,"我这段时间不在乌市,有什么事你随时和我联系,夏乐你要记着,我们和其他人不一样,他们只是一档节目的师生,我们是真正喝了茶的师徒,勤快一点找我,嗯?"

"是。"

"我记着你是本市人?"

夏乐点头。

"我算了下,如果是直播将会有四十多天的空当,你不用天天守在这,回家也好,去哪里走走也好,不过不能走远了,电视台可能随时会找你。"

"是。"

真是乖得让人想摸摸头,郑秋燕搓了搓手把这股冲动按捺住,起身道:"行了,你经纪人在等你,我就不啰嗦了,对了,明天晚上记得看看自己的表现。"

"是,老师注意安全。"

送走老师,夏乐在回宿舍的路上收到录制等通知的消息。

吴之如一看到她就嚷嚷起来:"夏乐,听说暂时不会录制冠军争夺战。"

"嗯。"夏乐看了她床边的大箱子一眼,"准备走了?"

"等录制那会我还要再来的,据说有节目。"

夏乐点点头:"等我一下,去吃火锅。"

吴之如扬起大大的笑脸用力点头,夏乐还记着呢,真好。

夏乐收拾东西快得很,背着袋子和吉他,还一手推着吴之如的大行李箱。在一楼等着的郑子靖非常自然地接过夏乐的包,却没有去提吴之如的箱子。

上了车,吴之如挽着夏乐的手臂问起后一场比赛的事:"还是准备写新歌吗?"

"有这个打算。"

"真是，人比人气死人。"吴之如长长地叹了口气，"夏乐，你知道你这个天赋有多招人嫉妒吗？"

夏乐看向她，没听明白这个天赋是指哪个天赋。

"写歌啊，从《小宝》到后面的每一首歌你都是在几天时间内完成的，你不会以为我们都有这个本事吧？"

夏乐点头，她就是这么认为的，不是每个人都在拿新歌比赛吗？

吴之如用额头磕了她肩膀一下："都是之前的存货好不好？我这两年就写出来这么几首能拿得出手的歌，平时我还能安慰一下自己只用课余时间创作已经很厉害了，可对比你的效率，呵呵，我肯定在摸鱼！"

"不是有改编作品和命题写歌？这个总不会提前写好。"

"改编平时我们也会改着玩儿，至于命题写歌，真正靠自己的就你好不好，我都找老师帮忙了的。"吴之如一脸忧伤地靠着夏乐，有个这么出色的朋友真的好骄傲又好着急，她赶不上啊！

夏乐看向窗外，隐约记起多年前吴爷爷曾经也表扬过她这方面，还说她天生就是吃这碗饭的人，虽然迟了好些年，可现在她依然端起了这个饭碗，不知道吴爷爷是不是就不会怪她了。

郑子靖把两人送到一家口碑很好的火锅店后借故离开，行李也都一并拖走了。吴之如羡慕得直叹气，这么好用还体贴的经纪人她也想要。

"以后我在乌市的时间估计会多。"吃着东西，吴之如说着自己的计划，"商演什么的我会去的，我想赚点钱，这次来参加比赛把我都掏空了。"

"学校呢？"

"我学分已经修够了，而且到了大四很多师哥师姐都开始各谋出路，我这样的不稀奇。"

夏乐想了想，给她找了另一条出路："你可以试着给歌手写歌，这样也赚钱。"

"想过，但是以我现在的水平估计没人会看得上，不过我会试试的，哎呀别总说我了，你有什么打算吗？"

"备战比赛。"

"比赛完了之后呢？"

"听郑先生的安排。"

"你这会不会也太乖了点。"吴之如揶揄她，"你可以想想到时候可以去干什么,我看郑先生挺顺着你的,说不定他会同意呢?"

"各司其职,我把歌写好了就行。"

这可真是,听话到了顶了,吴之如莫名就觉得东西吃起来都不香了。

吃得饱饱儿的出来,吴之如还在那感慨:"我们应该去吃自助餐的,绝对能吃回来。"

夏乐摸摸鼻子,没好意思说有一次执行完任务回来小队的人一起去吃自助,分量和速度都引起了围观,当然,他们是绝对吃回来了的。不过那老板也特别好,后来亲自送了好多盘肉过来。

看了眼手机,夏乐回了几个字对吴之如道:"等一下。"

很快,熟悉的车停到两人面前,身后还跟了一辆车,郑子靖笑着下车来:"吴小姐行李重,我安排一辆车送你去火车站,东西都放过去了。"

吴之如有点不好意思:"不用麻烦了,我打个车过去就可以。"

"从这里过去挺远的,没事,这是我司机,我现在用不上他,耽误不了什么事。"郑子靖不给吴之如再拒绝的机会,拉开车门道,"夏夏,我送你回去。"

夏乐把背包递回给吴之如:"我送你也可以。"

"我还是麻烦郑先生好了。"吴之如头摇得拨浪鼓一样边上了车,放下车窗挥手,"冠军之夜等着你的精彩表现哦,加油。"

夏乐点点头,也挥了挥手,直到车子都消失在视线中才上了车。

郑子靖会选择定在这家火锅店还一个重要原因就是离夏家近,开车十分钟就到了,这一次回来得突然,夏乐又没有提前和妈妈说,看到人邱凝一脸惊喜。

"郑先生也来了,快进来坐。"

把夏乐的两个包放到鞋柜上,郑子靖嘴甜甜地卖着乖:"谢谢伯母,我那边还有点事要处理就不进来了,今后来打扰您的时候肯定不少,您到时候可别看到我就烦。"

邱凝眼神在包上晃了一圈,点点头道:"有事就不留你了,家里随时欢迎你过来。"

夏乐这会换好了鞋,站在一边看着两人客套,好在这两人也都知道她是什么性子,当下邱凝就笑笑离开了玄关,郑子靖则把车钥匙递了过来:"我定的保姆车还没到,这辆车就先放在这里给你备用。"

"家里有车。"

"伯母平时不用吗?"

要用的,妈妈要开去上班,平时出门都需要车子代步,夏乐一不说话郑子靖还有什么不懂的,当下就把钥匙塞到她手里:"先用着,等保姆车到了再换。"

夏乐嗯了一声,没有把钥匙退回去,她对经纪人这个职业和这个职业相关没有多少了解,凭着直觉觉得这人不至于把自己给卖了也就不顾忌什么。

"只听你说晋级了,自己感觉怎么样?"郑子靖一走,邱凝立刻问道。

"还行。"

"下一场就是争夺冠军了,有压力吗?"

夏乐摇摇头:"没什么压力。"

"对,尽力了就好,过了的就过去了,不要再去想。"邱凝转开话题,"这个时间回来也正好,明天陪妈去逛逛,后天你外公生日,你一起过去。"

"好。"

"对了,林欣他们住的房子我也看好了,一千块钱一个月,就在我们后边的小区,里边什么都有,到时候再从家里拿些床单被子之类的过去,林欣也不用花钱去买。"

"生活用品之类的不用买吗?"

"得让林欣自己去买,我们什么都准备好了她会对那个地方没有归属感。"女儿这方面短板太明显,邱凝更觉得自己有内退的必要了,"人和人的交往也是有技巧的,你不会没关系,多看看就知道怎么回事了,越珍视一个人越要好好地用心维持关系,什么好都不是从天上掉下来的。"

夏乐看向妈妈,这好像有点话里有话……

邱凝笑笑不再说:"好了,陪妈妈看会电视?"

"好。"

和以前一样,只要在家的日子夏乐就会陪着妈妈,妈妈让干什么就干什么,而且还干得特别好,陪着出门就更好了,集司机保姆苦力于一身,邱凝只要指点江山就好,两人都很满意也很珍惜这种陪伴,怎么都不觉得累。

可今晚有比赛节目邱凝还是记得的,吃了饭夏乐去洗碗的间隙她还神秘兮兮发了条信息出去,不一会那边回了消息,两人聊了数个来回,直到节目开始。

《小宝》这首歌是有点涩的,才开窍,有很大改进空间,可对于一档收视率惨淡的节目来说是个爆点,毕竟人家是新人。青柠台小心地在各大平台带着节奏,蜗牛也不着痕迹地做着引导,之后周茹以一个狂热粉的姿态下场,

夏日乐章

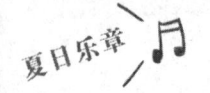

一个短视频接一个短视频地往上传,没有任何评价的字眼,每一条她都只有一句话表达:啊啊啊啊啊啊啊啊啊啊!

就像股市触底反弹一样,跌到底的节目奇迹似的慢慢回温,还有人调侃:原来是把好选手都放到后边了,要早放这一拨人这节目的收视率就不会跌成这样了,夏乐,许秋怡,加油挺住。

夏乐忍着窘意看完了自己的表演,一遍下来她基本就找到了问题,也知道怎么去改了,可她没打算改。吴爷爷说过,第一次写出来的东西是最好的,无论将来增加多少阅历,一定写不出一开始的感觉。《小宝》从技巧上来说可以更上一层楼,感情上现在这样就很好,加一分就多,减一分会少。

"现场很好。"邱凝笑着,"副歌部分是不是改了?"

"嗯,编曲的时候我改了,就是我上台唱的这个版本,老师说改了之后更好。"

"你觉得呢?"

夏乐想了想:"我喜欢前者,更纯粹些,后边多了两种乐器,听起来更好听,可就是觉得少了一点感觉。"

"你觉得怎样更好就怎样做,朝着那个方向努力。"邱凝拍了拍女儿的手臂,"比我预料的还要好。"

各大平台上热度一点点上来,话题一点点增多,并且还有继续上涨的势头,这让关注这档节目的人心安了不少。

夏乐对手机的依赖远不像其他人那么高,有需要的时候就看一看新闻,在家的时候她陪着妈妈也不会去玩手机,要么就是抓紧时间训练,不让自己的身手退化得太快,这也就导致了网络上红红火火的时候她已经睡得正香,次日一早别人才睡时她又起来锻炼了。

邱凝却是关心的,可她不会将这些转化为压力施加到女儿身上,看着情况好了不少后在家里也就不拿出来说,收拾妥当后提着给父亲的生辰礼下了楼。

"今天人多,沾亲带故的估计都会到,如果有人说了什么你不用放在心上。"看着窗外后退的景致邱凝笑了笑,"我在亲戚里边出了名的不听老人言,他们就认定我吃了半辈子亏,总要悲天悯人地来感慨几句,听着就是,我们的生活不用剖析给别人看,本来和他们也没什么关系。"

"我知道。"

邱凝歪头看了看她,笑了:"也是,你以前见识过。"

"他们很可怜。"

228

"哦？说来听听？"

"冷静地算计得失，冷静地规划人生，冷静地谈一个门当户对的人，冷静地结婚生子，就像画好了两条线，他们只让自己走在那两条线中间，逾越一点都不行，木偶一样，不可怜吗？"

邱凝托着腮想了想，还真是这么回事，那些人啊，面子比他们真正的生活重要多了，就算出轨他们也能很冷静，先是算财产，再是算会不会影响他们的社会地位，结果可想而知。

这么一想她还真是应该感谢小乐她爸，如果不是遇到了他，爱上了他，嫁给了这个他们眼中的穷当兵的，自己的一辈子怕也是那么过了，那样的生活……想想就不寒而栗。

邱凝笑了，带着点少女的姿态，真好啊，她拥有爱情。

"小乐，你该找个男朋友了，妈妈在你这个年纪你都会走路了。"

话题转得太快，夏乐一时没能接上，干脆沉默了。

"妈妈不是在催你，只是想提醒你一下。"邱凝覆上女儿放在挂挡器上的手，"不用因为找你爸就耽误了自己的人生了，咱们可以一边过自己的日子一边找，遇到合适的不用往外推，说不定就是你的真命天子呢？"

"我不想找合适的，我想和妈妈一样嫁给爱情。"夏乐反手把妈妈的手覆住，还偏头朝她笑了笑，"我想和妈妈一样，小的时候我就这么想，现在也没变。"

邱凝鼻子有点酸胀："不觉得妈妈一个人过得辛苦吗？"

"觉得，可妈妈从来没有嫌弃过这种辛苦，我觉得我也可以做到。"

"傻孩子。"邱凝笑意温柔，"心里有个方向也是好的，你要真哪天带个当兵的回来妈妈也能接受。"

当兵的？夏乐从一串名单里翻了一遍，觉得妈妈应该能放心了，她想象不出来和这些人怎么谈情说爱，打架倒是有可能。

邱家在老城区的中心地带，开车二十分钟就到了。这里一大片带着院落的小洋楼，早些年就已经是保护建筑了，自家都是不能私拆重建的，是乌市有名的一处景点。

住在这里的人都算有点底蕴，邱家书香门第，祖上曾出过状元，一家子不是教授就是教育局的，最次也是个高中老师，邱凝虽然叛逆，走的却也是老师这条路。邱凝三兄妹，上边两个哥哥，年纪差距都不大，兄妹感情一直也不错，只是在邱家这样的家庭里再好也显得克制。

不过已经到了这把年纪，邱凝自然也不会再像小时候一样觉得哥哥和她

夏日乐章

不亲了,她坚持要嫁那会,是哥哥们一再做工作父母才没有再拦着,她的婚礼上才有高堂,有至亲,她都记着的。

进了木制的院门,屋里就有人迎了出来,邱凝笑眯眯地唤了声二哥,夏乐跟着叫了声二舅。

"就猜着是你到了。"斯文俊秀的邱家老二邱柏维推了推眼镜看向妹妹身边的人,"小乐也来了。"

"这出来迎客的倒好,把自己也丢外边了。"邱家老大邱柏志随后出来,他同样戴着眼镜,不过两人却绝不会被认错,相比邱家老二的俊秀,老大个子就高了半个头,差了的长相大概都从这上头贴补回来了。

夏乐又喊了声大舅。

邱柏志点头应了,大概是心情着实不错,还打趣了一句:"都说外甥多像舅,小乐别的不说,这个子是随我了。"

"幸好只随了你的个子,要再随了你的长相小乐还能看吗?"说着话,邱柏维伸手去拿外甥女满手的东西。

夏乐下意识地就要拒绝,邱凝先动了,她把其中两个一模一样的袋子拿了往两个哥哥手中一人塞一个:"给两位嫂嫂买的,正好,免得一会她们和我客气。"

兄弟俩对望一眼,也就收了下来。

邱凝打趣:"走吧,再不进去得有第三个人出来了。"

客厅里已经坐着邱家的两房媳妇和第三代,但也仍然显得安静,老爷子手里捧了本书,戴着老花镜隔老远看着,听着脚步声说话声姿势都没变一个。

老太太看他一眼,也就不拆穿自家老伴这一页看了怕是有十分钟了,以他的好记性,应该是能背下来了。

"爸,妈,我回来了。"

邱凝人未到声先到,只听声音就知道精神是饱满的。老太太叹了口气,这人啊,一辈子要走怎样的路真是注定了的,要吃多少苦,要受多少罪,要挨多少折磨也都一笔笔写着,承受多少划去多少,等这些都熬过去了日子才能舒坦下来。

看着面容恬静,眼角眉梢不见丝毫幽怨的女儿,老太太想,她女儿大概该划去的都已经划去了,不管怎么说,小乐回来了。

"外公,外婆。"

老太太笑着应了,看着装样子装得下不来台的老伴挺可怜,手一伸拿走了他手上的书,把梯子递了过去:"之前不还说小乐的歌唱得好?人都在你面前了,你倒是当面夸夸。"

邱老爷子轻咳两声,取下眼镜放到一边,眼神先是落在女儿身上,然后看向唯一的外孙女。儿子生的都是儿子,孙辈里就这么一个姑娘,小的时候那模样要多乖有多乖,想当年他也是帮着梳过几次头发的。这军营啊,还真是磨炼人。

"来就来了,怎么还买这么多东西,又不是别人家。"

"都是用得上的。"邱凝把女儿手里的东西一一拿了放到一边,眼神嗔怪,将近五十的人了这模样仍有点小女儿的娇态,"您还嫌弃哦。"

老爷子不说话了,动不动两三月不回,他要再嫌这还能见到人吗?

看向挺拔的外孙女儿,老爷子开口道:"你那首歌不错。"

夏乐看向妈妈,她是不是听错了什么?!

邱凝也有点意外,最近她回娘家回得多了点,小乐的动向自然也没瞒着,可她没想到她爸会看,这可不是新闻联播!

"不管什么事,有没有上心去做是看得出来的,哪行哪业都是这个道理,我问了几个懂这个的朋友,他们也都说这首歌感情表达得不错,以后要再接再厉。"

夏乐点头应是,她其实还是有点蒙,在她认知中,外公外婆对于传统之外的那些东西是看不大上的。

显然,邱凝也是这么认为的,所以她就问了:"您之前不还说她丢了西瓜捡芝麻吗?"

"我仍然觉得女孩子有一份稳定的工作比较好,可既然她选择了走这条路那就没有半途而废的道理,踏踏实实地走,家里别的没有,就教学资源多得很,如果想去进修一下或者找个老师讨教一番都不难办到。"

老太太在一边附议:"不用觉得麻烦我们,你们要过得不好我们才要惦记,我瞧着小乐现在就挺好,老邱你说是不是?"

"哎呀,现在这都是小事,今天的大事是爸您的生辰。"

"生辰年年都有,这才是真正的小事。"邱老爷子瞪她一眼,"你以为我想在今天说啊,平日里也得我能见着人才能说。"

邱凝最亏心的就在这,这些年她回家真的太少了,因为她实在是不想总听到那句话:当年就劝过你有得后悔的,你非要嫁,现在尝着滋味了吧。滋味她早尝到了,酸甜苦辣,无一不足,可对她而言仍然是甜蜜居多,而且,她不后悔。以前没有,今后不会。

231

渐渐有客人到来，夏乐慢慢避到了一边，对这样的大聚会她从小就不适应，所以年纪小的时候她是沉默应对，到现在也没什么长进，依旧是沉默应对。

"表姐。"

夏乐回头，是二舅的儿子邱梓桐，妈妈比二舅先结婚，生孩子也没耽误，到了这一辈儿她反倒比二舅家的孩子大。

"表姐，你竟然真唱歌去啦！"

夏乐点点头。

大二在读的邱梓桐笑："你这人做事真让人意外，以为你要做一辈子音乐的时候你当兵去了，以为你要在部队里待一辈子吧，你又去唱歌了。"

"嗯。"

还是这么话少啊，邱梓桐把剥开的橘子分了一半给她："听姑姑说你签了个经纪人？"

"嗯。"

"对你好吗？有没有提过分的要求？"

"对我很好。"夏乐看他，"什么叫过分的要求？"

"一切不合理的要求就是过分。"

"他没有。"

邱梓桐表示半信半疑："你防着点，别太好骗了，那个圈子里乱得很，你不是跟了这节目一段时间了吗？应该也感受到了吧？各种潜规则，各种交易，公平这种字眼是不会出现在那个圈子里的。"

"我没感觉到，你也只是听说。"夏乐语气淡淡，"因为大家都这么说，话说多了就成真的了。"

"就因为大家都这么说才是真的，不然怎么没见说点好听话。"

从事一个行业的人那么多，可谁也代表不了那个行业，有人兢兢业业，自然就有人想走捷径，夏乐明白这个道理，却也知道年轻气盛的表弟听不进去，想了想，她问："如果哪天很多人说我和人做交易了，你会相信吗？"

"那不能，你什么性子我还能不知道。"

"可别人不知道，只是说的人多了就觉得那是事实了，就像你说的，大家都这么说肯定是真的。"

邱梓桐没想到会把自己绕进去，哑口无言半会，说出的话却歪到了天边："我以为你不爱说话。"

"该说的就说。"

"表姐，我错了。"

夏乐笑了笑不再说，剥了一瓣橘子放进嘴里，很甜。邱梓桐看她这样也跟着笑了笑，他们兄弟几个其实都挺喜欢这唯一的表姐妹，只是在一起的时间太少了，客气有余亲厚不足，现在这么说几句反倒亲近了几分。

"青柠台官宣说冠军争夺夜会直播，到时候给我留几张票呗？"

"啊？"

邱梓桐觉得自己更想"啊"："今天一早官宣的，你不知道？"

"我今天还没有去看新闻。"

邱梓桐无语地划开手机找到新闻给她看。夏乐一眼看到底，没想到这么快就定下来了。

"按惯例选手都会有一些票，表姐你给我留几张。"

"有的话给你留。"夏乐从裤兜里拿出手机，并没有什么消息，难道郑先生也不知道？正想着，信息进来了。

郑先生：生日宴会怎么样？

夏乐：还好。

顿了顿，夏乐又编辑了一条：听说冠军夜直播。

郑先生：哈哈，你看到新闻了？

夏乐：经表弟提醒，看到了。

在一边偷看的邱梓桐若无其事地撇开头，然后又撇了回来继续偷看。

郑先生：直播挺好，不会影响到你，对其他人的影响估计要大些，你只管写歌，其他的不用管。

夏乐：好。

郑先生：｛乖巧｝电视台那边联系我了，想补录一些镜头，时间定在两天后。

夏乐：好。

郑先生：网上的新闻可以看看，但也不用过于关注，说好话的能把你夸成一朵花，说难听话的认为你活着都是罪过，咱们做好自己就行，真有挑事的我会收拾。

夏乐：好。

看着连续几个好，夏乐觉得有点不太好，又打了几个字。

夏乐：知道了。

偷看的邱梓桐："……"

果然还是话少。

"小乐。"

"在。"听到妈妈的声音,夏乐连忙按掉手机走了过去,可是一抬头,看到笑眯眯看着她的老人她就迈不动步子了,甚至还有点想后退。她忘了吴爷爷和外公多年的好友,今天会过来半点儿也不奇怪。

"杵在那干什么,不认识了?"吴老边朝她招招手,边向她走过来。夏乐被身后的表弟一推,也不知是表弟力气太大还是潜意识里的本能,吴老才走了两步她就把自己送到了老人面前。

"吴爷爷。"夏乐小声喊了一声。

"总算还认得我。"吴老笑着拍了拍这个在他家长起来的姑娘肩膀。

夏乐看着头发稀疏的老人心下难过,她应该一回来就去看吴爷爷的,而不是一拖再拖。

"我那些宝贝都给你留着呢,之前还担心你走了另一条路拿着这些东西占地方,现在不怕了,哪个唱歌的会嫌乐器多,什么时候有时间了把它们都拖回去。"

夏乐窘迫不已:"那都是小时候不懂事,您不用记在心上。"

"那不行,每个乐器上你都按指纹了的,我也说过全都留给你。"吴老又拍了拍她结实不少的手臂,"回头多往我那跑跑,我给你补补课,虽然年纪大了点但是脑子还没废。"

"好。"

夏乐扶着老人去了后边的小院子,这里安静敞亮,近前是老两口一起种下的半园子花,另一头菜地里的菜长势也正旺盛。

邱凝送了些茶水过来,拍了拍女儿的肩膀就离开了。

"早先就听你妈妈说进了部队你又长个儿了,这见着是长了。"

"长了四厘米。"夏乐看着吴爷爷,满心都是愧疚,"当时都没向您道别,对不起。"

"就猜着你要说这话。"吴老笑着长叹一口气,"学音乐的时候尽心尽力,去当兵就当最好的兵,你对得起任何人,不能因为你走了和之前不一样的路就说你错了,更何况现在你不是又走回这条路上来了吗?"

吴老再次拍了拍姑娘结实的手臂:"就你那会的状态进部队,吃了不少苦头吧。"

"还好。"

哪里能是真的还好,十七岁之前提得最重的东西就是自己的书包,被宠着纵着，只要做自己喜欢的事就好，一朝到了部队，叠豆腐被就能把人磨得精神崩溃。

可一旦熬过去了，再回头去看就真的还好。

吴老也不再说，转了话题道："听你妈妈说你打算继续写歌我其实是有点担心的，毕竟放下这么多年了，我怕你那点天赋在这八年里被消磨光了。后来从你妈妈那听了《小宝》特别开心，咱们小乐啊，不管是放下多少年不管经历多少事，心里边都是干净亮堂的，没有那些乌七八糟的想法，天赋自然也都好好地留在原来的地方。"

夏乐低下头去，眼睛却亮晶晶的，别人夸一百句都没有吴爷爷夸一句来得让她开心。

"还是得沉得下心来，咱们把粗糙的地方再花点力气好好打磨打磨，欠缺的补上。现在这个圈子急功近利，风气比当年差多了，你不能变得和他们一样，吴爷爷要骂人的。"

"我不会。"

"吴爷爷也觉得你不会，这不是说顺嘴了。"吴老笑，"听你妈妈说你现在这个经纪人不错，挺替你着想的。咱们长远看看，他要是真好咱们就继续用他，他要是不好咱们就解约。吴爷爷再给你找个有良心的，放心，吴爷爷有钱。"

夏乐有点想像小时候那样去紧挨着老人，可她也只是想想，小时候会的撒娇技能早就不知道在什么时候遗失了，最终她也只是点点头，应了声好。

吴老像是没感觉到她越发地寡言，又起了个话题说起别的事。夏乐回答得认真，却仍然没有几个字，好在氛围依旧。

邱凝推门过来："要过去饭店了，老师您坐我们的车。"

"我就不去了，之前和老邱打好招呼了的。"吴老起身，夏乐忙双手去扶。

母女俩都没有勉强，但夏乐仍坚持要将人送回去，好在吴老家也在这一片，快得很。

因为顺路，车上还带了两个亲友，一路上几人都没有再多说什么，直到夏乐跑到那头扶着老人下了车两人才又说了几句："后边的工作多吗？"

"只知道要去电视台补录一些镜头，其他的没听说。"

"那就好，等忙完了你多过来几趟，你妈妈说给你看了套房，等到装修好了你再把乐器都运过去，继续放在我这里它们就太寂寞了。"

买房？没听说啊？夏乐记下这事，不过乐器的事她倒是有了点想法："公司那边在给我装录音室和乐器房,吴爷爷,我能弄到那去吗?免得经纪人再花钱去买。"

"当然可以,你的东西你自己决定了就好,回头等搬过去了你带我过去看看。"

"好,一定带您去。"

看着不停驶过的车辆,吴老温声道:"去吧,今天你外公最大,别耽误了时间。"

夏乐点点头,扶着人迈过门槛才松开。

特意留在车上没动的邱凝摇下车窗朝老师挥手,吴老随意地挥了下手就对付了,和对夏乐的态度完全是两回事。

"哎,和女儿争老师的宠大概也就我了。"邱凝打趣般地看向系安全带的女儿,"你说说,哪里有这样的事。"

"您眼前就有。"

这俏皮的回答先是让邱凝一愣,然后笑开了,比起才从部队回来的时候小乐的变化太大了,那时候不要说俏皮话,她都快不会说话了。

八十寿诞,邱家定了个挺高档的酒店,就算不宴外客,邱老先生执教几十年桃李满天下,来的人也相当不少,十二桌最后成了十六桌。

夏乐和平辈坐一桌,时不时就有人朝她看来。平台上的宣传非常到位,经过昨晚的比赛节目和发酵后夏乐这张很有辨识度的脸已经让一些人记住了,更何况人家还行不改名坐不改姓,长得像名字还一样,可能性只有一个。

宴席持续到了下午两点多,送完客后夏乐就收到了经纪人的信息。

郑先生:忙完了吗?

夏乐:差不多了。

郑先生:也就是还没忙完。

夏乐:{呆}

郑先生:{大笑}

夏乐:郑先生,乐器房的乐器买好了吗?

郑先生:已经在谈了,怎么,有想要的吗?

夏乐:不用买了,我有。

郑先生:确定?

夏乐:确定。

郑先生:那可省大钱了。

Chapter 9
游戏黑洞：夏乐

再次回到电视台明显感觉到了不一样，看过来的眼神多了，工作人员的态度也有了变化。刘灿直接把两人带去了徐成二楼的办公室。

"夏乐，咱们先说一下需要补拍的地方，因为各种各样的原因你补拍的时间会最久，到时候还会有一些单录，估计会要耽误你两天时间。"

夏乐还没说什么，郑子靖就先皱了眉："要两天？"

"最少要两天，群像不好收，而且这是补拍，一个人没做到位就要重来，不然影响整体效果，这个还希望郑少能体谅。"

郑子靖看向夏乐，夏乐点点头："有始有终。"

刘灿笑了，她是真的喜欢夏乐这个新人，胜不骄败不馁，不论什么时候看到她都是一副不骄不躁的模样，真庆幸最后没有撕破脸，不然现在青柠台就真要尴尬了。

"所有选手都要过来？"

"二十四强，一开始本来也没打算这么兴师动众，后来是徐导拍板说要做就做得像样点。"

夏乐想到了吴之如的家境，这一折腾没有两千打不住。

刘灿看她不说话也就继续说后边需要注意的地方，这些其他等人齐了她还是要说一遍的，只是为表示对夏乐的郑重她才单独先说一遍，也因为只有她补拍的最多。

脚步声伴着说话声朝这边过来，不一会徐成推门进来，看着几人笑道："久等了久等了，这会开得久了点。"

夏乐站了起来，郑子靖主动伸出手去："我们也是刚到没多久。"

"坐，坐。"徐成去接了杯水连喝几口解了渴，"夏乐的数据涨势非常好，连着两天都始终保持着话题度，不过却也始终保持着不爆但也不降的态势，郑少下功夫了。"

"徐导不觉得这样就挺好？"

"确实是，细水长流比来一场大洪水要好多了，不会有人遭了灾，自己还能一路悠闲地看个景。"

两人对视一眼，老狐狸认可了小狐狸，小狐狸非常不要脸地收下这份赞赏，并且觉得老狐狸眼光不错。

"如果能一直保持住这个势头，这档节目回暖的可能性非常大，后边可能需要夏乐帮着做些宣传，郑少这边不知道有没有什么其他安排？"

"没有安排，也不打算做安排。"郑子靖坐到徐成对面，"徐导，这事我们需要谈谈。"

徐成抬起手摇了摇："你怎么想的我知道，橙红那边之所以谈不成就是你在这上头寸步不让。不过郑少，你对艺人的维护我理解，但是也请郑少体谅一二，任何一档节目不可能没有宣传，尤其夏乐还是最热门的选手，我们也需要满足大众对她的好奇，当然，不能透露的我们半句都不会说。"

郑子靖摇摇头："必要的宣传我当然不会拦着，只是这个宣传它有个度，今天去一档节目是宣传，明天去串个场也是宣传，方式五花八门。我不可能让夏乐把时间心思都浪费在那些事情上，她也没有满足大众的义务，作为原创歌手，写出好歌就是尽她最大的本分，其他都是附带，不要本末倒置了，徐导觉得呢？"

徐成喝了口茶，沉默了片刻才道："她没有满足大众的义务，可她有配合电视台行事的义务。郑少，我想让这档节目活过来，夏乐必不可少。"

"哪怕是让她没时间去写歌也在所不惜？没有新歌去争夺冠军也无所谓？"

徐成苦笑，当然有所谓，如果在冠军争夺时夏乐没有一首足够让人喜爱的好歌来支撑，前边搭起的高楼都得塌。

"郑少的意思是怎样？"

"必要的宣传夏乐会去，但是不是那么重要的她就不参与了，所有通告都请先给我过目，没有我同意夏乐哪里都不会去。"郑子靖郑重道，"徐导，咱们先小人后君子，哪怕是为了今后长久的将来，互相知道对方的底线也是好事。"

"是这个理。"徐成看向正望过来的夏乐,"行,后边的行程会直接发给你,小刘,一会你去交代一下。"

"好的。"

除了夏乐,屋里另外几人都知道这样的争执以后还会发生,并且概率不会低,一边要用,一边要省着点用,这是最大的冲突点。

婉拒了继续住在城堡的建议,郑子靖把人带去了电视台旁边的幻季酒店。

正说着话手机响起,夏乐看是吴之如就接了起来,元气满满的声音坐在对面的郑子靖都听得分明。

知道她不会住到城堡吴之如也没多问什么,因为节目的回暖她很兴奋,毕竟节目越火她的起点就越好,可她也没有其他人能分享,一逮着夏乐就叽叽喳喳说了一大堆,约好明天电视台见,挂电话已经是二十分钟后了。

郑子靖正要说话电话又响了,看夏夏并不如接上一个电话时利落他不由得扬了扬眉。

响了六下夏乐才接通,视线垂着,声音也比刚才要低。

"宁医生。"

"我还在想你是不是都不打算接我电话了。"那头的宁浩笑,"还记得要来我这报到吗?"

"最近时间上不好就……"

"我看到新闻了,说真的,非常意外,之前听你说去参加这个比赛我就想过你可能会要碰一鼻子灰,毕竟那和你待过的环境截然不同,现在看起来你好像适应得非常好。"

"是,还好。"夏乐无意识地在腿上横竖撇捺地画着,面对宁浩她从来都是放不开的,哪怕是隔着电话。

"可是作为你的心理医生,有必要要求你来我这里接受一次检查,所以明天能过来一趟吗?"

"明天不行,已经有定下的行程。"夏乐看向郑子靖,"过两天可以吗?"

郑子靖立刻点头,知道对方是医生,就是明天要去他都不会拦着。

那头宁浩也同意了:"这段时间没有找你不是不关心你的状态,是知道你一直在努力调整,再好的心理医生也比不上患者突然的一个豁然开朗,你有足够坚强的心志,所以就算你状态最糟糕的时候我也没有担心过你会去做那些极端的事,但我还是希望你能多联系我。"

"我晚上睡眠好了很多,依旧会做梦,习惯了就没什么,宁医生,我在

夏日乐章

好转。"

"这是我今天听到的最好的消息。"宁浩话里带笑,"那么,两天后见。"

"好,宁医生再见。"

"再见。"

夏乐握着手机看向郑子靖,不用他问就道:"我的心理医生,我很久没去他那了。"

郑子靖笑了:"这么主动交代?"

"我在网上查过,很多人都说艺人和经纪人是一体的,关系有时候比夫妻都更亲密,并且更信任。"

"那你有没有查到很多艺人被经纪人坑?"

"你能坑我什么?"夏乐唇角微扬,"合同我有认真看。"

郑子靖摸了摸鼻子,好吧,如果真按合同办事他就是冤大头,不求回报那种,他现在都还记得当初定这份合同时律师诡异的眼神和一再确认的态度。

可他还真没有指望这个赚什么钱,这些年他做了不少投资,不靠家里他也早就身价不菲。进这个圈子与其说是来赚钱的,不如说是来治愈他内心旧疾的。

"是经常做梦影响了睡眠吗?"

"宁医生说是我潜意识里不想忘了那些事,所以强迫自己每天都在脑子里重复,可一旦知道那是梦了也就没什么了,现在它已经影响不了我多少。"

"可还是会有影响。"

夏乐不说话了。

郑子靖知道了,于是他又问:"医生靠谱吗?要不要换一个?"

"部队安排的。"

那再靠谱不过了,郑子靖把后续有可能引发的后果都思量过后就放开了,比起夏夏的身体,那些都不重要。

补录比正常录制要辛苦多了,而且别扭,两天录下来夏乐已经快麻木了,好在现在节目组给她营销的就是酷女孩路线,七情六欲不上脸,别人看不出什么来。

选手对她的态度也明显有了改变,在互联网中成长的这一代人不用谁来提醒他们就知道夏乐的镜头会是最多的,和她自来熟的人忽然就多了起来。龙菲菲借着同组的优势腻在她身边,橙红那边也有意要捧龙菲菲,眼看着她的热度就渐渐起来了。

夏乐对这些套路没那么懂，可她直觉准，后来就经常是在龙菲菲靠过来前一秒走开，更多时候她会去到吴之如身边，不会说话就什么话都不说，往那一杵就不动了。

吴之如多聪明，几乎是立刻就明白了夏乐的意思，感动之余又有点想笑，没关系，夏乐不会的她来就是了。镜头里的两人经常是一人说得开心，一人听得认真。

节目组有点无奈，他们不清楚夏乐这是在甩橙红的脸子还是真就是不喜欢龙菲菲，毕竟之前她被人黑知道的人都知道是怎么回事。

不过站在节目组的立场，夏乐是和龙菲菲姐妹情还是和吴之如姐妹情影响都不大，要不是橙红要求，他们甚至觉得后者更合适，毕竟两人同宿舍，并且看起来关系是真好，不是装好。

这次不比上次寒碜，连去车站都得自己想办法，知道吴之如有人送后夏乐就没有多废话，从郑子靖那接过一个长长的盒子递给吴之如："笛子。"

吴之如傻愣愣地接了过来，恍惚记起夏乐是问自己一次会什么乐器，她怎么回的来着？对，她说会笛子，这个成本最低，而现在夏乐就送了支笛子给自己，因为她知道自己肯定买不起好的。

"我的启蒙老师和我说过，乐器是音乐人最好的伙伴，我送你一个好伙伴。"

"夏乐……"

"朋友之间是可以送礼物的吧。"

看着比自己还局促的夏乐，吴之如突然就什么心思都没了，笑得一脸没心没肺的样子："朋友嘛，怎样都是可以的，下次你还可以继续送哒，我一定不拒绝。"

夏乐笑了笑，朝她挥了挥手："我走了。"

"电话联系。"

"好。"

上了车，郑子靖看着偷偷吐出一口气的夏夏，又看了眼后视镜中渐渐变小却没有动弹的吴之如唇角上扬。人与人之间的境遇就是这么有意思，吴之如在龙菲菲往夏夏身上泼脏水时以室友的身份全力声援，哪怕那时她人微言轻却依旧据理力争。夏夏在声名渐起之后时时记着她，这才是朋友应该有的样子。

这一次夏乐不是一个人去的医院。一早郑子靖就在楼下等着，夏乐没有多说什么，非常痛快地上了车，她没有接触过别的经纪人，在知道经纪人和艺人比夫妻关系还亲近后她就把这些当成正常了。

但是宁浩很意外，在两人之间看了个来回，他笑问："这位是？"

"我经纪人郑先生，郑先生，这是我的心理医生宁浩。"

两人客套地握了下手，郑子靖自觉地坐到了一边的沙发上，两只耳朵竖起来，从知晓夏乐还要定期看心理医生后他就非常挂心。

宁浩多看了年轻英俊的经纪人一眼，注意力转回到夏乐身上："精神看起来确实是好了很多，眼睛底下不黑了。"

夏乐点点头："能睡着了。"

"好现象。"宁浩打开病历记了几笔，又仔细地问起其他情况，夏乐也都回得详细。

"知道你不喜欢来这，恭喜你，只要能一直保持住这个状态很快就不用以病人的身份过来了。"宁浩笑，"以朋友的身份我非常欢迎你来。"

夏乐有点开心，唇角向上扬了扬："谢谢。"

"这声谢谢受之有愧，你这算是自愈了，找到了对的方法比我开解你十次百次都有用。"宁浩深深地看着她，"节目我有看，《小宝》很好听。"

"谢谢。"

"话还是这么少，进了那个圈子可要怎么办。"

"唱歌就够了。"

"倒也是，你唱得比说得好听多了。"

夏乐看着自己的病例报告："宁医生，能不能麻烦您在向上边汇报的时候多写一句。"

"什么？"

"老兵夏乐报告首长，夏乐一切都好。"

宁浩心里突然就有些酸涩难言，这个人是真的不会说话，可也真的记性好。她差点没救回来的时候是首长亲自请了专家专机飞过去，把她的命从阎王手里拉回来的，她从不曾把这份感谢诉之于口，可她心里牢牢记着。

坐在车上，夏乐看着往后退去的行人景色想起过往。她要感谢首长的远不止这一点，当年爸爸被定性为叛国，是首长坚信爸爸对国家的忠诚，并且找到关键证据才没有让爸爸背上那个他绝对承受不来的罪名。

郑子靖看向从医院出来就沉默着的人："电视台把和你有关的通告发给我了，有两个我觉得要去一下比较好。"

"郑先生觉得应该去就去。"

郑子靖笑："要按我的意愿都不去最好，可这毕竟是为了给总决赛造势，而且其他选手都去你不去的话会多生事端，要是再有人带一下风向难免招黑，我们虽然不怕这个，但是能免则免，等这档节目完了就不用顾忌那些了，以后可以按我们自己的步子来，对了，你要开通一个公共平台上的账户吗？"

夏乐不是很愿意："可以不开通吗？"

"不喜欢就不开通，公司这边已经开通了官方账号，拿这一个来运作也够了。"

夏乐顿时放松下来，把自己的吃喝拉撒和去向全在网上公布，想想她就有点寒毛倒立，她宁可去执行任务。

"那工作就敲定了，单独的采访是在一个星期后，综艺节目比较赶，后天就要录制，就是青柠台的节目，不用飞去别的城市。"

"后天？离开的选手又要过来？"说着话，夏乐从包里摸出手机，这才发现手机关机了，开机也开不了。

"我打听了下，他们都没走。"郑子靖转头看了一眼，"坏了？"

"应该是没电了。"

"储物盒里有充电宝。"

充上电开了机，信息嘀嘀嘀地进来，"吴之如说前八强都被留下了，只说要录节目，她不知道是什么节目。"

往下翻了翻，夏乐又道："节目组让他们准备准备，会要表演才艺。"

"这边我再确定一下流程，到时候再和你说。"

"好。"

和吴之如聊了会，夏乐想起来乐器的事连忙问："公司那边弄好了吗？乐器什么时候可以送过去？"

"再等几天，我还在让人拾掇，说到这个，夏夏，乐器房有多大你上次去也见到了的，三两样乐器可不够看。"

"有很多，我从小摸着长大的，常用的不常用的都有。"

郑子靖扬眉："我怎么听着有点不得了。"

"妈妈的导师吴敬之吴老是我的音乐启蒙老师。"

要是以前郑子靖还真不一定知道吴敬之，可自从踏进这个圈子他就补了不少课，在乌市音乐圈子里大名鼎鼎的吴敬之他当然知道。

"吴老的私藏全给你了？"

243

"嗯。"

郑子靖现在不担心东西少了,他开始担心地方会不会太小,一个音乐家大半辈子的收藏绝对很够看。

"那些乐器你都会?"

"一通百通,只是有擅长的有不擅长的。"

在专业上还真是这样没错,郑子靖手指敲着方向盘,琢磨着再打通一间房的可能性,可这样的话时间就久了,而且隔音也不好做……

"这段时间我可以只参加那两个节目吗?"对上郑子靖的视线,夏乐道,"我答应吴爷爷去他那里补课。"

"当然可以,在总决赛之前我不会再给你接任何通告。"

得了准话,夏乐开始做规划,除去录节目的两天,帮林姐小宝搬家要一天,陪他们一天,妈妈一周有三天没课,她就一星期去吴爷爷那四天……

想着想着夏乐走了神,她这么悠闲地生活着,那些在执行任务的战友兄弟……都还好吗?

原创大赛的回暖让青柠台看到了希望,扶持的力度明显增大了许多,从让他们插队录制电视台的王牌节目《开心面对面》就可见一斑。

作为纯新人,自然还只有共用一个化妆间的资格,不过像许秋怡和夏乐这种自带化妆师的当然是不用排队的,不过她们也都没有搞特殊去别的地方,只是各自占了一个角落。

夏乐妆容淡,阿杰很快就完事,这时正捧着吴之如的脸帮她化。

闭着眼睛化眼线的吴之如说话都不敢太用力,可她又紧张,越紧张话就越多。阿杰笑得不行:"你这么个抖法也就是我水平好,换个水平差一点的都能把你这眼线化成波浪线。"

吴之如都想哭了:"我控制不住啊,前阵我还在学校和人挤床位呢,今天就在青柠台录《开心面对面》了,简直就跟做梦一样!妈呀,竟然要上《开心面对面》了,我都有种要起飞了的感觉。"

"那你到底是在做梦还是要起飞啊。"阿杰笑得都快抽搐了,手却稳得不行,细细的一条眼线一笔到位。

"那我还是起飞吧。"吴之如真就认真无比地回答他,"摔下来也不怕,至少我飞过,别人还飞不起来呢是不是,当然,小乐肯定能飞的,她都有本事带我飞。"

阿杰轻轻拍了拍她的脸让妆容更服帖,扶着她的脸面对镜子比照了一下,嘴里也没闲着："那是，飞上去至少能看看别人看不到的景色，这就不亏了。要想看得久一点那就努力多飞一阵呗，有句话不是说嘛，你努力了不一定有好结果，你要不努力一定没有好结果，那咱们就努努力，张开眼睛。"

"就是。"

吴之如看着镜子里的自己，这是她第一次化这种桃色的妆容，非常衬她今天这种甜甜的公主装扮："头一次觉得自己跟上了潮流，终于摆脱乡土风了，谢谢阿杰哥。"

"不客气，小夏乐的朋友嘛，都是好样儿的。"阿杰翘着兰花指拾掇他的东西，一条紧身裤将他笔直的长腿勾勒得形状分明两米长，就是妖娆了点。

这时主持人推门进来，是几人都熟悉的谢浩。

"又见面了，大家看起来都很精神啊。"谢浩笑眯眯地扬了扬手里的台本，"要耽误你们一点时间对对台本，如果还需要点时间收拾我可以等等。"

谢浩的谦和好说话是出了名的，可人家的咖位摆在那，几个萌新哪敢让他等，连忙站起来表示自己有时间。

"那好，你们把凳子搬过来，咱们坐着聊聊。"

虽说是对台本，可对的也只是大概框架，《开心面对面》之所以能多年来一直保持着高收视率的其中一个原因就是这档节目是真的有台本，但也因真的台本上没有具体内容，很考验嘉宾的临场反应能力。所以这档节目另一个雅号叫"拾珍珠"，有些平时不那么有名的嘉宾上了这档节目后因为现场表现一炮而红的事有好几例，更难得是这档节目从不捧高踩低，就算你是新人也不用担心被炮灰。

"夏乐，我注意到你平时话少，上节目的话这方面就要注意一点，酷一点可以，但是不要给人孤傲的感觉。"

夏乐点点头："我会注意。"

谢浩笑："大家不用紧张，有我在呢，平常心一点对待，如果有什么情况就给我打手势。而且这是录播，真有什么状况可以重录，后期也可以剪辑，都好好表现自己就可以了。"

"谢谢老师。"

"还有一个小时左右，大家都准备准备。"谢浩站起来和一众选手碰了下拳头，"加油。"

"加油。"

等人一走几个就四散开来，吴之如挽着夏乐走到之前的位置低声道："小乐，他们给你打造这么一个人设会不会不太好？"

"怎么？"

"人设就是用来崩坏的，虽然酷女孩挺合你的气质，可事实上你一点也不酷好不好，顶多就是话少点，一旦别人接受了你这个设定，以后你要是表现得不酷了那不就崩坏了吗？就和大家都喜欢造神一样，大家更喜欢亲自把这个自己造出来的神从神坛上拉下来毁了的爽感。"

吴之如说得冷诮，完全不同于平时的甜美可人，夏乐捏了捏她的脸："和我有什么关系吗？"

"嗯？"

"我不会去配合他们扮成酷女孩，别人也毁不了我。"夏乐用云淡风轻的口气说着自信到极点的话，"没有人能毁了我。"

吴之如被她这种近乎不要脸的自信震得哑口无言，别人如果这么说她要笑一声厚脸皮，可为什么小乐这么说她就觉得，嗯，就是这样呢？

"不用担心我，人设是他们立的，我不当一回事就没那回事了。"

好……好有道理，吴之如被说服了，总不能别人说她是公主她就真是公主了，当真的才是傻子好不好。

"不对啊小乐，你不会拐着弯地在告诉我不要把自己当公主吧。"

夏乐这下是真笑了："咱们国家有公主这个称呼吗？"

"谁还不把自己当个公主啊。"吴之如头一抬，胸膛一挺，带着小骄傲的模样很好看，这会她已经完全忘了紧张那回事了。

郑子靖推门进来，他朝看过来的其他人笑了笑，连许秋怡都一视同仁。

"准备好了吗？"郑子靖仔细看了下夏夏的妆容，很好，很自然，"头发有点长了，不弄一下？"

"你还真打算配合着玩一把酷女孩路线啊。"阿杰拿了把梳子过来梳了梳，又挤了点啫喱在手里揉开了抓了抓头发，让头发蓬松起来。

"这样就行了，看着舒服。"

这方面郑子靖半点不质疑阿杰的眼光，看夏夏袖子挽得有点低伸手就去帮忙，虽然天气凉了些，可演播厅里温度高，出了汗会花妆。

可手刚碰到手臂就被按住了，两人视线对上，郑子靖先松开了手，夏乐惯来不太发表自己的意见，可一旦表达了也很少会退让，眼下就是。

看了一眼她的手臂，郑子靖想到小宝未曾谋面的爸什么都没多问，拐了个弯拨弄了下她头发，道："周茹来了，就在观众席第一排坐着，你见着她别吃惊。"

夏乐理了理衣袖："她怎么来了？"

"都是乌市人，要知道点消息不难。"

夏乐在想要不要和那个加上了好友的周茹发个信息，她还记得上次她给自己助威嗓子都喊哑了，多不划算。事实上还有一个人也在现场坐着，郑子靖摸了摸鼻子，二姐怎么那么巧地今天来电视台了。

离着还有一刻钟的时候，几人被刘灿带着去了后台候场，按着越重视越晚出场的原则，夏乐是最后一个走出来的，掌声明显比前边要热烈。

三个主持人老练地带着节奏，既不冷落了嘉宾，也不会让观众觉得不舒服。

《开心面对面》分为四个部分，第一个部分比较常规，听音乐抢答歌曲，都是吃这行饭的，自然抢得异常激烈，通常是音乐才出来一秒就有人冲上了台，只要上了台的就没有说错的，破解得非常完美，对得起他们音乐人的身份。

第二个部分叫猜猜猜，每个人会拿到自己的道具，而这些道具里只有一个是和其他人不同的。参与游戏的人首先要做的是确认自己是不是那个人，然后让观众相信那个人是他，之后投票给他，这个过程当中确定自己不是那个人的还可以指认他认为的人。

这一关在他们互相试探确认自己是不是那个人就能把人笑死，觉得自己就是那个人的会花样百出地证明自己就是那个人，这样一轮过后观众会有一次机会把自己的答案输入手边的遥控器。

然后是一轮淘汰赛，觉得自己不是的自动退出，之后他们的答案会揭开，确定那个人在剩下的人里后进入下一轮的猜猜猜，到了最后揭晓谜底才知道自己不是那个人的时候不要太多。

当然，这是这个游戏平时的玩法，今天有一个BUG存在。

夏乐观察了一轮后就指认谢敬轩，台本上这些都是没有安排的，谢浩的台本上也没有，连主持人都不知道正确答案。这就是这个游戏最好玩的地方，主持人也会有自己认定的人，他们会拼命带节奏，说服其他人赞成他，当然，被他们带沟里的时候也不要太多。

谢浩反驳她："不可能是小谢，我觉得你比他更像。"

"是谢敬轩。"

谢浩这时接到了工作人员的暗示，当即话锋一转道："那我们来打个赌？"

夏乐点点头，好说话得很，反正她又不会输。

"赌注就是一首歌怎么样，如果我赢了你给我写首歌，词曲全包那种。"

谢浩是会唱歌的,只是比起主持来就显得没那么专业,可也有那么几首流传很广的歌,以他的身份地位让夏乐来给他写歌是夏乐得了大好处。

夏乐知道这个道理,她把概念偷换了一下:"如果我赢了给您写歌不要钱,如果您赢了给您写歌要给钱。"

哈哈大笑声从各个地方汇聚而来,身为两人角力的中心点谢敬轩享受着众人目光的同时也有点羡慕,他很羡慕夏乐的状态,无论在什么时候她好像都不会像他们一样紧绷着,这样的人,大概场子越大越冷静。

"来,小谢,把你的道具拿出来,咱们来揭晓答案。"

谢敬轩笑着把自己的道具翻过来亮给大家看,谢浩看向台下:"导演,是他吗?"

"是他。"

谢浩瞪大眼:"也就是说我输了?夏乐,记着我的歌啊,没钱给的。"

夏乐点点头,既不诚惶诚恐,也不见骄傲自负。

游戏重来,第二次,夏乐依旧破局,第三次时观众一开始就已经问了:"夏乐,这一局谁是那个人啊!"

夏乐把一个好玩又逗趣的游戏硬生生玩成了单机,郑子靖在下边捂住脸:"装个迷糊也好啊。"

郑子萱也笑得不行:"她平时也这样?"

"这样是怎样?"

郑子萱托着头想了想:"天真,憨直,遵守规则。"

"是。"

"是像小叔,很像。"

郑子靖笑容渐渐沉寂,他不是困在过去的人,只是有时候还是会忍不住想,如果小叔现在还活着就好了。

场上谢浩问:"夏乐,你是不是有什么诀窍?快教教我,我今天真是被打击到了。"

"直觉。"

"……"这个要怎么教?!

夏乐不再说话,生死边缘锤炼出来的直觉再加上她的判断能力,她不会错,凭着这个她和小队死里逃生好几回。

"下次夏乐再来上节目我会找人代班的。"谢浩一抹脸,"好,接下来让我们进入下个环节。"

下一个环节是两队竞技，人员分派好之后现场进入中场休息，补水的放水的都可以自行前去，工作人员则抬了工具上来迅速搭建道具，一个成人式的跷跷板。

这一部分的游戏规则就是选一个队友站于跷跷板的两端，要让这个跷跷板始终保持平衡，然后两人一起朝着中间前行，最后站到中心点，过程中板子蹭着地面就算输。

夏乐自然是和吴之如在一起："一会你跟着我的口令，我说前你就迈一步，我来掌握平衡。"

吴之如深吸一口气，用力点头。

可知道怎么做和做成什么样是两回事。

前边三组嘉宾都失败了，最后一组的两人是守卫尊严之战，就连许秋怡都在一边喊加油。

吴之如深吸一口气，先站上跷跷板着地的那一头，夏乐计算着自己和吴之如之间的体重差距，站上了另一头她认为合适的位置，在吴之如的尖叫声中跷跷板在摇摆了几个来回后稳住了。

前面几人是连这一关都没有过去的，顿时台上台下掌声热烈响起。

"我说走的时候你移过来大概一尺。"

吴之如崩溃大喊："一尺是多远啊！"

"……"

台下快笑疯了，谢浩已经在说去找把尺子来了，许秋怡反应快，立刻上前在板子上用指甲划了几下，也不知道是什么材质的板子什么痕迹都没留下，她也不讲究，直接在嘴唇上一抹，沾着唇膏的手指在上边一按，有印记了。

"差不多到这里。"

吴之如看向夏乐。

夏乐点头："就到那里。"

吴之如小心地点头，生怕动作大了会让她掉下去。

"准备，三，二，一，走。"

这个跷跷板离地面有将近一米，长度自然也不是平常玩的可比，胆子小一点的站在上头就觉得头晕，更何况还会摇晃。虽然下边铺了垫子保护，可心理上对未知的恐惧不是那个垫子可以安抚得住的，吴之如咬着牙闭着眼横移一步，干脆不去想是不是会掉下去。

于是她也就没看到在她动的时候夏乐也动了，两人同步地移了一步，步子有大小，却刚刚好，上下摆动的幅度都小。

"做到了做到了做到了！"谢浩带头鼓掌，这个游戏出来有三个月了，考验的就是默契和信任以及头脑，可到目前为止通关了的只有一次，那一次来的是运动员，平时这游戏就是用来制造笑料的。

现在又看到了希望，他站到吴之如身边打气："稳着点稳着点，之如你别怕，下边有垫子，你要是这么抖下来了多冤是不是。"

吴之如连着做了几个深呼吸，感觉好点了就看向夏乐。

夏乐点点头："和刚才一样，还是一尺。"

许秋怡再次上前从嘴唇上沾了唇膏在上边做了个记号，吴之如看了看，点头应好。

"准备，三，二，一，走。"

两人再次同时迈步，板子上下摇摆起来，吴之如没有走到定下的点。

"别动。"夏乐一脚稳定一脚移动到她认可的位置，再将重心转移，摆动的幅度小了。

吴之如把捂住的那声尖叫吞下去，手按在胸膛上都想哭了，平时她也就是不敢走玻璃栈道而已，可她没想到这点高度她也会怕啊！

谢浩正要让两人缓一缓，就听到夏乐又道："一尺。"

许秋怡配合默契地上前划下印记。

"准备，三，二，一，走。"

这次吴之如踩得很准，木板摆动的幅度很小，台上台下齐齐鼓掌。

此时两人之间离着还有两米左右的距离，接连几次成功让吴之如有心情笑了："再走一步我们就能牵到手啦。"

"牵手牵手，我给你们主婚。"谢浩打趣两人，"很久没这么紧张过了，观众朋友们，你们紧张吗？"

大片的紧张声中一声不和谐的不紧张格外打眼，众人视线都落到了说不紧张的那人身上，郑子靖倾身看去，不是周茹是谁。

周茹大方地朝着镜头挥手："因为那是夏乐啊，这点小事难不倒她。"

"哎呀，这是夏乐的大亲友吗？"

"这正是我努力的方向，可目前我还只是夏乐的粉丝，死忠的那种。"周茹笑眯眯的，"谢老师，您是不是在故意拖延时间好让我们夏乐过不了关啊？"

"瞎说什么大实话。"谢浩哈哈大笑，边走回台中央边道，"咱们夏乐就是招人喜欢，这就有死忠粉了，想想我都混了这么多年了还没有呢！"

谢浩国民度非常高，本身评价又好，下边立刻就有观众接话了："谢老师你再可爱一点我就是你的死忠粉了。"

"可爱？这样吗？"谢浩立刻非常不要脸地捧脸眨眼，"有没有成死忠粉？"

"有有有，已经是了。"

全场哈哈哈，吴之如高高站着哀嚎："谢老师你别忘了我和小乐啊！"

笑声更大了，谢浩也笑得不行："你不是稳稳地站在那嘛，急什么。"

虽然是耽搁了一点时间，可这点说话的工夫并不会让站稳的两人吃力，正是看到两人有余力他才多问这几句，也是为两人争取更多的曝光度。

"我控制不住地想跪。"吴之如苦头苦脸的样子逗乐了一众人。

谢浩眯着笑眼看向都快没了存在感的夏乐，也怪不得人家经纪人只答应上这一档综艺节目，她是真不适合，所有的玩乐对她来说都是一丝不苟的配合，最主要是根本难不倒她，也就没法娱乐人。

"来，小乐，之如，请继续你们的表演。"

两人对望一眼，夏乐点点头："一尺。"

许秋怡抹了下嘴唇，颜色已经很淡了，龙菲菲非常见机地立刻往嘴巴上一抹甜甜笑着上前："我来吧，在这个位置是不是？"

许秋怡看她一眼，没有说话，夏乐嗯了一声。

龙菲菲也不觉得尴尬，按下记号后双手合十到胸前祈祷："加油加油，一定能成功。"

"准备，三，二，一，走。"

两人再次同时迈步，木板摇晃并不厉害，很快就稳住了，欢呼声都已经在嘴边了就看到吴之如突然脚下一滑人往后仰去，周围的人立刻去扶，可他们的动作比起夏乐来说都太慢了。

在吴之如脚下打滑开始她就动了，她先往前走了一步一把捞住吴之如，木板这时候已经摇摆得很厉害了。吴之如吓得闭着眼睛尖叫，心里一慌动作就控制不住，脚胡乱移动之下更加剧了这种情况，眼看着木板的一端快要落地，所有人都觉得游戏到此结束了。

可并没有。

夏乐将吴之如抱了起来，抱小孩的那种抱法："不要动。"

吴之如真就不动了，僵硬得像块石头。

夏乐冷静地计算，左脚横移一步让翘起的那一端下沉，先解了眼下最大

251

的危机，然后她跨开步子，重心在两只脚之间移动来控制平衡，没有了另一个人，一个人控制局面其实反倒简单了许多，没多会木板就平衡了，平得和一条直线一样。

夏乐这时才抬起头来看向谢浩，用眼神询问接下来要怎样。

谢浩转过身看向观众："我就问一句，夏乐帅不帅！"

"帅！"一个帅字都快把屋顶掀了，男声女声都有，不说别的，就这临场反应这头脑，不用管她的性别，就真的让人服气。

"不得不承认，小乐真的比我帅。"谢浩退走几步，"恭喜夏乐吴之如成功通关！"

夏乐小声问吴之如："能下去了吗？"

她忘了还戴着麦了，一句话就把刚才的冷静利落全给冲散了去，就连许秋恰都扭开头去忍笑，这人还真的是……

"能下了，能下了。"谢浩说着话就要上前把人扶下来，迈出的步子才刚跐个脚呢，夏乐直接抱着人跳了下来，稳稳落地。

"哈哈哈哈！"

不论如何，虽然和预想的过程有点出入，可也总算以另一种方式让人笑声不断。

第四个环节是给嘉宾展示自己的时间，每个人都拿出了看家本领。吴之如收敛了笑闹的那一面，安安静静地来了一曲笛子独奏，乐器用的正是夏乐送的那支，非常有水准。而夏乐则是弹的钢琴，她并没有太重的表演欲。

录制结束时已经晚上十一点多了，夏乐应要求和上台来的人合照，这些人不一定是谁的粉丝，可看到合眼缘的他们也都愿意留个纪念，当了会背景板。接下来还有一个采访，夏乐向最后一个合照的人道了再见，看向不知道什么时候过来的吴之如："不早了，早点去休息。"

"都快兴奋死了，哪里能睡着。"吴之如挽住她的手臂，"小乐你今天真的帅呆了，等到播出的时候肯定会超吸粉的。"

"吸粉？"夏乐瞬间觉得有些不好。

"吸引粉丝。"

郑子靖心里暗笑，咳了一声给她解围道："要不要去吃点东西？"

夏乐看向吴之如。

吴之如摇摇头，唉声叹气地道："昨天和经纪人见面了，经纪人说我的脸圆很吃亏，要控制一下体重，就是要我减肥呗，哪里还敢再吃。"

"你不胖。"

"我也觉得我不胖,可是没办法,上镜胖十斤,算上这十斤就胖了。"吴之如旋即又咧开嘴笑,附耳悄声道,"不过我能忍的,经纪人和我说每个月我都会有基本工资哦,如果有通告我就能分到钱了。"

"好好写歌。"

"我知道,能写出好歌我才能有底气。"吴之如低下头去,再抬起头来时仍是笑着的,"已经比之前好很多了,我妈妈不用再负责我学音乐的钱啦,她的工资只是养活自己的话能过得挺好,这就很好了。"

"嗯,还是要好好写歌。"

吴之如噗嗤一声笑了:"记住了记住了,好好写歌。"

郑子靖插话,"时间不早了,先回酒店?"

"对,小乐你回酒店休息,我们手机联系。"

"好,注意安全。"

"安啦,我会照顾好自己的。"

夏乐这才跟着经纪人离开。她其实有点紧张,严格意义上来说吴之如是她第一个朋友,当兵之前有同学,当兵之后有战友,朋友却只交了吴之如这么一个。她想做个像样的好朋友,却不知道要怎样做才好,等回头空了得去网上查一下。

"很喜欢吴之如?"上了车,郑子靖问。

"她很好。"

郑子靖笑,大概随便哪个没坏心眼的普通人在他家夏夏这里都很好,他也不说这个圈子里难有真心朋友,而是道:"你直觉准,既然觉得她可交那就好好来往,其他的都不算什么。"

"嗯。"

林欣一早就起了,轻手轻脚地将东西收拾好,只留了小宝一会要用的放在外边,做好准备只等时间一到就去办出院手续。

病室里新住进来一个动了手术的孩子,看得出来家境不错,可在这种地方遇上大家同病相怜。孩子妈妈和林欣相处得也不错,现在看她这样也替她高兴,笑着低声道:"医生快上班了,你早点去排队,小宝我给你看着。"

"谢谢张姐,你不说我也要拜托你的。"林欣给小宝拉了拉被子,"刚刚才吃过一次,应该能睡得久一点,您多看一眼就行,要是哭你就打我电话,我立刻回来。"

"没问题,你放心。"

林欣把一应东西放进包里,站起来正要往外走就看到门口一暗,个高腿长的夏乐大步走了进来,她又惊又喜地快步迎上前去:"不是在忙吗?怎么过来了?"

"来接小宝出院。"夏乐朝那边看过来的人点点头。

林欣握住她的手臂给她介绍:"那是张姐,张姐,这是我家一个妹妹小乐。"

张姐看着这明显是城里的姑娘笑着点点头:"这下好了,也不用你一个人去楼上楼下地跑。"

"我去。"夏乐从林欣手里拿过医疗卡和出院通知单转身就走,还没出去呢,郑子靖进来了。

林欣刚还在想怎么小乐今天是一个人,看到他就在心里想果然一起来了:"郑先生也来了。"

郑子靖朝里边两位女士笑着扬了扬手打招呼后看向夏夏:"去办手续?"

"嗯。"

郑子靖也就不再多问,跟着她一起往外走去,他考虑得多一点,夏夏现在不说多有知名度,但难免也有意外会有认出她的人,夏夏估计是想不到这些的,而他也不愿意因为这些就让她失了自在。

时间还早,排队的人少,夏乐安静地排在第二位,天气有点凉了,她穿了件夹克外套,牛仔裤衬得腿越加修长,再加上一张长得不错的脸,往那一站就吸引来不少眼神。

经过这段时间的锻炼夏乐已经很适应落在自己身上的视线,更何况还有个比她更个高腿长的经纪人在一边挡着,她更安心地刷起了手机。先是例行发了条信息给林凯,明明前边的没回就知道肯定还在任务中她也没有忍住。

办好手续,等林姐抱着小宝上了车,夏乐问:"是不是应该去和许医生道个谢?"

"他出国了,回头我替你向他转达。"郑子靖笑,"上车。"

路况很好,不到半小时就到了,车子在一棵老桑树下停了下来。

这边的老小区不是每一个都有名字,最高六层的房子看起来有些岁月感,可不论是那爬得满墙的藤蔓还是隔一段距离一棵的老树,又或者是小区里晾晒着的床单,三三两两的老人哈哈的笑声,都生活气息十足。

林欣抱着小宝原地转了一圈瞬间就喜欢上了，只觉得满身的疲惫好像有了个可以安放的地方。跟着上了二楼，进了屋，客厅里干净的样子明显是打理过的，一组原木矮柜，铺着垫子的沙发茶几，电视电箱等平常人家该有的东西不一定有多好，却是不缺的。

林欣每间屋子都转了转，两室一厅，住她和小宝就太够了，最主要是这房子她怎么看怎么觉得舒服，莫名就有种安心感。

夏乐把东西分类送去该去的地方，又在厨房烧上水，走出来道："客房我妈说也收拾好了，如果家里边要来人也住得下。"

"太麻烦邱老师了，不过大概用不太上。"林欣笑容有些苦涩，"嫂子快生了，我妈得在家里侍候，至于我婆婆那边……之前吴军打电话来了，说老人最近身体不太好，过来了怕是还要我照顾，就不给我增加负担了。"

吴军是吴中的兄弟，夏乐虽然在人情世故一道上不精通，可脑子好用，明白这话里代表的意思，顿时满心都是无以言状的愤怒，这才多久，这才多久，真要人走茶凉，能不能也请等人走得远一点再让茶凉！

"没什么，小乐，你别生气，我撑得住。小宝是从我肚子里出来的，他们不看重我看重，也就是这几年难一点，熬一熬就过去了，吴中的孩子不会差的，我们家小宝将来肯定会争气。"

林欣红着眼眶安慰拳头都攥紧了的小乐，以前不敢想的事她现在敢了，总归她也不是孤立无援不是。

郑子靖拍了拍夏夏的肩膀，这种事他并不觉得意外，感情上来说活人争不过死人，可利益上来说死人永远争不过活人："不是还有你吗？咱们总不会还让小宝吃了亏去。"

夏乐勉强扯了下嘴角，她就是替吴中难过，可再难过日子还是要过的，厨房里传来水开的声音，她大步走了过去。

林欣走到郑子靖身边看着里边的夏乐低声道："郑先生，麻烦你多开解她，他们的战友情我以前不懂，这段时间也算深有体会，我其实已经能接受了，小乐……心里大概不好受。"

"我知道。"郑子靖拿出自己的手机，"我留个电话号码给你，小乐有时候不方便接电话，有事你随时找我，放心，找我和找她是一样的。"

顿了顿，郑子靖又道："我家也有一个牺牲的军人，我知道被留下的人是什么感觉，你不用和我见外。"

林欣隐约想起在医院那次是听到他说过他有个叔叔牺牲了，林欣心里顿

255

时觉得亲近,把自己的手机号报给他。

打通电话,看夏乐往这边走了郑子靖收起手机,若无其事道:"夏夏,你今天就在这了?"

"嗯。"

"行,那我先回公司处理点事,有事你随时找我。"

夏乐点点头,把人送到楼下说了声谢谢。

"别想太多。"

夏乐低下头去,她觉得自己可能暂时做不太到。

郑子靖拍拍她的肩膀:"想多了也只是为难了自己,没其他用,其实他们心里也未必踏实。"

"不踏实吗?"

"当然,那是小宝的父亲,林姐的丈夫,可也是父母的儿子,不要小看了父母对儿女的惦记。他们记得的,只是向现实低头了而已。"

夏乐想了想,那口横梗在心头的气突然就顺了,只要心里还惦记着吴中就好,如果亲人都不记得他了,那谁还能记得?至于其他的她不强求。

郑子靖看她这样就笑:"想通了?"

"嗯。"

"不在心里为难自己就好,上去吧,明天还在这里?"

"嗯。"

郑子靖点点头,明白她是想带着林欣熟悉这里,这个人啊,什么都不说,却做得比谁都多。

上了车,郑子靖开出小区找了个地方停下拨通齐兰的电话。

"信息我看到了,你具体说一下。"

"我先确定一下,老板你和宝贝疙瘩一早去医院了吧?"

"对。"

"你们上新闻了,热度上升得还挺快。"齐兰在那头都不知道该笑还是该气,"我查过了,这一波新闻后边还真没有谁带节奏,就是青柠台那边估计有搭顺风车的意思。"

"我先去看一下新闻,夏夏的热度最近要压着些,多留意。"

"知道,老板放心,我们都盯着呢。"

这一波新闻实际上是个小短剧,从他们离开医院到现在,剧情从一张照片到各式看图说话,把一个寻常得不能再寻常的事唱成了一出戏。

顺着链接找到原博主，看到她几分钟之前又更了一条。

扑通扑通的良心：很抱歉因为我的一时兴奋给夏乐带来这么些破事，我很喜欢她，本人比电视里好看一百倍，心地比本人好看一千倍，既然坏的你们都编完了，那我来告诉你们一点以你们的脑子永远想不到的事。她今天接走的那个孩子叫小宝，从生死关前闯过来的先天性心脏病患者，我打听了下，夏乐和他们没有血缘关系，更不是她未婚生下的孩子，满意了吗？思想肮脏的杠精键盘侠们。

《小宝》这首歌最近挺火，空降各大榜单成绩都还不错，年轻一辈的多少都有听过，歌词写得直白不难理解，只是当真的知道了有这么一个孩子，并且受着病痛的折磨，心里仍然会觉得不是滋味，他们在挥霍健康，有些人却天生不能拥有。

周茹这样的死忠粉不用说，之前就已经和人手撕八百回合了，这下更是扬眉吐气，把那些喷子的脸打得啪啪响，不知道多痛快。吴之如之前发的那条帮夏乐说话的这会也被人顶了上来。

吴之如：选导师的前几天小乐接了通电话急匆匆地离开，再回来的时候她就写了那首大家喜欢的《小宝》，那会我和她还不是很熟，所以也没有多问，后来才知道那天小宝病危。语气鄙视地把小乐说成未婚妈妈的人，你们是有多看不上女人。

这话算是相当不客气了，却也将一个维护好友的形象营造得非常成功，郑子靖摩挲着嘴唇把吴之如之前发的都翻了一遍。他在复杂的圈子待惯了，习惯性地会多想一想，不过还算好，吴之如并没有什么时候都刻意带上夏夏一起，尤其是在夏夏有了名气之后她也没有多提及，更不会借着好友之便爆她平时的照片什么的，不枉夏夏拿她当好朋友。

事情一旦明朗化反倒失去了新闻价值，深知这个道理的郑子靖发了条信息叫齐兰什么都不要做之后就把这事放到了一边。当然，他也半个字都没有和夏乐提起。夏夏经得起任何惊涛骇浪，这样的歪风没必要理会，吹吹就过去了。

事情也如他所料，事情原委清楚后夏乐的热度开始下滑，只是到底还是没有白热闹这一场，知道夏乐的人多了几个不说，《小宝》的排名又上升了。

夏乐一无所知，她现在也刷新闻，但刷娱乐新闻的时候真不多，多半是看国际新闻，然后习惯性地经由新闻来分析局势，再加上这几天陪小宝，手机除了接电话发几个信息她基本没拿在手里过，因为……林欣把孩子放到她

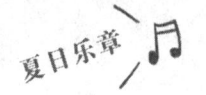

身上了!

以极其僵硬的姿势抱了两天孩子,她觉得比一次长途拉练还累,奇怪的是小宝也没有觉得不舒服,看到夏乐就笑,把夏乐笑得心里软得和面条一样,渐渐地也就抱着不撒手了。

周末的时候邱凝也在这边,看着这样的女儿笑了一天,那小模样儿哟,终于有了点以前可爱的样子了。

所谓近乡情怯,夏乐在才退伍归家时感受过,现在是第二次。

站在吴老家门前她半会没有动弹,就像是脱了力,手按在门铃上怎么都按不下去。

大门突然从里打开,吴老笑眯眯地站在那:"等半天你也不进来,我只好来请了。"

"吴爷爷……"

"进来,杵那做什么。"吴老自顾自地转身往里走,"节目我看了,这一期没有你?"

"是,要下期。"夏乐跟进去,换了鞋子进入客厅,没有玄关屏风的遮挡,一抬眼就看到了她再熟悉不过的布置,所有东西都在曾经的位置上没有丝毫变化,就好像她离开的这八年并不存在于这个家里一样。

走在前边的吴老回头朝着夏乐招手:"走,看宝贝去,这几年我又收了几样。"

说这话的吴老笑得像个得意的老小孩,迫不及待地要把自己私藏的宝贝向自己最喜欢的孩子炫耀,脚步轻快,神情兴奋。夏乐心里软软的,跟着吴爷爷的脚步往楼上走去。

吴老老伴走得早,膝下两儿一女,女儿在国外安了家,儿子就在市里工作,房子买在新城区那边,回来得不多。也因此家里的房间非常够用,早在儿女一离家他就把二楼大加折腾了一番,只留了一间做自己的卧室,其他房间则全部打通成一间,里边以各种保护的姿态收着许多乐器。

吴老对收藏的态度和别人摸一摸都要戴手套不一样,他除了非常精心地护养它们外,兴致来时摸到哪个就用哪个来上一段,后来身边多了小乐,这里就成了她的游乐园,只要来了这大半时间是在这房间里度过的。

耳濡目染之下夏乐很多习惯都是随吴老的,她爱惜一切乐器,但从来没有过将它们束之高阁的想法。东西只有用起来才能体现它的价值,这是吴老用行动告诉她的。

比起八年前房间更满了，长的短的大的小的高的矮的，常见的不常见的乐器这里能见到许多，夏乐走在其中摸摸这个碰碰那个，脑子里闪过的全是曾经那些过往。那时候吴爷爷脸上还没有老年斑，头发还没有全白，背也更挺，他会握着她的小手去学习任何一个乐器，那时候，一切都很好。

"怎么样，是不是看着就觉得特别满足？"

夏乐转过身面对吴爷爷，笑着弯起了眉眼用力点头，就像她小的时候一样，那模样看起来又乖巧又听话，让人看着就想多疼一疼，想把好东西都给她，对看着她长大的吴老来说更是如此。

"那就全拿走，我现在也用不了它们，就这么放着浪费。"

"不着急，这段时间我会经常过来，新歌我想在这里完成。"夏乐走到吴爷爷面前，神情间有了点没入伍前的温软模样，"您给我上课也用得上。"

吴老欢喜得不行："说好了啊，你得常来。"

"是，现在方便了。"

"也就现在方便，做了明星一忙起来也是见不着人的，不过总归不会有联系不到的时候了。"吴老拍了她的手臂一下，"是结实多了。"

夏乐再次笑了笑，揭开身边的琴盖按了一个音。

"来，把你新作的几首歌用不同的乐器来表演一下。"

"要唱吗？"在最近的钢琴前坐下，夏乐问。

"都可以。"

在乐器的环绕下夏乐感觉前所未有地好，钢琴、埙、小提琴……熟练的不熟练的她都上手了，最后她坐到了架子鼓前，这是她最擅长的乐器。拿着鼓槌从最左划到最右，声音有些嘈杂，可落进她耳朵里却好听极了。明明好几年没有摸过，手却像是有自己的意识，脑子里才有了乐谱，手中的鼓槌就去了该去的地方。

她演奏的《在那边》，比起当时表演时用的吉他，架子鼓影响气息，不适合主唱。

吴老一直默默地看着，果然啊，还是在架子鼓前的小乐最游刃有余，现在她头发短了，看起来就没有了那股违和感，当年她一头长发一身长裙小公主一样坐在架子鼓前的样子才让人心情复杂，邱凝花了好几天才接受这个事实。

想着想着吴老又笑了，这人生就是一个圈，有的人走着走着迷路了，有的人就地留了下来，只有那么极个别的人能得天独厚地回到原地，小乐就是那个人。

259

夏日乐章

敲完最后一个音,夏乐胸膛起伏,这种酣畅淋漓的感觉真的……好久没有过了。

"这首最棒。"吴老毫不吝啬表扬,"《在那边》改编的?"

"嗯,有一场比赛要求改编,我选的这首歌。"

"很不错,但是那股劲还是收着了,没有全部放开,如果能全部放开这首歌会更有力量。"

夏乐抿了抿唇,数年时间学会的收敛短时间内要放开,很难。

"能发现问题是好事,怕就怕明知道有问题却不知道从哪里说起,因为哪哪都是问题。"吴老站起身来,夏乐连忙过来扶着,"走,吴爷爷给你补课去。"

"好。"

这祖孙俩凑一起谁也不记得时间流逝,夏乐更是为了认真听课把手机都关了。郑子靖在打了很多电话都没能打通后只好找夏莹莹要了夏乐妈妈的电话,小心地询问夏乐的去向。

邱凝下了车,看着眼前的独栋小楼给了那边的人一个地址,"小乐这段时间多半会在这里,郑先生如果有急事可以来这里找她"。

"是,谢谢您,我会尽量不去打扰她。"

"辛苦郑先生了,小乐离开我身边早,人情世故上不够通达,还请你多费心。"

"这是我应该做的,伯母不用客气。"

邱凝笑了笑,她并不讨厌这个礼数过于周全的青年,因为他的周全并非刻意,只是习惯。

邱凝并没有去打扰楼上名为祖孙实为师生的两人,她挽起袖子进了厨房,只让保姆打下手,手脚麻利地做出四菜一汤。

看着时间不早她才上了楼,敲开门把两人叫出来吃饭,什么都不需要问,从两人轻松的神情就知道他们是开心的。

"不要着急,有些事是水磨功夫,急了反倒难有寸进。"吴老语气和蔼,"你还年轻,慢慢来。"

"是。"夏乐扶着老人下楼,看下来一切没变,可身在其中就能发现有些地方还是有了改动的,楼上曾经是吴爷爷的卧室,现在成书房了,不用想也知道随着年纪越来越大卧室挪去了一楼。

离开时夏乐抓着铁门回头看去,还站在原地的老人朝她挥挥手,背着光看不清表情,可夏乐知道一定是在笑着的。夏乐心里很难受,面对岁月,谁也没有办法让时间走得慢一些。

"郑先生。"听到妈妈的声音夏乐连忙看过去。

"伯母，打扰了。"

邱凝顺着他的视线看向女儿，也不多问，点点头道："我先回了，你们去谈你们的事。"

"一会我把夏夏送回去。"

安全方面邱凝还真是没有担过什么心，三五个大汉只怕都近不了小乐的身，就郑先生这样的，吃亏的总不会是小乐。

目送车子走远，郑子靖看了眼夏夏身后的院子："吴老家？"

"嗯。"

"我去问候一声。"

夏乐一把拉住要越过她的人。

"怎么？不方便吗？那我改天……"

"不是。"夏乐打断他，"郑先生，我把乐器放到公司后吴爷爷可以经常过去公司吗？"

"相信我，夏夏，这是任何一家和音乐有关的公司都求之不得的事。"郑子靖微微弯腰倾身和夏乐平视，"如果不舍得乐器咱们就不动，我另外去买。"

夏乐摇摇头不多做解释："可以的是吗？"

"当然。"

夏乐转身重又拉开铁门快步跑向还站在门口没有动的老人。看她跑过来吴老连忙步下台阶："怎么了？落下什么东西了吗？"

"公司地址在益民大厦，离这里不算太远。"

吴老一时间没抓到她想表达的重点，只是点头道："近点好，近点好。"

"我会将乐器都放到那里去，回头再带您过去认认路，您要是愿意出门就过去坐坐。"夏乐回头看向郑子靖，"郑先生还弄了一个很专业的录音室，到时候您可以现场指导我，是不是，郑先生？"

"对，这简直是天上掉馅饼的事。"郑子靖一口应下，然后朝着吴老弯下腰去，"吴老您好，小子郑子靖，是夏夏的经纪人，这个时间过来打扰您了。"

"你好。"吴老没戴眼镜，眯着眼睛打量着这个气宇轩昂的小伙子，"咱们小乐老实，你要好好护着点，别让她吃了亏。"

"别的我不敢保证，这个您可以放心。"

吴老信了一半，另一半还得再看看，他现在更关心的是小乐说的那事：

261

"你在弄录音室？"

"是，以后小乐能用上，总去租借也不是个事。"

"是这个理，弄成什么样了？请的人专业吗？"

"我是往专业这个方向去请的人，可是不是真的专业我也不知道，不怕您笑话，我也是才进这个行业。"

"那不行，我得去看看，你们别被人糊弄了，益民大厦几楼？"

"十二楼，公司名称叫蜗牛，您到了一眼就能见着。"郑子靖一口气不带停顿地把地址报了个全，眼角余光注意到夏乐松了口气他就知道自己做对了，这就是夏夏的目的。

"行，你和你们公司的员工说一下，别到时候把我当个骗子打出去了。"

"我一定说好，回头我就让人准备一张工作证，凭工作证您就能自由进出那栋大楼了。"

想着要替他们把把关的吴老觉得这样挺好，也就不用麻烦别人了，连连点头表示认可。

"您回屋吧，晚上有点凉了。"夏乐扶着人送回屋内。

郑子靖跟着送到门口，这会又道："改天再来拜访您，您早点休息。"

吴老挥挥手："不兴那些虚的，你们回吧。"

两人并肩走出院子，夏乐把铁门关好，极自觉地上了经纪人的车："过来是有什么事吗？"

郑子靖从包里拿出几张 A4 纸给她："这是我和那边确认的访谈问题，你看看还有没有要去掉的。"

夏乐从头到尾翻了一遍，想了想，用一个词形容："很官方。"

确实很官方，郑子靖没告诉她这还是根据他的要求改过的，第一版不上心得他直接发给了徐成，后来徐成那边又重新发了这一版过来。

"新人的爆点少，对你的了解又不多，更不会去挖你的黑料来抹黑你，当然，你没有黑料给他们挖，对了。"郑子靖伏在方向盘上看着她，"回头你去公司填一份资料，后边要给你做个百科，人都有先入为主的观念，这个观念要做好。"

"就是差不多自我介绍那样？"

"更详细些，身高体重学历这些都填上，不一定都要写上去，但公司里的人心里要有个数。"

夏乐沉默片刻，问："学历可以不填吗？"

"不能让人知道？"

"我后来念的军校。"

郑子靖明白过来，这个未必需要隐瞒，可也没有大张旗鼓去说的必要，就像夏夏从来也不见人就说自己是个老兵。

访谈对夏乐来说不是一样容易的事，对采访她的人来说同样如是。这位的话实在是太少了，能用两个字回答的问题绝不会用四个字，还好是她的口头禅，点头是常规动作……

可她这样的表现没有任何问题，主持人再难受也得憋着，酷女孩不就该是这样的表现吗？访谈结束后年轻的女主持人脸色不太好看，皮笑肉不笑道："挺符合人设的，别在别的节目上露馅了啊，到时候问到我这里我可不好圆话。"

夏乐自然听得出这话里的不友善，正要说话，身后一道带着笑意的声音传了过来，并且拉住她的手臂将她带到了身后："如果真有那一天苏小姐大可以想怎么说就怎么说，咱们夏乐什么后果都担得起。"

后台强大备受宠爱的苏倩倩向来被人宠着顺着，骄傲惯了，她打心底里看不上这些选秀出来的草根歌手，每年这样那样的选秀节目无数，火了的有几个？她也不怕得罪人，想也不想就嘲讽道："那我就等着看了，希望你们的业务能力比嘴皮子好。"

"自然比不上苏小姐业务能力出众。"郑子靖轻笑着微微倾身，揽着一直想开口却一直没有机会开口的夏夏离开，留下身后脸色红了青，青了白的苏倩倩在那发作不得。要说出众，全国观众都知道她招惹是非的能力比业务能力出众多了，毕竟不是哪个主持人都能像她一样因为这样那样的原因经常挂在热搜榜上的。

出了门，郑子靖松开揽着的手问："刚才想说什么？"

"想告诉她口红沾在牙齿上了。"

郑子靖觉得，让夏夏没有开口的机会真是太好了。

"之如和我说做新人的时候难免受气，让我忍着点。"上了车，夏乐道。

"咱们靠本事吃饭，不用巴结任何人，也不用受任何人的气。"郑子靖神情平和，既没有对吴之如遵从规则的不屑，也不觉得她这样有什么不对，"之所以需要忍说到底也是因为有所求，咱们不求人。"

这样有底气的话让夏乐有点热血沸腾，就好像回到了部队一样，口号一喊，精气神全在那笔挺的腰背上，她用力点头："我会好好写歌的。"

郑子靖笑："我就没想过你有不好好写的时候。"

相反，他更担心的是她太过认真了，当付出和所得不成正比时，那种落差感不好受。

想到什么，他翻了下手机，果然看到某平台上苏倩倩发的即时动态。

倩女：有的新人啊，真是好大的脾气，劝你还是不要把尾巴翘得太高的好，摔下来疼的。

不点名不道姓，可线索是提供得足足的，回头她的节目一播出答案就出来了，郑子靖发了条信息让齐兰留意，他虽然看不上这点伎俩，可也不会小看了这个耍伎俩的人。

"去吴老那里？"

"嗯，这段时间如果我电话打不通多半是在吴爷爷那里。"

"知道了，有事我直接去那边找你。"

Chapter 10
父亲的消息

  原创大赛第四期如期播出,《晨光》无论旋律还是歌词都算上佳之作,很多人都预料到了这首歌会火,可火的程度依旧让他们意外。
  许多平日里看起来像个僵尸号的都一夕之间活了过来,各行各业各岗位上许多看起来没有任何共通点的人也都转发了这首歌的视频,她们有着同一个身份:军嫂。
  节目刚结束不久《晨光》就被顶上了热搜,相关话题如军嫂、夏乐、原创音乐的热度都迅速上升,到第二天好几个官方大V转发后热度更是直接爆了。
  都说军嫂不容易,可除了她们自己谁也不知道有多不容易,这首歌说的就是她们的日常,是她们的丈夫常年缺席后她们面对的生活。那些不能诉之于口的苦,不能表现出来的累,不能有的软弱都被这首歌表现了出来。她们直接将夏乐当成了自己人,因为只有体会过才能写出让她们这么感同身受的歌来。
  很多人都在等,等夏乐说点什么或者做点什么,可在任何平台上都没有账号的夏乐安静得仿佛根本不知道自己红了,悄无声息。
  青柠台联系不上她,在郑子靖那里也碰壁后他们一商量,干脆在周六放出了夏乐的那期访谈,周日的《开心面对面》则是放了夏乐这一期,要乘这股东风的心思非常明显。
  访谈里的夏乐明显是生涩的,话不多,但是并不惧镜头,可新人的访谈是真没有多少可看性,到星期天时热度明显下去了。

265

夏日乐章

可在《开心面对面》播出后热度立刻又回来了，话不多没关系，不会接梗不会抛梗没关系，不爱笑没表情没关系，只要你能给我一个抱抱，什么都没关系！

夏乐抱起吴之如的那一段已经被做出花来了，把吴之如换成自己的不要太多，毕竟现在能抱起老婆或女朋友的老公或男朋友真的太少了，尤其还是在那种情况下，抱着人还能掌握住平衡，简直是神一般的操作！

吴之如的表现也不惹人厌，她的反应就是普通人在那种情况下会有的反应，倒更显得她不做作，反倒给她涨了一波粉丝。许多人也看出来了她和夏乐关系好，找不到夏乐的账号，许多人就去她的留言区问了。

吴之如并不介意，还特意回了一条：现在白天是找不到她人的，她手机不开机，她也不怎么看这些娱乐新闻，所以估计也不知道大家在找她。好的音乐人必定是耐得住寂寞的，小乐就是，请大家期待她的新歌。

这样一个答案有些出人意料，可是又奇异地不让人觉得违和，她们都觉得在《开心面对面》里如果不是主持人一直将话题带给她，她能一直安静地坐在那。当然，游戏环节她还是能牛逼得让人想跪。

夏乐也确实不知道，这几天没有摄像头跟着她轻松得不得了，都快回到在部队时的作息了，手机更是成了摆设，没电了都不知道，其他人也都有意一同地没有和她说这些。

每一天都有新的新闻，娱乐圈更是如此，热热闹闹一天后热度渐渐消退，不过因为有《晨光》这首歌在，有因为《晨光》留下来的军嫂在，记住夏乐的人更多了。

而这些都影响不到夏乐，她是个脑子里不装太多事的人，从小到大都是定一个目标，然后就奔着那个目标去，比如小时候喜欢音乐就一门心思学音乐，其他事上就不放半点心思。后来决定当兵，她就把学了十多年的东西舍得干干净净，一头扎进军营里。现在重新做音乐人了，她又全副心神都投了进去，不去想是不是会成功，也不去想如果努力过后结果不如预期要怎么办，她就是埋头往前冲，有墙就撞破它，有虎就打倒它，拼尽全力走到不能走为止。

这恰恰是拥有太多的现代人身上很难有的特质，因为他们能选择的方向能走的路太多了，习惯了去找容易走的那一条，没有那股破罐打经摔的韧劲。

郑子靖看清楚了这一点，也有意识地想要将这一点保护好，所以只要不是火烧眉毛的事他都会尽量不去打扰她，让她安心学习。这种不打扰到了什么程度呢？到了让吴老都担心他的小乐是不是非常不受欢迎，所以都没有通告要去的地步，除了梳理自己的人脉，他甚至都开始盘算自己能动用多少钱了，活了这么大把年纪该懂的都懂，万事钱开道嘛！

当然，这些他是不会和小乐说的，他找了郑子靖。

听明白了吴老话里的意思，郑子靖一时间都不知道要说什么好，那种满心都是热意的感觉让他突然就觉得，这世界上真的是温暖的时候更多的。

"是我没有做好，让您担心了。"郑子靖语气中带着几分柔软，"夏夏是这档节目最火的选手，不是没有通告找她，是我全都推了。夏夏她想从您那多学点东西，说新歌要在您那里完成，这就是现阶段她要做的事，其他的比起来就非常不重要了，跑一百个通告不如一首好歌，您说是不是？"

知道小乐是有市场的吴老立刻态度大变："那是当然，音乐人跑那么多通告干什么，写出好歌才是她的底气。你做得对，小乐不懂那些弯弯绕绕的事你要替她多想一些。"

"是，听您的。"

把吴老哄高兴了，郑子靖再见到夏夏的时候就关心了一下新歌进展。

夏乐眼神晶亮："谱了两首曲子，还没填词。"

"这么有效率？"郑子靖笑，"你在这一道上是真的有天分，有的人三五个月都不一定能磨出一首好歌来。"

"就是最近想法比较多，吴爷爷教了我很多新的东西，我想把其中一首送给谢老师。"

"你还在比赛当中……你确定？"

"嗯，写的时候我就是想着他的。"

郑子靖挑眉："想着谁才能写出谁的歌？要不要写一首给我唱？"

"没有，就是一种感觉，觉得适合他。"

"没有适合我的？"

夏乐老实地摇头。

"会有吗？"

夏乐老实地点头。

郑子靖笑着揉乱她的头发："不逗你了，音乐上你是专业的，我不能给你更专业的意见，你如果觉得合适就给他，不合适就慢慢来没有关系。"

"好。"夏乐扒拉了下头发，莫名觉得头上那只大手还在，看了会车窗外，她突然又回过头来道，"我会写的。"

"嗯?"

"郑先生的歌,我会写的。"

"好。"郑子靖眉眼间浮起笑意,"手机又忘了开机了?"

夏乐连忙从包里翻出手机开机,好友不多,找的人也就不多,看跳动的信息中没有林凯她有点失望,先行点开了路遥的,就他最多,九条,一看到内容她立刻坐直了,整个人都绷了起来,神情从无害变得凌厉,好像变了一个人一样。

"夏夏?"

夏乐没有说话,找出路遥的电话拨了过去,第一声嘟才响了半声电话就接通了:"队长!"

从电话那头传来的嘶哑声音让郑子靖侧目,他放慢了车速。

"林凯情况怎么样?他现在在哪里?"

"在敏市,医生说情况不好,其他兄弟在尽量往这赶,队长,你……要不要来。"

敏市,她的命就是那里的军区医院救回来的,夏乐闭上眼睛,声音冷静得一如既往:"等我。"

挂断电话,夏乐看向车灯照亮的前路:"我要去敏市。"

"好。"郑子靖什么都不问,发动车子的同时打通程江的电话,"定一张去敏市的机票,时间最近的。"

敏市在地图的边缘地带,程江不知道老板怎么突然要去那里,但是最近他代理了老板的特助职位,清楚老板的行程,于是提醒道:"明天您约了两个人……"

"用夏夏的证件定票,速度要快。"

按掉电话,郑子靖踩下油门往机场赶去,偶尔看一眼坐得腰背挺直的夏夏想安慰却不知从何说起。他没当过兵,但也从夏夏对小宝的态度上看懂了战友情的分量,对夏夏来说,那太重了。

一路沉默着到机场。郑子靖去取了票,看着上边的时间他带着人往快速通道走,边问:"看看证件带齐没有。"

夏乐在包里找了一圈,钱包不在,退伍军人的本本却是在的。

郑子靖也不知道退伍证能不能用来登机,拿着就近找地勤问了下,看时间还在有限期内就放下心来。他把自己钱包里的现金都抽出来放到夏夏包里,又放了一张卡进去:"拿着以备万一,密码微信上发给你。"

夏乐没有拒绝，抓着包道了声谢。

"快去吧。"把人推进快速通道，郑子靖跟着走了几步，"我手机一直开着，有事随时打电话，什么时候都可以。"

夏乐点点头，快跑几步递上证件，检查过后进了安检门。

郑子靖仰天呼出一口长气，拿出手机打给伯母，那人，急得都忘了和妈妈说一声。

到达敏市时已经是凌晨一点，夏乐打车直奔医院，一下车刚摸到手机就看到往她这里跑的路遥。一声队长喊出口，人高马大的汉子哑了声音，红了眼眶。

"林凯他……"

"还有气，在重症监护室，医生说看能不能熬过今天晚上，如果熬过去了就有希望。"路遥揉了把脸，"队长，这边。"

这个时间点，平日里人来人往的医院也安静下来，脚步声一步一步像走在人心里，重监外守着的人原本蹲着坐着的这会都站了起来，他们都知道路遥是去接谁去了，现在是两个人的脚步声，那是不是说……

看着映入眼帘的人，几乎是下意识地所有人都向前走了几步，或轻或重地喊了声队长。

夏乐朝他们点点头，站直了朝着唯一坐着的人啪地行了个礼："老兵夏乐向政委报到。"

陆春阳回了礼，继续揉着小腿："来得挺快。"

"听路遥一说我就动身了，您这是？"

"小事，抽筋了。"陆春阳难掩疲态，指着对面的病房道，"看看吧。"

说是看，也真就是看，隔着厚厚的玻璃看着病床上没有半点动静的人，他们现在唯一期盼的就是仪器上那条线不要成为直的。

夏乐很讨厌这种感觉，可这几年里这样的时候已经好几回了，她自己也在里边待过，然后幸运地熬了过来，有的人进去后再也没醒过。

"队长。"

夏乐转过身朝围在身边的几人笑笑，是有些日子不见了。在孤鹰，除了三个中队按编制一个萝卜一个坑，小队人员却并不固定，按执行的任务来调配人手，可大概是因为夏乐的小队从始至终就是执行境外任务，人手几乎没有变动，直到最后一次任务死伤过半。

陈飞忍不住问："队长，你还好吗？"

269

"挺好的。"夏乐怕他们以为自己是在安慰他们,加重语气又道,"是真的挺好的,倒是你们,看起来不太好。"

"快和你们队长说说你们这段时间的丰功伟绩。"陆春阳示意警卫员去守着走廊入口,这一层楼外人上不来,说起话来倒也方便,"陈飞,这么点时间你都被关两次禁闭了吧?"

夏乐看向陈飞,眼神凌厉:"两次禁闭?"

陈飞低下头去,半句不给自己辩解。

路遥给战友说好话:"队长,他就是……心里难受,你退伍了,邹新没了,我们不但安然无恙还分了功劳,说真的,我心里也挺难受的。"

"难受就去接受心理干预,这是常识。"

"队长……"

"不止邹新没了,吴中、陶亮、赵建也都没了,以你们的逻辑我是不是应该以死谢罪?"

"队长……"

"让他们断后的是我,他们死了,而我还活着,就算真要承担起这些也应该由我来才对。陈飞,成年人应该有成年人处理事情的方式,而不是胡乱折腾。"

"是,我错了。"陈飞笑得像哭,他好像就是盼着能被队长这样骂一顿,真的,太难受了啊。

夏乐还想训他几句,可看到他的迷彩服她闭上了嘴,她已经没有资格了。

陆春阳站起来,走到陈飞身边照着他的后脑勺就是一下:"骂得好,叫你折腾。"

陈飞摸了摸脑袋,不敢叫疼。

还真就是一物降一物,陆春阳在心里叹了口气,当年他有多反对夏乐当兵后来就有多反对夏乐退伍。这孩子太适合部队了,她带出来的兵行事都随她,胆大心细又沉得住气。这才多长时间,就眼前这几个兵都已经被夸了一轮又一轮了,虽说是有点刺头吧,可用起来的时候是真好用。

看着重监里那个,陆春阳再次叹气,这个希望不要折了才好。拍了拍夏乐的肩膀,陆春阳往楼下走去,夏乐跟了上去,两人一前一后上了车,夏乐坐到了副驾驶座。

"一个小队九人,就剩林凯还留着一口气。"

夏乐猛地回头,牺牲这么大?

陆春阳没有说是执行的什么任务，夏乐已经退伍，那些事不方便说，可是，有的事必须让她知道："出事的地点，就在当年你爸他们那个队伍出事的地方。"

　　夏乐瞳孔紧缩，失态地从座位上扭过身来面向政委："您的意思是……他们碰上的是我爸当年碰上的那一拨人？"

　　"这些年我们一直在确认那些人是哪个方面的，从既得利益者反向推论，当年没有得出结论，经过这次的事找到了一点共通点。可如果真是他们就有一点疑惑，他们是不留活口的，林凯不该有生还的机会。"

　　"可是我爸……"

　　"所以最开始那会才会认为你爸叛国。"陆春阳揉了揉额头，从得知消息到现在，身体和脑子的双重疲累让他也有点撑不住了，"小乐，现在你有没有考虑再回来？"

　　夏乐很久都没有说话，陆春阳也不催她，他也借着这个机会让脑子歇歇。

　　就在他都快睡着时，夏乐那把清清脆脆的极有辨识度的声音响起："我回不去作战部队了，如果只是留在后方也就是早一步知道后续消息而已，这个消息陆叔一定会告诉我，留下也就没了意义。"

　　"怎会没有意义？小乐，你是个非常优秀的军人，在哪个岗位你都能实现自己的价值。"

　　"我现在已经有点名气了。"

　　"嗯？"

　　夏乐抬头："当明星，我已经有点名气了，部队必定不会放过任何线索，我也会尽力站得高一点，说不定会有另一种可能呢？"

　　还真是一点没放弃啊！陆春阳叹气，却也没法否定她的做法，在一个信息化的年代，明星的知名度真是比科学家什么的要强多了。

　　"陆叔叔。"

　　"嗯？"

　　"我爸……真的有可能活着是不是？"

　　"你不是一直都这么认定的吗？"陆春阳笑，"是，他有可能活着，我怀疑林凯可能会知道点什么，所以没有阻止他们通知你前来。"

　　夏乐想笑的，努力了这么多年，爸爸还活着是她坚持下来的信念，可心里却难受更多，这么多年，得付出怎样的代价才能活下来。

　　这是一个不眠之夜，对夏乐来说尤其是。坐在重监外看着林凯，想着不知身在何方的父亲，心里那点微末的希望突然之间被无限放大，她觉得自己还没有做好迎接这个好消息的准备，可是真的……太好了。

"队长，喝点水。"把冒着热气的水递给队长，陈飞坐下来和她一起看着玻璃窗边的人，施浩然和路遥也都走过来，或坐或靠地注视着同一个地方。

一起生生死死扛过来的人感情是不一样的，甚至都不能说他们搞小团队，因为他们的小团队根本不用拆就已经七零八落，剩下的几个再怎么亲厚对他们来说都应该。

"队长，我打算从一线退下来了。"

说话的是施浩然，他本来就是技术兵，在技术兵里是身手最好的，在小队里又是脑子最好使的，出任务时是夏乐的副手，两人一个冷静果断一个脑子转得快，出了名的好搭档。现在听到他这么说夏乐不知道要怎么劝，是她先离开，其他人是留是走她已经没资格管了。

"不怪老施，队长你不知道……"

"陈飞，那些都是小事。"

"什么叫小事？有本事别用你啊，又要用你又要把你当外人，谁不知道你被排挤了。"

夏乐眉头微皱："说清楚。"

"队长，我来说吧。"路遥拉开冲动的陈飞，"上面挑了个小队再组一支我们这个性质的队伍，对方队长主动提出要老施搭档，上面同意了。可是那支队伍在一起已经磨合了半年，老施半途插进去难免就……咱们孤鹰的人队长你知道，心气儿都高，老施更是其中翘楚，还不就成现在这样了。"

不用解释更多夏乐也明白是怎么回事了，施浩然性子有多傲她亲身体会，他们也是用了不少时间才磨合好。

喝了口热茶，夏乐看向施浩然："你既然这么说就是已经打定主意了，不然不会说出来。"

施浩然笑，脸干净得不像个当兵的："还是队长了解我，孤鹰训出来的人哪里敢耍那些手段，我不是被排斥，是融入不进去。队员不再是熟悉的人，搭档也不再是你，从心底里我就抵触再去一支新的队伍。"

施浩然手指在玻璃上画出一张椭圆的脸，卷卷的头发，加粗的眉毛，是林凯："我这人念旧，正好我的兴趣也在无线那方面，之后我打算继续深造这一块，穿惯了这身衣服我没打算脱下。"

已经脱下那身衣服的夏乐怔怔地看着玻璃窗上那个头像，透过它好像还看到了邹新，看到了赵建、陶亮，看到了牺牲的那些战友。只有身在其中才那么清楚地知道和平年代不是喊出来的，是铁拳打出来的，命堆出来的，无论哪个年代，有话语权的从来都是拳头最大的那个人。

她曾经是那个拳头上的一根汗毛，现在，应该长出新的了。

"我……"

"你不要做任何决定。"陈飞才说了一个字就被夏乐打断，"陈飞，部队是最适合你的地方，但是眼下你需要一个假期来调整心态，回头我会去和政委说。"

陈飞满身的刺都因为这几句话而收敛起来，温驯地哦了一声，什么抵抗情绪都没了。

施浩然转过身来双手抱胸看着那头没牙的老虎，陈飞勇猛有余谋略不足，但他的听指挥弥补了这一点上的不足，队长说的他适合部队不止是因为这个。他学无线通信这一块的，自然就比其他人更多地接触外边的世界，知道外边的变化有多大，队长能适应陈飞却未必，他性格太火爆了，偏偏还破坏力强，一个不好就要出事。在部队里多立点功，之后升官转文职或者去后勤，在部队里待上一辈子也就没有适应不适应那一说了。

"你呢？"夏乐抬头看向路遥，突然的主动询问让几人都有些惊奇。

路遥偏头想了想："没考虑过，暂时没有别的想法。"

夏乐点点头不再多问，看时间已经是四点多，她习惯性地下令："分两班，轮流休息半个小时。"

"是。"几人也都一如既往听令，陈飞和路遥走到长椅那一人占据一方，躺下去把头一蒙就秒睡过去。

施浩然坐到夏乐身边："还好吗？"

"挺好。"

"实话？"

夏乐看他一眼："当然，新东西是很多，学一学也就会了。"

心态真好啊，施浩然正要说话，却见到夏乐突然站了起来冲到玻璃窗前，他立刻跟了过去，看着里边护士围着林凯摆弄各种仪器，很快脚步声响起，陈飞和路遥弹跳而起，看着边戴帽子边往这边跑来的医生心里感觉已经不太好。

几人贴着玻璃窗看着里边的情景，不用任何说明他们也看得懂，林凯情况怕是要不好。各种仪器加持之下，医生折腾了将近半个小时才停下动作，很快有护士出来，几人急切地想知道里边的情况，可护士却没有给他们机会

273

飞快跑走，真的是用跑的，白大褂的衣摆都飞了起来。心高高悬起，几人僵着身体站在那不敢动弹，送走了一个又一个，他们很怕这个也留不住。

"只要凯子能活下来，我去给菩萨烧高香，说到做到。"陈飞咬牙切齿地许愿，典型的平时不烧香临时抱佛脚，病急乱投医，可没人笑话他，如果有用他们都愿意去烧香，多烧点，烧大点，只要凯子能活下来。

林凯的生命线只剩微乎其微的起伏。四个人死死盯着仪器上那条线，看着它一点点，多一点点，再多一点点，有了弧度，小小的弯变成大一号的弯，再大一号的弯……

当医生出来他们转身时才发现政委不知道什么时候也在了。

"情况怎么样？"

"暂时算是把命拉回来了，患者求生意志强，这是最好的情况。"医生说得详细，"不过短时间内怕是醒不过来。"

陆春阳点点头朝他伸出手去："辛苦了。"

医生和他握了握手："我在值班室，有事随时找我。"

目送医生离开，陆春阳看向平时跳得上天这会却显得有些可怜的几人。他也是从一线退下来的，也送走过战友，太明白他们此时是什么感觉了，那种紧绷过后全身发飘找不到着落点的滋味，他体会过。

拍了离得最近的施浩然手臂一下，陆春阳收起了政委的那一套，温声道："都去缓缓，林凯死不了。"

施浩然用力搓了把脸，长手一钩把陈飞和路遥揽走，猝不及防的两人脚步急促了一下立刻调节过来，三人勾肩搭背地一起走了。

"他们的情况你都知道了？"陆春阳退后两步坐下，招手示意夏乐也过来。

夏乐坐过去，点点头道："他们就是还没有从那一次的事件中恢复过来，施浩然已经自我调节得差不多了，所以他想明白了自己今后的去向，陈飞需要一个假期冷静，我更担心的是路遥。"

陆春阳挑眉："我以为你会更担心陈飞。"

"他只是叫得响，实在不行我揍他一顿也就好了。路遥习惯了将什么事情都闷在心里，可对一个心思细腻的人来说那事不可能轻描淡写就过去了，政委，我请求对路遥进行心理干预。"

"我当然同意，可你应该知道，心理干预得他没有抵触心理才会有效果。"

"他会同意。"夏乐看向病房，如果不是她当时心理出现问题，早就应该发现他们的问题。

陆春阳顺着她的视线看去，和平的背后难免有牺牲，可他仍然觉得可惜，折了太多个了。夏乐是孤鹰唯一的女队长，她带的这个队伍是平均年龄最低同时也是水平最拔尖的，也因此个个骄傲，在磨合阶段天天打，没有谁身上不挂彩，可意外地磨合好了，并且都找着了自己的位置，谁都有自我发挥的地方，也谁都不多余。

夏乐在这个队伍里论身手不是最好的，头脑不是最灵活的，却是各方面最均衡的。也因为这个队长是他们自己选出来的，所以他们服气，哪怕是她离开了，队长就是队长，一辈子都是。

"你参加的那个比赛我有看，《小宝》很好听。"陆春阳笑，"小宝出院了吗？"

"出院了。"

"那就好，吴中有个好妻子，有时间了我也去看看他们，没记错的话是在昌市下边的一个镇上吧？"

"乌市。"

陆春阳转头看向她。

夏乐低头："林姐留在乌市，对小宝好些。"

"吴家不消停？"

"冷处理就够了。"

陆春阳脑袋疼，他揉了揉，不愿意去想这其中的深意，可是有些事哪里需要想啊！

"没有关系，小宝有我。"夏乐突然转头看向政委，"是不是会派人去那个地点查探？"

"肯定的。"

夏乐想说她也去，可嘴巴张张合合，最终她还是什么都没有说出来。她的身手退步了，不用和人交手她就能感觉到，而那个地方情况错综复杂，以她现在的情况去了未必能全身而退，更何况她现在已经离队了……

夏乐有一瞬间的冲动，可那一瞬过去后她立刻冷静下来。

而陆春阳不愿意放过一点点机会："如果你再次入伍我可以让你和他们一起前去。"

"我等陆叔叔告诉我好消息。"

得，又成陆叔叔了，陆春阳失笑，到这时他也真就死了心。

林凯的恢复速度快得惊人，本来医生还说最快也要两天才能恢复意识，

275

而他在当天下午就有了意识。陆春阳和夏乐一起换上无菌服进去，近距离看到林凯的样子才知道他伤得有多重。整个头都被绷带包住了，只露出眼睛、鼻子和嘴巴，夏乐不想去想被子下的身体伤成了什么样。

夏乐轻轻按住林凯看起来完好的肩膀："凯子，我来了。"

心电监护仪上的波动大了起来，主治医生连忙上前检查，半晌后道："患者的自我意识很强，按这情况明天应该就能醒过来了。"

"那可真是好消息。"陆春阳欢喜不已，孤鹰还没有行动就是想看看能不能从林凯这里问到点有用的东西，尽可能减小人员伤亡的可能。

林凯也争气，当天晚上就醒了过来，医生提醒他们第一次清醒的时间不会长。陆春阳立刻就要询问，可还不等他说什么，林凯已经激动地朝着夏乐抬起头来，眼睛瞪着嘴巴半张着想说话，可才清醒，身体都还不受他控制，头不过微微抬起几秒立刻又垂了下去。

哪怕是经常和军人打交道的医生也心生佩服，换成普通人才醒过来也就是能动动眼珠子而已。

夏乐上前按住他："我问，说得对你眨两下眼睛，不对不要有任何反应。"

林凯眨眨眼。

"对方是我们打过交道的吗？"

"有没有你认得的？"

林凯没有反应。

夏乐紧绷的一颗心骤然一沉，她队伍的人都见过她爸的照片，以他们的本事，如果遇上了不可能认不出来。

"你能活下来，是有人放了你？"

林凯突然费力地连着眨了几下眼睛，夏乐和陆春阳对望一眼，顺着这个方向她立刻又问："那人你看到脸了吗？"

林凯又眨眨眼。

"不是我们记得的任何一个人？"

林凯没有反应，是不认识的人，不是她爸，夏乐的心往一个深不见底的地方沉去，拍了心口两下，夏乐继续问："对方多少人？十？二十？三十？"

一直到三十林凯才眨眼睛，这么多人，如果再有充足的火力支援，九人小队全军覆灭就想得通了。

林凯眼皮往下掉，看得出来是撑到极点了，夏乐拍了下他肩膀："睡吧，我在这。"

得了这句承诺，林凯终于闭上眼睛放任自己睡过去。两人看医生做了检查确定林凯只是睡过去后才出了病房，陆春阳取下口罩看向夏乐："我得回去了。"

夏乐熟知部队的一切，立刻点头道："我会留在这里，有任何情况立刻向您汇报。"

"你在这里我就放心了，之后我会安排一个画像的人过来。"

"是。"

陆春阳走的时候顺便批了陈飞几人的假，让他们趁着这个机会好好休整。小队仅剩的几人以这种方式相聚心里都挺不是滋味，但又备觉珍惜。

施浩然在附近的宾馆订了两间房轮流休整，不过多半时间他们还是在医院守着，哪怕林凯都还没有出重监室，他们当然也不用像普通人那样只在有限的时间才能进去看一眼。

夏乐在楼道里来回走了几圈，拿着手机深吸一口气拨通电话，那边一声温柔的"小乐"让她到了嘴边的"妈妈"两个字怎么都吐不出来。

"郑先生打电话和我说了你的去向。"知女莫若母，邱凝轻声笑了笑，"妈妈知道你去了敏市看望战友。"

"嗯。"

"怎么样？他还好吗？"

"好转了。"嗓子有点紧，夏乐咳了一声清了清，"妈，对不起。"

"妈妈如果不知道你去了哪里，你人又没有回家，肯定早就打电话找你了，郑先生处事很周全，回头你要好好谢谢他。"

"嗯，好。"

仿佛看到了女儿乖巧听话的样子，邱凝笑："还要在那边待多久？"

"还要待一段时间。"

"知道了，有时间就给妈妈来电话，老师那里妈妈给你找理由请了假，你要有时间也要多打个电话去。"

"好。"

"行了，去忙吧。"

最终夏乐也没有和妈妈说关于爸爸那点还没有经过证实的消息，如果最后证明只是他们想多了，那也只要她去承受失望就好。

"队长。"

夏日乐章

听到声音,本来打算给郑先生打个电话的夏乐连忙走出去,路遥看到她立刻告知:"凯子醒了。"

夏乐快步过去,接过路遥递来的无菌服穿上进了病房。林凯睁着眼睛,看到夏乐嘴唇动了动,无声地叫了声队长。

夏乐点点头:"安心养伤,后续的事情我会跟进。"

林凯嘴巴往两边咧开,像是笑了笑,伤成这样他心里有数,能活下来就是万幸了,想再在一线作战部队待着那是他想多了,就像队长一样,身体跟不上了。可是,队长在啊!

"要通知你家人吗?"

林凯费力地摇摇头。

"知道了。"夏乐按住他的肩膀,"画像的专家明天到,你快点好起来,对他们多一分熟悉兄弟们就少一分危险。"

等医生给他做完检查,又等到他睡着,夏乐才走出病房向政委汇报林凯的身体情况,一个电话打完,手机只剩百分之四的电了。

那头,郑子靖在家里当他的四少爷,老郑看他那副坐没坐相玩手机的样子就觉得不顺眼,踢了踢他的小腿问:"那个姓夏的姑娘呢?你不是签了人家吗?不去好好工作在这里干什么。"

小郑看了老郑一眼,不想说话。

"嘿我说你小子……"熟悉的脚步声一响,老郑立刻收了话,瞪了儿子一眼起身迎向走过来的太座大人,"怎么不多躺会,头还疼吗?"

郑子靖也连忙站起来去扶章女士另一边:"怎么突然又头疼了,不是有些日子没犯病了吗?"

"老毛病就这样,习惯就好。"章惠笑得云淡风轻,就好像疼起来恨不得把头往墙上撞的不是她一样,在沙发上坐下,任由老郑把薄毯盖到她膝盖上,她看向郑子靖,"看着气色有些不好,应酬多?"

"最近喝得多了点,您放心,我有注意。"郑子靖不想说自己的事,他更关心他妈怎么会突然犯病,"三姐那边出幺蛾子了?"

老郑冷哼一声:"他现在反应过来了,见不到你三姐就找来了这里,说的话气着你妈了。"

"他是不是觉得自己特委屈?认为三姐冤枉他了?"

"对他来说身体没有出轨就理直气壮,对你三姐来说既然都和人家有了承诺有了暧昧那就和人家过去,她不稀罕,说到底也是小元不够了解你三姐。"

章惠端着茶杯捂手，小辈的私事她不想过多插手，可那毕竟是自己怀胎十月生下来的孩子，感情被轻贱了哪里能不心疼。三儿再跳脱那也是在那个框框里跳，没有跳出去过。小元却是越了界的，如果不是发现得早恐怕就不止是暧昧那么简单了，他只以为拿准了这一点就占理，郑家却也没有傻子。

"我去和三姐夫聊聊。"

"你和他能聊什么，人家反倒要以为郑家示弱了，更助长他的气焰，就让他看清楚事实吧，如果他知道自己的问题在哪了才有以后可聊。"

"妈……"

"听话。"章惠给他理了理衣领，"夏乐呢？在忙着写歌？"

"没有，她去敏市了。"郑子靖觉得有点没劲，这都去了两天了也没见给他来个电话，真是……

"你不是她的经纪人吗？不用跟着她去？"

"她不是因为工作去的，那天她接电话我听了个音，估摸着是有战友伤重了。"

老夫妻俩对望一眼，战友伤重……再想想她也受过重伤，这哪里能是一般的兵种。

信息声突然响起，郑子靖立刻抓起手机划开，看到上边显示的内容身上那股子懒散劲瞬间退去了大半。

夏夏：郑先生，我会在敏市待一段时间，最近不能接工作，抱歉，还有，谢谢。

"夏乐发过来的？"

"对，她说要在那边待一段时间。"郑子靖边把信息翻来覆去地看，话里带着笑，边回了条信息过去。

郑子靖：到总决赛前我都不会再给你接工作，安心忙你的事，有时间琢磨琢磨新歌就可以了，另外，身为你的经纪人替你做那些都是应该的，不用道谢。

夏夏：好。

几乎是秒回的信息让郑子靖心情更好了，嘴里还不自觉地哼了几句"小宝"。章惠简直没眼看，忍不住打击他道："我怎么瞧着夏乐根本不需要你啊，没有你她也什么都能做。"

"没有我她都不知道要和她妈妈交代一下去向。"郑子靖想也不想就反驳，他作用可大着呢！

夏日乐章

章惠斜瞥他一眼，决定眼不见为净，"老郑，陪我出门走走。"

"等等。"郑国兵拿了帽子和丝巾来给她戴上，猝不及防又吃了一碗狗粮的郑子靖把手机放到眼睛上挡住了这波攻击。

林凯在能开口说话后画像专家就过来了，根据他提供的信息渐渐画出了那人的轮廓，然后是五官，直到图像越来越清晰夏乐才彻底死心，这不是她爸。

专家回去复命，后边的事夏乐就管不上了，而林凯在重监室待了四天后转了普通病房。

"你们几个都回去吧。"夏乐把病床摇起来一些，"陈飞，你收拾收拾去休个探亲假，留出两天时间到处走走看看。"

"队长……"

"政委已经同意了，路遥。"

猝不及防被点了名，路遥连忙应了一声。

"回去后你需要接受心理干预，我和政委提过了，政委会给你安排。"

"队长……"

"我一直在看心理医生，这不丢人，记着自己的战友更不丢人。"夏乐不想解释更多，她也解释不清楚，但她知道一点，"路遥，你必须接受心理干预，不论你是继续留在部队还是退伍。"

路遥沉默片刻，点头："是，队长。"

夏乐又看向施浩然，施浩然举起双手："我回去就向政委报到，去检查需不需要心理干预。"

乖觉得让夏乐无话可说，她也就不说了："订票回吧。"

能在这里待上这几天已经是政委给他们的特批，他们也知道不能任性，可面对分离，哪怕他们是流血不流泪的汉子仍然觉得心里不好受，就像凯子这次差点没能活着回来，就像那些已经长眠的队友，他们不知道下次是不是会有人缺席，又或是自己再没有下次。

走到门口，施浩然转过身来："队长，去小亮他们家里的时候记得说一声，如果时间合适，我们都想去。"

"知道了。"

"还有，队长你单独开个账户，我每个月固定往里边转点钱。"

"对，老施这办法好。"路遥立刻也走回来，"队长你去开个户头，我们每个月固定往里边转一笔，积少成多，以后说不定能用上。"

施浩然看着夏乐提醒她："赵建结婚早，孩子三岁了，陶亮的小点，刚满一岁,从长远来说这么做比较好。"

　　夏乐记得的,只是当小宝重病,她能记得的就只剩这一个了,赵建和陶亮的孩子身体健康,家庭条件相比起来也要好一些,她也真就只在心里记挂着。

　　是为小宝,也是为赵建陶亮的孩子、邹新的父母,夏乐点点头,"知道了,回头我去弄。"

　　"到时候把账号告诉我们。"

　　"行。"夏乐抬头:"你们该走了。"

　　三人对望一眼,对这样一板一眼的队长也没什么办法,和床上的林凯挥了挥手转身离开。

　　林凯说话费劲,也不能动弹,但是伤口实在是疼,还有点痒,他断断续续地说话来分散注意力:"队长,我大概要和你一样了。"

　　夏乐剥了根香蕉吃着。

　　"我之前听了个事。"

　　"什么?"

　　"两年前退伍的沈良还记得吗?我那个老乡,他进号子了。"

　　夏乐咀嚼的动作一顿,看向林凯。

　　林凯被纱布包着的脸看不出表情:"听说是涉黑。"

　　"我记得他是转业。"

　　"和人处不来,待了半年就和人合伙做生意去了。"

　　夏乐没有问是什么生意,她也不想知道:"担心会像他一样?"

　　林凯哆哆嗦嗦地笑:"队长,给我留点面子。"

　　夏乐沉默着吃完了一根香蕉,说出来的话就像她的性格,嘎嘣脆:"你是你,沈良是沈良,他会涉黑,你不会。"

　　"……我都没有队长你这个自信。"

　　"你不会,因为前边有沈良,你记住了。"

　　片刻后,林凯绷带下的脸艰难地笑了笑:"我是有点担心,怕自己适应不了。"

　　"你可以转后勤。"

　　"也有考虑过,但是心又有点不安分,在部队待挺多年了。"

　　"如果你选择转业,部队会给你最好的安排。"夏乐轻轻按住他在床单上摩擦的手臂,"如果你选择复员,来找我。"

　　"队长这是打算把我们这些老弱病残都养起来?"

"你可以跟着我一段时间,适应了后再去考虑路要怎么走,也可以一直跟着我,我能养活你们。"

林凯笑:"队长,我是不是残得挺厉害?"

夏乐沉默着看向他。

"如果真是,不用瞒着我,这点承受能力我还是有的。"

"脸毁了,修复也恢复不到原来的程度。"

"我不靠脸吃饭。"林凯眼睛一亮,"只是脸毁了?"

"右手掌骨断了。"

林凯清楚如果只是一般的伤队长都不会拿出来说,而对于一个在一线部队作战的军人来说这是致命伤。慢慢地抬起包成粽子的右手,大概是做了更坏的打算,现在这左看看右看看的,他心里好像也没有特别难过:"以后还能拿筷子吗?"

"可以。"

"那就够了,我可不是左撇子。"说完林凯又笑,"是左撇子就好了,伤了右手也不怕。"

夏乐起身走到窗边,看着外边摇曳的大树心想,这敏市可比家里冷多了,回头只怕还得去买件厚外套。

"队长,我没事。"

林凯的声音从身后传来,听起来还很虚弱,却又显得从容:"我还活着,比起他们来我已经很幸运了,哪里还能奢求更多,活着总比死了能多做一些事情。"

"嗯。"

"队长,如果我去投奔你了你能养得活我吗?"

"能。"

"真能啊?队长你做什么工作啊?自己做老板了?"

夏乐突然觉得有点羞耻,她要怎么告诉战友,她当明星去了!

最终夏乐还是没有说,一通电话拯救了她,郑先生的来电她自然是不会当着林凯的面接的,拿着手机出了病房。

在她身后,林凯若有所思地看着她离开,慢慢抬起双手看着自己这残废样苦涩地笑了,残了啊……

走廊上夏乐接通电话:"郑先生。"

"这么久才接,不方便吗?要不要一会再打过来?"

"没有,不忙。"夏乐背靠墙看着那头穿着制服推着推床快速往手术室跑的几人,"是有推不了的工作吗?"

"不是,没有接下任何工作,有没有多打电话回家?"

"打了的。"

"也就是说不涉及保密这些了?"

"嗯。"

"你到窗户边来。"

夏乐一愣,身体比脑子反应更快地回了病房,从窗口探出头往外看去,楼下的人仰着头朝她挥手。

"郑先生你……"

"来谈点事,顺便给你送点东西,我能上来吗?"

夏乐短暂地失去了语言功能,朝着楼下的人点点头,也不管对方视力够不够好到看清她的动作。她不傻,要怎么顺便才能顺到敏市来。

郑子靖笑,挂了电话提起箱子上楼。

"队长?"林凯问,"有战友过来吗?"

"不是,我……朋友。"

"哦~~"林凯看着她的神情,一个哦字拐了几个弯,对队长的这个"朋友"好奇起来,不过,"队长,你不去接一下那位'朋友'吗?"

对,没有有效证件没有熟人带着电梯工不给人进这一层的,夏乐连忙去接人。

电梯门一开,两人眼神对上,郑子靖提着箱子进了电梯,笑道:"就猜你要来。"

电梯工是退伍的老军人,他看了两人一眼,没有说话,默默按了楼层。

平时总显得拥挤的电梯里这会倒显出宽敞来,沉默蔓延,夏乐还在思量应该说点什么就听得郑先生带笑的声音响起:"精神看起来还不错。"

"嗯。"夏乐悄悄松了口气,"之前有战友在。"

"之前在,现在不在了?"

"他们都是现役。"电梯门开了,夏乐率先出去挡住门,等郑先生出来后朝电梯工道了声谢,电梯工扬了扬手,关上电梯门。

"这边。"

进了病房,看到病床上包扎得粽子一样的人,郑子靖也没有表现出吃惊来,在几天都没有夏夏消息的时候他甚至想过更坏的结果。

"你好,我是郑子靖,夏夏的朋友。"

"林凯。"被夏夏这称呼麻了麻,林凯看了队长一眼,队长有这样的"朋友"还真是有点意外。

夏乐倒了茶过来递给郑先生,扯了扯衣服下摆,不动声色地局促着。

郑子靖眼角余光看到她的动作,低头喝了口茶,抬头笑道:"这伤得可有点狠了,那天夏夏接电话的时候我在旁边,听着说话的人声音都劈叉了。"

"阎王爷嫌弃我占地方,又把我赶回来了。"林凯趁着队长注意不到自己移动身体摩擦了下手臂,下一刻不赞同的眼神就追了过来,他老实地停下动作,无辜地咧嘴。

"郑先生你坐。"夏乐走回床边,用适中的力道按压林凯的手臂,她知道恢复期有多难受,痛忍得住,痒太难熬。

郑子靖也不坐,走到床尾看着她的动作:"用不用请个护工?"

"有。"

郑子靖扬了扬眉,说起了另一个人:"昨天我去看了小宝。"

果不其然,夏乐抬起头来,连病床上那个龇牙咧嘴的人眼神都追了过来。

"看起来精神多了,眼珠圆溜溜的,慢慢养点肉起来不知道多可爱。"

自家孩子被夸了,夏乐不自觉就扬起了嘴角:"像吴中,圆脸圆眼。"

"娃娃脸?"

"嗯。"

眼看着天又聊死了,郑子靖面不改色地新起了个话题:"吴老去了趟公司,提了很多专业意见,还介绍了个人过来帮忙调试录音室。"

"什么时候去的?我昨晚打电话没听吴爷爷说起。"

"前天。"郑子靖这会想起吴老在公司问他,小乐是不是真用得上这间录音室时的神情仍然心底柔软。夏夏肯定是没有说清楚自己的去向,吴老才会以为她又像之前几年一样不方便联系了,以为她不会继续走音乐这条路。那个老人是打心底里把夏夏当成自家的孩子在疼,也一如那些普通的老人一样不打听不多问,只在心里挂念。

"谱了新曲子可以发给吴老听听,毕竟他老人家专业。"

"新曲子?"林凯在两人之间看了个来回,"是我知道的那个新曲子吗队长?"

气氛奇异地凝滞了一下,夏乐嗯了一声,换到另一边继续给他按压手臂。

郑子靖后知后觉地发现自己暴露了什么，看着那张绷带包着仍然能看出不可置信的脸他又有点想笑，夏夏这跨度大概是真的有点大了，看把人吓得！

"所以队长你当歌星去了？"

夏乐低着头，又嗯了一声。

林凯本来都有点精神萎靡了，这下醒得不能再醒了，队长……当歌星？唱歌？以他们的职业来说难道不该是表演胸口碎大石吗？哦，对，队长退伍了！

如果不是现在动不了，林凯想抽根烟来冷静冷静，他看向队长，这么一个连话都憋不出几句的人上台唱歌？唱什么？《咱当兵的人》吗？除了拉练时唱歌或者内部活动的时候能看到队长弹弹吉他，平时连个调子都没听到她哼过，当歌星？林凯看向郑子靖，用眼神求解。

"我是夏夏的经纪人，她的几首歌现在反响都非常不错。"郑子靖恶趣味地想拿出手机放出来给林凯听一听，可看到夏夏这会脸都埋进头发里了他按捺住了这个冲动。咳，虽然很想炫耀一把，也得等当事人不在不是。

可林凯问了："哪里可以听到？我想听听。"

"林凯，你该休息了。"夏乐终于抬起头来，一贯的面不改色，走到床尾把床摇了下去，"医生说多休息身体才能恢复得快。"

林凯没敢反驳，乖乖地躺好闭上眼睛，心里琢磨起了许多事，不能他一个人吃惊，等他手能动了他要吓死陈飞他们，队长的歌也是要听的，有点期待呢！

两人走出病房，在走廊的长椅上坐了下来。

郑子靖看了下手表："我还能待十分钟。"

夏乐看向他，郑子靖笑："晚上有应酬，来的时候就把回程机票订好了。"

"你说顺路。"

"嗯，来谈点事。"郑子靖把箱子推到她面前，"你走得急，什么都没带，我让齐兰给你买了些生活用品，衣服也买了几套，里边有件外套，这边比乌市冷多了。最重要的是中药，之前断了几天，这次我给你带了一个星期的你先吃着，药方宋爷爷改过了，也在箱子里，吃完这七天的如果你还没回就去医院配药让他们帮忙处理了，尽量不要断。"

夏乐看着箱子片刻，转头看他："这也是经纪人的职责吗？"

头一次做经纪人的郑子靖也不是很确定，不过经纪人的职责就是照顾好自己的艺人这一点是没错的，于是他点头："是。"

头一次做艺人的夏乐再次觉得做经纪人不容易，她把箱子推到身边来：

"总决赛的歌有点头绪了,我会好好写的。"

"也不用太紧张,尽力了就好。"

"嗯。"

气氛一沉默,郑子靖就非常自觉地起了另一个话题:"家里的事你不用担心,我离着近,顾得上,不过有时间还是要多打电话,我再顾得上也不是你。"

"好。"

"手机记得充电,不要打不通,你在外边,找不到你的时候伯母会紧张。"

"好。"

"吴老那里也是,不涉及保密你就多和他视频,曲子多给他听,如果时间充裕视频教学也可以的,你不是在跟着吴老上课吗?"

夏乐眼神一亮,对啊,她怎么没想到,现在林凯脱离生命危险了,她的空余时间就多起来了,可以和吴爷爷视频教学啊,就是没有乐器有点不方便,不过这都是小问题了,听吴爷爷说就可以的,八年空白,她有太多知识需要补上了。

郑子靖现在基本已经能抓住夏夏的情绪了,看她这样就笑,继续道:"还有郑秋燕那里,你也要主动一点联系,不要等她来找你,你是学生,总不好让她觉得你比她还高冷是不是?"

自从分开后就没有主动找过郑秋燕,反而被主动找过几次的夏乐有点羞愧。

"也不用有心理负担,郑老师那里我和她有联系,她最近在几处地方当嘉宾,也忙,你后边记着些就是了。"

"好,我记着。"夏乐把头搭到耳后,把埋在其中的脸露了出来,"谢谢。"

"我是你的经纪人,当然是怎样对你好就怎样去做,和我不用这么客气。"郑子靖笑着揉了揉她的头,满意地看着她稍微退开一点马上又把头送回了原地,这人啊,柔软都是给自己人的,他现在大概也算半个自己人了。

"你这段时间要做的就是和这些人联系联系,其他事我来,工作的事你不用担心,我不会给你接,你安心在这里照顾林凯。"

"林凯没通知家人,我要多留一段时间。"

就像当时你受伤没有通知家人一样吗?郑子靖把这句话吞了回去,他有时候会和夏莹莹聊一聊,越了解越能知道这个沉默寡言的人有多能扛事。

郑子靖站起身来,居高临下地再次揉了揉夏夏的头:"有事给我打电话,任何时候都可以。"

"好。"顶着一头乱发站起身来,夏乐抿了抿唇,她觉得自己应该说点什么,可最终她也只是给出了一句保证，"我会好好写歌的。"

"让你不好好写更难吧。"郑子靖失笑，"走了。"

夏乐点点头，把箱子放进病房然后快步出来，没有说什么，一番动作的意思倒是表达得明白得很。

郑子靖也不拒绝，两手空空地插进兜里和她一起下楼："我把莹莹安排进公司实习了，让她跟着学点东西，以后跟着你也能更周全些。"

"她还在上学……"

"她的课表我要了一份，放心，重要的课一定不准她翘了，一些不那么重要的你就随她去，都大三了，别管得她那么严，就我知道的她这个年纪的女孩子，她已经算非常听话了。"

夏乐不说话了，默默在心里反省，莹莹说过她不会耽误自己的学业，自己应该多相信她一点的。

面前突然出现一张大脸，郑子靖笑眯眯地倒退着行走："不高兴了？"

夏乐摇头："你说的有道理。"

"你啊，不要总是拿自己来当标准，别人哪里能做到。"

"我没有……"

"有没有你说了不算，我说了算。"郑子靖回头看了一眼，突然停下脚步坏心眼地等着夏夏撞上来，可夏乐哪里能这点平衡能力都没有，稳稳地将走近的那半步又退了回去。

郑子靖有点失望，走回来和她并肩而立，看着大门处那高高飞扬的像被鲜血染红的红旗："我走了。"

"一路平安。"

郑子靖上了最近的一辆出租车，放下窗户挥了挥手。

挥挥手目送车子走远，夏乐也不急着回转，信步走下台阶，深吸一口冰冷的空气看着这称得上熟悉的地方。在病房的时候她不喜欢站在窗口远眺，因为站得高了看得到青稞山脉，她的战友长眠的地方，可是心里又总是惦记。

"夏乐？你是不是夏乐？"

突然响起的声音让夏乐转过身去，是个她不认识的小姑娘，十七八岁的样子，戴着毛线帽很青春。

夏乐不知道对方为什么会认识自己，她点头："对，我是夏乐，有什么事吗？"

"哎呀真是你啊！"小姑娘高兴得跳了一跳，"我有看青柠台的原创大赛，

287

最喜欢的选手就是你了,刚才我一眼就认出你来了!"

夏乐根本就忘了那回事了,所以,这就是粉丝?有点……稀罕!

夏乐不自然地摸了下头发:"谢谢"。

"哎呀太高兴了。"小姑娘兴奋地拿出手机,"我可喜欢你了,我能和你拍张合照吗?"

夏乐不好拒绝,犹豫了下,她道:"不拍医院可以吗?"

"可以可以,这个地标太明显,会有人认出来找过来。"妹子贴心地给她找好理由,走远点避开医院和她一起拍了张照。

热情的粉丝又表达了一番喜欢才走向旁边一直等着她的妇人,走远了还转过身来和夏乐挥手。夏乐抬起头来笑了笑,看,远在敏市也有人认识她了。

关系再亲厚也到底男女有别,战友们一走特护就上任了,夏乐更多的是陪伴,两个都是从鬼门关走一圈回来的,说到生死都能云淡风轻。

难得这么轻松,不用想任务,没有训练,神经不用紧绷着,两人说说过往,说说不在了的战友,偶尔也说说将来。关于自己以后要怎么样林凯一副无所谓的态度,他最想不通的是:"队长,你怎么就当歌星去了?夏妈要求的吗?"

夏乐浅浅笑了笑,和队友说起那些从不曾说起的小时候的事时话也多了些:"我摸着钢琴长大的,不会走路就被我妈抱着弹钢琴,长大一点我妈给我定做一张椅子把我放钢琴边坐着乱弹琴,她好去做家务。后来她说我有天赋就教我了,到我入伍前我没有上过其他兴趣班,学的全和音乐有关。"

林凯回想了下第一次见到队长时的样子,好像就是后来常见的模样了,虽然也见她用过几次吉他,可那玩意儿部队里无师自通的人不少,真不算稀罕。如果不是现在亲口听她说,他怎么都想不到在孤鹰论单兵作战能力不比男人弱的队长一直是学音乐的。

"当兵也好,做歌星也罢,都是我深思熟虑过后决定的,凯子,好好想想你的将来,不要把自己局限住了,实际上你能走的路能做的事比你以为的要多得多。"

林凯沉默片刻,偏头好似笑了笑:"听说受伤的地方变天的时候会疼,队长你疼吗?"

"活着才能感受到疼。"

可不就是,死了一了百了,活着才知道疼是什么滋味,就像他现在知道痒比疼更难受一样。林凯抬头看向天花板,声音依旧有些喑哑:"我不想转后勤,占着位置当个废物。"

"嗯。"

"我想在家好好陪我爸妈一段时间。"

"嗯。"

"娶个媳妇睡几个安稳觉，体会一下普通的家庭生活。"

"嗯。"

"再生几个孩子，让我爸妈高兴高兴，想想，还挺期待的。"

林凯看向又"嗯"了一声的队长："之前看新闻说明星出门阵仗大，一群人护卫，队长你有吗？"

"经纪人和助理会跟着我。"

"那太少了，不够霸气，我来给你撑个场子？"

夏乐想也不想就点头："可以，正好可以度过退伍后的适应期。"

林凯眼里透出笑意，没有说好，也没有拒绝，他未必真的会去，可当知道有人这么接应了心里就莫名有了安全感，对未知的将来也不再畏惧。其实想想，他要的就是这种知道身后有人在撑着自己的感觉罢了。

政委那边没有消息传来，夏乐挂心但也不追问，她曾身在其中过，知道没有消息是什么情况。她听从了郑先生的建议，每天给妈妈和吴爷爷打电话，郑老师那边没有那么熟悉，她就每天语音哼唱一段曲子过去，以此来请教一些问题，来往自然就紧密了许多。

她还和吴爷爷约好了视频上课的时间，在隔壁空置的病房背景中认真得就像在当面教学。

掌握了队长的时间，林凯让看护帮忙在手机上搜了夏乐两个字，知道了她参加的比赛，听了她演唱的歌，访谈、综艺、花絮一样不落地全追看了，乐呵之余又觉得有点心酸。那可是能让他们服气的队长，是死人堆里爬出来的队长，是阎王手里挣回命的队长，是立下过个人二等功集体一等功的队长，现在却要和一些一拳就能放倒的普通人去争排名。

他知道不能这么比，却控制不住自己这么想，他甚至都知道队长也不会这么想，她只会把自己放到和他们对等的位置上，然后全力以赴。大概这就是他只能当个队员，队长却是队长的原因，林凯自嘲。

九点多夏乐回了酒店，洗完澡收拾妥当才发现有好几通未接电话，妈妈的，吴爷爷的，表弟的，莹莹的，她本能地心里一紧，连忙回拨了妈妈的电话。

"小乐，忙完了？"

听声音是带笑的，夏乐紧绷的神经松弛了些许，怕吓着妈妈，她温软了声音回话:"刚才在洗澡,妈你打电话是有什么事吗?"

"刚刚看了你的表演,就想和你说说话。"

对,今天是周五了,原创大赛今天要播出第六期,这个点,其他人应该也是看了电视和她打电话的。弄明白了缘由夏乐放下心来,转而又有点不好意思:"您觉得怎么样?"

"非常意外的改编方式,但是感觉非常好,妈妈问问你,这么改是你自己的决定还是导师定的?"

"我的决定。"

那头邱凝笑了:"我和老师聊了聊,他说虽然有瑕疵但是感觉非常对,小乐,你是真的很有天分。"

被表扬了,夏乐抓了抓头发,刚吹干的头发被她挠成了鸟窝。

"刚才妈妈接了许多电话,同事的朋友的,你外公最霸道,直接弹了视频过来,说要和你说话,我说你不在家他还一直追问你去了哪里。小乐,越来越多人看到你了。"

想到前几天认出她的小姑娘,夏乐低声嗯了一声:"外公是不喜欢那种音乐风格吗?"

"任何音乐风格都有人喜欢有人不喜欢,摇滚之所以会被人诟病也从来不是因为它不好,真正的摇滚非常有力量,不论是叛逆还是批判,表达的精神一定是积极向上的。被毒品毁了的那一批人只能说他们玩过摇滚,但是他们一定代表不了摇滚,尤其是身为音乐人,绝不能用有色眼光去看它。"

夏乐想说她没有,可性格使然,她还是乖乖应了好。

"知道你乖,妈妈对你最放心了。"邱凝笑,"那边比家里冷许多,记得要穿暖和点。"

"郑先生给我送了厚外套过来。"

"邮寄过来的吗?"

"不是,他送过来的。"夏乐老实交代。

"来送衣服?"

"还有药。"

"……"连自己都忘了这一茬的邱女士不得不承认郑子靖非常有心,放心当然是放心,不过她更想知道的是,那位郑先生是真的只把自己当经纪人吗?

夏乐一一回了电话,果然话题都是那首《在那边》。表兄弟态度统一,都是嗷嗷叫着喜欢,吴爷爷表扬得很矜持,并且还提了不少建议,夏乐认真记下来，全程都是欢喜的情绪。又回了郑老师的话，夏乐翻了下没有经纪人的电话和信息，正疑惑间信息就来了。

郑先生：去网络上看看新闻。

刚打开时事新闻软件，另一条又进来了。

郑先生：娱乐新闻。

就好像被人当面看到了一样，夏乐莫名觉得有点羞耻，连忙关掉这个软件换另一个。

她现在对娱乐新闻也有点经验了，打开软件就去瞧各种榜单，果然，《在那边》在排行榜的尾巴上吊着，她点开来，顶在最上边的一条竟然是郑老师口中的音乐人陈军的。

陈军：我竟然从一个新人身上看到了消失已久的摇滚精神。

这是一个从来不把自己往神坛上放的音乐人，在他的主页上见到最多的是他生活中嬉笑怒骂的姿态，他最拿手的是放嘲讽大招，认识的不认识的，亲近的不亲近的，只要是这个圈子里的人他都敢开火。

他也仗义，自己的朋友犯了错被全网黑的时候他会站在朋友的立场撑着他，然后被人爆出来私底下他把人打了，带着人上诊所敷药。这是一个活得很真实的人，再加上他也确实有几首好歌，关注的人非常多，不过一个多小时，评论已经过万。

夏乐将欢喜的情绪往下压了压点开评论看，有请安打卡的，有说过誉的，也有叫好的，她还看到了郑老师一个叉腰的表情。退出去又看了另外一些评论，也有相当一部分人觉得改编使得歌曲失去了原有的味道，不如原唱好听。夏乐心态很好，就像妈妈说的，任何音乐风格都有人喜欢有人不喜欢，现在就是。

郑先生：看到了吗？

夏乐：看到了陈军老师。

郑子靖没有回话，干脆打了电话过来："你知道陈军多久没夸过人了吗？翻遍他的微博也找不出几条来。"

"嗯。"

满腔兴奋被一个平常的"嗯"字冲散，郑子靖无奈，这人大概根本就不知道陈军的这句称赞能给她带来多大的关注度，还"嗯"。

不过经过这么一下他也冷静了："回酒店了吗？没看节目？"

"忘了。"夏乐说得很没底气，"明天白天我补上。"

真是一点也不意外，郑子靖对她这种过程全力以赴，结果看天意的态度

291

不知道说什么好，转而想想又觉得有这么个心态也是好事，他也就不纠结了："林凯怎么样了？"

"在恢复了。"夏乐抠着床单，"郑先生，我想接几个通告。"

郑子靖一愣，第一反应是："徐成找你了？打人情牌了？"

"没有，不是。"

这下郑子靖觉得问题严重了："夏夏，能告诉我为什么吗？这和你之前的想法不一样。"

"接了通告公司能赚点钱。"

"你需要钱吗？"

沉默片刻，夏乐道："林凯会退伍，我希望公司到时候聘请他。"

刚才那一会的工夫郑子靖已经想了数个理由，也猜到了夏夏是想帮谁，可他没想到答案是这个，一个刚刚受过伤的人要退伍，不用问也知道是什么情况。脑子里飞快地转了几圈，再开口时又是那个说话带笑的经纪人："我还以为是什么事，公司现在才几个人，本来就是要招人的，用外人当然不如用自己人，林凯这样的再来几个我都收。"

"真的？几个都收？"

郑子靖决定了，以后和夏夏说话一定要慎重，因为什么话在夏夏那里都是实的，也幸好这话实了也没什么："当然是真的，林凯会开车吧？"

"会的。"

"那正好，你需要一个司机，之前我还想着要招一个，莹莹不会开车，我不在的时候总不能让你自己上，而且林凯还能兼职保镖，这么一算还是我们赚了。不过夏夏，你能确定他愿意做这份工作吗？以他的资历转业工作也不会差。"

"就算转业也要等半年，可以先用他半年。"

郑子靖几乎是立刻就明白了，就算林凯真是转业，夏夏也打算用这半年来让他适应部队外的世界，为此她甚至愿意去接通告，用这个来和他做交换，这是一个已经退伍的队长给她的队员最后的庇护。

真是，太像小叔了，郑子靖揉了揉鼻子："知道了，我会安排好。"

"通告要延后一些，我……"

"没有通告。"

"嗯？"

"我说了，公司本来就打算给你找个靠谱的司机，这是正常的人手扩招，不需你用工作来换取。"郑子靖笑，"总不能以后公司每招一个人都要你先去接几个通告，我有这么穷吗？"

夏乐知道不是，人手不是必须要招的，当然，郑先生肯定也不是那么穷，只是她再不懂公司运营，也知道一个公司只投入不产出是不正常的，而现在，她没有给公司带来任何利益。

"郑先生，我写的歌可以卖钱吧。"

这心心念念还是惦记着钱啊，郑子靖失笑："当然可以，不过你可以等你的名气再响亮一点之后再卖，谢浩那首写好了吗？他和其他人不一样，你可以先兑现那个承诺。"

"好，我尽快写好。"

"不是在催你，就按你自己的节奏来，好作品比什么都重要。"

"我记着了。"

他这简直是操着一颗老母亲的心，郑子靖哭笑不得地挂断电话，刷新一下微博，嚯，这么点时间竟然又上升了两个名次。

夏乐没有在意热度的升降，第二天一早就乖乖补了这一期的节目，从另一个角度看到了自己的表现，都不像自己了，夏乐心想。

不过她没有太多时间去感慨，今天林凯需要做一次大检，病房里医生实习生好些个，她都被挤到角落去了。

"恢复得不错。"检查过后主治医生笑道，"到底是身体素质好，换成普通人想都不敢想。"

"您费心了。"

医生再次笑了笑，又将他身上其他纱布都一一解开查看，说出来的都是好消息，最后检查到右手时神情才没了那般轻松："虽然是在好转，可比预期的仍然差了些，后边看看做康复训练能恢复多少吧。"

夏乐听着心往下沉了沉，虽然早就知道他的手恢复不到从前，可知道恢复得比预期还差，心里仍然有些落差。

林凯看着自己的手："影响平时的生活吗？"

"那倒不会，只是你……"医生欲言又止，对军人来说，伤了右手代表什么他们都知道。

"不影响生活就行，要求不高。"林凯突然看向门口，夏乐同时看了过去，很快，陆春阳风尘仆仆地出现在那里。

看到屋里的情况他脚步顿了顿，然后立刻上前询问林凯的情况，医生说得非常详细,他听得也认真,末了郑重拜托道:"还请医生多想想办法,他的手很宝贵。"

"不敢不尽力,回头我再和神经科方面的专家会诊看看有没有其他办法。"

两人握了握手,医生领着其他人退了出去。

林凯道:"陆政委,怎么这么快又过来了?"

陆春阳亲自过去将门关上,他从包里拿出一个东西递到夏乐面前:"仔细看看。"

这是一枚很常见也很普通的子弹壳,可政委却拿给自己……夏乐心头一动,接过来快步走到窗边细瞧,子弹壳柱身很光滑,什么都没有,手指触摸到底部……

"叮!"

跟过来的陆春阳弯腰捡起掉落在地的子弹壳看向那个纹路:"认得?"

夏乐心跳得仿佛要从嘴里跳出来,她不回话,而是道:"政委,我想再看看。"

陆春阳递给她,夏乐抖着手接过去仔细瞧最底部那个图形,顺着纹路的起手慢慢描绘,描到最后时她几乎想哭。是的,她认得,她当然认得!

"有一段时间我很喜欢看漫画,我爸有一次回来看我画了很多六芒星,他不知道那是漫画里的,有些不高兴我五星红旗上的五角星都画错,我告诉他这是六芒星,他说五角星更好看。为了证明五角星比六芒星好看,他用画六芒星的方式画出了一个标准的五角星,然后抓着我的手教我画。"

夏乐声音有些哽咽,她从包里翻了纸笔出来,一笔画成,然后和子弹壳一起拿给政委,"我爸说从这里起笔最好画,您看看,从起笔到收笔是不是一样的"。

对比过后陆春阳也难掩激动,可是他仍然习惯性地先想另一个可能:"也有可能别人也这么画。"

"就算真有,我也不相信有这么巧,在那个地点,在我们牺牲了那么多战士的地方留下一个画有五角星的子弹壳,他还放了林凯一条生路,哪怕是知道得到一丝半点的消息我们也绝对会返回去查探。"

夏乐转身面对林凯:"你见过我爸照片的,那个人真的一点都不像?"

"我这几天想过很多遍,除了个子差不多,五官完全不像。"

夏乐沉默了下:"个子没法增高,脸却可以改。"

林凯知道队长有多执着,他不忍心说哪怕一句打击她的话,点头应和道:

"对，那人还有一脸络腮胡，有胡子和没胡子都能是两个人。"

"我爸就是络腮胡！"

林凯求救般看向政委，陆春阳拯救了他："这也算是一个线索，我会报告上去，跟紧这条线看能不能查到什么。"

夏乐抿紧嘴唇，心情迫切得恨不得自己冲到那个地方去再找找看有没有其他线索。

"小乐，你要忍耐，如果那真是你爸，那他肯定有不回来的理由，就算是因为什么原因回不来，那也不可能这么多年都不和国内取得联系，我们要稳住了，不能坏他的事。"

"是，政委。"夏乐深吸一口气，"我什么都不做。"

拍了拍她的肩膀，陆春阳笑："总算也是个好消息，有方向比无头苍蝇一样好多了。"

"是。"

看了下手表，陆春阳点了点林凯："我要立刻赶回去，你给我好好养伤，什么都不要多想，天塌下来也用不着你这个躺床上的来撑着。"

林凯鼻子一酸，下意识地就想用笑来遮掩，他却忘了脸上有伤，一笑就牵扯到了，顿时痛得他面目狰狞。

陆春阳又想笑又觉得心疼，他手底下都是顶天立地的汉子，小乐也是。

"走了。"

陆春阳来得快走得也快，带来的消息却让夏乐久寻不到以往的平静。她找了个没人的地方蹲下，抱着膝盖埋着头，脑子里嗡嗡作响，她觉得自己这会应该是高兴的，可整个身体都反常地迟钝，她都感觉不到自己的手脚在哪，也不知道怎么笑了。

她还想告诉所有人，她爸有消息了，可她什么都不能说，甚至连妈妈那里都不敢透露半句，如果得了希望再失望，她怕妈妈会垮。

将近九年啊，在她也不在身边甚至联系不上生死不知的时候，她都不知道妈妈一个人是怎么撑下来的。